# une Meute de Promesses et de Larmes

olivia wildenstein

Prenez votre envol.

Le jour de ma première transformation, j'avais onze ans. Je me souviens encore du visage stupéfait de mes parents. Ma mère était restée ébahie, mais le visage de mon père s'était fendu d'un sourire. Il s'était accroupi, les bras grands ouverts pour m'accueillir contre lui. Désorientée et déséquilibrée, m'attraper avait été rapide. Papa m'avait collée à son torse jusqu'à ce que mon loup se calme, jusqu'à ce que je me change de nouveau en un enfant nu, fait de chair et de larmes et non pas de fourrure et de griffes. Puis, il m'avait enveloppée dans une couverture chaude en murmurant :

— Tout va bien, Ness. Tout ira bien.

Il avait tort.

Après ce jour, rien n'est allé bien.

**À quoi tu penses bébé ?** La voix de Liam résonna dans mon crâne, me faisant sursauter. Je pouvais revêtir la peau d'une bête à fourrure, et pourtant, la communication sans le son me déroutait toujours.

Je ne savais pas si je m'habituerais un jour à entendre mon alpha me parler via le lien de la meute.

*Mon alpha...*

Avec le serment de sang, Liam avait été nommé nouvel alpha de Boulder quelques minutes auparavant. Son rêve s'était réalisé. Et le mien en même temps, puisque j'avais pu lui prêter allégeance. Je faisais maintenant partie de la meute qui m'avait rejetée à cause de mon genre. Prends ça dans les dents, Heath Kolane.

Qu'Heath ait pu donner naissance à un fils aussi bon et juste que Liam était presque aussi déconcertant que la capacité des alphas à parler dans les esprits.

Un sourire aux lèvres, je glissai mes doigts dans les cheveux noirs et doux de Liam qui tombaient sur ses yeux brun-rouge, et les repoussai de son front.

— Rien. Je me dis seulement que je suis fière de toi.

Ce soir était sa soirée. Je ne voulais pas la gâcher avec mes pensées moroses.

Il m'étudia. Même si les alphas pouvaient parler dans les esprits, ils ne pouvaient pas lire nos pensées.

— Encore dix minutes et on part.

Je parcourus du regard la grande pièce aux murs de pierre du QG, là où la cérémonie s'était déroulée. Dehors, le monde s'endormait. À l'intérieur, la fête ne faisait que commencer. Le bavardage animé et la légère odeur de sang séché aux poignets des membres de la meute me donnaient le tournis.

— On peut rester plus longtemps, Liam. Je ne suis pas pressée.

Ce n'est pas comme si j'avais un endroit où aller... ou quelqu'un à voir.

Non, ce n'était pas entièrement vrai. Je m'étais fait une amie au Colorado : Sarah Matz. Elle était DJ les jeudis et samedis dans un endroit appelé La Tanière, et une louve de la meute des Pins le reste du temps. Techniquement, elle aurait dû être mon ennemie – les Boulder et les Pins se méprisaient –, mais puisqu'on s'était rencontrées à la fête des fiançailles de son frère, elle avait toujours été amicale. Enfin, Sarah n'était agréable qu'après avoir bu sa première tasse de café de la journée. Avant cela, c'était une vraie ronchonne.

Malgré tout, sa personnalité battait l'entrain feint des copines des loups de Boulder qui semblaient toutes m'en vouloir, car je possédais quelque chose qu'elles n'avaient pas – le gène du loup-garou – et parce que j'avais défié Liam Kolane, celui qui avait été élevé pour devenir alpha.

En regardant Liam parler avec enthousiasme à la meute, je sentis mon estomac me lancer. La faim, j'imagine; je n'avais mangé qu'un sandwich plusieurs heures auparavant. À moins que les palpitations ne viennent de ma nervosité. Liam m'avait demandé de rentrer chez lui une fois la réunion terminée. Je n'étais jamais allée chez un homme avant.

Je pressai ma paume contre mon ventre qui se durcissait de seconde en seconde et avançai vers l'un des murs où les boissons, la charcuterie et les barres énergétiques avaient été installées sur une grande table en bois. Je pris une barre au beurre de cacahouète d'un saladier en verre et m'apprêtais à retirer l'emballage quand des phares apparurent de l'autre côté de la fenêtre, m'aveuglant.

Ma première pensée alla à mon traître de cousin, Everest. Je crus qu'il était venu se repentir des torts qu'il avait causés en me poussant à croire que j'avais tué le père de Liam puis en me faisant chanter.

Le conducteur sortit de la voiture.

La barre énergétique me glissa des doigts et retomba dans le saladier.

Je sentis presque la terre trembler quand ses pieds touchèrent le sol.

Après avoir prêté serment auprès de Liam, August Watt avait quitté le QG d'un pas lourd. Pourtant, il était revenu quelques minutes plus tard. J'espérais que c'était pour s'excuser de son étrange comportement, mais son allure pressée et ses yeux plissés m'indiquaient que ce n'était pas du tout son intention.

# Un

Alors qu'August approchait du QG, mon corps entier se raidit. J'eus l'impression que quelqu'un me tirait par le haut, comme les petites ballerines dans les boîtes à bijoux. Je croisai les bras et l'observai marcher, puis, comme lesdites ballerines, je me retournai quand il contourna le bâtiment carré pour avancer vers les lourdes portes. Était-il revenu s'excuser d'avoir été si distant un peu plus tôt avec moi ou avait-il oublié quelque chose ?

Je priai pour que ce soit la première option. Pour qu'il marche vers moi, me dise qu'il était désolé, car je n'avais rien fait pour mériter sa froideur. August avait toujours été une des personnes que je préférais au Colorado. Je voulais que cela reste ainsi, malgré les kilomètres de terre et d'océan qui nous sépareraient bientôt, quand il retournerait en mission.

Dès qu'il entra, son regard vert se riva sur moi avant d'errer sur la pièce jusqu'à trouver l'ancien aux cheveux blancs, penché au-dessus de mon oncle morne.

Liam intercepta August pendant qu'il avançait vers Frank. Il dut lui dire quelque chose par l'esprit, car l'expression d'August devint menaçante.

Il passa devant Liam.

— J'ai besoin de parler avec Frank.

Notre nouvel alpha redressa les épaules, les yeux brillant d'agacement.

Au moins, je n'étais pas la seule destinataire de la mauvaise humeur d'August.

Frank se redressa lentement, laissant mon oncle léthargique fixer ses mocassins marron. Découvrir que son fils était un traître le hanterait un long moment.

*Pourquoi as-tu fait ça, Everest? Pourquoi m'obliger à combattre Liam? Espérais-tu que je meure ou que ce soit lui?* Je mourais d'envie d'avoir des réponses, car une part de moi ne pouvait croire que le garçon avec lequel j'avais grandi me poignarderait dans le dos sans un remords tout en trahissant la meute.

J'essayai de distinguer le murmure sifflant d'August quand il parla à Frank, mais les bavardages animés noyèrent la voix grave de mon ami. Incapable de le laisser seul, je traversai le petit regroupement d'hommes buvant leur bière, décroisai les bras et attrapai le bras d'August. Il ne repoussa pas mes doigts, mais ferma les yeux un moment.

— Qu'est-ce qui se passe, August? Qu'est-ce que j'ai fait pour mériter...

Il ouvrit les yeux et l'intensité de son regard me coupa. Frank soupira.

— J'avais peur que ça se soit produit.

— Que *quoi* se soit produit? demandai-je en lançant un regard mauvais à August.

— Suivez-moi tous les deux.

Frank marcha vers l'arrière du bâtiment.

Ni August ni moi ne bougeâmes.

— Maintenant, insista Frank.

August baissa les yeux.

— Je ne comprends pas.

— Moi non plus, Ness.

La voix d'August était déjà infiniment plus douce, mais toujours pas réellement douce. Il semblait tendu et aussi froissé que son tee-shirt Henley couleur crème.

— Comment ça, tu ne comprends pas? répondis-je à voix basse. C'est toi qui m'ignores, pas l'inverse.

— Ness, maintenant, me réprimanda Frank.

L'estomac noué par la nervosité, je traversai la salle maintenant beaucoup trop silencieuse. Lucas et Matt me fixèrent sur mon passage, puis fixèrent August, un pas derrière moi.

*Ness ?* J'entendis la voix de Liam dans ma tête et le cherchai dans la masse de corps virils et imposants. Il n'était pas difficile à repérer. Il n'était pas plus grand que les autres, mais il émettait quelque chose de plus, cette attirance irrésistible... son *aura d'alpha*.

— Je reviens, lui indiquai-je tandis qu'August me contournait.

Les yeux de Liam étaient devenus ambrés comme si le loup en lui essayait de refaire surface. Il était très protecteur et possessif avec les gens qu'il aimait. Depuis qu'il avait escaladé mon balcon et qu'on s'était embrassés pour la première fois, j'étais une de ces personnes.

J'affichai un sourire pour lui assurer que tout allait bien. Mais était-ce vrai ? Pourquoi Frank voulait-il me parler ? Et pourquoi August se comportait-il comme si quelqu'un lui avait fait du tort ? Il ne convoitait pas le titre d'alpha, alors ça ne pouvait pas être de la jalousie. Avant de quitter Boulder, il m'avait même poussée à ne pas m'opposer à Liam pour ce titre.

J'avançai vers l'une des deux petites pièces à l'arrière du bâtiment. August était déjà à l'intérieur. Il ferma la porte derrière moi, puis posa son pied contre le bois et s'appuya contre la porte.

Je me laissai choir sur l'un des canapés en cuir, posai une jambe sur l'autre et passai mes doigts autour de mon genou qui commençait à tressauter à cause de l'attente.

— Pourquoi avez-vous besoin de nous voir tous les deux ?

Frank sépara une chaise en osier d'un petit tas de chaises et la posa sur le sol en pierre. La chaise grinça quand il s'assit. Son regard passa d'August à moi avant de revenir sur August qui avait croisé les bras, ses tendons apparents sous sa peau brune. Il ne m'avait jamais dit où il était ces dernières semaines, mais j'imagine qu'il avait bronzé quelque part dans le Moyen-Orient. Peu de régions au monde étaient autant source d'affrontements. Enfin, hormis le Colorado. Notre État était un nid à combats grâce aux meutes querelleuses.

En entendant le soupir de l'ancien, mon estomac me lança. Peut-être que ce n'était pas la faim. Peut-être que c'était plutôt le stress dû au comportement étrange d'August.

— Ton ventre t'envoie des spasmes, non, Ness ? demanda Frank.

Je clignai des paupières et posai une main sur mon ventre. De l'autre main, j'agrippai mon genou.

— C'est normal.

— Normal ? coassai-je.

— C'est un symptôme de ce que tu as *contracté*.

— De ce que j'ai contracté ? Qu'est-ce que j'ai contracté ?

Le regard de l'ancien glissa vers August.

— Comment va ton estomac, fiston ?

— Ça va, affirma-t-il de façon bourrue.

— Qu'est-ce que j'ai contracté, Frank ?

J'avais peur maintenant. Je n'avais pas mal, mais je sentais une gêne.

— Un lien d'accouplement. Voilà ce que tu as contracté.

— Quoi ? Un quoi ?

J'avais l'impression que mon cerveau faisait des pirouettes dans mon crâne. Je me tournai vers August.

La couleur avait disparu de son visage et ses lèvres charnues étaient entrouvertes sans qu'elles produisent le moindre son.

— Non.

— Si. Je suis désolé, fiston. Je comprends que ce n'est pas ce que toi et Ness voulez entendre, mais vos loups ont décidé qu'ils étaient faits pour être ensemble.

*Nos loups ?*

*Un lien d'accouplement ?*

J'inspirai profondément.

— Quoi ? répétai-je dans un murmure.

Pas parce que j'étais sourde ou bête, j'avais bien entendu ce que Frank venait de nous balancer ; mais parce que j'étais choquée. Plus que choquée. J'expérimentais probablement ce que ma mère avait ressenti la nuit où j'étais tombée de mon lit à quatre pattes avec une fourrure blanche.

Pendant que Frank expliquait les détails d'un lien d'accouplement, je regardais dans le vide. Je ne voulais pas d'un destin préétabli. Je voulais la liberté de tomber amoureuse avec la personne de mon choix. Et cette personne n'était pas August. Je veux dire : j'aimais August, mais comme un grand frère.

Je ne l'aimais pas plus.

Je ne l'aimerais jamais plus.

— Ça n'a rien à voir avec l'amour, assura Frank.

Avait-il entendu mes pensées ? Avais-je pensé à voix haute ?

Je fixai l'enduit beige entre les dalles de pierre au sol. Les lignes devinrent floues et se croisèrent dans un angle distordu. Ça ne pouvait pas être en train de se passer... Je venais d'intégrer la meute. Je venais d'embrasser Liam Kolane. Je ne voulais pas d'un lien d'accouplement.

— Les liens d'accouplement sont une évolution...

— Comme l'éradication des spermatozoïdes femelles ? le coupai-je.

J'étais toujours amère à ce sujet. Je crois que je le serai toujours à l'idée que ma meute ingérait un bout de bois fossilisé pour s'assurer que seuls des garçons naissent.

— Non, Ness.

Le silence s'installa. Puisque Frank ne se lançait dans aucune explication et qu'August ne posait pas de questions, je compris qu'il avait été mis au courant de l'outil de sélection des genres des Boulder.

— Ce n'est pas pour avoir l'air pédant, mais laissez-moi vous faire une petite leçon d'histoire. Comme vous le savez peut-être déjà, les loups-garous commencèrent à exister quand des hommes et des femmes s'installèrent par ici. Pour survivre, nos ancêtres reçurent le don de griffes et de fourrure. Ils utilisèrent ces présents pour protéger ceux qui foulaient la Terre uniquement armés de peau. Pour s'assurer que notre espèce survive au temps, chacun de nos ancêtres était attiré par un partenaire particulier, quelqu'un qui complétait leurs aptitudes et dont les gènes assureraient la création d'un loup meilleur et plus fort. Maintenant, avec l'avancement de la modernité, le monde est devenu moins hostile envers les pionniers et notre nombre a chuté. Mais grâce aux générations de liens d'accouplement, nous n'avons jamais cessé d'exister. Malheureusement, avec les morts des nôtres tués par les chasseurs...

— Ou par des bouts de bois, ajoutai-je.

Mon regard erra sur les petits bouts de terre, laissés derrière par des bottes sales, qui menaient jusqu'au frigo cadenassé.

Qu'est-ce qui pouvait être gardé ici pour qu'il y ait besoin d'un cadenas et d'une chaîne ? L'artéfact de la meute ? J'espérais que Liam le détruirait dès ce soir.

— Ou par les bouts de bois, admit Frank. À cause de tout ça, les liens d'accouplement sont devenus plus rares. Ça arrive toujours, cela dit.

Certains loups-garous l'expérimentent même avec des humains, même si c'est rare.

— Est-ce qu'on peut…

Je lâchai un soupir. Cette situation était tellement injuste.

— … le briser ?

— Le briser ? grinça Frank.

Mon débardeur me donna l'impression d'avoir été imbibée d'essence puis enflammée. Était-ce le résultat de notre lien ? Je ne pressai pas ma paume sur mon ventre, effrayée de concentrer l'attention sur mon traître de corps.

— Pourquoi voudrais-tu le briser, Ness ?

Je regardai August qui observait le frigo dans le coin avec une telle intensité qu'il aurait pu être un sorcier au lieu d'un loup-garou. Je suis sûre que le frigo aurait alors fondu pour former une flaque d'acier.

— Si peu d'entre nous héritent d'un tel cadeau…

— Un cadeau ? criai-je en coupant Frank. Le vol de notre liberté n'est pas un cadeau, mais plutôt une malédiction ! Clairement, ni August ni moi ne voulons de cela.

August s'arracha à sa contemplation du frigo et posa ses yeux sur moi.

Mon pouls s'affola.

— Hein, August ?

Après un court instant, il répondit :

— Oui.

Les sourcils broussailleux de Frank étaient froncés.

— August n'est de retour que depuis une journée. Vous devriez peut-être vous laisser du temps.

Je secouai la tête et mes longs cheveux blonds se défirent du chignon bas que j'avais formé avant de glisser sur mes bras nus.

— Frank, avec tout mon respect, August et moi nous connaissons déjà, mais ce n'est pas comme ça entre nous. Ça ne saurait jamais être comme ça.

— Pourquoi pas ? insista l'ancien.

Je tressaillis. Pourquoi Frank s'obstinait-il autant là-dessus ? Parce que les traditions de la meute étaient sacrées pour lui ? Eh bien, ce n'était pas mon cas.

— Et si je partais assez longtemps? Ça s'estomperait? l'interrogea August.

— L'éloignement affaiblit la force du lien, mais il ne se brisera pas comme par magie. Ce n'est pas comme un lien d'alpha, les enfants.

— Alors seule la mort l'arrêtera? Je ne compte pas mourir ni tuer August, ajoutai-je pour qu'ils ne m'enferment pas.

Je ne voulais pas perdre toute liberté en une nuit.

— Bon à savoir, commenta August.

Il me lança un sourire triste qui apaisa les trépidations dans mon ventre.

*Génial*. Mon estomac disposait maintenant d'un baromètre émotionnel qui reflétait l'humeur d'August. Je posai les yeux sur son ventre. Il ne s'y était pas accroché, pas une seule fois. Mes émotions ne l'affectaient pas de la même façon?

Son sourire déclina et il contracta fort la mâchoire.

— Frank, y a-t-il un moyen de briser le lien, à part la mort?

— Oui.

Il s'appuya dans sa chaise et secoua la tête comme un professeur face à deux enfants irascibles.

— Comment? demandai-je.

— Vous ne devriez pas vouloir...

— Comment? insista August fermement.

— Si le lien d'accouplement n'est pas consommé...

— Consommé? répétai-je.

— Le lien se met définitivement en place grâce à des relations sexuelles.

Mes joues devinrent de véritables brasiers. *Oh...*

— Comme je disais, si le lien n'est pas consommé d'ici le prochain solstice, il se désintégrera.

En faisant rouler l'ourlet de mon débardeur entre mes doigts, je résumai :

— Il faudrait juste que tu restes loin pendant six mois, August. Tu prévoyais d'être en mission pendant aussi longtemps, non?

Quelques secondes passèrent avant qu'il réponde :

— Oui.

Les traits de Frank transpiraient de désapprobation.

— Vous détruiriez quelque chose de sacré.

Quelqu'un frappa à la porte, me faisant sursauter.

— Frank ?

*Liam.*

*Oh, merde.* Je voulais qu'il rentre autant que je voulais partager un nouveau repas avec l'horrible chasseur qui avait tué mon père, Aidan Michaels.

Je pressai ma paume moite contre ma nuque, tâchant de diminuer ma température corporelle.

August haussa un sourcil comme s'il attendait mon approbation pour ouvrir la porte.

Liam méritait de savoir ce qui se passait. Pourtant, je détestais l'idée qu'il l'apprenne. J'avais peur de ce que ça lui ferait... de ce que ça *nous* ferait.

Je coiffai mes cheveux d'un coup de main pour qu'ils retombent le long de mes joues et hochai la tête.

August s'écarta de la porte au moment où elle s'ouvrit à la volée. Liam apparut dans l'embrasure de la porte, prenant tout l'espace, entaillé, son tee-shirt couvert de sang dans sa main. Même si la coupure au-dessus de son cœur s'était fermée, la cérémonie avait laissé une marque pâle de la taille d'une lame de rasoir et des taches rouges. Comme le torse de Liam, mon poignet s'était aussi refermé, mais l'endroit de la coupure était toujours visible.

Il claqua la porte derrière lui.

— J'ai attendu. J'en ai marre d'attendre. Qu'est-ce qui se passe ? demanda-t-il, fébrile.

Je frottai les traces de sang séché sur mon poignet en faisant attention de ne pas effleurer la peau boursouflée.

Silence.

Un silence si hostile qu'il expliquait presque tout, mais les mots restaient bloqués dans ma gorge.

Lentement, Frank lui raconta :

— J'expliquais à August et Ness les détails techniques des liens d'accouplement.

— Des liens d'accouplement ?

Les yeux de Liam s'enflammèrent.

— C'est pour ça que... qu'ils sentaient comme s'ils avaient...

Je grimaçai.

— S'il te plaît, ne le dis pas. S'il te plaît.

— Comme si on avait quoi ? demanda August.

Peut-être que c'est moi qui devrais partir. Fuir Boulder jusqu'à ne plus avoir l'impression de mourir de honte.

Personne ne dit rien pendant une longue seconde. Du moins, rien à voix haute. Vu la surprise sur les traits d'August, je suspectais Liam d'avoir fini sa phrase en pensée.

Je ne pouvais pas rester assise ici plus longtemps.

— Je dois rentrer à la maison, indiquai-je en me relevant.

— À la maison ? demanda Liam en haussant les sourcils.

*C'est vrai.* Il s'attendait à ce que je rentre *chez lui.*

— À l'auberge.

Sa respiration se coupa un instant.

***Ça ne change rien, Ness,*** dit sa voix dans mon esprit troublé.

— Vraiment ? murmurai-je d'une voix rauque.

***Pas pour moi.***

Frank s'était levé. Il posa une main sur l'épaule de Liam.

— Il n'est pas sage de s'immiscer entre deux partenaires.

D'un coup d'épaule, Liam se débarrassa de sa main.

— Avec tout mon respect, Frank, il n'est pas sage de dire à votre alpha quoi faire.

Frank laissa retomber sa main.

— Tu as raison. Pardon.

— Et puis, nous savons tous les deux d'expérience que des partenaires de liens d'accouplement ne finissent pas toujours ensemble.

Frank en avait-il eu une ? Ou Liam ? Non. S'il en avait eu une, il aurait su pourquoi August et moi sentions comme si nous avions... comme si... *Arg.* Je ne pouvais même pas y penser sans être embarrassée.

— Quand prévois-tu de repartir, August ? demanda Liam.

Une veine palpita au cou d'August. Même si son expression ne trahissait pas son agacement, je sentais un pop-pop persistant au fond de mon ventre. Je n'en comprenais pas la raison, puisque c'était lui qui avait décidé de partir. Liam ne le chassait pas.

— Dans la matinée.

Le regard d'August n'avait pas quitté mon visage surchauffé.

— Si tu rentres à l'auberge, Ness, tu peux emmener Jeb avec toi ? demanda Frank. C'est Éric qui l'a emmené, mais il doit rester encore un peu plus longtemps.

— Je n'ai pas de voiture...

Ni de permis. Dès demain, je m'arrêterai dans une auto-école.

— Je vous emmènerai tous les deux, proposa Liam. Laisse-moi juste dire au revoir à tout le monde.

— Liam, les anciens et moi avons besoin de passer en revue de nombreux points avec toi.

— Je la dépose juste et je...

— Je peux les conduire. Je partais de toute façon, indiqua August.

Liam plissa les yeux. La friction entre les deux mâles était si forte que si j'avais brandi mon doigt, j'aurais pu sentir des courants statiques.

— Ça serait super. Merci, August, intervint Frank.

J'attrapai la main de Liam et nouai mes doigts aux siens, car vu son visage, je savais bien qu'il ne trouvait pas cet arrangement *super*.

— Hé Ness. Evelyn est chez moi. Juste pour que tu ne t'inquiètes pas en rentrant à l'auberge.

Penser à Evelyn, la femme qui avait pris soin de moi pendant les six ans passés à Los Angeles avec ma mère me détourna de Liam et August pendant un bref moment bienvenu. Est-ce que cela voulait dire qu'elle et Frank ravivaient la flamme qui avait brûlé entre eux quand elle était encore mariée au chasseur ayant tué mon père ? Je n'arrivais toujours pas à me faire au fait qu'Evelyn se soit un jour appelée Gloria Michaels, femme d'Aidan, amante de Frank, citoyenne de Boulder dans le Colorado. Je me demandais si je m'y ferais un jour.

— Dites-lui que je viendrai la voir demain.

Frank hocha la tête en passant entre Liam et August.

Liam lâcha ma main et glissa son bras autour de ma taille, m'attirant avec possessivité vers lui.

— Je vais chercher Jeb et je t'attendrai dans la voiture, m'informa August en sortant de la pièce.

Comme une bobine de fil se déliant, je le sentis s'éloigner. Puis, je sentis autre chose : une main, qui remontait ma colonne vertébrale, s'installait sur ma nuque et relevait mon visage.

— C'est juste pour un trajet de voiture, rappelai-je. Et comme il dit, il part demain.

— J'ai conscience de ça, mais je préférerais être celui qui te ramène.

J'embrassai la zone tourmentée entre ses sourcils. Enfin, il soupira et caressa ma peau, ses ongles effleurant gentiment les cicatrices pâles laissées par ses griffes le jour de notre dernière épreuve. Je savais que m'avoir blessée, même accidentellement, le tourmentait toujours.

Il posa ses lèvres sur les miennes.

— Tu es toujours à moi.

À qui essayait-il de rappeler ça, moi ou lui ?

— Bien sûr.

De sa langue, il suivit les contours de mes lèvres et les poussa à s'ouvrir tandis qu'avec ses doigts, il massait l'arrière de mon crâne, m'arrachant un grognement. En entendant ce son, il approfondit son baiser et ses caresses. Après une délicieuse minute, nous nous séparâmes.

— Je passerai dès que j'ai fini. Laisse la porte de ton balcon ouverte.

— D'accord, soufflai-je.

Il baissa sa main sur ma colonne vertébrale et me guida dans la pièce principale. Même si les gens parlaient toujours bruyamment, je vis les regards sur nous et les pupilles et narines se dilater de curiosité.

— Tout ira bien, Ness, murmura Liam.

Je levai les yeux vers lui, regrettant qu'il ait prononcé ces mots, car ils sonnaient comme une malédiction. Si les liens d'accouplement existaient, pourquoi pas les malédictions aussi ?

Quand je sortis du QG, August fermait la portière arrière du pick-up. Il avait dû attacher mon oncle ravagé par le chagrin, car Jeb avait sa ceinture même s'il ne semblait pas en état de la mettre seul.

Je me glissai sur le siège passager et attachai ma propre ceinture.

— Merci de nous ramener.

August garda les yeux rivés sur le pare-brise, sur la ligne de pins baignée par la lumière de la lune. La veille, la lune était pleine et tous les loups, âgés comme jeunes, avaient couru en liberté dans la forêt. August n'avait pas été parmi eux. Du moins, pas quand j'y étais.

August alluma le moteur et conduisit le long du chemin en terre, passa devant la clôture rouillée et le grand panneau en bois indiquant « Propriété privée ».

— Tu iras courir avant de partir ?

— Oui.

Le vieil August, celui qui avait veillé sur moi comme un grand frère, m'aurait sûrement demandé si je voulais courir avec lui. Le nouveau... ne me le proposa pas. Non pas que je serais venue. Je n'étais pas partie plus tôt pour aller courir. Et puis, que penserait Liam si je n'étais pas là quand il arriverait sur mon balcon ?

Je tendis la main et touchai les phalanges d'August avant de comprendre que je ne devrais peut-être pas le toucher du tout. Et si ça renforçait notre lien ? Je retirai mes doigts, sentant mon ventre battre aussi sauvagement que mon cœur.

— Je suis vraiment désolée pour… pour tout ça, August.

— Ce n'est pas ta faute, Ness, dit-il d'une voix rauque. Putain, c'est la faute de personne.

Je grimaçai.

Après un instant, il reprit :

— Je vais devoir ajouter un centime dans le bocal à gros mots de ma mère maintenant. Plusieurs, même.

Pour la première fois depuis qu'August était revenu au QG, je souris.

— Elle l'a toujours ?

— Oh oui. Elle appelle ça ses économies pour la retraite.

Mon sourire s'agrandit.

— Ta mère me manque.

Préoccupée par l'idée de me faire une place à Boulder, je n'avais toujours pas rendu visite à Isobel.

— Tu lui manques aussi. Tu devrais aller la voir quand je serai parti. Ça lui ferait plaisir.

Je hochai la tête.

— Heureusement que je m'inscris pour le permis dès demain.

August me lança un regard, le visage plus détendu qu'auparavant.

— Tu n'as pas ton permis ?

— Je n'en avais pas besoin à Los Angeles. Et puis, on n'avait pas de voiture, alors ça n'aurait pas servi à grand-chose.

Jeb émit un petit bruit, entre un sifflement et un sanglot, et je me retournai. Ses paupières étaient fermées et son cou tordu dans un angle étrange ; il dormait.

— Tu ne peux toujours pas me dire où tu vas ? demandai-je à August en me tournant vers lui.

— C'est classé confidentiel.

— Mais je suis ta partenaire.

Il faillit faire une embardée sur la route.

— Pardon. C'était censé être drôle, mais ça ne l'était pas.

Je tordis mes doigts sur mes genoux, me demandant ce qui m'avait pris de plaisanter sur notre nouveau lien.

— Je n'arrive pas à croire que j'ai dit ça, tu peux oublier ?

August ne répondit rien. À la place, il alluma la radio et la régla sur une station de jazz. August avait toujours été un grand fan de jazz. Avant, je le taquinais là-dessus, lui disant qu'il avait des goûts de vieux. Malheureusement, il n'avait plus l'air aussi vieux à mes yeux. Ça aurait été beaucoup plus simple sinon.

En parlant de vieux...

— Frank avait une partenaire ?

— Pas que je sache.

— Quelqu'un dans la meute en a une ?

— Éric. Lui et sa femme sont ensemble depuis cinquante ans.

— Ça fait longtemps.

— Mes parents célèbrent leurs trente ans de mariage le mois prochain.

J'appréciais ce rappel que l'amour véritable existait en dehors des liens d'accouplement. Je n'en doutais pas; après tout, mes parents s'étaient aimés sans être prédestinés à devenir partenaires.

— C'est fou.

— Oui.

Il étudia la route poussiéreuse devant lui.

— Alors, qu'est-ce que tu prévois pour tes dix-huit ans ?

Je frottai mes paumes contre mon jean pour m'empêcher de triturer mes doigts.

— J'ai encore du temps devant moi.

— Cinq semaines, ce n'est pas si long.

J'humidifiai mes lèvres.

— Je ne suis pas du genre à fêter mon anniversaire.

— Avant, tu adorais les anniversaires. Tu exigeais des feux d'artifice. J'ai failli m'enflammer pour t'en allumer un une fois. Tu te rappelles ?

— Je me rappelle.

Le bas de son jean fumait toujours quand il était revenu en courant vers nous.

— Tu as juré tellement de fois que ta mère a dit qu'elle allait se faire une grosse journée shopping grâce à tout l'argent que tu lui devais.

Le souvenir me fit sourire, mais mes yeux se mirent ensuite à me brûler et mes lèvres à trembler. Cette année serait mon premier anniversaire sans maman.

Il dut sentir mon chagrin soudain, car il toucha le haut de ma main.

— Et si l'on évitait de parler d'anniversaires ?

— Bonne idée, croassai-je.

— Parle-moi de Los Angeles.

J'essuyai discrètement mes cils humides avant de lui raconter quelques détails des années passées loin de lui.

— Ce n'était pas si mal, résumai-je en faisant tourner mon téléphone.

L'écran s'alluma soudainement et un message apparut.

*Liam : Ne t'inquiète pas, mais ne laisse pas ta porte de balcon ouverte, d'accord ? Je serai là dans une heure.*

Comment étais-je censée ne pas m'inquiéter ?

*Moi : Tu crois qu'Everest pourrait me tendre une embuscade ?*

*Liam : Juste ferme à clé, d'accord ?*

Les nerfs à vif, je répondis : *D'accord.*

August regarda dans ma direction et la voiture s'écarta légèrement de la route.

— Qu'est-ce qu'il y a ?

Je posai mon coude sur l'accoudoir et posai ma tête dans ma paume.

— Rien.

— Tu oublies que j'ai un détecteur interne de mensonges. Tu as peur. Pourquoi ?

— Je n'ai pas peur. Je suis embêtée, mais je n'ai pas peur.

Je secouai la tête en voyant que cela ne semblait pas le convaincre.

— Et pourquoi ?

Je soupirai.

— Liam semble penser qu'Everest n'a pas quitté Boulder.

August me lança un regard de biais.

— Tu sais ce qu'il a fait, non ? lui demandai-je.

— J'ai entendu une partie de l'histoire. Pourquoi est-ce que tu ne me racontes pas tout depuis le début ?

Je lançai un regard à mon oncle qui laissait couler un petit filet de bave. Même s'il était endormi, je racontai à voix basse comment Everest m'avait convaincue que j'avais tué le père de Liam avec les trois pilules censées empêcher la transformation. Je les lui avais données le soir où je lui avais rendu visite. Cela m'amena à évoquer avec August l'agence d'escortes, mon alliance avec l'alpha de la meute des Pins, le kidnapping d'Evelyn et le chantage de mon cousin.

Je raclai un peu de sang séché sur mon poignet.

— Je n'arrive pas à savoir si Everest espérait que je meure ou s'il voulait que je tue Liam.

Malgré la lumière de la lune, le visage d'August était trop plongé dans l'obscurité pour que j'y lise quoi que ce soit.

— Ton cousin a toujours été fourbe.

— Je sais que vous ne vous êtes jamais bien entendus, August, mais lui et moi si. J'espère qu'il ne souhaitait pas ma mort. J'espère qu'il ne voulait pas celle de Liam non plus... Qu'il testait juste ma loyauté !

Après un long moment, August répliqua :

— Tu devrais rester chez mes parents ce soir. Tous les soirs, même. Au moins, papa pourra te protéger.

Je lui lançai un sourire.

— Je ne vais pas me cacher. Je compte même traquer mon cousin.

Il agrippa plus fort le volant.

— Je préfère être le chasseur que la proie, repris-je.

— Non, aboya August.

Jeb ronfla bruyamment.

— Je n'ai pas peur, insistai-je en baissant la voix.

— Laisse la meute le trouver. Liam est l'alpha maintenant et c'est ce que font les alphas. Ils procurent justice au nom de la meute.

— Il arrachera la gorge d'Everest avant de l'écouter. Je veux des réponses, August. J'en ai besoin.

— Peut-être que je devrais rester...

— Quoi ? Non.

Je grimaçai en voyant la vitesse avec laquelle les mots avaient fusé. Le fil qui semblait nous relier se trémoussa comme un serpent. Même si c'était cruel, August ne pouvait pas rester. J'avais assez à gérer sans avoir à m'inquiéter de notre étrange connexion prédestinée.

— Ne change pas tes plans pour moi. Tout ira bien.

— Je sais que tu veux que je parte à cause de Liam, mais tu crois vraiment que je pourrais me regarder dans le miroir si je partais et que quelque chose t'arrivait ?

— Rien ne va m'arriver. J'ai survécu aux épreuves, non ?

Il grogna.

— Écoute, je te promets que si je m'inquiète pour ma sécurité à un moment, j'irai chez tes parents.

Ses yeux noisette trahissaient ses doutes.

— Je te le promets.

— Je veux avoir un écrit.

Je frappai ma paume contre ma poitrine.

— August Watt, tu ne me fais pas confiance ?

— J'ai l'habitude que tu ne tiennes pas tes promesses.

Le ton plaisantin que j'avais utilisé avait disparu quand je lui répondis :

— Que veux-tu dire ? Quelle promesse n'ai-je pas tenue ?

— Quand tu es partie pour Los Angeles, tu as dit que tu m'écrirais.

Je mordillai ma lèvre inférieure.

— Maman ne voulait pas que je contacte qui que ce soit de Boulder. Elle disait que rompre mes liens avec tous ceux d'ici m'aiderait à avancer. Avec du recul, je me demande si elle n'a pas agi ainsi pour qu'Heath ne sache jamais où nous étions parties. Elle avait si peur de lui... après ce qu'il lui a fait.

— Qu'est-ce qu'il lui a fait ?

C'est vrai... Seule une poignée de personnes savaient cela. Je n'avais jamais regretté qu'Everest ait tué Heath. Le père de Liam avait mérité ce qu'il avait eu.

— Il l'a violée, August, murmurai-je comme si le dire doucement pouvait atténuer l'horreur de cet acte.

Il écarquilla les yeux.

— Bordel..., murmura-t-il, la voix rauque.

Nous ne parlâmes plus après cela.

Les routes de montagnes s'allongèrent de plus en plus entre chaque virage serré et le dénivelé s'aplatit tandis que nous approchions de l'auberge. J'étais contente qu'il y ait des clients. Je ne voulais pas rentrer dans un endroit sombre et silencieux. J'avais assez de silence et de ténèbres en moi.

Après s'être garé devant les portes tournantes, August glissa le bras flasque de mon oncle sur son épaule et le souleva jusqu'au hall d'entrée. J'attrapai le passe dans le cagibi réservé au personnel, derrière le bureau d'accueil et le guidai jusqu'aux appartements privés de mon oncle, au premier étage. Ce n'était pas aussi grand que le logement sous les toits d'Everest, mais ça restait grand – le placard de mon oncle et de ma tante faisait à lui seul la taille de ma chambre.

August déposa mon oncle dans son lit, je retirai ses chaussures, glissai une couverture sur lui et éteignis les lumières. Mes narines me démangeaient à cause de l'odeur du pot-pourri prisée par Lucy. Comment Jeb la supportait-il ? J'avais dû mettre mon bocal à moi sur le balcon, ce qui avait énervé ma tante, déjà agacée contre moi de toute façon.

Je me demandai brièvement quel genre de conditions Éric lui imposait dans sa cave. Étais-je mauvaise d'espérer qu'elle était allongée sur un sol dur et froid ? L'image d'elle debout devant Evelyn attachée à une chaise me fit serrer les poings. Comme je détestais Lucy...

— Tu peux me parler, tu sais.

La voix d'August me fit détourner les yeux des bocaux remplis de pétales de roses desséchés, décorant le manteau de la cheminée.

Je n'allais pas ruiner la seule soirée d'August avec ses parents.

— Tu devrais partir.

Je commençai à avancer en direction de la porte.

— Ness...

— S'il te plaît, August. Je n'ai plus envie de parler. Je veux juste regarder la télé jusqu'à ce que mes yeux saignent.

Il quitta la chambre, je fermai la porte et glissai la clé dans ma poche. Nous descendîmes les marches en bois décorées d'un tapis couleur pin.

Au pied des escaliers, je me dressai sur la pointe des pieds et déposai un baiser sur la joue mal rasée d'August.

— Bon voyage sur le retour. Et appelle-moi de temps en temps, d'accord ?

Je lui souris avant de me précipiter vers ma chambre, sentant la corde invisible entre nous se désépaissir.

— Ness, appela August.

Je ne m'arrêtai pas. Le lien s'affaiblit encore un peu, devenant aussi négligeable que le fil d'une toile d'araignée.

J'imagine qu'August était parti.

Un pincement au cœur me frappa en comprenant que je ne le reverrais pas avant des mois. Mais c'était mieux ainsi. Mieux pour tout le monde.

*Trois*

Liam arriva à une heure du matin. J'allais m'endormir quand je l'entendis frapper et m'appeler.

Dès que je le laissai entrer, il me prit dans ses bras, glissa sa tête dans le creux de mon cou et me renifla.

— Tu sens son odeur. Je déteste que tu sentes son odeur.

J'étais étonnée de l'entendre dire ça vu que j'étais restée plongée dans mon bain jusqu'à ce que l'eau devienne froide. J'avais même lavé mes cheveux. J'imagine que le savon ne pouvait pas faire disparaître l'odeur magique du lien d'accouplement. D'ici demain, ça ne serait plus un problème. Je ne pouvais pas sentir l'odeur de quelqu'un qui était à des kilomètres d'ici.

Liam lécha la zone contre laquelle il était blotti, puis fit remonter sa langue le long de mon cou, me faisant frissonner. Essayait-il de déposer son odeur par-dessus celle d'August ?

Il me fit reculer dans la chambre, ses lèvres pressées contre les miennes, exigeantes et fermes. Même si j'étais épuisée, je lui répondis avec autant de ferveur que je pus en rassembler.

Quand mes cuisses heurtèrent le bord du lit, je plaquai mes mains contre son torse et décollai mes lèvres des siennes.

— Je sens peut-être comme August, mais toi, tu sens comme tous les mâles de la meute.

Il lança un regard à son tee-shirt ensanglanté, l'arracha et le jeta sur le sol près de mon fauteuil en flanelle, retira son jean, puis son caleçon. Nu, il se retourna et se dirigea vers ma salle de bain.

L'eau coula et les anneaux de mon rideau de douche cliquetèrent sur la tringle. Je ne bougeai pas. J'osai à peine respirer. Même mon cœur demeura parfaitement immobile. Liam était nu – ce n'était pas la première fois – et prenait une douche dans ma salle de bain.

Quand il sortit, je n'avais toujours pas bougé et une serviette enveloppait sa taille. Il sourit effrontément en observant mon expression perplexe. Puis, il prit mon visage dans ses mains et m'embrassa avec douceur et attention, langoureusement.

Il lâcha mon visage et caressa de haut en bas mes bras qui tombaient mollement de chaque côté de mon corps. J'aurais probablement dû m'agripper à sa taille, caresser son dos et/ou faire quelque chose de mes dix doigts, mais je n'arrivais pas à les bouger. Je n'avais jamais été intime avec un homme et je ressentais des sentiments contradictoires, allant de la nervosité à la peur, de l'excitation à la culpabilité.

Toutes ces émotions étaient normales, sauf la culpabilité. Le visage d'August apparut dans ma tête et je sentis mon estomac se raidir. Je fermai fort mes paupières, essayant de faire disparaître son visage, de diminuer la tension qui me nouait le ventre.

— Je ne peux pas, Liam, lançai-je le souffle court.

— Tu ne peux pas quoi ?

Mes joues me brûlèrent.

— Faire l'amour. Je ne peux pas. Pas ce soir.

Ma respiration était saccadée. J'étais en train de faire une véritable crise de panique.

— Chut.

Il frotta mes bras. De haut en bas. Et encore une fois.

— On n'est pas obligés de faire quoi que ce soit, Ness. Là, calme-toi.

Ses bras m'encadrèrent, il m'attira à lui et me tint contre lui jusqu'à ce que mon cœur cesse de tambouriner et que ma respiration se calme.

— Je peux rester cette nuit ou tu veux que je parte ?

Je déglutis.

— Tu peux rester.

Je repoussai mes cheveux en arrière.

— Je veux que tu restes, corrigeai-je.

— Tant mieux. Parce que je veux rester.

Il embrassa le bout de mon nez.

Je grimpai sur mon lit et rampai de l'autre côté pour lui faire de la place. Il éteignit la lampe sur ma table de chevet, puis installa son corps contre le mien.

— Comment ça s'est passé... avec les anciens? demandai-je pendant qu'il jouait avec mes cheveux.

— Je sais maintenant tout ce que j'ai besoin de savoir pour être alpha.

— Je n'arrive pas à croire que tu sois alpha. Mon alpha.

— J'aime ça.

Il glissa son nez le long de mon cou. Je frémis.

— Ils savent où est allé Everest?

— Ils ont trouvé sa voiture à Denver.

Je me tournai pour faire face à Liam.

— Denver? Qu'est-ce qu'il peut faire à Denver?

— Je ne sais pas.

Mon cousin connaissait-il quelqu'un à Denver? Peut-être Megan, la dernière fille qu'il avait fréquentée, celle qu'il avait rencontrée au festival de musique et embrassée chez *Tracy*? Peut-être qu'elle venait de Denver? Elle étudiait à l'UCB, c'était la seule chose que je savais d'elle, à part qu'elle était blonde et avait un joli corps. On pouvait peut-être vérifier l'annuaire de l'université?

Liam était épuisé, cela se voyait à ses yeux. Il avait besoin de sommeil, pas d'un interrogatoire, mais je ne pus m'empêcher d'évoquer le détestable outil de sélection des genres.

— Tu as détruit le bâton, Liam?

— Quel bâton?

— La racine fossilisée.

Ses lèvres s'alignèrent en une ligne droite.

— Je ne vais pas le détruire.

J'ajoutai de l'espace entre nos corps.

— Pourquoi pas?

— Parce qu'il a de la valeur et il faut s'accrocher aux choses de valeur.

— De la valeur? couinai-je. C'est juste mal, ça sent mauvais et c'est criminel.

— Ness, commença-t-il, légèrement exaspéré, s'il te plaît, ne nous disputons pas là-dessus. Pas ce soir. Je ne l'utiliserai jamais, je te le promets.

Il roula sur le dos et frotta son visage de ses deux mains.

— Quelqu'un d'autre pourrait le faire, protestai-je en me redressant.

— Ness, grogna-t-il.

— T'es-tu déjà dit que si la génération de ton père ne l'avait pas utilisé, plus de filles seraient nées et peut-être que l'une d'entre elles serait ta partenaire?

Les yeux de Liam brillèrent autant qu'une lune de moisson.

— Alors je suis content qu'il ait été utilisé parce que je ne veux pas d'une partenaire. Je te veux toi. Toi, avec ton mauvais caractère, tout.

Il poussa le coude sur lequel j'étais appuyée et je m'écroulai sur le matelas. Puis, il glissa une jambe sur la partie inférieure de mon corps et se redressa sur ses avant-bras au-dessus de moi. Quand il baissa la tête vers moi, j'oubliai la relique des Boulder, Everest et même comment respirer.

— Je n'ai pas si mauvais caractère, murmurai-je.

Il sourit en me regardant.

— Oui, et une tempête n'apporte pas tant de mauvais temps que ça.

— Je ne suis pas sûre que ce soit un compliment.

Il accola sa bouche à la mienne, mais avant de s'éloigner, il murmura :

— Pour un homme qui adore les tempêtes, c'est le plus beau des compliments.

Puis, il m'embrassa jusqu'à ce que nos corps soient aussi fatigués que nos esprits.

# Quatre

Le lendemain matin, à mon réveil, Liam était déjà parti et les draps étaient froids. Je vérifiai l'heure sur mon téléphone : six heures trente. Les quelques heures de sommeil que j'avais eues devraient faire l'affaire. J'avais une auberge à gérer et un oncle à m'occuper.

Je brossai rapidement mes cheveux, puis appliquai un peu de correcteur pour cacher les cernes sous mes yeux. J'avais les yeux de ma mère, couleur bleuet, mais les siens brillaient toujours alors que les miens semblaient aussi ternes que des verres flous ces jours-ci.

Après avoir attaché mes cheveux en queue-de-cheval, enfilé un jean et un tee-shirt noir avec un col en V, je secouai mes oreillers et fis mon lit avec une précision digne de l'armée. J'espérais qu'aucun client n'était déjà descendu pour le petit-déjeuner. J'étais sûre qu'on avait l'essentiel, mais sans Evelyn, l'offre serait modeste : toast, jambon, beurre. Evelyn et maman m'avaient appris à cuisiner, mais je n'étais pas très douée. Je maîtrisais tout de même les bases.

J'accélérai le pas vers la cuisine, m'attendant à la trouver vide et sombre, mais de la lumière filtrait sous les portes et l'odeur d'oignons caramélisés emplissait l'air. Mon oncle se préparait-il un encas ? Je poussai les portes battantes d'un coup d'épaule et m'immobilisai en voyant Evelyn penchée par-dessus les plaques de cuisson.

Ces lèvres couleur vin s'étirèrent en un sourire.

— Bonjour, *querida*.

Les portes heurtèrent mon dos, pas fort, mais assez pour me faire trébucher en avant. Je me rattrapai à l'îlot en acier.

— Je croyais que...

— Que je te laisserais gérer cette auberge toute seule ? J'ai demandé à Frank de me déposer il y a une heure.

Elle secoua la tête et ses cheveux noirs dansèrent sur le tablier protégeant son jean et son haut rouge. Elle semblait heureuse. Plus que je ne l'avais jamais vue. Elle nageait dans le bonheur.

— Tu peux aller chercher les plateaux chauffants ?

J'allai les chercher dans la remise à l'arrière de la cuisine, tout en vérifiant plusieurs fois par-dessus mon épaule si Evelyn était bien réelle.

— Liam a passé la nuit ici ?

Je lâchai le couvercle d'un plateau et il claqua bruyamment au sol. Pendant que je m'accroupissais pour le récupérer, elle ajouta :

— Je ne juge pas, je ne fais que demander.

Je me raclai la gorge.

— Il... mais rien...

Evelyn posa la spatule avec laquelle elle retournait les tranches de bacon sur le repose-cuillère et avança vers moi. Elle me prit les deux mains.

— *Querida*, tu as presque dix-huit ans. Tu as le droit de dormir avec des garçons. Promets-moi juste de ne pas te poser avec un homme qui n'est pas gentil avec toi. Tu mérites de la gentillesse et du respect.

Le souvenir de la nuit dernière apparut dans mon esprit, puis un autre le supplanta, plus malvenu : le soir de la fête des fiançailles de Robbie quand je m'étais arrêtée chez lui et qu'il avait laissé sa nature bestiale prendre le pas sur l'humain. Étais-je naïve de blâmer le loup en lui ? Notre nature lupine était-elle si différente de notre nature humaine ?

Le regard noir d'Evelyn étudia mon visage.

— Ness ? Tu m'inquiètes.

Je secouai la tête.

— Pas besoin de t'inquiéter pour moi.

— Je m'inquiéterai toujours pour toi. Je t'aime trop pour ne pas le faire.

L'image d'elle attachée à une chaise me revint en mémoire. Je serrai les dents, voulant empêcher mes canines de s'allonger. J'avais hâte de me rendre dans la cave d'Éric et de plonger mes dents dans la gorge pâle de Lucy.

Ma tante n'avait pas blessé Evelyn, du moins c'est ce que celle-ci prétendait, mais elle était du genre à souffrir en silence. Elle ne s'était jamais plainte de l'arthrite qui gênait ses articulations ni de la blessure due à une balle à sa jambe qui la faisait toujours boiter.

---

Le petit-déjeuner se déroula sans accroc.

Emmy, une des employées de l'auberge, arriva peu après moi et insista pour s'occuper du service. Elle demanda où était Lucy et je prétendis qu'elle était partie avec son fils au cœur brisé. Emmy me lança un sourire peiné. Elle avait travaillé assez longtemps à l'auberge pour être au jus des rumeurs sur la famille Clark. Mais elle ne connaissait pas la double nature de ses employeurs, du moins je crois.

Pendant qu'Emmy s'occupait des lève-tôt, je préparai un plateau-repas à apporter à mon oncle. J'ouvris les rideaux et tentai de le convaincre de sortir du lit pour manger, mais il ne bougea pas. Je vérifiai son pouls pour m'assurer qu'il était vivant. Il l'était. Après ma troisième vaine tentative pour le pousser à se lever, je sortis de la chambre.

En descendant, je compris soudain que je serais en charge de l'auberge aujourd'hui. La responsabilité me noua le ventre si subitement que je pressai une paume dessus.

Ça irait.

Je pouvais m'en charger.

Et puis, c'était temporaire. Un jour. Peut-être deux. Non ?

Mes crampes ne s'apaisèrent pas. J'essayai d'espacer mes respirations, mais cela ne m'aida pas.

Les portes de l'auberge s'ouvrirent et je compris que me concentrer sur ma respiration n'allait pas desserrer le nœud dans mon ventre.

Ce n'était pas du stress, c'était August.

Et sa mère.

— Isobel ? m'exclamai-je.

Elle n'avait pas beaucoup changé : elle avait toujours des cheveux brun foncé, chatoyants, et sa peau était aussi pâle que d'habitude, mais elle semblait plus mince et élancée. Elle ouvrit les bras et je descendis l'escalier plus rapidement pour me glisser dans ses bras.

— Oh, ma chérie, tu m'as manqué.

Elle me serra fort avant de m'écarter pour m'observer.

— Mon Dieu, tu es le portrait craché de Maggie.

Sa voix se brisa en prononçant le nom de ma mère. J'essayai de sourire, mais j'avais un pincement au cœur. Maman était décédée en janvier, pourtant, j'avais l'impression qu'elle m'avait quittée hier. Parfois, j'attrapais toujours mon téléphone pour l'appeler.

— Qu'est-ce que vous faites ici aussi tôt ?

Isobel fit un geste vers le bureau d'accueil.

— J'ai toujours rêvé de gérer l'accueil d'une auberge.

— Hmm ! Vraiment ?

— J'ai entendu dire que le poste était libre.

Son regard passa sur moi, vert vif, comme les pins longeant la route de l'auberge.

Je clignai des yeux.

— Je vais m'installer... si tu le veux bien ?

— Tu es sûre que tu veux...

— Oui.

Alors qu'elle s'avançait vers le bureau, je jetai un coup d'œil à August. Avait-il demandé à sa mère de remplacer Lucy ?

— Tu as besoin de réparer quelque chose ?

— Quoi ?

— Une ampoule à changer, de la peinture à refaire ?

Il fit un geste vers l'auberge et je fronçai les sourcils.

— J'imagine que Jeb ne va pas être d'une grande aide les prochains jours avec tout ce qui se passe.

*Oh.* La gratitude me submergea.

— Tu ne peux pas tout faire seule. Bon, peut-être que tu pourrais, mais tu ne devrais pas y être obligée.

Il retroussa les longues manches de son tee-shirt qui moulait son corps comme une seconde peau.

— Je suis doué pour le travail manuel, reprit-il, mais ne me mets pas en cuisine si tu ne veux pas que j'empoisonne les clients.

Il sourit.

— Tu n'es pas censé être dans un avion ou un sous-marin là ?

— J'ai retardé mon départ, m'expliqua-t-il en observant le hall.

Le soulagement se mêla à l'inquiétude.

— Tu as fait ça ?

J'espérais que ce n'était pas parce qu'il avait peur pour moi. Je n'osais pas demander.

— Je dois être sur un chantier dans une heure, alors tu disposes de moi pour soixante minutes.

Je l'avais pour plus longtemps s'il ne repartait pas en mission.

— Hmm, la terrasse aurait besoin d'un réarrangement.

Il hocha la tête et avança vers le salon à deux étages.

— Hé, ma chérie, tu peux m'expliquer en quoi consiste un jour typique ici ?

Isobel se trouvait sur le pas de la porte entre le cagibi privé et le bureau d'accueil.

Même si je n'avais jamais tenu l'accueil, j'avais assez observé ma tante et mon oncle pour avoir une idée de ce qu'ils faisaient. J'expliquai ce que je savais à Isobel, puis m'élançai vers l'escalier qui menait à la lingerie quand Matt entra dans l'auberge accompagné d'une femme blonde qui lui ressemblait à s'y méprendre.

— Salut, Ness. Je ne sais pas si tu te souviens de ma mère ?

Il indiqua du menton la femme à côté de lui. Je ne me souvenais pas d'elle. Elle avait pourtant dû assister aux rassemblements de la meute. Mais après tout, Isobel n'y allait pas. Peut-être que la mère de Matt non plus.

Je revins sur mes pas et lui tendis la main.

— Un plaisir de vous rencontrer, Madame.

Elle prit ma main.

— Kasie. Tout le plaisir est pour moi, Ness.

Quand elle me lâcha la main, je la glissai dans la poche arrière de mon jean. Comme aucun d'eux n'expliquait la raison de leur présence, je demandai :

— Vous voulez un petit-déjeuner ?

— Oh, on a déjà mangé, fit gaiement Kasie.

Je lançai un regard à Matt sans comprendre vraiment ce qu'ils pouvaient vouloir d'autre.

— Du café ? Du thé ?

— On est là parce que...

— J'adore cuisiner, le coupa Kasie. À la réunion de la meute, j'avais cru comprendre qu'Evelyn était un chef fantastique, alors je suis venue m'entraîner avec elle.

*Oh.*

— Je vais aller me présenter en cuisine.

Elle s'arrêta à l'accueil pour embrasser la joue d'Isobel avant de traverser le hall et de disparaître dans la salle à manger.

Je me retournai vers Matt. Il venait de dire quelque chose à Isobel qui la fit sourire.

— Un vrai charmeur, lui, commenta-t-elle en secouant la tête.

Les portes-tambours se rouvrirent à nouveau et Lucas entra, un sac de sport glissé sur son épaule.

— J'ai besoin d'une chambre, annonça-t-il en se dirigeant vers l'accueil.

Il appuya le bras sur le comptoir.

— Bonjour, Madame Watt.

Isobel sourit.

— Bonjour Lucas.

Je haussai un sourcil.

— Pourquoi tu as besoin d'une chambre ?

— Mon appart est inondé. Connards de voisins.

Je repris une expression sérieuse.

— Oh. Désolée pour toi.

Il passa la main dans ses cheveux hirsutes qui bouclaient autour de ses oreilles.

— Pourquoi tu t'excuses ? Tu les as forcés à laisser couler leur robinet toute la nuit ?

Je lâchai un petit grognement.

— Tu sais quoi ? Je retire ce que j'ai dit.

Les yeux bleu clair de Lucas brillèrent de joie. J'étais sûre qu'il avait été couronné « personne la plus pénible de Boulder » au lycée.

— C'est quoi ton numéro de chambre, Ness ? 105, non ?

Je croisai les bras.

— Pourquoi ?

— Juste pour éviter de dormir dans la même chambre, prétendit-il en me faisant un clin d'œil. Liam m'arracherait les couilles. Merde. Pardon, Madame Watt.

Elle sourit à nouveau.

— J'ai entendu pire.

Lucas se pencha pour voir l'écran de l'ordinateur.

— La chambre 106 est libre par hasard ?

— Elle l'est. Laisse-moi te trouver la clé.

Isobel disparut dans la pièce réservée au personnel.

Je croisai les bras.

— Ton appartement a vraiment été inondé ?

Il me lança un sourire présomptueux.

Cela répondait à ma question.

— Tu es là pour me baby-sitter, c'est ça ?

— Te baby-sitter ? Quelle idée !

— Oh mon Dieu, c'est vraiment ça !

Il agita ses sourcils.

— Liam t'a chargé de le faire ? repris-je.

Le métal cliqueta dans le cagibi d'à côté pendant qu'Isobel cherchait parmi les rangées de clés.

— Personne ne m'a rien demandé. Je le fais par bonté de cœur.

— Ton cœur n'a aucune bonté en lui, répliquai-je.

Matt ricana tandis que Lucas me fusillait du regard. Je me tournai vers son ami.

— Ta mère n'est pas là pour des leçons de cuisine, j'imagine ?

Il glissa un énorme bras autour de mes épaules.

— La meute prend soin des siens, Ness.

Mon regard écarquillé oscilla entre les deux hommes dans le hall.

— Tu pleures ? demanda Matt.

Je touchai ma joue. En effet, mes doigts s'humidifièrent.

— C'est ce moment du mois... *encore* ?

Lucas me lança un sourire qui me donna envie de le frapper à la gorge.

Je lui adressai un doigt d'honneur une seconde avant que la mère d'August ne sorte de la pièce d'à côté en agitant une clé. Je laissai retomber ma main, priant pour qu'elle n'ait pas repéré mon geste vulgaire.

Les lèvres de Lucas s'étirèrent en un sourire moqueur tandis qu'il prenait les clés. Son sourire s'effaça quand son regard se posa sur un point derrière moi. Je sentis August ; mon estomac se tordait comme si le fil invisible qui nous reliait avait été avalé et tendu.

— Tu pars tuer les méchants ? demanda Lucas.

— J'ai repoussé mon départ.

August essuya lentement ses paumes sur son jean taché de traces de gras et de souillure du bois.

— Deux ampoules des lustres dans le salon ont besoin d'être changées. Tu sais où je peux en trouver des neuves, Ness ?

Je me dépêchai de lui indiquer le débarras contenant du matériel en tout genre. La pièce sentait le détergent, le métal froid et les cartons poussiéreux.

— Les ampoules sont là.

Je pointai l'étagère en dessous d'une fenêtre en hublot. Il s'avança et parcourut les rangées d'ampoules jusqu'à localiser celles dont il avait besoin.

— Je vais changer celles-ci avant de partir.

Je pensai soudain à quelque chose.

— Liam sait que tu as repoussé ton départ ?

Il se mit devant moi.

— Pas encore.

— Alors le fait que ta mère vienne aider, c'était ton idée ?

— Pas juste la mienne. Mes parents ne voulaient pas que tu sois seule, donc ma mère a appelé Kasie et je suppose que Matt a appelé Lucas.

— Je vais défaire mes affaires, chère coloc, indiqua Lucas en fixant August, à quelques centimètres de moi.

Je reculai jusqu'à ce que mon dos heurte le cadrant de la porte.

— On n'est pas coloc, Lucas.

— Presque. Hé, tu as une paire de boules Quies en plus ici ? Je ne veux pas entendre de gémissements.

Je me figeai complètement.

Du verre se brisa. Je baissai les yeux vers les boîtes d'ampoule dans les mains d'August. Sans dire un mot, il en attrapa des nouvelles et resta une minute près de l'étagère à surveiller le bout de ciel visible depuis le hublot.

— Bref, si tu en trouves, glisse-les sous ma porte, tu veux ? insista Lucas.

Il partit dans le couloir en sifflotant un air joyeux. Avant de tourner au coin, il cria :

— Hé, August, tu devrais passer chez *Tracy*. Il y a une certaine serveuse qui va péter un câble quand elle apprendra que tu es ici et célibataire.

Les muscles dans le dos d'August tressaillirent.

— Je dois aller vérifier le linge, prétendis-je avant de déglutir. Merci pour ton aide.

Là-dessus, je me hâtai de sortir de la pièce. Mon tee-shirt semblait palpiter tandis que la distance entre August et moi augmentait encore et encore.

# Cinq

Je restai un long moment dans la lingerie à trier les draps et serviettes sales tout en mettant en ordre mes émotions. Après trois tournées de machine et de sèche-linge et deux heures de repassage, seul le linge de l'auberge était en ordre. Mon cerveau était encore un véritable bazar.

Je voulais tout lâcher et aller dans la salle de sport me défouler jusqu'à y voir plus clair, mais il y avait encore trop à faire avant que je puisse m'arrêter. Je retournai là-haut vérifier comment s'en sortait Isobel en priant pour ne croiser personne d'autre.

— Tout va bien ? lui demandai-je.

— Tout va bien, ma chérie. Nous avons quelques réservations pour le week-end et un dîner d'anniversaire le vendredi pour vingt. Je suis allée voir Evelyn et j'ai passé une commande pour la cuisine et maintenant, je mets à jour la liste des bouteilles de vin. Oh, et quelqu'un a laissé un vélo de l'auberge devant. Je l'ai trouvé en accueillant de nouveaux clients. Je ne savais pas où le mettre, alors je l'ai poussé jusqu'au cagibi.

Elle fit un geste derrière elle tout en tapant sur une feuille Excel, la liste des vins sûrement.

En entrant dans le cagibi, je me glaçai jusqu'à devenir aussi rigide et froide qu'un bloc de marbre. Un message était attaché au guidon et voletait dans l'air à cause de la climatisation dans le coin de la pièce. Ma gorge se noua et j'arrachai le bout de papier, le retirant de sa ficelle en espérant qu'il provienne d'Isobel.

**Pour que tu puisses repasser**, disaient les lettres écrites au feutre noir.

Un frisson remonta ma colonne vertébrale glacée.

— Tu as vu qui l'a laissé ? demandai-je en priant pour que ma voix ne trahisse pas ma nervosité.

— Non, je l'ai trouvé en bas de la route.

Aidan me l'avait-il rapporté ? Vu les blessures infligées à sa gorge par Lucas, la nuit où ce connard avait tiré sur Liam, je l'imaginais mal se promener dans Boulder en transportant des vélos.

Il avait sûrement demandé à son chauffeur de l'apporter.

Je froissai le message et le jetai dans la poubelle.

*Comme si j'allais rendre visite à ce taré.*

Je guidai le vélo hors de l'auberge et descendis la route vers la réserve où Lucy et Jeb conservaient le matériel de randonnée, les kayaks, les cannes à pêche et autre matériel disponible pour les clients.

En remontant la route, je plissai les yeux face au soleil, cherchant la limousine du chauffeur d'Aidan; mais si elle était passée par ici, elle était partie depuis longtemps.

***Réunion à vingt heures ce soir à l'auberge pour discuter de l'avenir d'Everest Clark. Tous les membres de la meute sont convoqués.***

La voix de Liam était si claire et tranchante que je tournai la tête, m'attendant à le voir, mais pas une seule âme ne se tenait près de moi. Après m'être remise du choc de l'avoir entendu, je me concentrai sur ce qu'il avait dit : « l'avenir d'Everest Clark ». Mon pouls s'accéléra et le sang tambourina à mes oreilles. J'examinai le premier étage. Derrière l'une de ces fenêtres se tenait mon oncle. Avait-il entendu l'appel de Liam lui aussi ou avait-il été écarté ?

J'entrai dans l'auberge, attrapai le passe et montai l'escalier quatre à quatre. Je frappai, puis entrai dans la chambre de mon oncle.

— Jeb ?

En voyant la couette trembler et en entendant un reniflement étouffé, je me précipitai à son côté.

— Liam va... Il va... Il va *tuer* mon fils.

La voix de Jeb était rauque.

— Mon unique enfant.

Alors il avait bien entendu Liam.

— Il a dit qu'on *discuterait*. Peut-être que...

— Tu ne connais pas les méthodes de la meute, Ness. Tu en fais partie depuis quand ? Vingt-quatre heures ? Les loups ne font preuve d'aucune clémence.

Je me hérissai face à son ton condescendant.

— Je ne les connais peut-être pas autant que toi, Jeb, mais ils n'ont pas vengé la mort de mon père. Peut-être qu'ils ne tueront pas Everest.

— Il a étranglé Heath et l'a laissé flotter dans sa piscine. Tu crois que Liam pardonnera à mon fils ? Oh, ma belle, tu as tellement à apprendre...

Je pinçai les lèvres et réprimai mon envie de sortir d'ici.

— Tu as besoin de quelque chose, Jeb ? demandai-je, tendue.

Sans détourner les yeux des Flatirons s'étendant par la fenêtre, il murmura :

— Pourquoi a-t-il fallu qu'il aille le tuer ? Tu le lui as demandé ?

Je me raidis encore.

— Comment peux-tu penser cela ?

— Eh bien, après ce qu'il a fait à Maggie...

— Au cas où tu aurais oublié, Heath a aussi violé Becca. Peut-être que c'est *elle* qui a demandé à Everest de tuer Heath.

— Elle était dans le coma.

Ma gorge se noua. Je déglutis.

— Avant qu'elle n'essaye de se suicider et qu'elle tombe dans le coma.

Le regard rougi de mon oncle dériva jusqu'à moi avant de revenir au panorama des montagnes. D'une certaine façon, sans le savoir, j'avais été complice du meurtre d'Heath, mais si j'avais voulu le tuer, je l'aurais fait moi-même. Je n'aurais jamais demandé à quelqu'un de se salir les mains pour moi. Comment mon oncle pouvait-il avoir une aussi basse opinion de moi ?

— Appelle-moi si tu as besoin de quoi que ce soit, murmurai-je en reculant.

Je me retournai et redescendis l'escalier.

Isobel releva les yeux de son écran.

— Tout va bien ?

Je hochai la tête.

— Je m'inquiète pour Jeb, c'est tout.

Isobel ne répondit pas, mais je la sentais qui m'étudiait.

Je sortis sur la terrasse entourant l'auberge pour me changer les idées. Mais la forêt dense me rappelait Aidan et le message étrange qu'il m'avait envoyé. J'essayai de téléphoner à Liam pour lui en parler, mais je tombai sur le répondeur.

La réunion de la meute était dans quelques heures. Ça pouvait sûrement attendre. Ce n'était pas comme si c'était une menace. On ne menace pas les gens avec des invitations. Mais après tout, Aidan Michaels était un homme retors. Peut-être que c'était une ruse fourbe. Un rappel : il sait comment m'atteindre, comment occuper toutes mes pensées.

Je repoussai le bois noueux de la rambarde que mon père et les Watt avaient bâtie. Je voulais une autre opinion là-dessus, et puisque Liam ne répondait pas, je décidai d'aller trouver mon coloc.

Six

Je frappai à la porte de Lucas sans m'arrêter jusqu'à ce qu'il ouvre.

— Mon Dieu ! Donne-moi une minute.

Il était pieds nus, habillé d'un jogging taille basse qui laissait voir beaucoup trop de son caleçon et d'un débardeur blanc qui dévoilait trop ses biceps. Même si je voulais lui dire de remonter son pantalon, je n'étais pas là pour le reprendre sur son piètre goût en matière de mode.

J'entrai dans la pièce et fermai la porte du pied.

— D'habitude, je ne refuse pas les plans cul, mais là...

— Oh mon Dieu ! Arrête ton cirque, le coupai-je en levant les yeux au ciel. Si tu étais le dernier homme sur cette Terre, je ne coucherais quand même jamais avec toi.

Il sourit.

— C'est cruel, Clark.

— Je suis là parce que j'ai eu une étrange livraison.

Son sourire disparut.

— Je t'écoute.

— Le soir où je suis allée chez Aidan, le soir où il a tiré sur Liam, j'avais fait le chemin à vélo et l'on vient de me le rapporter avec un message disant : « Pour que tu puisses repasser. »

J'avais parlé d'une seule traite. Le regard de Lucas s'assombrit.

— Qui te l'a rapporté ?

— Je ne sais pas. Isobel l'a trouvé dans l'allée.

— Comment tu sais que c'est le même vélo ?

— Je n'en sais rien, mais...

— Peut-être que le message était pour quelqu'un d'autre.

Je grognai avec frustration.

— Très bien. Ne me prends pas au sérieux.

Sa mâchoire tressauta.

— Tu as appelé Liam ?

— J'ai essayé. Il n'a pas répondu.

Pendant une longue minute, Lucas me fixa comme s'il décidait s'il devait me faire confiance ou non.

Je frottai mes paumes moites contre mon jean, puis observai la chambre qui était presque identique à la mienne : les mêmes rideaux beiges, le même fauteuil en flanelle, les mêmes luminaires en cuivre, les mêmes draps blancs. Seul le paysage peint au mur était différent.

— Écoute, je suis venue te voir parce que je pensais que tu pourrais m'aider à savoir si je devrais m'inquiéter au sujet d'Aidan.

— Tu devrais toujours te méfier des gens qui ont trop d'argent et d'influence, mais là maintenant, on a un plus gros problème que ce connard blessé.

Le bout de mes doigts devint froid comme les os.

Lucas se laissa tomber dans le fauteuil, puis se pencha en avant, les coudes posés sur ses genoux et les doigts entremêlés. Il m'observa comme s'il pesait le pour et le contre entre parler et se taire. Finalement, il annonça :

— Ce matin, Liam a découvert que quelque chose a été volé au QG.

Je fronçai les sourcils. Qu'est-ce que les Boulder gardaient au QG qui pourrait...

— Le bâton pour la sélection des genres ?

Lucas ricana.

— Ça te plairait ça !

*Beaucoup, oui.*

— Tout le stock de Sillin de la meute a disparu.

— De Sillin ? Tu veux parler des pilules qui empêchent la transformation ?

Il hocha la tête.

Ma mère m'avait fait ingérer du Sillin pendant trois semaines quand nous avions emménagé à Los Angeles, pour empêcher mon corps de se transformer et affaiblir mon odeur au cas où d'autres loups-garous seraient dans la zone. Elle ne voulait pas que quelqu'un sente ma présence. Les loups solitaires étaient voués à devenir incontrôlables et étaient donc traqués par les meutes. Au bout d'un moment, la distance avec les Boulder avait rendu dormant mon gène de loup-garou et je n'avais plus eu besoin du médicament.

— Pourquoi quelqu'un le volerait?

— Selon Greg, ils n'en commercialisent plus.

Il me fallut un moment pour me rappeler que c'était le médecin de la meute.

— Et alors?

— Et alors, un véritable commerce a débuté autour de ces pilules.

Je n'arrivais pas à croire que j'étais en train d'avoir une véritable conversation avec Lucas sans avoir envie de l'étrangler.

— Qui les a volées d'après vous?

— On sait bien qui les a volées. Cole a vérifié les caméras dès que Liam l'a appelé.

— Qui est le coupable alors?

— D'après toi?

Je grinçai des dents.

— Sérieux, Lucas? Tu me fais deviner?

— Everest. Everest les a volées, putain. Et devine quand? Pile au moment où tu t'es présentée à l'entrepôt des Watt pour te battre en duel avec Liam. Si l'on ne l'a pas attrapé plus tôt, c'est parce que toute la meute doit être présente à un duel. Ce qui veut dire que la personne en charge de surveiller les caméras de sécurité de l'auberge et du QG assiste aussi au duel.

Je me hérissai.

— Tu insinues que c'est ma faute?

Il souffla, excédé, puis passa ses mains sur son visage.

— Tu ne savais pas ce qu'il préparait, hein?

— Comment peux-tu me demander ça, Lucas?

— Désolé. On essaye juste de savoir quel est son objectif final.

— Elles valent de l'argent ces pilules ?

— Tu crois qu'Everest les a volées pour un gain financier ?

— Tu as dit qu'elles étaient rares. Peut-être qu'il les a volées pour négocier des alliances avec d'autres meutes.

Lucas se redressa en entendant cette théorie.

— À moins qu'il prévoie de les utiliser sur nous ? suggérai-je.

Tout comme je les avais utilisées sur Heath sur une idée d'Everest. Les pupilles de Lucas s'aiguisèrent en deux fentes.

— Tu n'avais pas pensé à cette idée ? demandai-je.

Il frappa ses mains contre ses genoux, ce qui me fit sursauter.

— Putain.

— Ne me confonds pas avec une prostituée, j'ai dit ja-mais, Lucas.

Cela avait été plus fort que moi. Lucas sourit, mais l'effet de ma plaisanterie mourut tandis que nous digérions ma suggestion.

— Il faut qu'on appelle Liam, finit par annoncer Lucas.

C'est ce que l'on fit et cette fois-ci, notre alpha répondit.

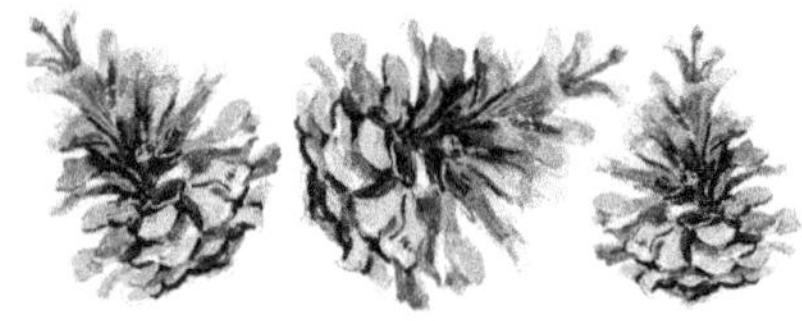

Liam entra en furie dans la chambre de Lucas quinze minutes après notre appel, se dirigeant droit vers moi. Une fois à mes côtés, il prit mes joues entre ses paumes et étudia chaque centimètre de mon visage comme pour s'assurer que j'étais indemne. Je ne savais pas pourquoi il s'imaginait que j'étais blessée, mais qui étais-je pour me plaindre que quelqu'un tenait assez à moi pour s'inquiéter ? Une de ses mains glissa sur mon bras pour prendre mes doigts pendant que l'autre passait sur la petite cicatrice blanche laissée accidentellement par ses griffes pendant la dernière épreuve.

Lucas lui fit part de nos théories et je lui parlai du vélo. Au milieu de tous les problèmes, il semblait futile.

— Il ne sait pas pour la réunion d'aujourd'hui, si ? demandai-je.

— Il ne s'est pas soumis à moi, alors non, il n'a pas entendu.

Liam tapotait sur son pantalon en arpentant la petite pièce.

— Si ce bâtard croit pouvoir nous empoisonner avec du Sillin, il se trompe lourdement.

— Au moins, le Sillin ne peut pas nous tuer, osai-je m'avancer.

Je regrettai mes mots quand Liam comme Lucas plantèrent brusquement leur regard sur moi. D'accord, j'en avais donné à Heath, mais c'était la corde en argent qu'Everest avait nouée autour du cou de l'alpha qui lui avait arraché la vie.

— Le Sillin ne peut peut-être pas nous tuer, confirma gentiment Liam en arrêtant sa frénésie de pas, mais cela nous volera de la force.

Je déglutis pour chasser la culpabilité qui m'assaillait. Même si Liam n'était pas le plus grand fan de son père, Heath était son dernier parent en vie et j'avais participé à sa chute.

Liam passa son pouce sur un de mes sourcils froncés.

— Arrête de t'en vouloir.

— Je n'y arriverai jamais, murmurai-je.

Liam me prit dans ses bras et me caressa les cheveux. Son odeur musquée à la menthe s'enroula autour de moi, apaisant mes nerfs à vif.

— À quoi tu penses, Liam ? demanda Lucas après un moment de silence.

— Je pense que je devrais rendre visite à Aidan Michaels comme il l'a demandé.

Je m'écartai.

— Non. C'est un psychopathe ! Tu ne peux pas y retourner.

Liam me lança un sourire à la fois peiné et dangereux.

— Ness, il ne me tirera plus dessus.

— Comment peux-tu le savoir ?

— Un, parce qu'on se pointera préparés. Et deux, parce qu'il est à l'hôpital.

— Liam... non.

— Que veux-tu que je fasse ? Rester là assis à attendre que lui t'atteigne ?

Liam caressa les courbes de mes mâchoires tremblantes. Son contact me fit frissonner encore plus.

— Personne ne menace l'un de mes loups, reprit-il. Personne.

— Alors j'irai avec toi.

— Certainement pas.

— Liam...

— Hors de question, Ness.

— Mais...

Liam lança à Lucas un regard lourd de sens et lui donna sûrement un ordre muet, car Lucas ajouta :

— Je serai collé à elle comme une seconde peau.

*Dégoûtant*, et injuste. Je leur fis part de mon avis. Pas sur le côté répugnant, mais sur l'injustice. Je redressai même les épaules et leur jetai un regard féroce, du moins j'espérais qu'il l'était.

— Qu'est-ce qui n'est pas juste ? Essayer de te garder hors de danger ? demanda Liam.

— Ce n'est pas la devise de la meute de protéger l'alpha à tout prix ?

Liam plissa ses yeux noirs.

— Tu protégeras ma santé mentale en restant en sécurité. Si quoi que ce soit venait à t'arriver, je deviendrais fou, Ness. Je deviendrais fou et je mettrais en pièce tous ceux qui se trouveraient sur mon chemin. Préserve ma santé mentale, s'il te plaît.

Il caressa ma joue d'une phalange.

Je fis la moue, énervée d'être mise de côté.

— J'espère que ce n'est pas parce que je suis une femme et que tu penses que je suis trop délicate parce que je suis...

— C'est parce que tu es *ma* copine.

— Je vais attendre dehors, grommela Lucas.

Une seconde après, la porte se referma.

— La mienne, Ness.

— Et comment tu crois que je réagirais si quelque chose t'arrivait ?

— La meute te protégera.

La colère me monta aux yeux.

Une émotion forte traversa son visage et il pressa sa bouche contre mon front, puis sur mes paupières, mon nez, ma mâchoire, ma cicatrice. Il ne laissa pas un millimètre de peau vierge de baisers sur mon visage. Non, c'est faux. Il ne m'avait pas embrassée sur la bouche, pas encore. Mais le baiser vint plus tard et, avec lui, des vagues d'intenses sensations. Elles pulsèrent en moi et me remplirent comme l'océan Pacifique s'abattait sur le sable des plages de Venise.

Notre baiser avait un goût de tonnerre, d'éclair et de désir.

Tellement de désir.

Le désir de garder l'autre en sécurité, de tenir l'autre contre soi, de se remplir l'un l'autre.

Tandis qu'il approfondissait le baiser, que ses mains descendaient le long de ma colonne vertébrale et agrippaient mes fesses, mon estomac se durcit comme de la pierre. Je m'écartai comme si quelqu'un m'avait frappée.

Les lèvres enflées et entrouvertes, Liam me lança un regard d'excuse. Pensait-il que je m'étais détachée parce qu'il allait trop vite ? Je me forçai à fermer le poing pour empêcher mes doigts d'agripper mon ventre toujours noué. Je blâmais ce foutu lien d'accouplement pour cette douleur subite. Ce n'était pas juste.

Il y avait tant d'injustice.

Liam se frotta la nuque.

— Pardon, Ness. Je ne voulais pas précipiter les choses...

— Mais non, ce n'est pas ça.

— Alors pourquoi t'es-tu écartée ?

Je ne pouvais pas en faire un secret. Pas si j'avais ce réflexe chaque fois qu'on s'embrassait. Je posai deux doigts sur mon ventre. Il fronça les sourcils, puis se dérida. Enfin, il comprit. Son visage s'assombrit.

— Mais il est parti.

— Non. Il n'est pas parti.

L'éclat dans ses yeux m'effraya. Liam recula et quitta la pièce. Un instant plus tard, Lucas entra à nouveau.

Je me laissai choir sur le lit et fourrai ma tête dans mes mains.

Je ne pensais pas que cette journée pouvait devenir pire, mais visiblement si.

# Huit

— Il va le forcer à partir, hein ? demandai-je à Lucas.

— Avec un peu de chance, il se concentrera sur Everest et Aidan, et gérera votre lien plus tard. Quand je vous vois, je suis content de ne plus être avec Taryn. Vous les filles, vous nous déconcentrez trop.

Des fossettes apparurent à ses joues alors que contrairement à moi, il n'en avait pas. J'imagine qu'il mordillait l'intérieur de ses joues.

— Toi et Taryn avez rompu ? Quand ça ?

— Il y a quelques jours.

Je n'aimais pas Taryn, mais je n'aimais pas beaucoup Lucas non plus, alors je trouvais qu'ils allaient bien ensemble.

— Ça faisait longtemps que vous étiez ensemble ?

Une mouche bourdonna près de son bureau avant de se poser sur le tableau derrière la tête de Lucas.

— Assez longtemps pour que ça fasse mal.

Je sentis que ce n'était pas lui qui avait rompu, mais je ne m'en mêlai pas. Je me levai, frottai mes mains sur mon jean et m'excusai :

— Je dois aller travailler.

— Tu ne prévois pas de rendre visite à Aidan, si ?

— Non.

Je ricanai doucement.

— Je suis vindicative, mais pas suicidaire.

— Donc je n'ai pas besoin de te suivre à la trace dans toute l'auberge ?

— Tu peux essayer, mais je connais l'endroit mieux que toi, alors je te souhaite bon courage, fis-je avec un sourire. Cela dit, si tu t'ennuies, je peux te filer un plumeau pour la poussière.

— Ça me fait mal au cœur, mais je vais passer mon tour. Je vais aller en salle de sport.

— Tu n'as pas un travail ?

— C'est toi mon travail.

Je relevai la tête si vite que le crayon que j'avais glissé dans mon chignon toucha mon crâne.

— Tu n'es pas sérieux.

— Je suis très sérieux. Jusqu'à ce qu'Everest soit tu... *attrapé*.

— Tué ? croassai-je.

— Attrapé.

Mon cœur se figea, comme la mouche sur le tableau.

— Mais tu allais dire « tué » ?

— C'est grave ?

— Oui.

— Tu ne veux pas sa mort ?

— Je veux celle d'Aidan Michaels.

— Mais pas celle d'Everest ?

— Je ne sais pas quoi penser de mon traître de cousin, là. Je ne comprends pas son but. Je pensais que tout était pour Becca, mais il est sorti avec cette autre fille depuis son coma, alors je ne sais pas.

Je poussai le coin du tapis beige et doux avec mon orteil.

— En parlant de cette autre fille, le répertoire d'une université est disponible au public ?

— Non, mais Cole peut sûrement le hacker. Pourquoi ?

— Je voulais voir si elle venait de Denver.

— C'est quoi son nom ?

— Megan.

— Megan quoi ?

— Je ne sais pas.

— Comment tu écris Megan ?

— Je sais pas trop.

— Tu te fous de ma gueule, Ness ?

Je posai mes mains sur mes hanches.

— Ne me crache pas dessus comme ça.

— Je suis pas un putain de chat.

— D'accord, soufflai-je agacée. Alors ne *m'aboie* pas dessus. C'est mieux ?

Il ricana.

— Tu sais dans quelle université elle va au moins ?

— Elle est en première année à l'UCB.

Il tapa quelque chose sur son téléphone.

— Donc elle sera en deuxième année cet automne ?

*Ah oui...* On était en été.

Il grommela.

— Tu ne sais pas, c'est ça ? L'UCB a vingt-quatre mille étudiants en licence. Elle n'est pas pote avec Everest sur Snapchat par hasard ? Ça serait beaucoup plus simple.

Je ne savais pas que l'UCB était aussi grand.

— Je ne sais pas, je ne suis pas sur les réseaux sociaux.

Il porta son téléphone à son oreille tout en secouant la tête.

— Salut Cole. J'ai besoin d'infos sur une fille appelée Megan, elle est en L1 ou L2 à l'UCB... Non, c'est pas un coup d'un soir, abruti.

Je souris avec malice.

Lucas arracha des peluches de l'accoudoir du fauteuil. Ses ongles étaient abîmés, cassés et mis à mal par la pierre et la terre. Les miens avaient été dans le même état après ma promenade avec la meute, le soir de la pleine lune. Je les avais limés et, trois jours après, des croissants blancs avaient déjà poussé.

— Quelle couleur de cheveux ? Sa peau ? Ses yeux ?

— La peau claire. Des cheveux blonds à hauteur d'épaule. Je n'ai jamais vu la couleur de ses yeux.

Lucas transmit l'information.

— Cole demande si elle était grosse, mince ? Tu as un signe distinctif à donner ?

— Je l'ai vue de loin au festival de musique, assise sur un banc, puis chez *Tracy*, encore assise. Elle était jolie. Ça aide ?

— La version jolie pour les filles n'est pas souvent la version d'un mec, marmonna Lucas.

— Elle avait un visage en forme de cœur.

Lucas haussa son sourcil barré d'une cicatrice, souvenir de l'accident de voiture qui avait coûté la vie à ses parents.

— Qu'est-ce que ça veut dire ça ?

Je traçai un cœur dans l'air avec mes deux index.

— Selon Ness, elle a un immense front et un menton très pointu, résuma-t-il en changeant le téléphone de côté. Et tu as dit qu'elle était jolie ?

Je levai les yeux au ciel.

— Son front n'était pas immense, ce n'est pas un monstre.

Pendant que Cole cherchait à l'autre bout du fil, Lucas lui parla des images truquées de l'auberge. Vu qu'il ne se lança pas dans une danse de la joie, le frère de Matt n'avait probablement pas encore réglé le problème.

— Okay… Je lui montrerai. Merci, mec.

Deux minutes après, le téléphone de Lucas bipa. Il tapa sur l'écran avant de me le passer. Je fis défiler le mail de Cole, rempli de captures d'écran de plusieurs Megan dans cinq orthographes différentes.

Je lui tendis le téléphone en secouant la tête. Aucune n'était la Megan d'Everest.

Lucas examina les captures.

— Becca était une escorte, peut-être que Megan aussi ?

— Everest m'avait dit que non.

— Il avait aussi dit que tu avais tué Heath.

Les poils blonds sur mes bras se hérissèrent.

— Tu as raison. Je n'aurais jamais cru dire ça.

Il me lança un sourire en coin.

— On sous-estime toujours les mecs sexy.

Je ricanai.

— Oh mon Dieu. Ferme-la.

Il ricana.

— C'est quoi le nom du site ?

— EscortsdelaRivièreRouge.com.

— Je déteste le mot *rivière*, commenta-t-il en tapant.

— Tu as quelque chose contre les petits cours d'eau ?

— J'ai quelque chose contre les immenses corps couverts de fourrure, rétorqua-t-il en levant les yeux vers moi. Ne me dis pas que tu n'as jamais entendu parler de la meute de la Rivière ?

Je fronçai les sourcils.

Il pétrit son menton qui avait grand besoin de rasage.

— J'ai raison, hein ? La plus petite meute qui est devenue la plus grande ? Ça te rappelle un truc ?

Je secouai la tête. Il s'appuya contre le dossier du fauteuil.

— Je te raconte cette triste histoire quand on aura fini avec l'agence d'escortes.

Ses doigts volèrent sur l'écran de son téléphone. Sans relever la tête, il annonça :

— Le site est fermé. Tu as toujours un contact de l'agence ?

Ma peau me brûlait à l'idée d'appeler Sandra, la proxénète – à moins qu'on appelle autrement ceux qui gèrent une agence d'escortes – à qui Everest m'avait présentée. Même si elle avait toujours été agréable et enjouée au téléphone, j'avais espéré ne plus jamais lui parler après mon « rendez-vous » avec Aidan Michaels. Je frémis à ce souvenir.

— Donne-moi le numéro.

Je m'exécutai. Lucas appela l'agence en mode haut-parleur.

Un message automatique se déclencha, nous incitant à laisser un message. Quand le bip résonna, je secouai la tête avec tant de véhémence que les mèches de cheveux qui s'étaient échappées de mon chignon un peu plus tôt, quand j'embrassais Liam, voletèrent autour de moi.

— Bonjour, je cherchais la compagnie d'une femme pour la fête d'un ami ce week-end. J'aimerais savoir quelles filles sont disponibles.

Lucas laissa son numéro avant de raccrocher, le visage rouge.

— Tu rougis, l'informai-je surtout pour l'agacer.

Il me fit un doigt d'honneur, ce qui m'arracha un sourire.

— Parle-moi des loups de la Rivière maintenant.

Il tapota son téléphone sur l'accoudoir rembourré de son fauteuil.

— Il y a quatre ans, une meute qu'on pensait tous éteinte a soumis la plus grande meute des Rocheuses.

— Voilà pourquoi je n'ai pas entendu parler d'eux. Il y a quatre ans, j'étais à Los Angeles.

— Les Tremulas, tu connais ?

— Bien sûr. Leur meute était pacifique. Papa les traitait de hippies.

Il fit tourner son téléphone entre ses doigts.

— Plus ou moins. Ils vivaient dans un camp, enfin, c'était plutôt une petite ville. Ils interagissaient très peu avec les humains. Bref, il y a environ dix ans, il y a eu un sommet entre les différentes meutes, le premier en presque cent ans. Les Boulder, les Pinss, les Tremulas et quelques meutes de l'Est ont signé un pacte de non-invasion. Aucun loup de la Rivière n'est venu. Les Tremulas, les plus proches géographiquement des Rivières, ont dit qu'ils n'avaient pas entendu parler de leurs voisins depuis des années, alors on a considéré la meute comme éteinte.

Les Boulder n'étaient pas du genre à glisser des pâquerettes dans leurs cheveux. Et même si les Pinss étaient du genre civilisés, certains – comme Justin, dont le visage m'apparut aussitôt – étaient brutaux et égocentriques.

— Comment des meutes peuvent-elles s'éteindre ?

— Quand trop de jeunes refusent d'honorer notre mode de vie. Ils déménagent dans de grandes villes et perdent de vue leur véritable nature. Ils meurent plus tôt, car ne pas se transformer n'est pas naturel pour nos corps.

Je me demandai combien d'années j'aurais perdu en étant loin de Boulder.

Lucas se gratta le menton.

— Le pire, c'est quand ceux qui partent se reproduisent.

— Pourquoi est-ce pire ?

— Parce que si leur progéniture naît loin de la meute, le gène devient récessif et les enfants ne peuvent pas se transformer pleinement. On les appelle des *demi-loups*. Des créatures cauchemardesques.

Son expression était si livide que je me demandai s'il en avait déjà vu un. Il craqua ses phalanges.

— Bref, en fait, les Rivières n'étaient pas éteints... Ils se cachaient juste. Une nuit d'hiver, l'alpha des Rivières est entré directement dans le camp des Tremulas avec une poignée de loups et a défié l'alpha ennemi en duel. Apparemment, le combat a été particulièrement gore et les Tremulas – enfin, les Rivières, maintenant – ont accusé l'alpha d'avoir triché, mais personne n'a pu prouver qu'elle...

— *Elle* ? L'alpha des Rivières est une femme ?

Lucas renifla.

— Bien sûr, c'est la partie sur laquelle tu t'arrêtes.

Je croisai les bras.

— Ce n'est pas parce qu'elle a gagné qu'elle a triché, Lucas. Pourquoi en venir tout de suite à cette conclusion ? Parce que c'est une femme et que les femmes sont censées être inférieures aux mâles ?

Lucas referma la bouche. J'avais à l'évidence touché un point sensible.

— Comment expliques-tu que chaque Tremula haut placé l'ayant défiée après le duel ait perdu la vie aussi, hein ?

Je haussai les épaules.

— Elle est extraordinairement forte.

Lucas me lança un regard cinglant. Il ne pensait même pas que c'était possible ! Quel porc misogyne !

Je serrai mes bras plus fort sur ma poitrine.

— Tu l'as rencontrée ?

— Non. Et je compte ne jamais rencontrer cette tarée.

— Tu es *tellement* sexiste.

— « Sexiste » ? Je serais toi, j'éviterais d'être aussi *jugeante*. Tu ne sais rien sur moi.

— *Jugeante* n'est pas un mot qui existe.

La colère mêlée à quelque chose d'autre passa sur son visage.

— Tu te crois supérieure à tout le monde ou c'est juste moi ?

— Je ne me crois pas supérieure à qui que ce soit.

— Tu te comportes comme si c'était le cas, ça, c'est sûr.

Mon sternum bondit en entendant son commentaire.

— Je veux juste être considérée comme égale à vous.

Il fixa le tapis si intensément que je m'attendais à voir des flammes s'enrouler autour des longues fibres.

— Vous êtes quarante, Lucas. Et moi, je suis seule. Essaye d'être l'étranger et tu verras.

Mes paupières me piquaient et je détestais entendre ma voix se briser.

Je me retournai et partis, tâchant de contrôler mes émotions.

En nettoyant les chambres, je repensai à l'alpha des Rivières. Lucas ne voulait peut-être pas la rencontrer, mais moi si. Ma curiosité s'apparentait-elle à de la déloyauté ? Ce n'était pas comme si je pouvais prêter serment à sa meute : le sang Boulder coulait dans mes veines et, à moins qu'elle ne vainque notre alpha en duel et vole notre connexion à lui, je resterai toujours une Boulder.

Et puis, je ne voulais pas d'un nouvel alpha. Je faisais confiance à Liam et c'était l'un des rares à qui j'accordais ma confiance. Mais comment étais-je censée prouver que j'étais leur égale s'il m'assignait un putain de chien de garde?

Peut-être que si je trouvais Everest en premier...

En préparant des rafraîchissements pour la salle de réunion et en rangeant la salle à manger, je réfléchis aux raisons pour lesquelles Everest pourrait être à Denver.

— Qu'est-ce qu'il y a à Denver, Everest? murmurai-je à moi-même.

J'observai le ciel désormais bleu pervenche flamboyant par-delà les fenêtres de l'auberge.

J'avais l'impression d'omettre quelque chose, mais quoi?

*Neuf*

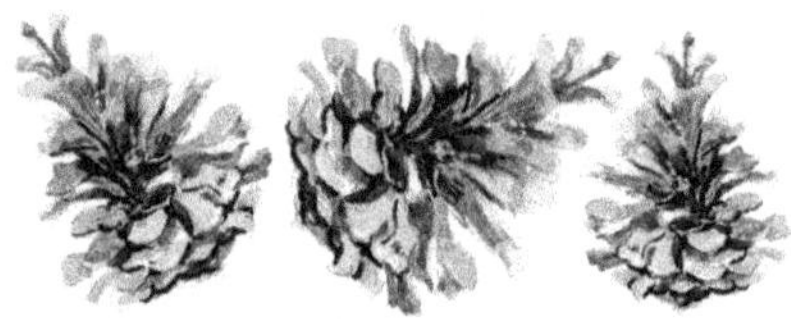

Les hommes commencèrent à arriver à dix-neuf heures quarante-cinq. D'abord, ce fut Nelson. Il embrassa sa femme comme s'il ne l'avait pas vue depuis des jours et non pas quelques heures. Je ne pus m'empêcher de les fixer, me rappelant une époque où mes parents se chuchotaient des choses, torse contre torse, joue contre joue, comme eux. Je ne voulais pas me montrer indiscrète et détournai le regard, puis réarrangeai les pommes vertes dans les bols en bois que j'avais ajoutés à chaque coin du bureau d'accueil.

J'entendis Nelson demander à Isobel si elle n'était pas trop fatiguée. Du coin de l'œil, je la vis secouer la tête. Après l'avoir embrassée sur le front, Nelson avança vers moi de ses grandes foulées agiles. Comme son fils, il avait de longs membres, mais là où August était visiblement musclé, Nelson était plutôt mince et sec.

Il toucha mon épaule, faisant dégringoler la pomme que j'essayais de mettre en haut de ma pyramide. Il attrapa le fruit avant qu'il tombe du comptoir et le remit en place.

— Comment est-ce que tu tiens le coup, Ness ?

— Très bien. Grâce à Isobel et Mme Rogers.

Isobel me sourit.

— D'ailleurs, j'ai demandé à Skylar de gérer l'accueil quand je rentrerai.

56

Elle a dit que ce n'était pas un problème et que sa femme s'occupera du service dans la salle à manger. J'espère que ça te va.

— C'est même super.

Je n'avais même pas pensé à trouver un manager pour la nuit. Je chercherai Skylar après la réunion pour savoir combien de temps elle pourrait gérer le service de nuit. J'espérais qu'elle le ferait jusqu'à ce que mon oncle se sente « mieux ». Mais est-ce qu'il s'en remettrait ?

Les portes d'entrée tournèrent à nouveau, apportant l'odeur fraîche de la nuit et l'odeur musquée des corps masculins. Liam était parmi les nouveaux arrivants. En le voyant, je n'entendis plus qu'un léger bourdonnement. Il marchait droit vers moi. Après avoir salué Nelson, Liam glissa ses doigts entre les miens et m'attira loin du père d'August.

***Comment était le reste de ta journée ?*** me demanda-t-il en pensée.

Je levai les yeux vers lui.

— Sans fin. Et toi ?

Ce que je voulais vraiment savoir était ce qu'Aidan avait dit.

***Il paraît que Lucas t'a donné un cours d'histoire.***

— En effet.

Lucas lui avait-il dit comment le cours s'était terminé ?

Nous passâmes devant plusieurs clients qui allaient manger et tournâmes vers l'escalier qui descendait jusqu'à la salle de réunion. Il ne lâcha pas ma main avant que nous n'atteignions la table ovale. Il s'assit et m'indiqua du menton de m'installer à côté de lui.

— Un ancien devrait plutôt s'asseoir là, Liam.

Ou quelqu'un de plus haut placé dans la pyramide de la meute.

Ses yeux noirs soutinrent les miens.

***Ta place est à côté de moi maintenant.***

Je me glissai dans le siège en me mordillant la lèvre. Sortir avec l'alpha n'était pas rien ; s'asseoir à côté de lui était plus que cela encore.

J'entendis les sièges à roulettes glisser sur le parquet et les jeans murmurer contre les assises en cuir. Je pianotai sur la table, étudiant la rangée de verres brillants que j'avais alignés au milieu de la table.

La chaise à côté de moi resta vacante si longtemps que je commençai à penser que personne ne s'assiérait à côté de moi. Matt eut pitié de moi et s'y installa. J'expirai une bouffée d'air silencieuse.

Un nœud se forma dans mon ventre. *Le stress...* Je me sentais stressée, oui. Et nerveuse. À moins que ce soit...

Je levai les yeux vers la porte au moment où August entra. Il s'assit à côté de son père et parcourut la pièce du regard en évitant l'endroit où j'étais. Mon cœur se serra en le voyant agir ainsi. Qu'est-ce que Liam lui avait dit ? Je baissai les yeux vers les verres alignés, trouvant du réconfort dans l'étude d'objets inanimés.

— Où est Jeb ? demanda Liam.

Je clignai des yeux, puis observai la table. Mon oncle était la seule personne manquant à l'appel.

— Il n'a pas quitté sa chambre de la journée, indiqua Lucas.

— Il doit être là, ordonna Liam. Lucas, Matt.

Les deux garçons se levèrent et quittèrent la pièce.

Mon cœur battait à cent à l'heure. Je voulais demander à Liam si traîner mon oncle jusqu'à cette réunion était véritablement nécessaire, mais je tins ma langue. Je ne pensais pas que cela soit judicieux de s'opposer à l'alpha avant même le début de la réunion.

Frank baissa la tête vers Liam. Même si l'alpha ne parlait pas à voix haute, Frank répondait par des hochements de tête et des oui, ce qui signifiait qu'une conversation était en cours.

Des grognements étouffés et des bruits de pas appuyés se firent entendre. Lucas et Matt revinrent, encadrant et soutenant mon oncle. Ils l'installèrent dans la dernière chaise libre avant de retourner à leur place respective.

Jeb se voûta en avant, le teint aussi gris que sa barbe poivre et sel, le front plissé comme du raisin. Il semblait avoir pris des années en l'espace de quelques jours.

— Ferme la porte, Joseph, demanda Liam à l'un des plus jeunes membres de la meute, un garçon avec de l'acné et des cheveux cuivrés jusqu'aux épaules.

Le jeune garçon me rappela Everest l'année où j'avais quitté Boulder. Lui aussi avait de longs cheveux roux et de l'acné. Je me souvenais de m'être demandé comment il supportait l'odeur chimique de la crème qu'il tartinait sur son visage tous les jours pour arranger sa peau.

— Merci d'être venu. Commençons par Everest Clark, l'assassin de mon père.

La voix de Liam résonnait clairement dans la pièce au plafond bas, faisant écho contre les murs en pierres grises.

Plusieurs personnes froncèrent les sourcils et me regardèrent. Mon pouls manqua un battement en comprenant qu'ils me voyaient toujours comme la complice volontaire d'Everest.

— À moins que vous puissiez vivre sans vos yeux, je vous incite fortement à cesser de regarder Ness ainsi, grogna Liam.

Ils détournèrent le regard.

— La coutume de la meute a toujours été de venger une mort par une autre mort.

Je tordais mes doigts sur mes genoux, mais m'arrêtai brusquement quand Liam parla de vengeance. Je croisai les bras et m'appuyai contre le dossier de mon siège. *Pas toujours.* Je ne le dis pas à voix haute, cela dit. Tout le monde autour de cette table savait que la mort de mon père n'avait pas été vengée.

— Que ceux qui souhaitent la mort d'Everest Clark lèvent la main.

Jeb lâcha un couinement et Nelson posa une main sur son épaule voûtée. Même s'il ne dit rien, son expression pincée m'indiquait que lui aussi trouvait qu'obliger Jeb à être là était cruel.

De nombreuses mains se levèrent; pas la mienne. Je ne voulais pas la mort d'Everest; même si je voulais le savoir puni. Je comptais le nombre de mains, regardai le visage de ceux qui votaient pour l'exécution d'Everest. Trente-quatre mains sur quarante. Jeb plissa les yeux en observant les mains, ses lèvres pâles tremblantes. Nelson n'avait pas levé sa main, mais August si.

Liam n'avait pas de marteau, mais il cogna son poing contre la table.

— La majorité a fait son choix.

Et juste comme ça, d'un poing sur la table, le destin de mon cousin était scellé. Le sang battait sous ma peau si fort que j'avais l'impression d'être emprisonnée dans un corps trop petit. Je frottai mes bras nus, tentant d'apaiser cette tension. Les poils sous ma paume commencèrent à s'épaissir. Je me transformais! Je ne pouvais pas me transformer ici. Je fermai les yeux et mes narines se dilatèrent tandis que je réprimai mon loup.

Je le laisserai sortir plus tard.

*Plus tard*, lui promis-je. *S'il te plaît, pas maintenant.*

Je ne pouvais pas perdre le contrôle devant tous ces hommes.

Je poussai plus fort contre la bête, la repoussant. Lentement, comme un glaçon qui fond, son contrôle disparut. Quand je sentis que je maîtrisais mon corps, j'ouvris les yeux et regardai autour de moi, priant pour que personne n'ait remarqué ma lutte.

Heureusement, la meute discutait d'un tout autre sujet. À moins qu'ils ne parlent toujours d'Everest. Peu importe, cela captivait leur attention.

Non, ce n'était pas vrai.

August m'observait et, vu l'inquiétude sur son visage, il avait vu mon combat interne. J'allais lui lancer un sourire rassurant, mais je me rappelai sa main levée, son vote. Je fixai la climatisation au plafond et les palmes floues qui tournaient dans l'air plein de tension.

Liam tapa le poing sur la table pour retrouver l'attention de tous.

— Maintenant, passons à la deuxième de nos préoccupations.

Liam sortit de sa poche une plaquette de médicaments en aluminium et la tint entre son index et son majeur.

— Ces pilules vous sont familières ?

$$\mathscr{D}ix$$

Liam agita le médicament et l'aluminium crissa dans la salle silencieuse.

— Ça s'appelle du Sillin. On en ingère quand on a besoin d'empêcher la transformation. En bref, si vous voyagez hors de l'État, si vous vous cassez un os ou si vous êtes victime d'un empoisonnement par l'argent, c'est ce qu'on vous donnera.

*Empoisonnement par l'argent?* Je ne savais pas que le Sillin contrait cela.

— Au fur et à mesure des années, nous avons amassé un large stock. La dernière fois que mon père a demandé à Greg de s'en procurer via l'hôpital, le médecin de la meute a appris que la formule n'était plus commercialisée.

Liam jeta le médicament à l'un des plus jeunes pour qu'il puisse regarder et sentir le médicament.

Le Sillin n'avait pas d'odeur, raison pour laquelle Heath ne l'avait pas détecté dans son verre.

— Ceux qui ont pris ces pilules peuvent témoigner que les effets disparaissent rapidement et ne causent aucun mal sur la durée.

— C'est ce que Ness avait donné à Heath, non? demanda Joseph.

— Oui, répondit calmement Liam, le regard fixé sur lui.

Joseph tressaillit et se concentra sur le médicament avant de le faire passer. Les joues couleur d'une pièce de bœuf crue, il se pencha en avant, attrapa une carafe d'eau qui faillit échapper à ses mains tremblantes et se servit un verre.

— Ce matin, les anciens et moi avons découvert que notre stock entier a été volé au QG.

— C'est Ness qui l'a pris? demanda quelqu'un.

— Quoi?

Je me tournai vers mon interlocuteur. L'homme était à l'aube de ses trente ans avec une mèche dorée qui tombait sur son lobe d'oreille droit et une chemise violette boutonnée jusqu'en bas, d'où s'échappaient les poils de son torse. Je ne me souvenais plus du tout de son nom.

— Je n'ai rien volé! m'exclamai-je.

— Rodrigo, coupa court Liam, *Everest* a volé les pilules.

L'homme à côté de Rodrigo posa une main apaisante sur son bras.

— Nous avons des images de lui coupant le cadenas du frigo et s'emparant de tout ce qu'il y avait à l'intérieur.

*Le cadenas sur le frigo...*

— Le cadenas n'avait pas l'air cassé lundi soir, intervins-je.

Frank soupira.

— C'est parce qu'il l'a remplacé par un autre identique. Nous avons compris ce qui s'était passé quand nous avons voulu l'ouvrir et que ça n'a pas marché. Quand nous avons demandé à Cole de regarder les caméras...

— Ce bâtard n'avait même pas cherché à se cacher.

Cole prit la cigarette qu'il avait mise à son oreille et la tapota sur la table en secouant la tête.

Rodrigo lâcha ses boucles d'oreilles qu'il triturait auparavant.

— Qu'est-ce qu'il compte faire avec tout le Sillin qu'il a pris?

— On pense qu'il veut soit le vendre à d'autres meutes, soit l'utiliser contre nous, annonça Liam.

Rodrigo ricana.

— Comment est-ce qu'il réussirait à faire ça?

— Il pourrait en glisser dans nos verres ou en mélanger à nos plats. Le Sillin n'a aucun goût, aucun de nous ne s'en rendrait compte.

Quand le loup au torse poilu lança un regard aux carafes que j'avais placées au milieu de la table, Joseph recracha la gorgée qu'il venait de prendre, puis mit ses bras devant son visage et observa ses membres jusqu'à ce que ses poils blonds s'épaississent en fourrure.

— Je n'ai pas contaminé l'eau, sifflai-je entre mes dents.

— Mais est-ce que tu es restée à côté à surveiller toute la journée ? demanda Rodrigo.

— Everest n'est pas à Boulder.

— Vraiment ? insista l'homme en joignant ses doigts les uns aux autres. Et comment tu sais ça ? Il te l'a dit par message ?

— Ça suffit !

La voix d'August résonna dans la pièce comme un coup de feu.

— Ness n'est pas l'alliée d'Everest. Il l'a utilisée et lui a fait endosser la culpabilité de quelque chose qu'elle n'avait pas fait, alors lâchez-lui la grappe, putain !

*Ding.* Et une pièce pour le bocal de sa mère.

Liam pinça les lèvres, mais ne réprimanda pas August pour s'être emporté. Du moins, pas à voix haute. Je sentis mon estomac se nouer à cause de la tension ou notre lien, je ne savais pas trop. Je posai une paume sur mon ventre, espérant qu'une pression chaude dessus calmerait les choses.

Une seconde plus tard, Liam écarta ma main, joignit ses doigts aux miens et tira vers lui. Ma chaise roula sur le côté et heurta la sienne.

Je fronçai les sourcils, mais le regard de Liam était rivé sur August qui avait pris l'une des carafes d'eau et s'était servi un verre. La moitié de l'eau déborda du verre. Il épongea les dégâts avec la manche longue de son sweat Henley, puis porta le verre à sa bouche et le vida cul sec. En comprenant que Liam s'apprêtait à faire une annonce, je retirai ma main de la sienne.

L'homme qui avait posé une main sur le bras de Rodrigo un peu plus tôt haussa un sourcil blond foncé.

— Lucy saura peut-être ce que son fils prévoit de faire.

Jeb poussa un long couinement qui sonnait plus animal qu'humain.

Éric posa ses avant-bras sur la table.

— J'ai interrogé Lucy de nouveau ce matin, James. Elle dit qu'elle ne sait pas.

— Alors pourquoi est-ce qu'elle l'aidait ? demanda quelqu'un.

La pomme d'Adam de mon oncle tressaillit sans s'arrêter dans sa gorge mal rasée et ses yeux gonflés s'embrumèrent tandis qu'il secouait la tête.

Éric coula un regard vers moi tout en frottant son crâne chauve.

— Everest lui a dit que Ness avait tué Heath et tentait de lui faire porter le chapeau.

— Il a fait quoi ?

Mes griffes sortirent si soudainement que je griffai la table, arrachant des bouts de bois. Pas étonnant que ma tante me déteste.

**Calme-toi.**

La voix de Liam résonna dans mon crâne.

J'inspirai l'air dans mes poumons bien qu'ils me brûlent jusqu'à ce que mon loup se calme. Ensuite, j'annonçai :

— Quelqu'un me regardait à l'entrepôt.

— C'était Lucy, à distance. Everest avait installé un téléphone sur l'une des étagères, relié au sien. On a retrouvé le téléphone en question.

— Elle *prétend* qu'Everest l'a mis là et j'espère qu'elle ne ment pas. J'espère que personne d'autre n'est impliqué dans cette affaire, indiqua Liam en s'appuyant de nouveau contre sa chaise. Je me sens d'humeur à pardonner aujourd'hui, mais le pardon ne sera plus d'actualité d'ici demain. Si quelqu'un a quelque chose à confesser, je suggère qu'il le fasse maintenant.

Personne ne parla.

Je doutais fortement que quelqu'un le fasse, mais peut-être que Liam ne cherchait pas de réponse verbale... Peut-être qu'il vérifiait le langage corporel de la meute, recherchant des signes qui les trahiraient.

Après avoir étudié ses hommes, il reprit :

— Très bien, alors...

— Avons-nous une piste sur les allées et venues d'Everest ? demanda Joseph d'une voix aiguë.

Le regard de Liam passa d'une tête à l'autre sans s'arrêter comme s'il cherchait toujours un conspirateur.

— Oui, confirma-t-il sans aller plus dans les détails.

— Peut-on rejoindre les recherches ?

Frank passa une main dans ses cheveux blancs épais.

— Ton enthousiasme est louable, Joseph Junior, mais Liam a la situation sous contrôle.

— Oh, allez, papy...

Alors Joseph Junior, autrement dit Joseph, était le petit-fils de Frank ?

Je sentis une légère sympathie envers ce garçon qui, comme moi, avait perdu son père. Et puis, j'appréciais Frank.

— Non, Joseph. Tu es trop jeune, s'entêta Frank.

Joseph croisa ses bras constellés de taches de rousseur et se mit à bouder.

— Le plus important maintenant, c'est qu'on reste unis et sur nos gardes. Ouvrez vos bouteilles vous-mêmes, préparez votre propre nourriture et si quelqu'un a des problèmes à se transformer, qu'il m'en fasse part sur-le-champ, ordonna Liam.

Il redressa les épaules, poussa son siège de la table et se leva.

— Merci à tous d'être venus.

Les chaises roulèrent en arrière et les hommes se levèrent en conversant à voix basse. Je ne bougeai pas. Du moins, pas tout de suite. Liam n'avait pas parlé du vélo ni de sa rencontre avec Aidan Michaels. Je me demandais si c'était parce qu'il ne voulait pas créer de panique ou parce qu'il pensait qu'il pourrait y avoir une taupe au sein de la meute. Je lançai un regard autour de moi. Seul August me rendit mon regard, les lèvres s'ouvrant et se refermant comme s'il voulait dire quelque chose.

Une main se posa sur mon épaule et la massa.

— Tu es prête ? demanda Liam.

Je tendis le cou.

— Prête ? À aller chercher Everest ?

Il secoua la tête tout en continuant à me masser.

— Je te ramène à la maison.

Je faillis ronronner tellement ses doigts sur mes muscles noués me procuraient du bien.

— Je crois que tu aurais grand besoin d'un massage sur tout le corps.

Je n'étais pas du genre à rougir, mais la chaleur envahit mes joues. Je regrettais qu'il ait dit cette partie-là aussi fort. Il n'aurait pas pu utiliser son lien d'alpha…

Je compris alors. Comme avant, ce n'était qu'une façon d'annoncer quelque chose, parce qu'il se sentait menacé par August. Je soupirai et le laissai réaffirmer notre lien à tous les deux. Quand j'étudiai la pièce autour de nous, il ne restait plus que Matt et Lucas. Je poussai ma chaise, attrapai la main de Liam et me levai.

En chemin vers la sortie, je m'arrêtai près de Lucas. Je mis de côté mon agacement et demandai :

— Ils t'ont rappelé ?

Liam fronça les sourcils tandis que les yeux de Lucas s'assombrissaient. Je sentais qu'il était en colère que j'aie parlé de l'agence d'escortes devant ses amis. Seulement, je ne comprenais pas pourquoi. Ce n'était pas comme s'il voulait vraiment embaucher une escorte.

— Qui ça, « ils » ? demanda Liam.

— L'agence d'escortes.

Matt agita ses sourcils.

— Tu essays d'oublier Taryn, hein ?

Les joues roses, Lucas le poussa d'un coup de poing.

— Non, abruti. Ness pensait que la dernière copine d'Everest travaillait peut-être là-bas. Eh oui, ils m'ont rappelé. Ils ne connaissent pas de Megan.

Mon cœur tressauta de surprise. *Alors Everest n'avait pas menti.* Je jouai avec l'alliance de ma mère qui pendait à une cordelette en cuir autour de mon cou. Je la glissai à mon doigt, la retirai et la remis de nouveau.

— Pourquoi est-ce que vous faisiez des recherches sur elle ?

— Elle pensait que la fille était peut-être le lien entre Everest et Denver, grommela Lucas.

Liam et Matt échangèrent un regard. Quand Liam indiqua la porte d'un signe du menton, le géant blond alla la fermer.

— On a déjà trouvé le lien entre ton cousin et Denver, m'apprit Liam à voix basse.

Je lâchai la bague qui retomba sur mon tee-shirt où elle rebondit quelques fois avant de s'immobiliser.

— Vraiment ?

— Grâce à toi.

— À moi ?

Liam frotta son pouce sur mes phalanges.

— Tu sais cette visite qu'on a rendue à Aidan Michaels ? C'était très... *édifiant.*

Matt fit craquer ses phalanges.

— Je ne sais pas si tu es au courant, petite louve, mais Michaels a un hôtel à Denver.

*Voilà pourquoi Denver m'était familier!* Sandra m'avait envoyé des informations sur Aidan avant que je le rencontre. Il possédait un hôtel à Denver, Las Vegas et... quelle était la troisième ville déjà? Ça n'avait pas beaucoup d'importance, j'imagine. À moins qu'Everest ait fui l'hôtel à Denver. Dans ce cas, si.

— Alors Everest a échangé le Sillin contre un refuge? demandai-je.

— Non, fit Liam en secouant la tête.

— Non? répétai-je en haussant un sourcil, dubitative.

— Ton cousin a vendu autre chose à Aidan.

— Son âme? plaisanta Lucas.

— Sa propriété. Valable après sa mort.

— Sa propriété?

Quelle terre mon cousin possédait-il?

Matt montra la pièce.

— *L'auberge?* m'écriai-je. Il a vendu l'auberge à Aidan Michaels?

Liam hocha la tête, l'air grave.

— Heureusement qu'on n'a jamais installé notre QG ici, hein? commenta Matt.

— C'est pour ça qu'Everest a conclu ce marché... Même si l'auberge n'est pas le QG, cet endroit est au centre du territoire de la meute.

— Peut-être que c'était son raisonnement; dans tous les cas, ça ne change pas le résultat.

Je sentis ma gorge se resserrer.

Liam lâcha ma main, mais pas mon corps. Il prit mes joues dans ses mains et m'assura calmement :

— On n'a pas besoin de cette propriété, Ness. La meute a beaucoup de terrains. Moi, j'en ai beaucoup.

— Mais c'est...

J'allais dire que c'était la propriété de ma famille, mais mon père avait vendu sa part pour acheter la parcelle où il avait construit notre maison. L'auberge et la colline sur laquelle elle se trouvait n'étaient pas ma vie. Je déglutis, chassant l'émotion qui brûlait mes yeux.

— La meute peut vraiment se permettre de perdre cette propriété? insistai-je. Ton père a vendu tellement de terres à Aidan Michaels... Ce n'était pas assez? Il lui fallait vraiment cet endroit aussi?

Chaque trait du visage de Liam sembla se durcir et son emprise devint presque douloureuse. Après une minute de silence complet, il énonça :

— Aidan Michaels est un fils de pute avide.

Je posai mes mains sur les siennes et retirai les doigts de Liam de ma peau. Je n'aurais pas dû lui rappeler le marché passé entre son père et le diable.

— Au moins, le Sillin n'est pas aux mains d'Aidan, répondis-je surtout pour apaiser la tension de Liam. Je n'arrive pas à croire que l'homme qui déteste les loups-garous ne soit pas intéressé pour acheter les pilules qui nous affaiblissent.

Matt croisa les bras.

— Je pense qu'il n'a pas connaissance de leur existence.

— Il nous déteste, Matt. Il a des fichiers entiers sur nous. Il connaît sûrement ce médicament.

— Ce que je voulais dire, c'est que ton cousin ne lui a pas parlé des pilules *volées*.

Je haussai les sourcils. *Oh* !

— Et Aidan Michaels a vendu Everest aussi vite que ça ? m'étonnai-je.

— Cet homme n'a aucun scrupule, grogna Lucas.

— La mort d'Everest est dans l'intérêt d'Aidan. Plus vite cela se produit, plus vite il mettra la main sur cet endroit. C'est pour ça qu'il t'a envoyé le vélo. Il voulait te mener jusqu'à lui, toi ou l'un de nous, pour qu'il puisse fanfaronner sur son petit marché.

— Comment peux-tu être sûr qu'il dit la vérité ? C'est peut-être un piège.

Liam me caressa le cou, laissant une douce chaleur dans son sillage.

— J'ai laissé ce connard aux mains de Greg et de deux Boulder. Ils ont ordre de ralentir sa guérison s'il venait à mentir. Donc encore une fois, il est dans l'intérêt d'Aidan qu'on retrouve ton cousin.

Je soupirai. C'était tellement tordu, mais au moins, j'avais eu des réponses.

— On devrait partir ce soir.

Liam fronça les sourcils.

— Retrouver Everest, précisai-je. On devrait partir pour Denver maintenant.

— Je te l'ai déjà dit. Tu ne viens pas avec nous.

Je reculai.

— Mais je veux…

— Non.

— Liam…

— Non.

Lucas ouvrit la porte.

— J'aurais bien besoin d'une bière, là. Pas toi, Matt ?

— Je te suis.

Avant de monter l'escalier, Matt me regarda, moi, puis Liam. Sagement, le géant blond décida de ne pas se mêler de notre *discussion*.

Je croisai les bras.

— C'est mon cousin, Liam.

— Justement, tu ne viens pas.

— Je ne me mettrai pas en travers de ton chemin.

— Ness, à moins que ma mémoire me fasse défaut, ta main n'était pas levée tout à l'heure.

— Ce n'est pas parce que je ne veux pas sa mort que j'interférerai avec une décision prise par la meute.

— Je ne t'emmène pas. Je ne veux pas que tu sois témoin de ça. Même si la personne le mérite, ça reste un acte horrible.

Un goût acide emplit ma bouche au souvenir de l'odeur de la poudre à canon, de la vue du trou béant dans la fourrure marron de mon père, du goût de métal tandis que j'essayais de lécher la plaie. Même si j'avais vomi le sang mêlé à l'argent, j'avais dû recevoir un lavage d'estomac. Est-ce qu'on m'avait donné du Sillin à ce moment-là ? Tout ce qui avait suivi le coup de feu était flou.

Je fermai les yeux et frémis.

Des bras s'enroulèrent autour de moi et m'accueillirent en leur sein.

— Laisse-moi t'épargner ça, Ness, me pria Liam doucement en posant son menton sur le haut de mon crâne. En tant que louve, tu verras assez de terribles choses dans ta vie. Laisse-moi t'épargner l'une d'entre elles. Et puis, j'aimerais autant que tu ne me voies pas obtenir justice.

Pendant un long moment, aucun de nous deux ne parla. Des souvenirs d'Everest m'envahirent. Comme la fois où, tous les deux, nous avions volé des oreillers et des couettes dans toute l'auberge pour nous construire un immense fort dans sa chambre. Quand maman nous avait trouvés, cachés derrière nos murs de coton tout doux, elle s'était allongée avec nous et nous avait raconté l'histoire de deux petits loups qui partaient vivre des aventures au lieu d'aller à l'école. Je n'étais pas encore une louve, alors je ne pensais pas que l'histoire parlait de moi, mais son récit m'avait permis de rêver d'en devenir une. Après ce jour, Everest et moi avions discuté longuement des aventures qu'on vivrait si j'étais capable de me transformer.

Je mordis ma lèvre tremblante en comprenant qu'il n'y aurait pas d'aventures pour nous. Une larme coula, puis une autre, mouillant le tissu mince du tee-shirt de Liam. Il avait raison. Je ne devrais pas l'accompagner. Je me mettrais peut-être entre Everest et l'arme qu'il utiliserait pour mettre fin à sa vie.

— Je n'arrive pas à croire que Jeb ne se soit même pas battu pour sauver la vie de son fils.

Mes mots tremblaient comme le reste de mon corps.

— Jeb connaît les règles de la meute.

— Ça va le *tuer*, croassai-je.

Ma voix couvrait à peine la ventilation en marche.

J'attendis que Liam me dise que j'avais tort, que mon oncle était fort, qu'il surmonterait ça, mais il n'en fit rien. Il se contenta de me tenir dans ses bras et de caresser mon dos de haut en bas, encore et encore, jusqu'à ce que mon corps se calme.

***Viens avec moi ce soir.***

Je levai les yeux et l'observai à travers mes larmes. Je déglutis.

— D'accord.

Pendant le trajet jusqu'à chez lui, je me rendis compte que l'auberge appartiendrait bientôt à Aidan Michaels. Ce qui voulait dire que j'aurais besoin d'un endroit où vivre. Je pourrais peut-être dormir chez Sarah. Elle avait dit qu'elle ne voulait pas de colocataire, mais je me ferais toute petite et emprunterais un coin du palais qui lui servait d'appartement. Ou chez Evelyn. Je pourrais peut-être emménager avec elle et Frank. Ou continuer à vivre avec Jeb, mon tuteur légal ? Et s'il ne survivait pas à la mort d'Everest ? Qu'arriverait-il ? Serais-je confiée à Lucy... si Éric la relâchait de sa cave ? Les services sociaux viendraient-ils pour moi ou Evelyn deviendrait ma tutrice ?

Dans cinq semaines, j'aurai dix-huit ans. Jusque-là, ma vie appartenait à des gens qui n'étaient pas en capacité de s'occuper de moi.

— À quoi tu penses ? m'interrogea Liam.

Je détournai les yeux du ciel constellé d'étoiles.

— À Everest, mentis-je.

Je ne voulais pas l'accabler avec mes problèmes. Et puis, mon cousin restait dans un coin de ma tête.

Liam serra fort le volant.

— Je suis désolé, Ness.

— Pourquoi ?

— Pour la décision qui a été votée ce soir.

La lumière des étoiles rendait son profil ciselé étincelant. Je me mordis la lèvre, puis la lâchai, la respiration haletante.

— J'apprécie que tu dises ça.

Il se gara devant la maison moderne en bois et verre, aussi sombre que le ciel. Il prit ma main froide et passa son pouce sur mes phalanges.

— Ne pense pas une seconde que j'apprécie de mettre fin à sa vie.

Je me fis violence pour déglutir. Cela ne délogea en rien le nœud épais qui s'était formé dans ma gorge.

Il caressa ma joue et se pencha par-dessus les commandes centrales de sa voiture pour déposer un léger baiser sur ma bouche. Ce contact envoya un frisson dans ma colonne vertébrale.

— Liam?

Ses lèvres suivaient les contours de ma mâchoire.

— Oui, bébé?

— Demande-lui pourquoi il a fait ça. Avant de...

La fin de ma phrase plana silencieusement entre nous.

— Je le ferai.

— Et promets de faire vite. Ne le torture pas, d'accord?

J'inhalai et son odeur forte m'inonda. Sa familiarité m'apaisait.

— Je te le promets.

Avant d'ouvrir mes yeux, je soupirai, me demandant s'il tiendrait ses promesses le matin venu.

Il leva ma main, la retourna et déposa un baiser chaste sur ma paume. En la baissant, il demanda :

— Tu as mangé?

Le repas était la dernière de mes préoccupations.

— Non.

— Tu as faim?

— Pas vraiment.

Il tapota son doigt contre ma peau froide.

— Peut-être que quand tu auras vu le contenu de mon frigo, ça t'inspirera.

— Peut-être.

J'en doutais pourtant. Mon estomac était un gigantesque nœud à lui tout seul.

J'agrippai mon sac en bandoulière, appuyai sur la poignée et sortis de voiture. Une fois dans la maison, Liam retira ses bottes. Je l'imitai, alignant mes baskets à ses chaussures. En me relevant, la nervosité m'envahit pour une tout autre raison que le destin de mon cousin. Je n'étais jamais restée dormir chez quelqu'un avant – enfin, à part chez Evelyn.

Quand maman travaillait tard, je restais avec Evelyn. Elle remplissait mon ventre de sa délicieuse cuisine, puis glissait une tasse débordant de lait chaud dans mes mains et me lisait quelque chose jusqu'à ce que je m'endorme, la tête sur ses genoux, ses doigts dans mes cheveux. Le mois suivant la mort de ma mère, j'étais restée chez elle presque tous les soirs. Elle avait essayé de me nourrir, de me faire boire du lait, de me distraire avec l'un de ses livres. Tout ce que j'arrivais à faire était dormir entre deux crises de larmes.

Liam prit mon menton et me fit lever le visage.

— Tu rêvasses encore.

— Pardon.

Je retirai mon menton de ses doigts et observai la décoration détaillée qui semblait simple, mais lui avait sûrement coûté une petite fortune.

Il soupira, enroula sa main autour de la mienne et me tira vers une grande porte. Derrière elle se trouvait sa cuisine en marbre chocolaté rainuré de beige, avec sa robinetterie en cuivre et ses placards aux vitres teintées qui se levaient d'une pression du doigt. J'étais déjà venue chez lui, mais je ne m'étais pas aventurée dans la cuisine.

Liam sortit des Tupperware du frigo et les posa sur l'îlot en marbre avant d'enlever les couvercles.

— C'est toi qui as cuisiné tout ça ?

Je grimpai sur un tabouret en cuir, admirant combien la cuisine était propre et brillante.

— Depuis la mort de mon père, la mère de Matt m'envoie à manger sans relâche.

— C'est vraiment gentil de sa part.

— Elle est comme ça. J'ai entendu dire qu'elle était venue aider à l'auberge.

Il sortit deux assiettes et des couverts.

— Elle est venue, oui. Isobel aussi.

— La meute prend soin des siens.

Un sentiment chaleureux m'envahit. Je ne me lasserai jamais d'entendre que je faisais partie de la meute.

Il baissa le menton vers les boîtes.

Nous ne connaissions encore que très peu l'un de l'autre et je décidai de rectifier cela :

— C'est quoi ton plat préféré ?

— Le steak.

Il déposa une cuillère de ce qui ressemblait à de la polenta dans son assiette avant d'ajouter un peu de haricots verts et une épaisse pièce de viande.

— Pas très original, hein ?

Il me lança un sourire effronté et glissa l'assiette dans le micro-ondes. Il appuya sur quelques boutons et le silence fut troublé par le bruit de l'appareil.

— Et toi ?

— J'aime un peu tout. Même si j'ai un faible pour la cuisine mexicaine. Evelyn... elle me préparait la plupart de mes repas à Los Angeles.

Je passai une main dans mes cheveux.

Je me préparai une assiette et Liam la plaça dans le micro-ondes.

— Tu veux boire quelque chose ?

— De l'eau, ça sera très bien.

Il ouvrit son frigo et en sortit une bouteille d'eau et une de bière.

— On dirait un premier rancard, fis-je remarquer.

Il décapsula sa bière, but une longue gorgée et déglutit avant de se pencher pour m'embrasser.

— Je ne veux pas que ça soit notre premier rancard. Je t'emmènerai quelque part. Demain soir, juste toi et moi.

Les battements de mon cœur s'accélérèrent, puis se calmèrent quand je me rappelai que demain soir, je supprimerais le numéro de mon cousin de mon téléphone pour toujours. J'inspirai brusquement et Liam pencha la tête sur le côté.

— Tu ne veux pas être vue avec moi ? demanda-t-il.

— Quoi ?

J'essayai de calmer mon pouls erratique. Je passai mon index le long de ma bouteille couverte de gouttes d'eau.

— Non, ce n'est pas ça, repris-je. Je veux sortir avec toi, mais pas demain.

Ses yeux s'embrumèrent de remords. Je n'étais pas sûre que ce soit pour mon cousin ou pour le report de notre dîner et je préférais ne pas poser de questions.

Le micro-ondes sonna à ce moment. Il me tendit mon assiette avant de s'installer sur le tabouret à côté du mien. Nous ne parlâmes plus après ça. Chacun de nous remaniait sa nourriture, perdu dans ses réflexions.

Je ne sentais aucun goût. Ce n'était que des nutriments pour mon corps fatigué et un moyen d'éviter de déblatérer au sujet d'Everest.

J'apportai mon assiette dans l'évier quand j'eus fini et la nettoyai.

— Pas besoin de nettoyer, Ness. J'ai quelqu'un qui vient le faire tous les quelques jours.

— J'ai nettoyé après moi et les autres pendant si longtemps que c'est incrusté dans mon ADN.

Je lui souris en me séchant les mains sur le torchon de la cuisine, glissé à la poignée du four.

— C'était quoi ton travail à Los Angeles ?

— J'étais femme de ménage et serveuse, mais je détestais être serveuse, grognai-je en plissant le nez. Tu fais appel à quelle entreprise de ménage ?

Liam but le restant de sa bière.

— Pourquoi ?

— Parce que je n'aurai bientôt plus de travail.

— Tu ne penses pas sérieusement nettoyer les maisons des autres ?

Je fronçai les sourcils.

— C'est ce que je sais faire, Liam.

— Tu fais partie de la meute maintenant, Ness.

— Et alors ? Être femme de ménage n'est pas à la hauteur d'un loup-garou ?

Je croisai les bras sur ma poitrine.

— Je t'aiderai à trouver un vrai travail.

— Le ménage, c'est *déjà* un vrai travail.

— Mais tu peux faire quelque chose de mieux.

— Mon éducation s'arrête au lycée, Liam.

— Demain, on s'arrêtera à l'UCB pour t'inscrire.

— Tu veux dire après que tu as tué mon cousin ? crachai-je.

Mon corps entier était tendu. Liam se leva de son tabouret et contourna l'îlot vers moi.

— Ness...

Je refermai la bouche.

— Tu es en colère.

Je l'étais. Le destin d'Everest me mettait en colère. Le point de vue rabaissant de Liam sur mon travail m'énervait. Ne pas avoir été plus loin dans mes études m'énervait.

Il posa ses mains sur mes épaules crispées.

— Je comprends, mais ne sois pas en colère contre moi.

Je fixai d'un air mauvais son tee-shirt en V bleu nuit, refusant de le regarder dans les yeux.

— Un alpha protège sa meute, Ness. Everest est une menace pour toi... pour nous tous.

Il prit mon menton dans sa main et le releva jusqu'à ce que nos yeux se croisent.

— Quant à ton futur, je crois que c'est mieux pour toi que tu ailles à la fac. Je suis sûr que c'est ce que tes parents auraient voulu.

Ma colère se dissipa à la mention de mes parents. Le dernier mois de sa vie, maman m'avait incitée à remplir des candidatures pour la fac.

— Il me faudrait demander une bourse avant, murmurai-je.

— La meute a des ressources. Si tu veux aller à l'UCB à l'automne, tu auras une place là-bas. Avec toutes les dépenses payées.

— Même le logement ?

— Même le logement.

Alors il me fallait juste trouver où vivre le mois prochain... Ça semblait trop beau pour être vrai.

— Quel est le piège ?

Liam sourit.

— Il n'y a pas de piège. Tu fais partie de la meute. L'accès à l'éducation est l'un des avantages. Nous aimons que nos loups soient équipés pour conquérir le monde. Ou au moins Boulder.

J'allais toujours avoir besoin d'un travail pour rembourser les quatre mille cinq cents dollars que je devais à la banque pour les loyers passés et les dépenses diverses, mais je ne voulais pas en reparler.

Liam posa ses mains autour de mes poignets et me tira à lui en appuyant sur la forme osseuse à mon pouce.

— Ne me repousse pas. Je sais que tu as pris soin de toi-même pendant des années, mais je suis là maintenant. Et de nombreux autres sont là pour toi aussi. Laisse-nous entrer. Fais-nous *confiance*.

— J'essaye.

Il posa sa bouche sur la mienne et son baiser me fit l'effet d'un tissu de soie avant de devenir plus exigeant. Il me fallut quelques secondes pour me détendre, mais je finis par soupirer – enfin c'était plus un gémissement qu'un soupir – et glisser mes mains autour de sa taille. Comme si mon cœur avait migré dans mon ventre, mon estomac sembla s'alourdir et émettre un bruit sourd. J'essayai de réprimer la sensation désagréable, mais elle surclassa bientôt toutes les autres.

Je m'écartai de Liam si vite que je m'attendais presque à ce que des morceaux de mes lèvres soient restés collés aux siennes. Ses yeux sombres étudièrent mon visage, puis mon corps, s'arrêtant sur la paume pressée contre mon ventre. Je baissai la main et fermai le poing. Les palpitations diminuaient déjà.

— Éric m'avait prévenue là-dessus, mais je pensais... J'espérais que ça serait différent.

Sa pomme d'Adam remonta dans sa gorge.

— Qu'est-ce que tu as dit, Éric ?

— Que ton corps rejetterait toute avance qui ne viendrait pas de son partenaire !

Je fus saisie d'horreur.

— La seule façon de casser cela est la distance, mais August ne va pas partir.

Liam soupira et son torse musclé se dégonfla légèrement.

— Je ne sais pas si tu as entendu, mais sa mère a eu un cancer du sein il y a quelque temps.

Le mot *cancer* me heurta aussitôt.

— Ils pensaient qu'elle était remise, mais le cancer est revenu. Et il est plus agressif cette fois. Bref, elle a une double mammectomie la semaine prochaine et...

Je lâchai un gémissement aigu avant de plaquer ma main sur ma bouche.

— Merde. J'avais oublié que ta mère avait eu...

Il me prit dans ses bras et ne finit pas sa phrase. Pas besoin. Il posa sa main à la base de mon crâne pour m'apaiser. Je titubai. Cette nouvelle frappait une zone trop sensible. Au moins maintenant, je comprenais pourquoi le mari d'Isobel s'inquiétait pour elle à l'auberge, pourquoi elle avait paru si blême à côté de son fils en bonne santé.

— August dit que les médecins étaient confiants sur le fait qu'ils le battraient cette fois, mais il veut rester jusqu'à l'opération. Il a promis qu'il partirait après.

Je tremblais de peur pour Isobel, Nelson et August, et de honte. J'avais été tellement égoïste. Non seulement j'avais cru qu'August était resté pour moi, mais j'avais été prête à le supplier de partir pour me rapprocher de Liam. *Pouah!*

Liam emmêla sa main dans mes cheveux.

— Il ne voulait pas que je te le dise, alors s'il te plaît, garde ça pour toi.

Je hochai la tête, les doigts toujours pressés contre ma bouche pour réprimer la peur que la nouvelle avait éveillée en moi.

— Ce n'est pas juste, murmurai-je.

— La vie est rarement juste.

Même si je ne pouvais pas lire dans son esprit, je voyais qu'il pensait à sa propre mère, arrachée à lui quand il n'avait que huit ans, par son père violent en plus.

— En parlant d'injustice, je sais que tu hais Everest et je sais que tu veux respecter les... (j'humidifiais mes lèvres) *traditions* de la meute, mais mon cousin t'a fait une faveur. Il a tué le meurtrier de ta mère.

J'espérais que le formuler ainsi l'influencerait un peu.

— Tu ne voudrais pas repenser à deux fois ce verdict?

Les doigts de Liam tordirent mon tee-shirt comme si c'était le cou d'Everest.

— Ma mère n'était pas de la meute.

— Et alors? Sa vie importait moins?

La colère me frappait avec violence.

— Ne confonds pas le pardon avec l'intégrité.

Ses yeux étaient si noirs que ses pupilles semblaient avoir dévoré ses iris.

— Mon père était un connard cruel, mais c'était mon père. Si je laisse ton cousin s'en sortir comme ça, quel genre d'alpha ça fait de moi ?

— Un alpha clément.

— La clémence n'inspire pas le respect.

— C'est faux. La compassion est un trait louable chez un leader. Je te respecterais de montrer de la compassion pour quelqu'un qui ne le mérite pas.

Son regard se fixa sur le marbre chocolaté.

— Arrête, Ness.

— Arrête quoi ?

— Ne me dis pas comment diriger la meute. Je suis l'alpha, pas toi.

Ses mots m'agacèrent et je me redressai.

— Tu gagneras peut-être le respect de la meute avec ces mots, mais pas le mien. Pas le mien.

Je reculai loin de lui, puis entrai dans le salon.

— Où vas-tu ? demanda-t-il en me suivant.

— Dehors.

Il s'empara de mon poignet et me tourna vers lui.

— Pardon. Je n'aurais pas dû dire ça. Je suis juste fatigué et sur les nerfs et avec tout ce qui se passe entre nous…, se justifia-t-il en montrant mon ventre. Mes mots ont dépassé ma pensée.

Je fixai ses doigts toujours agrippés à mon poignet. Il glissa une mèche de mes cheveux derrière mon oreille.

— Je veux ton respect, mais je ne peux pas changer les lois de la meute pour autant. Pas encore. En temps voulu…

— Tu m'as acceptée, moi une femme, dans la meute et tu n'as pas intégré ce stupide fossile aux nouvelles boissons cérémoniales, alors tu *peux* changer les choses ! Quand tu le veux, tu peux. Ça prouve que tu veux mon cousin mort, sinon tu lui aurais pardonné.

Je levai la main pour me défaire de sa poigne et tirai mon bras vers moi et me libérai. Ses doigts ne m'avaient pas fait mal, mais je ramenai mon poignet à mon torse comme pour le protéger.

Il écarquilla les yeux en voyant la zone qu'il avait touchée. Il posa sa paume à l'arrière de mon crâne. Puis, il s'agenouilla devant moi et colla son visage à mon ventre, les bras autour de moi.

— Pardon Ness. S'il te plaît, ne pars pas.

Je le regardai un long moment, observant comment ses excuses faisaient trembler son corps imposant. Cela me ramena à cette soirée sur la terrasse de l'auberge où il avait pleuré dans mes bras. Il ne pleurait plus, mais il tremblait.

Liam se comportait peut-être comme s'il était fort et courageux, mais de très nombreuses choses en lui étaient brisées; et même si j'étais douée avec le bazar, je ne savais pas comment gérer celui que ses parents avaient laissé derrière. Pouvais-je réparer ça au moins? J'étais sens dessus dessous moi-même. Une orpheline. Presque sans domicile fixe. Sans argent. Couplée à un partenaire.

Je posai une main sur le haut de sa tête.

— Je ne te laisserai pas, Liam.

Il releva la tête et inspecta mon visage comme pour s'assurer que je disais la vérité, puis il remonta le long de mon corps. Pendant une longue minute, il resta debout là à regarder mon corps au lieu de mon visage. Puis, je vis l'homme solide en lui se relever et repousser l'enfant en vrac.

Il prit mes joues entre ses mains, releva ma tête et plaqua sa bouche sur la mienne. Même si mon ventre se mit à bouillonner, j'ouvris la bouche et il taquina ma langue de la sienne.

Je ne me leurrai pas à croire que c'était la fin de notre dispute, mais c'était un cessez-le-feu. J'espérais qu'il durerait, mais comment était-ce possible quand demain, il partirait commettre un acte terrible? Je chassai le visage de mon cousin de mon esprit tandis que Liam démolissait ma bouche. Je sentais le goût du sang, même si aucune goutte n'avait perlé.

Liam grogna et m'embrassa avec plus de force. Le goût du sang se renforça au point où j'eus un haut-le-cœur. Je plaquai mes paumes sur son torse et le repoussai.

La bouche et le menton de Liam étaient tachés de sang.

# Douze

—Oh mon Dieu, tu saignes ! criai-je.

— En même temps, tu m'as mordu.

Il y avait une certaine légèreté dans son ton. *De l'amusement ?* Comment est-ce que ça pouvait l'amuser ?

Je passai ma langue sur ma dent et, en effet, mes canines s'étaient allongées. Je touchai ma bouche. Mes doigts me revinrent rouges. Une révulsion sans nom s'empara de moi.

Le sourire de Liam s'agrandit, il prit un mouchoir dans une boîte en cuir sur la console près de la porte d'entrée. Il tapota ses lèvres, puis les miennes. Le sang coulait toujours de la plaie.

— Putain, c'était le baiser le plus torride que j'aie jamais reçu.

Je clignai des yeux. Comment est-ce que *ça*, ça pouvait être plaisant ? Il appuya le mouchoir sur sa bouche un peu plus longtemps avant de le rouler en boule et de le jeter sur la console.

— Je t'ai fait *mal*, protestai-je.

Il fronça les sourcils.

— Bébé, se faire mordre ne fait qu'augmenter le plaisir. Du moins, c'est ce qu'on m'a dit puisque je n'ai jamais été avec une louve.

J'oubliai momentanément que je l'avais mordu. Même si c'était bête, j'aimais être différente de ses autres petites amies.

Ses yeux devinrent jaunes : des yeux de loup.

— Tu me fais confiance ?

Je hochai la tête.

Il poussa ma mâchoire vers le haut avec son nez et posa ses dents qui s'étaient acérées en bas de mon cou avant de les plonger dans la peau juste au-dessus de ma clavicule.

Je hoquetai, mais pas de douleur.

La peau qu'il avait percée picotait, mais des vagues de plaisir irradiaient de la zone jusqu'au reste de mon corps. Il lâcha ma peau et lécha l'endroit qu'il avait mordu.

— Putain, quel bon goût tu as !

Une fois qu'il eut fini de laper le sang, il étudia mon visage étourdi avec un sourire satisfait.

— Content d'avoir trouvé une façon de te faire du bien. Même si je n'abandonne pas l'idée d'en trouver d'autres.

La chaleur envahit mes joues, mon corps entier même.

— Je pensais que seuls les vampires faisaient *ça*.

— Les vampires n'existent pas.

*Nous, on existe pourtant...*

Il lécha sa lèvre gonflée par le désir, les yeux revenus à la normale.

— Tu as déjà entendu la légende de la morsure qui sauva une vie ?

Je secouai la tête.

— C'est une bonne histoire. Une de mes préférées. Mon grand-père me la racontait souvent.

Je frottai la zone mordue par Liam.

— Apparemment, pendant un terrible feu de forêt, un arbre en chute enflammé tomba sur un alpha. Le coup fut si violent que pendant que sa meute essayait de faire rouler le tronc en feu, ils sentirent leur lien à lui s'effilocher. Son lieutenant...

Je fronçai les sourcils et il s'arrêta pour m'expliquer :

— Les grandes meutes ont des *bêtas*. Bref, son lieutenant a ordonné aux loups de rentrer chez eux pour éviter d'autres victimes, mais la partenaire de l'alpha refusa de le quitter. Elle creusa un tunnel dans la terre pour l'atteindre, puis elle l'attrapa par le cou et tira son corps asphyxié hors de là. La légende dit que, quand ses crocs percèrent sa peau, son amour pour lui coula dans son sang et réanima son cœur.

Il haussa les épaules.

— L'histoire a sûrement été embellie, mais j'aime penser que notre magie a le pouvoir de sauver des vies.

Il retira mes doigts de la zone que je frottais encore et m'embrassa là.

Je frissonnai. Je n'avais pas perdu beaucoup de sang, pourtant je me sentais aussi étourdie que quand j'avais prélevé un demi-litre de mon sang pour essayer de sauver ma mère. Elle avait insisté sur le fait que s'injecter mon sang ne guérirait pas magiquement son cancer, mais j'avais essayé un après-midi pluvieux. Tout en glissant l'aiguille dans son bras abîmé par les cathéters, j'avais prié pour un miracle.

Contrairement à la partenaire de l'alpha dans la légende de Liam, je n'avais jamais eu mon miracle à moi, alors je n'accordais guère de crédit en notre magie pour sauver une vie.

Liam me tira de mon souvenir morne et me guida dans la chambre. Il alluma la lampe sur sa table de chevet, puis lâcha ma main pour aller dans la salle de bain attenante.

— Donne-moi une seconde.

Il disparut, me laissant seule debout sur le tapis violet électrique qui s'étendait d'un mur en bois à un autre. Seule dans la chambre, les pensées en ébullition, à voir en boucle des images de mon cousin.

Comme j'aurais aimé pouvoir sauver sa vie.

Par-dessus mon épaule, je repérai mon sac sur le canapé. Mon téléphone y était. Je pouvais envoyer un message à Everest. Le prévenir. Il pourrait fuir et rester à l'écart pour toujours. Je coulai un regard vers la porte de la chambre, sortis mon téléphone et appuyai sur l'icône des messages.

En quelques mots, je pouvais changer le cours de son destin. Je faillis aller au bout, puis je pensai à la façon dont il avait joué avec ma vie, étranglé Heath. Je ne pouvais pas trahir la meute pour le bien d'un lien de sang.

Alors que je baissai mon téléphone, il vibra et un message apparut à l'écran.

**Sarah :** *Coucou l'amie, ça te dit de faire un truc demain ?*

Malgré mon humeur morose, le message de Sarah parvint à m'arracher un sourire.

**Moi :** *J'adorerais.*

**Sarah :** *On mange ensemble chez* Tracy *vers 15 heures ?*
**Moi :** *Personne ne mange à 15 heures.*
**Sarah :** *Ben si, nous.*

Je secouai la tête. *D'accord. À demain.*

Le parquet craqua et je sursautai.

Liam était appuyé contre le cadrant de la porte, torse nu en jean taille basse. Ma gorge s'assécha légèrement en voyant son torse musclé, le renfoncement à sa taille et le trait de poils noirs s'épaississant au fur et à mesure. Liam était tellement parfait. Pourquoi fallait-il que je me lie à August ?

— À qui tu écrivais ?

Il y avait un soupçon de quelque chose dans son ton... La méfiance ou la jalousie ?

— Sarah. On se voit demain.

Il décroisa les bras et avança jusqu'à moi.

— Fais attention avec elle, tu veux ? Je sais que c'est ton amie, mais c'est une Pin. Je ne leur fais pas confiance. Tout comme je ne fais pas confiance aux Rivières ni aux autres meutes de l'Est.

— Et c'est moi qui ai des problèmes pour faire confiance ?

Il me lança un sourire de prédateur ou presque, me prit mon téléphone des mains et le lança sur le canapé en cuir.

— Tu portes trop d'habits. Les mains en l'air.

J'observai les murs en verre autour de moi et le paysage nocturne.

— Personne n'est là, promit-il.

Sentant mon angoisse tenace, il s'avança jusqu'au mur, appuya sur un interrupteur et des stores en métal se baissèrent.

— Tu es sûr ?

— Ferme les yeux, m'intima-t-il en revenant vers moi.

Je fronçai les sourcils, mais m'exécutai.

— Maintenant, écoute.

Les sourcils toujours froncés, j'écoutai. Il me fallut une seconde pour distinguer quelque chose par-dessus le battement effréné de mon cœur et le bruit des stores qui se baissent. J'entendis les battements de cœur réguliers de Liam, les insectes contre la fenêtre, le vent dans l'herbe, le bruissement des épines de pins, le hululement des chouettes, le clappement des ailes d'insecte et des cœurs trop faibles pour être ceux d'un humain ou d'un loup.

— Je sais que tu t'adaptes encore là-dessus, mais n'oublie jamais d'utiliser tes sens. Être un homme permet de vivre dans le monde. Être un loup nous permet d'y survivre.

Délicatement, il prit mes poignets dans une main et les leva au plafond. De son autre main, il passa mon tee-shirt par-dessus ma tête et mes bras.

La chair de poule hérissa ma peau tandis que le désir m'envahissait. Même si mon corps n'était pas fait pour Liam, il le désirait toujours. Il dégrafa mon soutien-gorge, pencha la tête vers mes seins et sentit ma peau échauffée.

— C'est désagréable? demanda-t-il d'une voix rauque.

— Non, répondis-je le souffle court.

Il passa ses doigts sur mon ventre, déboutonna mon jean et le descendit lentement à mes pieds. Il était encore à genoux, mais cette fois-ci, pas pour m'implorer. Son regard se fit lubrique quand son visage se trouva au niveau d'une partie de mon corps qu'aucun homme n'avait jamais approchée.

Il glissa un doigt sur le côté de la dentelle noire. De la sueur froide glissa sur mon sourcil alors qu'il s'approchait de la zone clé. Quand un éclair douloureux me traversa, je repoussai ses mains.

— Pardon, pardon. C'est nul.

Liam se leva et enroula ses bras autour de mon corps, désormais tremblant. Il posa son menton sur ma tête.

— C'est nul, mais c'est juste temporaire.

J'appuyai ma joue contre son torse palpitant, me demandant pourquoi il avait fallu que la louve en moi aille choisir August comme partenaire.

# Treize

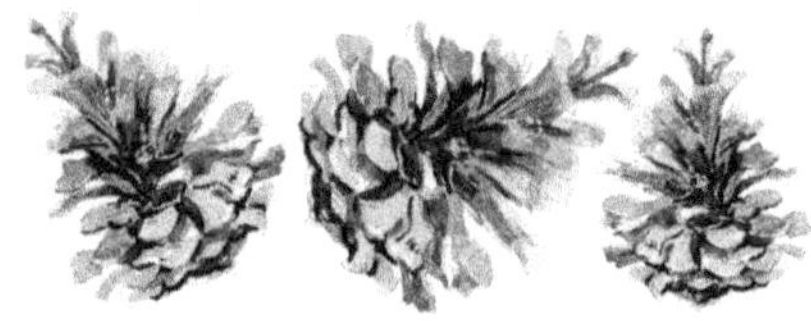

Je me réveillai en sursaut. Désorientée, j'observai la pièce baignée par la lumière du soleil encore faible. Mon regard se posa sur le tableau d'une plume de paon, au-dessus de la cheminée en pierre. J'étais dans la chambre de Liam.

Dans son lit.

Je me retournai et touchai son oreiller. Il était froid. J'écartai les draps de mes jambes et sautai du lit.

— Liam, appelai-je en avançant dans la chambre.

La porte de la salle de bain était ouverte, mais personne n'était à l'intérieur. Je pris mon téléphone et regardai l'heure. Je restai abasourdie en découvrant les chiffres digitaux : 10 h 30. Je ne me souvenais pas de la dernière fois où je m'étais levée aussi tard.

L'écran de mon téléphone était couvert de messages d'Evelyn me demandant où j'étais et si tout allait bien. Je lui envoyai un SMS rapide pour lui dire que j'allais bien et que j'étais en chemin pour l'auberge.

Liam m'avait aussi envoyé un message : *Je suis en chemin pour Denver. Tu me manques déjà.*

Mon cœur esquissa un plongeon ; ma respiration devint laborieuse.

Je vérifiai l'heure à laquelle j'avais reçu le message : sept heures trente.

Ce qui voulait dire qu'il était déjà à Denver. Depuis plus de deux heures. L'absence de nouveau message de sa part me donnait la nausée. Est-ce qu'ils cherchaient Everest? Ou est-ce qu'ils l'avaient déjà trouvé et rentraient? Des images de ce qu'ils pourraient être en train de lui infliger flottaient dans ma tête comme une épaisse fumée de cheminée qui refuse de partir.

Je mis sous silence mon imagination. J'avais besoin de rassembler mes esprits et de m'empêcher d'imaginer des scénarios. Je cherchai mes vêtements et me rappelai qu'ils étaient dans le salon. En petite culotte, j'avançai vers la porte.

Quand je l'ouvris, Lucas releva les yeux d'un magazine.

— Enfin réveillée.

Je refermai la porte avec tellement de force que les gonds tremblèrent. *Merde. Merde. Merde.* Je posai mes mains sur mes seins nus comme si quelqu'un pouvait les voir à travers la porte.

— Ça aiderait si je me mettais tout nu aussi?

*Aider*? Comment est-ce que Lucas pouvait croire que ça aiderait?

— Je prends ton silence pour un non.

Je cherchai une serviette et l'enroulai autour de moi. Inspirant de grandes bouffées d'air, je revins à la porte et la rouvris.

Lucas me lança un sourire narquois.

— Tu sais que tu fais partie de la meute maintenant, Ness. Il va falloir s'habituer à se mettre à poil devant nous. Ça t'aidera à créer du lien avec nous.

— Toi et ton foutu lien…, marmonnai-je en marchant d'un pas lourd vers le canapé.

— Le paintball, c'était marrant, non? On devrait en refaire un.

— Je préfère manger un écureuil pourri.

Il balança son magazine sur la table basse en fer forgé avant de réajuster la casquette bleu vif qu'il portait à l'envers.

— Quelle cruauté, Clark!

— Qu'est-ce qui était marrant dans cette partie de paintball? Se faire tirer dessus par mes propres coéquipiers? Vous étiez horribles avec moi.

Je pris mon soutien-gorge sur le canapé, puis mon jean et mon tee-shirt.

— Ça s'appelle du bizutage. Tout le monde passe par là.

— Vraiment ? Et qui d'autre dans la meute est passé par le même traitement « marrant » que moi ?

Il m'adressa un sourire penaud.

— C'est bien ce que je pensais.

— On ne t'a jamais dit que t'accrocher à de vieilles rancunes, c'est comme boire du poison ? La seule personne à qui ça fait du mal, c'est toi.

Je grinçai des dents.

— Qu'est-ce que tu fais là de toute façon ? Encore à jouer au chien de garde ?

Il souffla de l'air.

— D'abord, je suis un loup, pas un chien. Ensuite, même si passer la journée avec toi est aussi excitant que me couper les ongles de pied, je prends mon job très au sérieux.

Il fallait qu'il me donne une image visuelle de son pied ? *Beurk* !

Il se leva et frotta ses mains contre son short de sport.

— Et puis, si tout va bien, tu seras débarrassée de moi d'ici ce soir.

Ses mots firent écho en moi. *Si tout va bien...* Autrement dit, si la meute trouve Everest et le tue.

Je resserrai ma poigne sur mes vêtements.

— Tu as des nouvelles ?

— Non.

Il m'étudia un long moment.

— Alors, c'est quoi le plan ?

Sa voix était un chouïa moins présomptueuse, comme s'il ressentait de la pitié pour moi au lieu de l'agacement. Il avait dû comprendre que mon humeur maussade était plus due à ce qui se passait à Denver que ce qui se passait à Boulder.

— Tu as une voiture ?

— J'ai accès à une, corrigea-t-il en montrant la fenêtre.

Même si le ciel était couvert, la Mercedes noire de Liam brillait. Peu importe combien je voulais me débarrasser de Lucas, je ne pouvais pas nier combien c'était pratique pour moi qu'il puisse conduire.

— Tu as le permis, hein ?

Il haussa le sourcil où se trouvait sa cicatrice.

— Depuis mes seize ans. Pourquoi ? Pas toi ?

Je pinçai les lèvres.

— Non, je n'ai pas le permis.

— Sérieux ?

Son sourcil sembla se hausser d'encore quelques millimètres.

— Je n'en ai jamais eu besoin. Mais c'est ce que je veux faire aujourd'hui après être passée à l'auberge voir Evelyn et Isobel.

Je m'avançai vers la chambre en tenant mes habits contre moi, mais m'arrêtai et me retournai vers lui. Pour la première fois depuis mon réveil, je souris.

— Oh, et je mange avec Sarah à quinze heures chez *Tracy*. Ou devrais-je dire *on* ?

Il fit la grimace comme s'il venait d'avaler quelque chose d'amer. En entrant dans la chambre, je l'entendis grogner quelque chose comme : On ne me paye pas assez.

Je souris avec malice en enfilant mes vêtements de la veille. Quand je revins dans le salon en attachant mes cheveux en queue-de-cheval, Lucas était parti. Je le repérai dehors, accroupi, le nez au sol. Le cœur battant, je m'approchai de lui, étudiant la route en terre et les épines de pins au vent.

— Y a un problème ?

Ma voix basse était presque couverte par le son du vent.

— J'ai senti la trace de loups.

— De la meute ?

— Non.

— Les Pins ?

Ses narines se dilatèrent une fois de plus avant qu'il ne se redresse.

— Non.

— De vrais loups alors ?

— Sens, ordonna-t-il en montrant l'herbe.

Je m'accroupis et inhalai. Parmi les odeurs de la terre et de l'herbe, je sentis vaguement celle d'un loup et la variante musquée bien reconnaissable des humains.

Des loups-garous.

<h1 style="text-align:center">Quatorze</h1>

— Comment peux-tu savoir que ce ne sont pas des Boulder ?

Je me relevai, mon jean serré humidifié par la rosée du matin.

— Je suis un pisteur, Ness.

— Mais encore ?

— Eh bien, pendant que t'apprenais les maths, je reniflais des bouts de tissus appartenant à diverses personnes avant de me lancer après eux.

— Tu n'es pas allé à l'école ?

— Oh, j'y suis allé ! me lança-t-il, fier. J'avais juste plus d'intérêt pour les activités extrascolaires que les autres.

Pendant qu'on avançait vers la voiture, je commentai :

— J'ai beaucoup à apprendre.

Il posa sa main sur son torse, mimant la surprise.

— Quoi ? La grande Ness Clark ne sait pas *tout sur tout* ?

Je lui frappai le bras et ce fut comme frapper un rocher solide.

— Ferme-la.

Il gloussa, ce qui était étrange, car Lucas était un connard maussade, pas du genre à glousser. Il montra la maison du menton.

— Tu as fermé ?

— Je n'ai pas la clé.

— Liam ne t'a pas donné une clé ?

Je me renfrognai.

— Pourquoi il ferait ça ?

Il sortit un trousseau de son short et me lança un regard de biais. Je ne demandai pas pourquoi il me regardait ainsi. Pendant qu'il fermait, je montai en voiture et m'attachai. Une minute plus tard, il se glissa derrière le volant et fit vrombir le moteur.

Il s'avança sur la route tandis que j'examinais encore la forêt.

— Il y a une autre meute par ici ?

— Pas que je sache.

— Pas de loups solitaires ?

— Peut-être. Mais si oui, ils jouent avec le feu à courir ici. S'ils tiennent à la vie, ils feraient mieux de s'en tenir à un passage hâtif.

Le paysage était saturé d'une lumière grise qui rendait tout plus morne et plat. J'étais contente qu'il n'y ait pas de soleil ; je n'avais pas envie de ça. Je regardai mon portable dans l'attente de nouvelles vis-à-vis d'Everest. En l'absence de quoi que ce soit, je fourrai mon téléphone dans mon sac.

— Nerveuse ? demanda Lucas.

Je mordillai l'ongle de mon pouce.

— Pas toi ?

— Non. J'ai entièrement foi en mon alpha, expliqua-t-il en coulant un regard vers moi. À moins que tu ne sois pas nerveuse à son sujet.

La façade en bois doré de l'auberge apparut devant nous. Bientôt, elle appartiendrait à un homme détestable. Aidan en retirerait sûrement le côté accueillant et la transformerait en un établissement impersonnel valant plusieurs millions de dollars.

— Il est mon sang et ma chair, Lucas.

— Il t'a utilisée, a essayé de te faire tuer et pourtant tu espères qu'il s'en tire ? Je ne comprends pas, Clark.

Je fis tourner le bout de ma queue-de-cheval.

— Et s'il y avait plus que ça ? Et s'il ne voulait pas faire tout ça ? Et si Aidan Michaels l'y avait forcé ? Et s'il lui avait fait du chantage ?

— Et si Aidan Michaels n'avait rien fait du tout ?

Ma peau me picota en entendant la fermeté de sa réponse. Alors, cela ferait de mon cousin quelqu'un dénué de cœur.

— J'imagine qu'on ne saura jamais puisqu'Everest n'aura pas le droit à un procès.

J'attrapai la poignée de ma portière.

— Nous ne sommes pas des animaux. Ils l'interrogeront avant de l'abattre.

Inhalant une bouffée douloureuse d'air, je grinçai :

— Lui non plus n'est pas un animal.

— Tu sais ce que je voulais dire.

Oui, mais ça me gênait quand même.

— Pas besoin de m'accompagner à l'intérieur.

— Jusqu'à ce que ce soit fini, je suis ton ombre.

Je lâchai un soupir et descendis.

Je franchis la porte d'entrée tandis que Lucas allait se garer. L'auberge était éclairée et chaleureuse; elle sentait légèrement le pot-pourri et le pin vernis, des odeurs que j'associais désormais à Boulder. Ce n'était pas chez moi et ce n'était pas un abri sécurisé, mais pendant un moment, cela avait été ce qui ressemblait le plus à un chez-soi. Je m'arrêtai à l'accueil où Isobel répondait au téléphone. Elle leva son index et j'attendis, étudiant son visage. Elle était pâle, mais cela ne trahissait pas sa maladie. Même si ses joues semblaient creusées et si ses épaules étaient saillantes sous sa blouse crème, elle n'était pas décharnée. Un court instant, je superposai l'image de ma mère à la sienne et mon cœur ralentit.

Elle raccrocha et me sourit.

— Bonjour ma chérie.

— Salut. Comment...

J'allais lui demander comment elle se sentait, mais je n'étais pas censée savoir.

— Comment ça s'est passé ce matin? demandai-je en montrant l'auberge.

— Très bien. La nuit était tranquille et la matinée aussi. J'ai changé la date de sortie de quelques clients à cause du temps et réorganise le planning de ménage.

— Merci.

— Pas besoin de me remercier.

Elle serra ma main. Sa peau était moite comme celle de ma mère les pires journées.

— Je suis aussi allée voir Jeb. Il a dormi une bonne partie de la matinée. Je lui ai apporté à manger. Tu pourrais aller le voir, il apprécierait peut-être un peu de compagnie.

Je me demandais si elle savait ce qui se passait. Les femmes n'étaient pas maintenues dans le noir par rapport aux affaires de la meute, mais étaient-elles informées de chaque mouvement de l'alpha ?

— Après avoir vu Evelyn, j'irai lui parler.

J'avais aussi besoin d'une douche et de vêtements propres. Pouvait-elle sentir l'odeur de Liam sur moi ? Elle n'était pas louve, mais elle m'avait vue rentrer, donc elle savait que j'avais passé la nuit ailleurs que dans mon lit. Si elle comprenait où j'étais allée, je ne distinguai aucun jugement sur son visage. Juste un gentil sourire. Pourquoi est-ce qu'il fallait que la maladie s'en prenne aux gens bons ? Ne pouvait-elle pas frapper ceux comme Aidan Michaels ?

Je partis en direction de la cuisine quand Isobel m'arrêta.

— Tu as quelque chose de prévu pour le dîner ce soir ?

Je me retournai au moment où Lucas franchit les portes. J'allais dire non, mais dans quel état serais-je ce soir ? Et Liam ? Et puis, si j'allais dîner chez les Watt, August serait sûrement là, et même si j'avais passé mon enfance à manger avec lui et sa famille, les choses étaient différentes ce soir.

— Je ne peux pas ce soir, finis-je par dire.

— Bonjour, madame Watt, la salua Lucas en même temps.

— Bonjour Lucas, répondit-elle en souriant avant de se tourner vers moi. D'accord. Fais-moi savoir quand tu as une soirée de libre. J'aimerais beaucoup que tu me racontes ce que tu es devenue.

— Je... je le ferai, c'est promis. Peut-être ce week-end ?

— Tu me diras. Ou tu peux venir sans prévenir. Notre maison est ta maison.

Ses mots me pincèrent le cœur. Je hochai fermement la tête, puis repris ma route. Le grand espace de la cuisine était rempli de délicieuses odeurs qui firent grogner mon estomac vide.

— Ness !

Evelyn confia les pinces à Kasie avant de clopiner jusqu'à moi.

Le changement de pression dans l'air aggravait toujours son arthrite, et vu comme elle boitait ce matin, elle devait avoir mal. Je la rejoignis à mi-chemin. Le baume à la menthe qu'elle appliquait religieusement sur ses articulations douloureuses apaisa mes nerfs à vif.

Elle embrassa mes deux joues, laissant sûrement des traces de rouge à lèvres.

— Kasie, tu peux prendre le relais ? J'ai besoin de parler à Ness.

— Prends ton temps, Evelyn. Je m'occupe de tes légumes à la provençale.

Evelyn glissa ma main dans le creux de son coude et me tira vers la porte.

— Viens. Allons prendre le thé, *querida*.

J'attrapai une théière sur une haute étagère dans le cellier quand Skylar apparut, un plateau de petit-déjeuner chargé au bras.

— Salut ! Comment tu vas, ma belle ?

Elle posa le plateau près de l'évier et repoussa ses cheveux couverts de peroxyde de son front avant de me prendre la théière des mains.

— Là, laisse-moi faire. Thé noir, vert ou infusion ?

Evelyn n'aimait que le thé noir.

— Earl Grey. Mais je peux le faire.

— Hors de mon cellier, nous chassa-t-elle.

— Merci, Skylar. On sera sur la terrasse, indiqua Evelyn. Il ne pleut pas encore, si ?

Elle tendit les mains pour attraper la boîte de thé en vrac.

— Pas encore, mais je pense que ça ne va pas tarder.

— On prendra le risque, décida Evelyn en me guidant jusqu'à la terrasse.

Seul Lucas était dehors. Il avait pris place dans l'une des nombreuses chaises longues et vérifiait quelque chose sur son téléphone. Liam avait-il envoyé quelque chose ? J'étais tentée de sortir le mien, mais ça pouvait attendre la fin de ma conversation avec Evelyn.

Le ciel était obstrué de nuages mauves qui me rappelaient la couverture que maman avait cousue pour moi quand j'étais petite, celle que j'avais donnée à l'ancien combattant qui vivait au coin de notre rue un jour d'hiver particulièrement froid. Même si le chien de l'homme me grognait dessus – il devait sentir que j'étais une louve –, son maître m'avait souri, avait levé la bouteille d'alcool qui semblait collée à sa paume et rassemblé la couverture autour de lui et de son animal.

Evelyn jeta un coup d'œil à Lucas et avança jusqu'à l'autre bout de la terrasse. Nous prîmes place à une petite table carrée en teck.

— Frank m'a dit que mon ex-mari avait acheté l'auberge à ta famille, m'informa-t-elle à voix basse.

Je glissai un regard aux grandes portes vitrées, m'assurant que Skylar n'était pas sortie. Je ne voulais pas alarmer le personnel loyal avant que ce soit nécessaire. Peut-être qu'Aidan Michaels assurerait la pérennité de leurs postes ; je ne savais pas quelles étaient ses intentions. Était-ce juste un endroit stratégique pour surveiller la meute ou une transaction économique pour agrandir l'étendue de ses propriétés ?

— Evelyn, tu crois qu'il l'a achetée pour nous attaquer ?

Par nous, j'entendais la meute, même si je ne doutais pas une seconde qu'Aidan prenne plaisir à contrecarrer le bonheur de son ex-femme. L'homme était un fouineur doté d'un trop grand réseau d'informations ; il savait sûrement qu'elle était de retour à Boulder.

— Ou tu crois que ce n'est qu'un investissement économique ?

Elle gratta un bout de cire à la citronnelle qui avait fondu sur la table.

— Il n'a pas besoin de plus d'argent ou de terres, *querida*.

Autrement dit, il n'y avait pas de visée commerciale.

— Et voilà, fit joyeusement Skylar.

Elle déposa un plateau en bois avec deux tasses, une théière, un bol de sucre, un petit pichet de lait et une assiette de petits gâteaux à la confiture, une des spécialités d'Evelyn.

Depuis qu'elle avait accès à une plus grande cuisine et à un stock sans limite de produits frais, elle préparait la confiture elle-même et les délicieux gâteaux étaient devenus à se damner.

— Je peux vous apporter autre chose ? demanda Skylar en surveillant le ciel.

— Non merci, tu nous as déjà gâtées, assura Evelyn.

Je souris à Skylar qui me rendit mon sourire de façon hésitante comme si elle voulait me demander ce qui n'allait pas. Même si nous nous connaissions que depuis deux mois, je sentais une compréhension mutuelle entre nous, peut-être parce que nous avions toutes les deux perdu notre mère. Une fois, Skylar m'avait dit qu'elle serait une bonne oreille si j'avais besoin de parler.

À ce moment-là, je ne voulais pas parler de ma mère. Je ne voulais toujours pas parler d'elle. Son absence était trop fraîche. Même si je ne pleurais plus quand quelqu'un l'évoquait, j'avais toujours le cœur en lambeaux.

— Je n'ai pas encore vu Emmy, mais tu peux la remercier pour s'être occupée du service d'hier, s'il te plaît ? Jeb et... et Lucy ont vraiment apprécié.

Elle sourit.

— Je le ferai. Dites-moi si vous avez besoin d'autre chose.

Evelyn versa deux tasses de thé chaud pendant que je chapardais un gâteau de l'assiette.

— Frank a une chambre en plus que je t'ai préparée hier. Je veux que tu viennes vivre avec nous. Je sais que Jeb est ton tuteur légal, mais il n'est pas en capacité de s'occuper de toi et je ne suis pas fan des hommes qui gravitent autour de toi.

Elle regarda Lucas et je plissai le nez. J'espérais qu'elle ne pensait pas qu'il était l'un de mes prétendants parce que c'était... *dégoûtant.*

— Tu es sûre que ça ne gêne pas Frank ?

Elle posa sa main calleuse sur la mienne.

— Ça ne le dérange pas. Sa maison est... grande. Les week-ends, son petit-fils Joseph vient le voir, mais sinon, il vit seul.

— Plus maintenant.

Son visage s'étira en un sourire timide.

Comme j'adorais l'éclat que Frank avait éveillé dans ses yeux couleur d'obsidienne et le rose sur son teint hâlé. J'étais contente qu'elle ait trouvé son bonheur. Si quelqu'un le méritait, c'était bien elle.

— Retrouve-moi dans la cuisine ce soir. On partira ensemble quand j'aurai fini de préparer le dîner.

— D'accord.

Nous bûmes notre thé en silence après ça, chacune se contentant d'apprécier la compagnie de l'autre. Presque une heure plus tard, nous nous levâmes toutes les deux pour partir. Elle se pencha vers moi comme pour embrasser ma joue, mais à la place, elle demanda :

— Pourquoi est-ce que le garçon là-bas n'arrête pas de te regarder ?

— Il m'aide juste à faire quelques trucs aujourd'hui. Il me conduit en voiture.

Si je lui avais dit la vérité, que Liam avait peur qu'Everest tente de me faire du mal, elle se serait inquiétée et je ne voulais pas qu'elle s'inquiète plus qu'elle ne le faisait déjà.

Elle m'embrassa les joues et les frotta.

— Voilà. Un peu de couleur sur ton visage pâle.

Malgré mon bronzage d'été, je sentais que j'étais blême, tout comme je sentais les premières gouttes de pluie sur mes bras nus. Je fermai les paupières et levai mon visage vers le ciel, accueillant l'averse.

*Quinze*

Après avoir pris ma douche et m'être changée, je passai par la chambre de Jeb, Lucas dans mon sillage. Il fallut beaucoup argumenter, mais je parvins à le convaincre de rester dehors pendant que j'allais voir mon oncle. Mes intentions n'étaient pas dénuées d'intérêt. J'avais imprimé tous les formulaires pour mon permis et j'avais besoin de la signature de mon tuteur.

Isobel avait dû ouvrir les rideaux, car la lumière du jour éclairait sa chambre.

— Bonjour, Jeb. C'est Ness, le saluai-je en m'approchant.

Je ne voulais pas l'effrayer.

— C'est fait ?

Son ton était las comme son expression. Je tirai une chaise près du lit.

— Je ne sais pas. Tu as mangé ?

Le plateau chargé sur sa table de chevet me disait que non, mais j'espérais que ma question éveille en lui un appétit.

— Et Lucy ?

— Lucy ?

Il posa ses yeux bleu clair dont les vaisseaux sanguins avaient explosé vers moi.

— Je pensais que tu aurais peut-être des nouvelles.

Je secouai la tête.

— Mais je peux appeler Éric. Tu veux que je le fasse ?

Je n'avais pas son numéro, mais Lucas l'aurait sûrement. Je pourrais le lui demander.

— Non, répondit doucement Jeb.

Pendant un long moment, aucun de nous deux ne parla. Puis, la voix dénuée de substance de mon oncle jaillit de nouveau.

— Pourquoi est-ce que je peux vivre maintenant, Ness ?

J'aurais pu lui mentir et mentionner l'auberge, mais il n'aurait bientôt plus cela. Qui allait l'accueillir ?

— Tu as appris qu'Everest avait vendu l'auberge à Aidan Michaels ?

Ses pupilles se contractèrent de surprise et ses lèvres pâles s'entrouvrirent. Il ne savait pas.

— Il l'a vendue en échange de son aide pour trafiquer les caméras de la meute et quitter Boulder.

Je jouai avec l'alliance de ma mère.

Mon oncle resta bouche bée, confirmant qu'il ne savait rien de tout cela. Me voilà messagère des mauvaises nouvelles. Je lâchai la bague et posai mes mains sur mes genoux.

— Je n'aurais jamais dû la mettre à son nom. Lucy avait dit...

Sa voix se brisa.

— Ça n'a plus d'importance, ce qu'elle a dit, reprit-il.

Il ferma la bouche comme pour s'empêcher de dire du mal de la mère de son fils. Après un silence qui s'éternisait, il annonça :

— J'ai quelques appartements dans le centre de Boulder.

Je fronçai les sourcils.

— J'en ferai préparer un pour nous.

Je serrai mes genoux.

— « Nous » ?

— Toi et moi.

Alors il ne prévoyait pas de se suicider.

— Tu n'as pas à t'inquiéter pour moi, Jeb. Frank a dit qu'il m'accueillerait...

— Tu es sous ma garde, pas la sienne, coupa-t-il.

Je n'avais pas entendu autant d'énergie dans sa voix depuis le jour de la dernière épreuve quand il avait découvert que sa femme gardait Evelyn en otage.

Je voulais vivre avec Evelyn, mais je ne pouvais pas abandonner mon oncle.

— D'accord.

Soudain, il se redressa dans son lit.

— Tu peux me donner mon téléphone ?

Je me levai pour aller le chercher là où je l'avais mis à charger il y a plusieurs jours de cela. Sous mes yeux, il composa un numéro et aboya sur la pauvre âme à l'autre bout du fil.

Il raccrocha, puis me dit :

— Demande à quelqu'un du personnel de ménage de passer par cette adresse. Ça a sûrement grand besoin d'un nettoyage.

Il prit un bout de papier estampillé du logo de l'auberge et un crayon du tiroir de sa table de chevet et gribouilla une adresse avant de déchirer le papier.

Je m'en saisis avec réticence, puis me repris. Même si mon oncle était celui qui m'avait traînée jusqu'à Boulder dès qu'il avait appris que je vivais seule sans ma mère à Los Angeles, il n'était pas à blâmer pour le fiasco qui avait suivi. Je devrais être soulagée qu'il tienne assez à moi pour endosser ses responsabilités. Je pliai le papier, décidant de m'en occuper moi-même.

Il sortit du lit si soudainement que je reculai pour ne pas entrer en collision avec lui. La colère passa sur son visage et dans ses yeux.

— Je n'arrive pas à croire qu'il ait passé un marché avec le tueur de ton père, marmonna-t-il dans sa barbe.

Il attrapa le cadre d'une peinture à l'aquarelle et tira fort dessus.

Je me préparai au chaos en me recroquevillant légèrement, mais Jeb ne jeta pas la toile à l'autre bout de la chambre. À la place, le cadre se plia comme les pages d'un livre. Derrière se trouvait un coffre-fort. Il entra un code à six chiffres et le coffre bipa. Il fouilla dedans, faisant bruisser les papiers, renversant les boîtes à bijoux jusqu'à trouver ce qu'il cherchait : une enveloppe. Il en sortit deux clés accrochées à un seul anneau. Il en retira une et me la jeta. Elle atterrit à mes pieds.

— La clé de notre nouvelle maison. Heureusement, je ne l'avais pas confiée à mon fils. Je n'arrive pas à croire qu'il ait vendu l'auberge à Aidan Michaels.

Jeb était tellement rouge que je m'inquiétais qu'il fasse un anévrisme. Les loups ne pouvaient pas en mourir de toute façon.

Je m'accroupis pour ramasser la clé.

— Qu'est-ce qui se passera si Lucy est relâchée ?

Mon oncle cessa de marmonner et m'observa avec attention. Je fixai la petite clé nichée dans ma paume.

— Je ne veux pas vivre avec elle, Jeb. Je ne peux pas, affirmai-je en relevant le regard vers mon oncle.

— Je demande le divorce.

*Oh !*

Jeb avança vers moi et me prit par les épaules.

— On va s'en sortir, Ness.

Son désir renouvelé de vivre raviva mon espoir qu'il puisse guérir de la plus profonde blessure. Il sera changé et meurtri, mais il survivra. Même si je savais qu'Evelyn serait mécontente, j'étais touchée que mon oncle ne m'ait pas abandonnée.

— Tu sais, Callum me donnait toujours des tuyaux sur comment élever mon fils. Ça m'énervait, mais maintenant, je regrette de ne pas l'avoir écouté. Tu as été bien élevée, Ness.

Il serra mes épaules une dernière fois avant de me lâcher. Je fermai la bouche pour retenir l'émotion qui remontait en moi.

— Maintenant, va faire tes affaires.

Je hochai la tête et m'apprêtais à sortir quand je me rappelai les papiers que je voulais qu'il signe. Je les sortis et il les remplit en me disant de ne pas prévoir de leçons, qu'il m'apprendrait lui-même.

Une nouvelle vague d'émotion s'empara de moi. Jeb ne remplacerait jamais mon père, comme Evelyn n'avait jamais remplacé ma mère, mais j'étais contente d'avoir son soutien et sa présence dans ma vie. J'avais espoir que cela m'allège d'un peu du poids qui pesait sur mes épaules. Je ne serais jamais plus une enfant – je n'en avais pas non plus le désir –, mais j'avais bien besoin de partager un peu de mes responsabilités avec un adulte.

# Seize

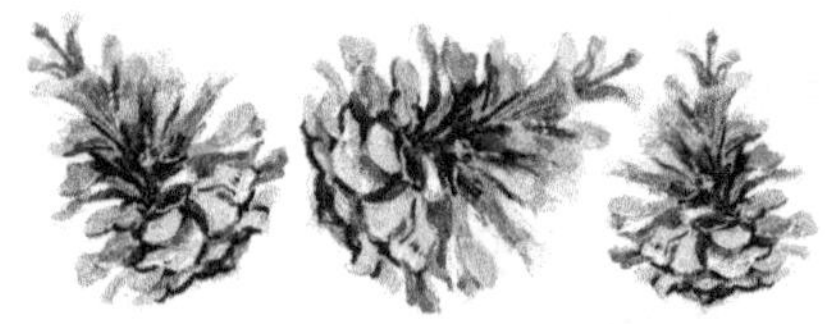

Quand j'arrivai au bar chez *Tracy* avec Lucas, Sarah y était déjà.

J'avais préparé mes affaires et m'étais arrêtée au nouvel appartement pour les déposer et établir une liste de produits ménagers à acheter. L'investissement de Jeb était un appartement sous les toits d'un bâtiment à deux étages, à dix rues de chez *Tracy*. Les chambres étaient petites, mais chacun disposait de sa propre salle de bain et le salon s'ouvrait sur une cuisine et une vue dégagée des montagnes. Malgré l'odeur de renfermé et les meubles sobres, je ne détestais pas l'endroit.

À quoi cela aurait-il servi? Cela allait être mon nouveau chez moi. Et puis, avec un peu de chance, je déménagerais dans une chambre à la fac très vite. J'étais contente que toutes mes affaires logent dans des sacs Ikea. Si j'avais possédé plus de choses, déménager aurait été beaucoup plus pénible. Et puis, j'adhérais à la philosophie de ma mère : le désir de toujours amasser plus de possessions privait les gens de leur bonheur et de leur liberté. «Plus tu voyageras léger, plus tu iras loin», me disait-elle toujours. À une époque, ne pas pouvoir avoir un nouveau sac au début de l'année scolaire ou les dernières Adidas que tout le monde portait m'avait frustrée, mais j'avais appris à cesser de vouloir des choses. Ça m'avait pris des années. Pour être honnête, il avait fallu que ma mère tombe malade.

Après, rien d'autre que trouver un remède pour la garder en vie n'importait.

Je dépassai le bar vers la table en bois à laquelle Sarah était assise à pianoter ses ongles parfaitement manucurés en rythme avec la pluie battant contre la fenêtre. Elle sourit quand elle m'aperçut, puis son sourire se flétrit quand elle vit mon garde du corps.

Au lieu de s'asseoir à une autre table comme il l'avait fait à l'auberge, Lucas se glissa sur le siège à côté de Sarah.

— Si ce n'est pas ma Pin préférée.

— Tu n'as pas de Pin préféré, répliqua Sarah. Pourquoi le Néandertal est là ?

Lucas afficha un sourire narquois et tourna sa casquette sur sa tête.

— Toujours bloquée aux stades des injures je vois.

Sarah le fusilla du regard. Je soupirai.

— C'est une longue histoire.

— J'écoute.

Elle s'appuya contre le dossier de sa chaise et croisa les bras, ce qui fit ressortir son décolleté extrêmement généreux. Je surpris Lucas à mater, et pas juste une seconde ni discrètement. Il fixa sa poitrine pendant presque une minute complète. *Ordure.*

Une fois que je lui donnai les informations clés, elle décroisa les bras.

— Merde, Ness. Ça craint.

— Ne m'en parle pas.

— J'espère qu'ils attraperont ton cousin aujourd'hui, au moins pour que tu ne sois plus coincée avec celui-ci, fit-elle en montrant Lucas de la tête.

Ce dernier en profita pour observer à nouveau longuement sa poitrine.

— Lève les yeux, Mason, grogna Sarah. Ton père ne t'a pas appris les bonnes manières ?

Le regard de Lucas remonta jusqu'à son visage.

— Il est mort avant que je ne commence à remarquer les différences anatomiques entre les filles et les garçons.

Sarah savait sûrement que Lucas avait perdu ses parents ; contrairement à moi, elle avait reçu une éducation complète de louve au sein de sa meute. Quand elle lâcha un souffle surpris, je fronçai les sourcils.

— J'avais oublié, expliqua-t-elle un chouïa plus gentiment.

— C'était y a longtemps.

Il retira sa casquette et passa ses doigts dans ses cheveux noirs avant de la remettre.

— Regarde qui me fixe maintenant, la taquina Lucas.

Sarah se tourna aussitôt vers moi. Lucas tendit le bras.

— Vous voulez toucher ?

— Sérieux ? demanda Sarah en plissant le nez.

Elle prit le menu plastifié, même si j'étais presque sûre qu'elle le connaissait par cœur.

— Je préférerais caresser un serpent que ton bras.

— Alors comme ça, tu aimes les serpents ?

— Laisse-la tranquille, Lucas, l'arrêtai-je.

Il m'adressa un sourire prétentieux et leva les yeux vers la télé qui diffusait un match de tennis.

Une serveuse vint prendre notre commande, un sourire guilleret aux lèvres, la voix nasillarde, juchée sur de hauts talons qui claquaient bruyamment sur le sol. Je demandai un sandwich tomate-bacon-salade et Sarah et Lucas commandèrent des cheeseburgers et du coca. Je me demandais si Miss Guillerette était celle dont Lucas avait parlé le jour où August était venu aider à réparer des trucs à l'auberge, celle qui serait très contente d'apprendre qu'il était resté en ville. J'étais tentée de demander, mais j'avais peur que ça me donne l'air jalouse et non pas curieuse.

Comme si penser à August avait réactivé le lien, je sentis mon estomac se comprimer. Je frottai mon ventre pendant que Lucas et Sarah se chamaillaient sur la musique qu'elle avait passée à La Tanière samedi dernier. La serveuse revint avec un pichet d'eau et me servit un verre.

Les portes s'ouvrirent à ce moment-là et l'eau déborda de mon verre, coulant sur la table avant de goutter sur mes genoux. Je reculai si vite que les pieds de ma chaise crissèrent contre les lames du parquet. Elle releva le pichet et s'excusa encore et encore tout en attrapant une poignée de serviettes du distributeur pour tout nettoyer.

— Ce n'est rien, la rassurai-je.

Je suivis son regard vers l'entrée du bar.

Vers Cole et August.

August se frottait le ventre, l'air absent. Quand il me remarqua derrière la serveuse rougissante, il se figea, puis ferma le poing et le laissa retomber.

Oui, ça craignait.

Pour nous deux.

Cole donna un coup de coude à August et montra notre table. Vu les pas réticents de mon partenaire, il voulait aller n'importe où, sauf près de moi.

— Salut Ness, fit Cole.

Il salua d'un signe de tête Sarah et Lucas avant de s'adresser à la serveuse par son prénom : *Kelly*.

Elle le remarqua à peine, les yeux fixés sur August.

— Je croyais que tu étais parti.

Il se frotta la nuque.

— J'ai dû retarder mon départ.

Son visage était crispé, ce qui était sûrement plutôt dû à notre lien agaçant qu'à Kelly.

— J'ai entendu dire que toi et Sienna aviez rompu.

Elle le dit si doucement que si j'avais été humaine, je n'aurais sûrement pas entendu.

August s'immobilisa et fronça les sourcils. Son expression, alliée aux palpitations sous ma peau, criait sa gêne.

Je surpris Sarah à renifler l'air. Elle sembla froncer les sourcils. Pouvait-elle sentir notre lien ? Liam m'avait dit qu'August sentait comme moi ou que je sentais comme lui… ou quelque chose comme ça, mais j'avais pensé que l'odeur s'était estompée.

Heureusement, Sarah brisa le silence inconfortable :

— Aucun de vous n'a un travail ?

Les trois garçons se regardèrent l'un l'autre.

— Ness est mon travail, rétorqua Lucas.

Le regard d'August passa aussitôt de Kelly au métamorphe aux cheveux touffus.

— Et nous on prend une pause. Le temps est trop pénible, expliqua Cole.

Contrairement à mon jean qui collait à ma peau, ni ses vêtements ni ceux d'August n'étaient trempés ; ils avaient dû se changer avant de venir ici. À moins que leurs corps soient à une température plus élevée que la mienne et que l'eau se soit évaporée.

Cole montra les tables de billard au fond.

— Ça vous dit une partie de *Cutthroat*?

— J'ai cru que tu n'allais jamais me le proposer! fit Lucas en bondissant presque de son siège.

— Ness?

Cole ne prononça pas le nom de Sarah, mais il la regarda, ce qui voulait sûrement dire que l'invitation s'étendait jusqu'à elle.

Je secouai la tête.

— J'aimerais parler avec Sarah.

— On a encore *beaucoup* à se dire, ajouta-t-elle.

Une fois les garçons hors de portée d'oreille et la serveuse partie, elle siffla :

— Pourquoi est-ce qu'August Watt sent ton odeur?

Je grimaçai.

— On sent vraiment pareil? murmurai-je.

— À moins que vous ayez échangé vos produits de beauté, oui. D'habitude, les mecs sentent comme... l'intérieur d'un vestiaire.

Elle agita la main vers le siège que Lucas venait de déserter.

— C'est vraiment évident?

— Pour quelqu'un qui te connaît et connaît ton odeur, oui.

Je plissai le nez à l'entendre. Je savais qu'elle ne voulait pas être désobligeante.

— Vous vous êtes liés l'un à l'autre?

Je me mordillai la lèvre inférieure.

— Merde. Alors toi et Liam, c'est déjà fini, hein?

Elle se pencha en avant, faisant crisser sa chaise.

— Non. Pourquoi est-ce que tu penses tout de suite ça?

Elle s'écarta légèrement de la table.

— Ma chérie, tu comprends le but d'un lien d'accouplement, n'est-ce pas?

— Je comprends le but, mais je n'ai pas prévu de larguer mon copain pour me jeter dans le lit d'un autre homme.

— C'est plus ou moins inévitable. Ton corps a dû se fermer à tous les autres mâles. Mon frère et Margaux sont partenaires. Il a essayé de lui résister au début; il avait une copine. Ça a duré une semaine. Tu ne peux pas t'opposer aux liens d'accouplement. Tu ne peux pas. Ce serait comme cesser de t'alimenter et t'attendre à survivre.

L'agacement picota ma peau.

— Il y a beaucoup de paires qui ne finissent pas ensemble.

— Vraiment ? Nommes-en une.

— Je n'ai pas de noms à donner. C'est Frank McNamara qui me l'a dit, c'est tout. Il a parlé de quelqu'un dans notre meute qui avait une partenaire et n'a pas fini avec elle.

— Tut-tut, je n'ai jamais entendu parler de partenaires qui n'ont pas fini ensemble. C'est biologique, chimique ou je ne sais quoi. Et puis, c'est une bonne chose. Ça n'arrive pas à tout le monde. J'aimerais bien que ça m'arrive à moi.

Elle baissa la voix – heureusement – pour ajouter en agitant ses sourcils :

— Il paraît que le sexe entre partenaires est explosif.

Je la fis taire d'un regard noir.

— De toute façon, il part bientôt. L'éloignement rompra le lien.

— Pourquoi est-ce qu'il partirait ? demanda-t-elle en regardant la table de billard. Liam l'y oblige pour pouvoir faire comme il l'entend avec toi ?

La chaleur me monta au cou. Elle se pencha et ses longues mèches blondes et bouclées tombèrent par-dessus ses épaules.

— Oh mon Dieu, c'est ça, hein ? C'est vraiment tordu, Ness. Personne ne devrait jamais se mettre entre deux partenaires.

— Je ne veux pas de partenaire, d'accord ?

Malheureusement, j'avais dit ça si fort que même le bruit de la pluie sur la façade vitrée ne couvrait pas mes mots.

Bien sûr, les garçons avaient arrêté de jouer pour nous lancer un regard, comme les deux hommes qui buvaient leur bière au comptoir tout collant. Ils ne savaient pas de quoi nous parlions, mais August si, et vu comme il se renfrogna, je voyais bien que mon commentaire l'avait impacté.

Je ne pensais pas qu'il soit blessé que je ne veuille pas être avec lui ; après tout, il me considérait comme sa sœur. Les gens ne voulaient pas sortir avec leurs sœurs, c'était mal et non naturel sur tous les points. Malgré tout, il n'appréciait sûrement pas que je déclare mon dégoût à cette idée aussi clairement. Je retirai l'élastique de mes cheveux pour occuper mes mains soudain tremblantes et camoufler mon visage.

— Je ne voulais pas t'énerver, s'excusa Sarah.

Je posai mes coudes sur la table et appuyai mon front dans mes paumes.

— Ce n'est pas ta faute, c'est toute cette situation qui me rend comme ça.

Elle soupira au moment où Kelly apportait notre commande. Elle déposa nos assiettes en lançant un regard insistant aux garçons.

— L'autre burger est pour là-bas, indiqua Sarah en désignant Lucas.

Ils s'étaient tous remis à jouer. Y compris August. Il me tournait le dos comme pour éviter de me faire face. Plus que jamais, je détestais notre lien, car j'eus soudain peur que cela efface nos années d'histoire commune et ne nous rende rien de plus que des étrangers amers.

Je sentis le regard de Sarah sur moi. Peu importe ce qu'elle pensait, elle ne fit aucun commentaire.

Entre deux bouchées pleines de gras et de ketchup, elle m'annonça :

— Je vais bientôt devenir tata. Mon frère et Margaux attendent un enfant.

Je clignai des paupières.

— Des jumeaux. Ils vont avoir des jumeaux. Une fille et un garçon.

Elle prit une grosse bouchée de son burger.

— Le mariage était la semaine dernière. Elle n'avait même pas l'air enceinte.

— Elle l'était, mais ça ne se voit pas encore. C'est tôt en même temps, six semaines ou quelque chose comme ça, alors ils le gardent pour eux.

— Six semaines ! Et elle connaît déjà le sexe du bébé ?

Sarah haussa un sourcil.

— On n'a pas besoin d'ultrasons pour savoir ce genre de chose.

Elle essuya ses doigts sur sa serviette en papier avant de tapoter son nez avec son index.

— On peut sentir le sexe du bébé ?

— Non. On peut sentir les grossesses. Le sexe est uniquement une question d'instinct maternel. Elle pourrait se tromper, mais les mères louves se trompent rarement.

Alors si ma mère avait été une louve, elle aurait connu mon sexe avant que je naisse. Mes parents n'avaient jamais fait d'échographie tant ils étaient convaincus que j'étais un garçon. Pourquoi est-ce qu'un bébé né dans la meute de Boulder serait autre chose qu'un garçon ? Je me demande ce qui se serait passé si quelqu'un avait découvert mon sexe avant ma naissance. Puis, j'arrêtai de me triturer l'esprit, car il valait mieux ne pas savoir.

— Tu es déjà sortie avec quelqu'un de ta meute ?

— Oui. Au lycée, je suis sortie avec un mec qui s'appelait Channing. Ensuite, j'ai choisi des mecs qui n'étaient pas de la meute, en général des étudiants d'UCB. Ma mère me forcera sûrement à épouser un loup, alors je profite des humains tant que je peux. Ils sont moins arrogants que les mecs de la meute.

— UCB ? Tu es allée à l'UCB ?

— J'entame ma deuxième année dans quelques semaines. Pourquoi ? Tu envisages de t'y inscrire ?

— Apparemment je peux.

— Comment ça, « tu peux » ?

— Liam m'a dit que la meute gardait de l'argent de côté pour couvrir les frais de scolarité.

Ses yeux s'illuminèrent.

— Alors tu vas candidater ?

Je hochai la tête.

Elle cria de joie et tout le monde nous regarda de nouveau.

— Oh mon Dieu, c'est trop *bien* ! Je vais enfin avoir une amie.

— Oh, allez. Toi, tu n'as pas d'amis là-bas ?

— Ma belle, j'ai des idées trop arrêtées. La plupart des gens n'aiment pas les filles comme ça. Ils préfèrent les filles soumises et agréables. Ma mère est toujours sur mon dos pour que je sois plus agréable. Tu es un peu ma première amie.

Elle sourit. J'arrachai un bout de bacon de mon sandwich trempé de mayonnaise.

— Ça veut dire que j'ai un accès libre à ton placard ?

Elle rejeta sa tête en arrière et rit, puis me lança un regard disant « bien tenté ».

Je souris. Même s'il y avait de l'orage dehors et que j'étais nerveuse au sujet de ce qui se passait dans ma meute, je me sentais momentanément heureuse.

— Tu es ma première amie au féminin aussi.

Elle leva son verre et le tint vers moi, attendant que je trinque avec elle.

— À nos premières expériences.

Je levai mon verre vers elle au moment où Lucas glissait son assiette vide sur la table et passait la main entre nous avec une poignée de serviettes au passage.

— Je n'aurais jamais pensé que tu étais vierge, Sarah, commenta-t-il.

— Si tu essaies de m'énerver, Mason, sache que ça ne fonctionne pas.

Il posa ses yeux sur sa poitrine, puis les leva lentement.

— Désolé, mais je ne me tape pas des Pins.

Le sourire de Sarah s'estompa.

— Je n'étais pas en train de te faire des avances, abruti.

Un sourire en coin, il piqua une frite du panier à côté de l'assiette de Sarah, son avant-bras effleurant sa poitrine. Elle recula brusquement. Les yeux de Lucas brillèrent d'un amusement non dissimulé qui s'agrandit quand Sarah le fusilla du regard.

Elle déplaça le panier, le mettant à l'opposé de la table.

— Touche pas à mes frites.

— Possessive, hein ?

Lucas essuya lentement ses doigts sur sa serviette en boule comme pour gagner du temps.

— Tu es DJ demain soir, la blondasse ?

— Comme tous les jeudis soir.

Sa gaieté précédente avait disparu.

— N'oublie pas tes boules Quies. Ou mieux encore : ne viens pas.

Elle se tourna vers moi.

— Tu seras là, Ness ?

J'allais dire peut-être quand la porte du bar s'ouvrit, amenant l'odeur de la pluie d'été et de la transpiration masculine. Mon cœur bégaya quand je posai les yeux sur Liam. Ses cheveux noirs étaient repoussés en arrière et son corps était tellement tendu qu'il semblait sur le point de se jeter sur quelqu'un.

Il semblait en colère.

Oui, en colère.

Et le plus terrifiant, c'est qu'il semblait en colère contre *moi*.

*Dix-Sept*

J e me levai si vite que mes genoux heurtèrent la table, m'envoyant des vagues de douleur. La dernière fois que Liam m'avait regardée avec autant de mépris, c'était quand j'étais sortie du labyrinthe de Julian Matz en brandissant la relique des Boulder.

À part le bavardage des commentateurs sportifs et la pluie incessante, le bar était devenu sinistrement silencieux. Quand une queue de billard frappa une boule, je sursautai.

Pendant un long moment, Liam ne bougea pas. Ni Matt à ses côtés.

Lucas fronça les sourcils en regardant son alpha et s'assombrit encore quand Liam avança vers moi d'un pas lourd et bruyant sur le sol abîmé.

— Tu nous as balancés ? demanda Lucas à voix basse.

Très basse.

Sarah, qui s'était retournée, fit volte-face vers moi. Alliée au regard létal de Liam, l'accusation de Lucas me glaça le sang.

— Qu... Quoi ?

*Il a fui !*

La voix de Liam résonna de manière si stridente que j'agrippai mon front, les doigts enfoncés sur mes tempes.

— Qu... Qui ? bégayai-je.

*Ton cousin !*

La pluie mêlée à la transpiration coulait de ses cheveux sur son tee-shirt en V noir.

— Pourquoi est-ce que tu me cries dessus ?

— Parce que c'est ta faute, grogna Liam.

Matt croisa les bras sur son immense torse.

— Everest a laissé un message vocal à Aidan lui disant qu'il était un abruti de l'avoir vendu.

Je sentis deux corps imposants s'approcher derrière moi. Je pouvais reconnaître August. L'autre devait être Cole. Pourquoi est-ce qu'ils m'encerclaient ?

Je redressai les épaules, essayant d'adopter une posture courageuse. Pourtant, je ne me sentais guère courageuse.

— Qu'est-ce que ça a à voir avec moi ? demandai-je d'une voix faible.

— Il a dit que tu lui avais envoyé un message pour le prévenir de notre arrivée, révéla Matt.

Je titubai, puis attrapai mon téléphone, le déverrouillai et le montrai à Liam.

— Vas-y. Vérifie mes messages. Je n'ai jamais envoyé quoi que ce soit à Everest.

Il fixa le téléphone agité sous son nez.

— Vérifie, Liam !

Il l'attrapa et pianota dessus avec agilité. J'attendis, attendant qu'il voie qu'il avait mal compris. Mais... son regard s'enflamma et mon cœur s'arrêta.

Il renifla d'un air menaçant.

— Le message est juste là, Ness.

Il retourna mon téléphone et le mit face à mon visage.

— Juste là, putain !

Je parcourus l'écran vif, assimilant les lettres en noir : *Liam part à ta recherche. Aidan lui a dit où tu te cachais. Fuis !*

Les mots devinrent flous.

— Je n'ai pas...

Je regardai Liam par-dessus le téléphone.

— Je n'ai pas écrit ça. Quelqu'un a... Ce n'est pas moi.

Les larmes coulèrent sur mes joues.

Les narines dilatées, il secoua la tête et me fourra le téléphone entre mes doigts engourdis.

— Ne me mens pas, Ness.

Sa respiration laborieuse effleura mon front.

— Je ne mens pas.

— Hé, est-ce que vous pourriez continuer dehors? demanda Kelly en lançant des regards inquiets à ses clients.

*C'est pour ça que tu étais avec moi ? Pour avoir des informations ?*

Ses mots étaient pleins d'amertume et de tristesse. Ma respiration restait coincée dans ma gorge.

— Non. Non! Quelqu'un a piraté mon téléphone et lui a envoyé un message.

Je me tournai vers Cole.

— C'est facile à faire, non?

— Oui, admit Cole.

Mais ses yeux plissés m'indiquaient que, comme les autres, il croyait que j'essayais de couvrir ma culpabilité en rejetant la faute sur un hacker.

— Si je lui avais envoyé un message, tu crois vraiment que j'aurais gardé une trace sur mon téléphone? Que je te l'aurais montré? À quel point tu me prends pour une idiote? croassai-je.

Mon regard alla de Liam à Matt, puis Lucas. Je ne me fatiguais pas à me retourner pour voir si Cole et August aussi m'observaient d'un œil noir. Je sentais le poids de leur regard dans mon dos.

— Tu n'as pas levé ta main hier, fit remarquer Lucas.

La méfiance se répandit sur le visage de Matt comme de l'encre.

— Et ça fait automatiquement de moi une traîtresse? Liam?

Ma voix tremblait comme le reste de mon corps. Je me fichais de ce que pensaient les autres. Tant que lui...

Il baissa les yeux vers le sol.

— Ça ne serait pas la première fois que tu poignardes la meute dans le dos, Ness.

Submergée par la colère et la déception, je pinçai fort mes lèvres et reculai. Je heurtai quelqu'un qui me maintint fermement par les épaules, m'immobilisant. Je repoussai les mains en question comme si elles étaient des toiles d'araignée, pris mon sac, sortis mon portefeuille et jetai un billet sur la table pour le repas à moitié consommé.

— Pour info, je suis contente qu'Everest s'en soit sorti, crachai-je tout en faisant des coudes pour sortir.

— Ness ! m'appela Sarah.

Je ne m'arrêtai pas, fonçai sous la pluie battante et claquai la porte derrière moi. Je courus dans les rues sans regarder les voitures. J'avais l'impression que si l'une d'entre elles me percutait, je lui infligerais plus de dégâts que je n'en recevrais.

*Ça ne serait pas la première fois que tu poignardes la meute dans le dos.*

Les mots de Liam tournaient en boucle dans ma tête.

Comme du ciment, le dégoût se déversa en moi, sécha à l'intérieur de mes côtes jusqu'à ce qu'elles deviennent une cage solide. Ma vue se précisa. Mon loup sortait. Je courus plus vite dans les rues grises, slalomai entre les parapluies et poussai les passants protégés par leur capuche. Je ne m'excusai pas. Je ne pouvais pas. Mes dents s'étaient allongées en crocs. Je me transformais et j'étais toujours au beau milieu de la ville.

J'accélérai pour traverser les rues détrempées par la tempête, ralentissant uniquement quand je trouvai une allée. Je ne pouvais pas repousser le besoin de me transformer. Je m'en fichais. Je dépassai en courant les poubelles en métal débordantes et puantes. Le soulagement m'assaillit quand je remarquai que l'allée donnait sur un parking avec des sapins. Derrière une des poubelles, je retirai mon collier et le glissai dans mon sac avant de retirer mes vêtements. Ils étaient tellement trempés que les enlever fut délicat. Surtout quand mes doigts commencèrent à se raccourcir. Je réussis à me débarrasser de mon jean au moment où mon genou craqua et me força à tomber à quatre pattes.

Je mordis la poussière tandis que la magie lupine m'envahissait, féroce, crue, transformant mon corps faiblard d'humaine en un amas de fourrure blanche et de muscles résistants. À la fin de la transformation, je surgis de derrière la poubelle, me baissant derrière les voitures garées, vérifiant qu'il n'y avait pas d'humains.

Je pouvais entendre leurs cœurs dans les bâtiments autour de moi, le timbre de leur voix vibrer contre les fenêtres allumées, la chasse d'eau des toilettes, les pleurs d'un bébé, le chant d'une jeune fille, le crissement des pneus d'une voiture, le claquement des gouttes de pluie sur les capots. Le monde était une telle cacophonie que mon corps de louve en était agressé.

Je me précipitai et zigzaguai jusqu'à ce que mes pattes touchent la terre. Ensuite, j'accélérai. Pendant un instant, je fus désorientée, mais était-ce important ? Je ne courais pas vers quelque chose, je fuyais quelqu'un.

Liam.

Un frisson fit onduler ma fourrure. J'avais cru qu'un Kolane pouvait être un homme décent et impartial, mais il faisait plus confiance à Aidan Michaels qu'à moi. Il ne me donnait même pas le bénéfice du doute.

Dieu merci, mon corps avait rejeté celui de Liam la nuit dernière. Si j'avais perdu ma virginité avec lui... Je ne pouvais même pas finir cette terrible pensée, alors je la chassai de mon esprit et me concentrai pour ne pas glisser sur la boue et l'herbe mouillée. Je laissai l'environnement envahir tous mes sens et me remplir.

Seule, je courus jusqu'à ce que le ciel se couvre de la couleur sombre de la nuit, jusqu'à ce que mes poumons se contractent assez violemment pour m'obliger à m'arrêter et reprendre mon souffle. Je trouvai refuge sous une corniche en pierre. L'averse était si forte qu'un rideau de pluie tombait depuis la forêt. Même avec mes sens exacerbés, j'y voyais à peine à un mètre de moi. Mais je m'en fichais.

Je m'allongeai, posai ma tête entre mes deux pattes et observai le monde en ruine s'écrouler autour de moi.

*Encore...*

## Dix-Huit

Je dus m'endormir, car je ne me souviens plus de rien avant le moment où quelqu'un poussa mon flan. Je me réveillai en sursaut, bondis sur mes pattes, le dos soudain bien droit, et montrai les crocs en grognant d'un air menaçant.

Une montagne de fourrure chocolatée se trouvait à quelques centimètres de moi.

— C'est moi, Ness.

Un éclat vert dans les yeux du loup fit trembler ma position défensive.

— August ?

Je gardai quand même mes distances, tournant la tête vers le rebord en pierre qui me protégeait de la pluie. Même si mon ventre et mes pattes étaient couverts de boue, je n'étais plus trempée. La tempête s'était calmée pendant mon sommeil. Celle au dehors. Celle à l'intérieur de moi faisait toujours rage tandis que les accusations de Liam se répétaient en boucle dans ma tête. Je m'attendais à voir le loup noir se matérialiser entre les arbres formant une véritable clôture.

— À quoi tu pensais, à partir comme ça toute seule ?

Je ne pris pas la peine de répondre à sa question, mais lui demandai :

— Tu es seul ?

— Oui.

Même si je voulais faire confiance à August, je ne pouvais m'empêcher de tendre l'oreille pour surprendre le moindre son sur un rayon d'un kilomètre et demi. Je ne crois pas que j'avais assez de force en moi pour faire confiance à quelqu'un d'autre un jour dans ma vie. À part Evelyn.

Evelyn... Elle m'attendait.

— Il est quelle heure ?

Il rejeta sa tête en arrière et son épaisse fourrure brune se hérissa.

— Quelle heure est-il ? C'est ça qui t'inquiète ?

Je plissai les yeux.

— Qu'est-ce qui pourrait m'inquiéter d'autre ? Est-ce que la meute a voté ma mort ?

— Ta mort ? De quoi tu parles ?

— Qu'est-ce que tu veux dire, de quoi je parle ? Tu étais là ! Liam m'a traitée de traître. Ce n'est pas parce que je n'ai pas levé la main hier que je trahirai la meute !

Les mots sortirent d'un coup, en une unique respiration sifflante. Les larmes coulèrent sur mon museau, sur mes lèvres caoutchouteuses, entre mes dents acérées. L'obscurité les cachait sûrement. À moins qu'August ne les ait vues. Je m'en fichais, non ? J'étais peut-être une louve, mais j'étais aussi humaine. Sous ma fourrure et la boue, j'avais un cœur et il était brisé. Or, les cœurs brisés saignent des larmes. Je ne devais pas en avoir honte. J'aurais dû avoir honte d'accorder de l'importance à ce que les autres pensaient que j'avais fait. Je savais que je n'avais pas envoyé ce message et c'était tout ce qui comptait.

Enfin, tout ce qui aurait dû compter.

— Tu me crois, August ?

— D'après toi ?

Il essaya de s'approcher, mais je reculai.

— Oui ou non ?

— Bien sûr que je te crois.

Il le dit avec si peu d'hésitations que le scepticisme remplaça très vite le soulagement.

— Pourquoi ?

Ses yeux verts posés fixement sur moi, il expliqua :

— Parce que je peux ressentir ce que tu ressens. Si tu l'avais fait, tu ne serais pas tourmentée par l'angoisse, mais par la culpabilité. Je l'ai dit à Liam, mais il est borné. Il se calmera, tu verras.

— Je n'arrive pas à croire que je lui ai juré fidélité. Je regrette de ne pas pouvoir revenir dessus.

Je voulais effacer de nombreuses choses : les baisers, les caresses, la confiance. De nouveau, je frémis.

Je regrettai soudain d'avoir cessé de courir. J'aurais aimé traverser la frontière de l'État ou disparaître dans les Rocheuses. J'aurais pu rester loin de Boulder jusqu'à mes dix-huit ans, jusqu'à être libérée de ce maudit endroit.

Je fixai les bois avec envie.

Je sentis August pousser mon cou avec son museau.

— Ne considère même pas une seconde l'idée de partir.

Je me tournai vers lui.

— Pourquoi pas ? Je déteste cet endroit. Je le déteste tellement.

Il soupira, faisant onduler la fourrure à mes oreilles.

— C'est ce que tu penses ce soir, mais demain...

— C'est ce que je pense presque tous les jours depuis mon retour. Je peux compter les jours où j'ai été heureuse sur les griffes d'une patte.

Il souffla contre mon cou, essayant de me réconforter.

— Je ne le dis pas pour gagner ta pitié. Je le dis parce que je ne veux pas que tu penses que j'agis sur un coup de tête. Que je pense à partir à cause de ce qui s'est passé chez *Tracy*.

Je me retournai et observai la lune voilée.

— Je ne peux pas te laisser fuir.

— Pourquoi pas ?

— Parce que ma mère ne me pardonnerait jamais de t'avoir laissée partir seule.

Je lâchai un son teinté d'amertume qui aurait pu être un rire, sauf que les loups ne riaient pas. Nous pleurions, mais nous ne riions pas.

— Tu n'es pas obligé de lui dire.

Il grogna.

— Pas besoin, elle sait tout.

J'arrachai mon regard du ciel et le posai sur le sol meuble.

— Et puis, tu as pensé à ce que ça ferait à Evelyn ? De ce que j'ai entendu, elle tient beaucoup à toi. Comment tu crois qu'elle prendra ta disparition ?

— Elle a Frank maintenant.

— Tu crois qu'il t'a remplacée ? Les gens peuvent aimer plus d'une personne.

Je donnai un coup de patte à la terre détrempée et observai la boue s'élever autour de mes griffes.

— Je ne veux vraiment pas y retourner.

August se pencha en avant et fourra son museau dans mon épaule pour obtenir mon attention.

— Il ne t'attaquera plus jamais comme ça. Je te le promets.

— Ne fais pas de promesses que tu ne peux pas tenir.

— Pourquoi tu crois que je ne pourrai pas la tenir ?

— Parce que quand ta mère...

Je m'arrêtai brusquement. Je n'étais pas censée savoir.

— Quand ma mère *quoi* ?

Je ne dis rien pendant une minute entière et il soupira.

— Liam t'a dit, c'est ça ?

Je hochai la tête.

— Pourquoi *toi*, tu ne me l'as pas dit ?

Je ne voulais pas être méchante, mais j'aurais aimé l'apprendre de sa bouche.

— Je ne voulais pas t'inquiéter plus que tu ne l'étais déjà. Surtout alors que ta mère est décédée d'un cancer.

Je m'affaissai comme si j'étais de nouveau écrasée par des rochers dégringolant.

— Elle n'a jamais eu la moindre chance. Ta mère... Les pronostics sont bons, non ?

Il hocha lentement la tête.

— Si tu n'as personne d'autre pour te faire rester, reste pour son bien.

J'étudiai August, puis les bois sombres.

— Je ne sais même plus où je suis, August.

Dans les bois comme dans ma vie, j'étais complètement perdue.

— Je te montrerai comment rentrer.

Il commença à marcher, mais s'arrêta en voyant que je ne suivais pas.

— Comment tu m'as trouvée ?

— Je peux te sentir, Ness. C'est un peu tout ce que je sens ces temps-ci.

La brise chargée d'humidité transporta ses mots jusqu'à mes oreilles.

— Désolée.

Je ne savais pas pourquoi je m'excusais pour quelque chose que je ne contrôlais pas. Il haussa une épaule, se retourna et se remit en route.

— Je suis sûr que ça sera plus gérable avec le temps.

Je n'étais plus le petit chiot à côté duquel il courait six ans auparavant, mais je devais toujours allonger mes foulées pour me caler sur les siennes. Il dut le remarquer, car il finit par ralentir l'allure. Le silence s'éternisa entre nous, mais il n'y avait rien de gênant là-dessus. C'était même un baume sur les coupures profondes produites par Liam.

— Je suis contente que tu sois resté, murmurai-je.

August me regarda, de son regard tranquille et clairvoyant.

— Quand tu retourneras avec Liam, tu changeras sûrement d'avis là-dessus.

Je me hérissai, horrifiée qu'il pense que je retournerais avec lui.

— J'ai peut-être l'air sens dessus dessous, mais j'ai bel et bien de l'amour propre. Liam et moi, on ne se remettra pas ensemble. Je lui ai déjà pardonné une fois, c'est assez, commentai-je en repensant à la fois où il m'avait reniflée.

Même couverts de fourrure, ses membres semblèrent se raidir.

— Qu'est-ce que tu as pardonné?

Les yeux verts d'August soutinrent les miens, mais je ne m'expliquai pas. J'emporterai ce qui s'était passé entre Liam et moi dans ma tombe.

Même si le ciel était moucheté de petits nuages, je distinguais toujours les piqûres étincelantes des étoiles. Elles me faisaient penser à mon père, à la nuit où nous avions regardé les étoiles sur le toit de notre maison. C'était un homme si bon et droit.

Un homme qui ne se serait *jamais* lâché sur quelqu'un avec autant de vigueur et de public.

Il y a des limites qui ne devraient pas être franchies. Je les avais réarrangées pour laisser Liam s'approcher, mais après aujourd'hui, j'en dresserai de nouvelles autour de moi et plus personne ne les dépassera sans le mériter.

Augerst avait garé son pick-up sur le parking où je m'étais transformée en louve. Il avait suivi mon odeur depuis chez *Tracy* jusqu'aux poubelles en métal derrière lesquelles je m'étais déshabillée.

Boulder était silencieuse et plongée dans le noir quand nos griffes cliquetèrent sur le trottoir du parking. En arrivant à sa voiture, la colonne vertébrale d'August se souleva et sa fourrure brune se réduisit jusqu'à laisser apparaître une peau foncée. Quand il se redressa, tous ses muscles et articulations s'allongèrent et s'épaissirent, jusqu'à ce que son dos soit entièrement humain et non plus lupin. Je remarquai une ligne de peau boursouflée en bas de son dos. Je me demandai comment il avait eu cette cicatrice. Il commença à pivoter et je détournai le regard, accordant un grand intérêt au bord cranté de sa roue noire.

J'entendis une portière s'ouvrir, puis le bruit du tissu et d'une fermeture éclair qu'on ferme. Ce n'est qu'alors que je laissai mon regard dériver jusqu'à August. Lucas disait que je devais m'habituer à la nudité, mais c'était facile pour les hommes de la meute. Ils avaient grandi en marchant tout nus devant les autres ; mais pas moi.

Pieds nus et torse nu, August me tendit une chemise crème à boutonner.

— Tes vêtements sont toujours trempés.

La chemise voleta entre nous. Il s'attendait à ce que je me transforme devant lui? Comme je ne bougeais pas d'un pouce pour l'attraper, il la déposa sur la plateforme arrière du pick-up et se retourna. J'étais contente qu'il ait compris ma requête muette. Je fermai les yeux, cambrai le dos et laissai la magie traverser mes membres et chasser la fourrure, les crocs, les griffes et chaque partie de ma constitution animale. Mes oreilles migrèrent sur le côté de mon visage, ma mâchoire s'aplatit, mes lèvres se reconstruisirent.

De nouveau sous forme humaine, je m'appuyai sur le gravier mouillé et me levai, les os craquant tandis que je retrouvais ma grandeur d'un mètre soixante-dix. Je lançai un regard sur le côté pour m'assurer qu'August était toujours tourné, pris la chemise et glissai mes bras dans les manches. Je refermai les boutons à la va-vite, laissant des traces de boue sur le tissu doux qui sentait tellement fort August que cela me faisait tourner la tête. À moins que ce soient les kilomètres traversés à une vitesse démesurée.

— Tu peux te retourner maintenant, lui indiquai-je en repoussant mes cheveux fins en arrière.

Ma voix semblait rocailleuse, comme si elle aussi avait été traînée sur un terrain hostile.

Il posa sa main sur son crâne, sur ses cheveux coupés courts. Je ne l'avais jamais connu avec une autre coupe, mais Isobel m'avait montré des photos de lui bébé, le visage encadré d'un halo de boucles douces qui ne semblaient pas réussir à se décider de quel côté aller. Seules deux choses restaient de ce petit garçon : la constellation de taches de rousseur sombres sur son nez et ses pommettes, et les yeux verts pénétrants, mouchetés d'éclats couleur sable et or. Là où le petit garçon avait une mâchoire douce, celle de l'homme aurait pu scier du bois.

— Tu te sens mieux, Jolies-Fossettes?

Le surnom me prit par surprise. J'avais passé mon enfance à l'entendre, à y répondre, mais je n'étais plus sûre de l'aimer. Cela me rendait plus jeune. Je ne dis rien, pourtant. Je suppose que pour August, je serai toujours la petite fille aux nattes qu'il transportait de la maison à l'école et inversement sur le chemin de son travail.

— Ness?

— Hmm.

Je lâchai la lèvre que je mordillais en réfléchissant.

— Tu te sens mieux ?

— Oui.

C'était faux.

Il haussa un sourcil et j'ajoutai un sourire doux.

— Je te le promets. Courir m'a aéré l'esprit.

Même s'il n'avait toujours pas l'air convaincu, il indiqua le pick-up d'un signe de tête.

— Monte. Je te ramène à l'auberge.

Il ouvrit la porte. Je serrai ma chemise contre moi et grimpai sur le siège avant de me glisser jusqu'au côté passager. Le cuir éraflé était dur et froid contre mes cuisses.

— J'ai besoin de m'arrêter à mon nouvel appartement d'abord.

Si seulement j'avais eu la présence d'esprit de courir vers là au lieu de... je ne sais où, constatai-je en observant le parking.

— Ton nouvel appartement ?

— Oui. Le mien et celui de Jeb. On va emménager en centre-ville, dans un appartement sur la 13ᵉ rue.

Il s'arrêta à un feu.

— Vraiment ? Pourquoi ?

— Parce que mon cousin a vendu l'auberge à Aidan Michaels.

August se tourna vers moi et la lumière de la lune suivit les contours des muscles de son ventre. Pour quelqu'un qui avait couru dans une forêt trempée, il était étonnamment propre, à peine taché de boue.

Contrairement à moi...

Mes cuisses étaient marron et j'avais l'impression d'avoir des dreads dans les cheveux. Un bref aperçu de mon reflet dans le miroir me confirma cette partie-là. Je rassemblai mes cheveux drus dans un ensemble plus gros, les enroulai sur eux-mêmes et glissai le bout à l'intérieur de l'ensemble pour que cela tienne.

— Tu te moques de moi ? murmura August.

— J'ai bien peur que non.

August secoua la tête comme s'il tentait de faire rentrer l'information dans son cerveau.

— Valable dès la mort d'Everest. J'imagine que c'est pour ça que Liam croit que j'ai sauvé la vie de mon cousin, marmonnai-je. Pour m'assurer que l'auberge ne change pas de mains.

Le mot *poignarder* fit écho dans mon esprit. Je pressai mes doigts contre ma tempe et me massai.

— En fait, tu peux me déposer à l'auberge? Il faut que je récupère quelques trucs. L'appartement n'est pas vraiment prêt.

Il y avait des matelas, mais pas de draps, pas d'oreillers, pas de produits ménagers et pas de nourriture.

— Pas de problème.

Pendant qu'il conduisait, je sortis mon téléphone de mon sac. L'écran était couvert de messages; la plupart d'Evelyn et de Sarah, mais l'un d'entre eux – un appel manqué et un message vocal – était d'Everest. Je lâchai mon téléphone sur mes genoux, puis bataillai pour l'attraper avant qu'August ne voie le nom sur les notifications.

— Tout va bien?

Je clignai des yeux comme une biche devant des phares; j'espère que ça ne me donnait pas l'air d'une vraie biche.

— Oui. Juste Evelyn qui s'inquiète. J'étais censée dormir chez Frank ce soir.

Je l'appelai pour éviter qu'August ne pose d'autres questions.

— *Querida*! s'exclama-t-elle, me faisant perdre de l'ouïe. Tu es vivante! *Dios mío*, j'ai cru que... J'ai cru... Ne fais pas ça à mon pauvre *corazón* ou je ne ferai pas de vieux os!

Je souris en attendant son discours haché et tout l'amour qui coulait de ses interjections espagnoles.

— Pardon. Je mangeais avec un ami et j'ai perdu le compte du temps. Tu es toujours à l'auberge?

— J'ai attendu une éternité, mais Frank a insisté pour me ramener à la maison. Il a dit que tu étais partie courir avec un ami. Je n'aime pas que tu coures dans les bois la nuit.

Je resserrai ma poigne sur la chemise en flanelle.

— J'étais sous... mon autre forme. C'est plus sûr pour nous la nuit que le jour. Et puis, comme disait Frank, je n'étais pas seule.

— Tu viens maintenant? J'ai fait ton lit.

Un lit fait dans une maison avec Evelyn ressemblait au paradis. Je vérifiai l'heure sur mon téléphone et grimaçai en voyant qu'il était vingt-deux heures trente. Je devais encore prendre des trucs à l'auberge, les déposer à mon nouvel appartement, prendre ma douche et me changer.

— Je peux être là dans une heure. C'est trop tard ?

— Quel genre de question est-ce que tu me poses ? Tu ne crois pas que j'attendrais toute la nuit pour toi ?

Elle semblait insultée. Ses mots me remplirent d'amour.

— D'accord. Je serai là dans une heure alors. Je t'aime, ajoutai-je dans un souffle.

Ce n'était pas la première fois, mais je remerciai de nouveau Frank d'avoir placé Evelyn sur mon chemin. Qu'aurais-je fait sans elle dans ma vie ?

— Pas autant que moi je t'aime.

Après avoir raccroché, je me frottai un œil, puis l'autre. Même si j'avais dormi dans les bois, j'étais épuisée. Sûrement une accumulation de nuits trop courtes et de trop de stress.

Quand la voiture s'arrêta dans l'allée circulaire de l'auberge, je ramassai mes habits en boule et mon sac.

— Merci d'être venu me chercher, August.

Je lui souris avant de sauter de voiture et de fermer la portière. Alors que j'avançais vers la porte, j'entendis une autre portière se fermer. Je me retournai et découvris August qui marchait vers moi.

— Qu'est-ce que tu fais ?

Il fronça les sourcils.

— Comment ça, qu'est-ce que je fais ?

Je regardai sa voiture garée, puis lui.

— Tu peux rentrer chez toi.

— Si je rentre, comment tu iras à ton nouvel appartement ? Puis chez Frank ?

Un brin de vent frais envoya vers moi l'odeur de santal présente sur sa peau. Comment pouvait-il sentir si bon après avoir couru dans les bois ? Je n'osais pas me renifler. Je devais puer la transpiration et la boue humide.

— Je peux y aller en taxi.

Un sourire apparut à un coin de sa bouche.

— Étonnamment, je n'ai pas d'autres engagements ce soir.

— Oh, tu as annulé tous tes rancards sexy ?

— Ça ne serait pas la première fois, si ?

Je souris.

— De quoi tu parles ?

Je savais exactement de quoi il parlait pourtant. Quand je vivais toujours à Boulder, je le suppliai de m'emmener au cinéma, au bowling ou faire un feu de camp pour cuire plus de Chamallows sans m'inquiéter de s'il avait d'autres plans.

Je ne voulais pas partager August avec ses copines ou ses amis.

Je le voulais pour moi toute seule.

Prendre conscience de mon avidité m'arracha mon sourire.

— Pardon.

— Pourquoi ?

— Pour avoir été une enfant aussi exigeante et égoïste.

— Mais non, tu n'étais pas comme ça.

— J'ai profité de toi. De ta gentillesse.

— Jolies-Fossettes...

— Exactement comme maintenant.

La chaleur de son corps à moitié nu était si forte que je reculai, puis poussai les portes de l'auberge.

Emmy, qui s'occupait de l'accueil, leva la main vers sa poitrine d'un coup.

— Oh mon Dieu, tu viens de me donner une crise cardiaque !

Je sais que j'étais dans un état horrible, mais à ce point ?

— Désolée, lançai-je penaude.

Elle ne sembla pas entendre mon excuse, trop déconcentrée par le corps derrière moi. Son visage s'alluma d'un sourire narquois presque aussi brillant que la rangée d'anneaux en argent à son oreille.

— Qu'est-ce que vous avez fait tous les deux ? Vous vous êtes roulés dans la boue ?

— Hmm. Je l'aidais à réparer une fuite à l'entrepôt. Je n'ai pas été d'une grande aide, cela dit.

Le mensonge sortit trop facilement. Pour appuyer mes dires, je brandis mes vêtements mouillés.

— Ça devait être une sacrée fuite.

Son sourire m'indiquait que non seulement elle ne croyait pas à mon histoire stupide, mais en plus, elle extrapolait avec des explications torrides.

— Ses compétences en plomberie auraient bien besoin d'amélioration, ajouta August.

Elle lui lança un regard acéré.

— Ne jamais dénigrer les compétences d'une femme en plomberie.

Même si j'appréciais qu'elle me défende, ça devenait gênant.

— J'ai besoin de me doucher et de prendre quelques affaires. Tout va bien ici ?

— Oui. Enfin, à part…

Elle lança un regard au premier étage.

— Ton oncle est enfin sorti de sa chambre cet après-midi. Il était d'humeur bizarre. Un peu frénétique. Il a dû regarder chaque cahier et chaque dossier du cagibi. C'était comme si une bombe avait été larguée ici. On a rangé avec Isobel, mais on n'était pas sûres de savoir où les choses devaient être mises, alors on a juste fait une grosse pile.

Je lançai un regard vers les escaliers.

— Lucy et lui vont…

J'hésitai une seconde avant de terminer :

— … divorcer. En fait, on déménage tous les deux.

C'était une explication plus facile que la vérité.

Elle ouvrit grand la bouche.

— S'il te plaît, ne le dis à personne pour l'instant. Enfin, tu peux le dire à Skylar, mais personne d'autre. Je ne veux pas que l'équipe s'inquiète des conséquences du divorce sur l'auberge.

Elle secoua la tête.

— Je ne vendrai pas la mèche, mais waouh. Je suis sur le cul. Pauvre Everest.

Je serrai mon téléphone plus fort, mourant d'envie d'écouter son message.

— Je vais juste descendre mettre ça à laver et prendre une douche. Je ne serai pas longue.

August hocha la tête même s'il ne semblait pas très ravi à l'idée de rester derrière avec Emmy, surtout quand elle commenta :

— Attends, je viens de faire le lien. Tu es le fils d'Isobel, non ? Elle m'a montré une photo de toi.

Alors qu'elle se lançait dans une conversation avec lui, je dévalai les marches jusqu'à la laverie, sortis une serviette propre et jetai mes habits et la chemise d'August dans l'une des machines. J'enroulai la serviette tout contre mon corps et réglai la machine sur le programme le plus rapide. Après avoir rincé les semelles en caoutchouc de mes baskets blanches, je me dirigeai vers les vestiaires qui reliaient la piscine intérieure et la salle de sport.

À ce moment, enfin, j'écoutai le message d'Everest :

— Hé, Ness. Je suis en chemin pour Boulder. Merci de m'avoir aidé. Je ne le méritais pas. Pas après ce que j'ai fait. Tout est un vrai bazar. Un tel bazar, répéta-t-il lentement, à voix basse.

Je l'imaginais repousser ses cheveux auburn en arrière comme quand on était petits et que les choses n'allaient pas comme il voulait.

— Au cas où il m'arrive quelque chose, j'ai laissé...

Le mot était brouillé, comme s'il passait sous un tunnel.

— ... dans ta chambre...

Il y eut à nouveau des parasites.

— ... sous le p...

*Merde*!

J'entendis quelqu'un souffler dans le combiné, puis un bruit sourd, comme si le téléphone lui avait échappé des mains. De loin, je l'entendis siffler :

— Le fils de pute m'a trouvé.

Le grincement du métal me força à éloigner le téléphone de mon oreille, puis... plus *rien*.

Rien.

Les doigts raides, je pianotai sur mon écran pour le rappeler. Cela sonna encore et encore. On m'incita à laisser un message.

Je raccrochai.

Je frémis et murmurai pour moi-même :

— Il doit être à court de batterie.

Je priai pour que ce soit la raison pour laquelle il ne décrochait pas. À moins que le *fils de pute* ne l'ait eu.

*Non*, je ne devais pas m'engager sur ce chemin.

Everest allait bien. Il était en chemin pour rentrer. Je vérifiai l'heure du message vocal. Il avait appelé il y a une heure. Il était probablement déjà à Boulder.

Je tapai : *Je suis à l'auberge. Où es-tu ?*

Mon doigt plana au-dessus de l'icône « envoyer » tandis que je lisais le message incriminant au-dessus de celui encore non envoyé. J'observais la façon d'écrire, essayant de trouver quelque chose qui prouverait mon innocence. Mais cela sonnait comme si je l'avais écrit, ce qui voulait dire que le hacker était familier de ma façon de parler. Mon pouls s'affola.

À moins qu'il n'ait lu avec attention le contenu de mon téléphone. C'était une possibilité, non ?

Pendant un long moment, j'hésitai à envoyer le message que j'avais composé, effrayée que ça fasse de moi la traîtresse que mon alpha me pensait être. *Oh, qu'il aille au diable !* J'avais déjà essayé d'appeler Everest de toute façon. Et puis, lui et moi avions besoin de parler. Je méritais des réponses. Je me fichais de ce que cela faisait de moi. J'appuyai sur « envoyer », puis entrai dans la cabine de douche et réglai l'eau très chaude pour chasser le froid qui enveloppait mes os.

Je passai un long moment à frotter la saleté sur mon corps, et un encore plus long moment à démêler mes cheveux. Après avoir accompli ces deux tâches, j'éteignis le jet d'eau et me séchai après avoir préalablement vérifié mon téléphone. J'espérais qu'Everest m'ait répondu.

Mais non.

Je pris un peigne sur une étagère d'équipement en libre disposition et passai les dents dans mes cheveux mouillés. Je me demandais où il irait à Boulder. Il y avait trop de caméras ici. Il se cacherait sûrement dans un motel.

Je réécoutai son message :

— Dans ta chambre. Sous le p...

Qu'avait-il laissé dans ma chambre ? Et sous quoi ? Quel mot commençait avec le son P et pouvait se trouver dans une chambre ?

*P...*

*Pot-pourri ?*

Parlait-il du bocal de fleurs séchées de sa mère ?

En retournant à la laverie, je passai en revue dans ma tête tout ce qui se trouvait dans ma chambre, mais rien d'autre ne commençait par P. La machine avait fini, alors je fourrai les vêtements dans le sèche-linge et m'assis sur le comptoir pour attendre, en jouant avec ma serviette tout en réfléchissant au message énigmatique d'Everest.

Mon esprit ne cessait de revenir au bocal de fleurs, mais je m'en étais débarrassée il y avait un moment, car l'odeur m'était insupportable.

Je composai de nouveau le numéro d'Everest. Le téléphone sonna contre mon oreille. J'allais réécouter son message vocal quand une silhouette sombre apparut à l'entrée de la pièce. Le téléphone me glissa des doigts et claqua contre les dalles blanches.

A ugust s'accroupit pour récupérer mon téléphone.

— Je ne voulais pas te faire peur. C'est juste que ça fait un moment que tu m'as laissé là-bas.

En se relevant, il souleva le petit appareil, étudiant l'écran.

Je blêmis, de peur qu'il ait vu le nom d'Everest, qu'il pense que je suis une traîtresse, qu'il...

— Il n'est pas cassé.

Le pouls en furie, je serrai ma serviette autour de moi et tendis une main hésitante pour récupérer mon téléphone.

August haussa un sourcil.

— Jolies-Fossettes, tu m'inquiètes.

— Ça va maintenant, je suis juste fatiguée.

Ses yeux se baissèrent sur mes jambes nues que j'agitais, à moins qu'il ne regarde la machine faisant tourner nos vêtements. Ils ne pouvaient pas être déjà secs, mais avec un peu de chance, ils ne seraient pas trop mouillés. Je me baissai et il recula. Je me penchai et ouvris le hublot.

Tandis que je mettais ma main dans le tambour, il se racla la gorge.

— Pourquoi tu n'es pas habillée ?

Je retirai sa chemise en premier.

— Toute ma garde-robe est dans le nouvel appartement.

Pour une raison obscure, il coula un regard vers l'entrée de la laverie, si vite que je vérifiai que mon cousin ne s'y était pas matérialisé.

L'entrée était *vide*.

— Ce n'est pas encore complètement sec, lui appris-je en agitant les doigts pour attirer son attention.

Sa pomme d'Adam remonta quand il prit la chemise. Je récupérai mes habits.

— Laisse-moi une seconde de plus.

De retour dans les vestiaires, j'enfilai mon jean humide – une sensation horrible – puis agrafai mon soutien-gorge qui était si mouillé que mes tétons pointèrent. Je branchai le sèche-cheveux et le passai une minute sur mon torse, espérant que l'air chaud me réchauffe.

Ça aidait un peu.

Quand je revins dans la laverie, August avait enfilé sa chemise. Je glissai mes pieds dans mes chaussures, oubliant mes chaussettes. Je les installai sur l'étendoir pour qu'elles sèchent, puis plaçai mon sac à main sur mon épaule. J'hésitai à remplir un panier de draps et serviettes, mais puisque j'étais habillée et que j'allais chez Frank pour la nuit, apporter des affaires à l'appartement attendrait demain matin.

— Je dois passer dans ma chambre avant de partir. Si tu as besoin de...

— Je te l'ai dit. Je n'ai nulle part où aller.

— D'accord. Tu peux m'attendre dans la voiture si tu préfères, lui indiquai-je tandis que nous montions l'escalier.

— Comme tu veux.

Qu'est-ce que je voulais justement?

Je ne savais même pas ce que je cherchais... Une clé USB, de l'argent, le Sillin volé? Oh mon Dieu! Et si c'était le Sillin? Et si Everest l'avait mis dans ma chambre pour me donner encore l'air coupable? Et s'il avait retiré toutes les pilules de leur paquet pour les cacher parmi les pétales de rose séchés? Des crampes me saisirent l'estomac. J'étais soudain très nerveuse, à en être malade. J'attrapai la rampe pour me stabiliser.

— Qu'est-ce qu'il y a?

August fixa mon visage, puis mon ventre. Avais-je pâli ou avait-il senti mon stress grâce à notre lien? Je ne voulais pas porter le fardeau du message vocal d'Everest seule, mais c'était injuste de le faire porter à quelqu'un d'autre. Je déglutis, la gorge aussi sèche que les pots-pourris de Lucy.

— Jolies-Fossettes ?

Je fermai les yeux, puis les rouvris.

— Everest m'a laissé un message.

Il ne dit rien pendant si longtemps que je commençai à trembler.

J'avalai ma salive, tâchant d'humidifier ma gorge.

— Il m'a laissé un message pour me remercier, et ensuite il a dit d'autres trucs et...

— Pourquoi est-ce que tu ne me fais pas écouter ce message ?

Les yeux d'August brillaient dans la semi-obscurité de l'escalier. Je hochai la tête et sortis mon téléphone. De mes doigts tremblants, je retrouvai le message et cliquai sur play. Je regardai les traits d'August changer : d'abord il fronça les sourcils, puis il sembla suspicieux, puis sous le choc.

— Je te jure que je ne l'ai pas prévenu que la meute venait, murmurai-je quand ce fut fini.

Son regard ne quitta pas le téléphone.

— Qu'est-ce qu'il a pu te laisser ?

— Je ne sais pas. Je ne sais même pas ce que ce mot en P pourrait être. Je pensais au pot-pourri. Lucy laisse des bocaux remplis de pot-pourri dans les chambres, mais je me suis débarrassée de celui que j'avais.

Il baissa le menton.

— S'il te plaît, dis-moi que tu me crois.

Il soupira.

— August, je te jure...

Il me regarda enfin dans les yeux.

— Je te crois.

Le soulagement m'envahit. En silence, nous allâmes chercher ma clé dans le cagibi derrière le bureau d'accueil. J'expliquai à Emmy que je devais récupérer quelque chose dans ma chambre, même si elle n'avait pas demandé d'explications. L'inquiétude se lisait dans ses yeux plissés.

En traversant le hall plongé dans un silence de mort, je demandai à August :

— Tu as d'autres idées ?

— Je réfléchis.

Le lien qui nous rassemblait était aussi tendu que la corde d'un arc. J'essayai de ne pas me demander pourquoi.

J'ouvris la porte et allumai la lumière, puis avançai dans la petite entrée. Je parcourus des yeux ma chambre à la recherche de pot-pourri, mais il n'y avait pas un seul bocal. August s'agenouilla et regarda sous le lit avant de soulever le matelas. J'ouvris chaque tiroir de ma chambre et retirai la housse en flanelle du fauteuil pendant qu'August attrapa le bord du tapis et tira dessus pour le libérer du lit, faisant voler de la poussière.

— Il n'y a rien ici.

Je vérifiai le placard pendant qu'il allait voir la salle de bain et ouvrait les placards. J'entendis le clac distinctif de la porcelaine – probablement la cuvette des WC.

— Tu as trouvé quelque...

J'entendis une voix dans mon crâne si soudainement que je perdis l'équilibre et ma tête heurta quelque chose de froid et dur, mais le reste de mon corps atterrit sur quelque chose de chaud et mou.

— Ness !

Mon nom vibrait dans mes oreilles. Je relevai la tête. August me regarda la bouche ouverte, inquiet, mon corps flasque dans ses bras. Avais-je imaginé les mots « meute de Boulder » hurlés dans ma tête ?

— Tu as entendu quelqu'un...

— C'est Liam.

La voix surgit de nouveau et je pressai mes doigts sur mon front.

***Rodrigo et son équipe viennent de localiser la voiture d'Everest dans un fossé sur la Crête de Beek. Je suis en chemin.***

Devant moi, August écarquilla les yeux et devint flou, puis net tour à tour.

— Oh mon Dieu ! murmurai-je.

Le visage d'August redevint net. Il retira l'un de ses bras autour de moi. Soudain, son téléphone fut contre son oreille et il parlait.

— Putain. Putain, grogna-t-il.

*Deux pièces dans le bocal d'Isobel.*

Une pensée si bête.

Je fixai la lumière qui crépitait au-dessus de ma tête. À moins que le son ne provienne de mon esprit.

La voiture d'Everest dans un fossé.

Était-il dedans ?

Je dus parler à voix haute, car August répondit :

— Oui.

Les larmes coulèrent sur mes joues, disparurent dans mes cheveux encore mouillés.

— Est-ce qu'il...

Je ne pouvais pas prononcer les derniers mots.

— Il ne s'en est pas sorti.

August passa ses pouces sur mes joues, mais les larmes coulaient plus vite qu'il ne pouvait les essuyer.

— Amène-moi... Je veux le voir.

— Je ne pense pas que ce soit une bonne idée.

— S'il te plaît, articulai-je malgré ma respiration sifflante. S'il te plaît, August.

— Ness...

Je lui touchai la joue, l'implorant de mes yeux mouillés.

Il soupira et finit par céder.

# Vingt-Et-Un

Sur la route, aucun de nous ne parlait. August avait mis le chauffage, mais ça ne m'empêchait pas de trembler.

— Jolies-Fossettes, viens plus près, fit-il en tapotant le siège entre nous.

J'étais trop engourdie pour bouger, alors il me détacha, m'attira à lui et enroula son bras autour de mes épaules, frotta ma peau couverte de chair de poule pour la réchauffer. Les larmes coulaient toujours sur mes joues et mes lèvres tremblantes, humidifiant sa manche. Je fermai les yeux et laissai l'odeur de lessive et de bois de santal me calmer.

Chaque partie de mon corps semblait anesthésiée. À part mon bras.

Mon bras... ressentait les douces caresses d'August.

— On y est, murmura-t-il après ce qui m'avait semblé une heure.

Il arrêta le pick-up dangereusement proche du rebord de la route, à flanc de montagne, et activa ses feux de détresse, allongeant la rangée de véhicules ainsi stationnés.

Un camion de pompier surmonté d'un gyrophare et deux autres fourgonnettes étaient garés derrière nous. Je m'écartai d'August, passai mes pouces sur mes joues, inspirai profondément pour me donner de la force et sortis lentement. Quand la plante de mes pieds toucha le sol, je chancelai. J'appuyai aussitôt ma paume sur la portière pour me rattraper. Ma tête tournait comme une toupie. J'inspirai et expirai lentement, chaque respiration malmenant ma poitrine comme des griffes.

Une main se posa à ma taille et une autre à mon coude.

— Tu es sûre que tu veux descendre ?

— Oui.

J'inspirai encore.

— Mon sac. Tu as mon sac ?

— Il est dans la voiture.

Le dernier message d'Everest était dans mon téléphone. Qui était dans mon sac.

— Tu peux me le donner ?

August l'attrapa, puis glissa la longue sangle sur mon épaule. Après avoir fermé la porte, il agrippa mon coude de nouveau et me guida vers le fossé illuminé. La première chose que je vis fut le véhicule retourné.

*La Jeep d'Everest.*

La deuxième chose fut le regard noir de Liam.

— Mais à quoi tu pensais en l'amenant ici, Watt ? aboya-t-il.

Le pompier à côté de Liam releva la tête. La lumière du camion créait un cerceau luisant à son oreille. Malgré le casque, je reconnus Rodrigo, le métamorphe brun qui avait passé la majorité de la réunion à me jauger méchamment.

— C'est moi qui l'ai forcé à m'emmener, intervins-je.

Des portières furent claquées et deux nouvelles personnes arrivèrent : Frank et Éric. Frank eut un temps d'arrêt en me repérant. À l'évidence, personne ne s'était attendu à ce que je vienne.

Éric s'appuya sur la rambarde détériorée sur la bande d'arrêt d'urgence vertigineuse et l'enjamba. Il trébucha, mais ne tomba pas. Positionnant son poids sur ses talons, il avança avec précaution jusqu'à ce qui restait de la voiture de mon cousin.

De mon cousin tout court.

Frank échangea un regard lourd de sens avec August. Il essayait sûrement de faire comprendre à August qu'il fallait m'empêcher de m'approcher. Avant qu'il n'obéisse à cette instruction muette, je le repoussai, m'avançai jusqu'à la rampe arrachée et la dépassai. Je descendis le monticule de pierres.

Liam se mit en travers de mon chemin, me bloquant la vue.

— Tu ne devrais pas être là, grogna-t-il.

— Ne me dis pas quoi faire, crachai-je, la voix à la fois tendue et morne.

— Que s'est-il passé ?

Je croyais qu'Éric parlait de Liam et moi, mais l'ancien au crâne chauve fixait Rodrigo.

— On dirait qu'il a loupé le virage ou qu'il s'est jeté dans le fossé volontairement.

*Il croit qu'Everest s'est suicidé ?* J'ouvris la bouche en grand et le regrettai aussitôt, car l'air était chargé de l'odeur âcre de la mort.

— Quelle est la cause de la mort ? demanda Frank en descendant la pente à côté d'August.

L'ancien faillit tomber, mais August attrapa son bras et le stabilisa.

— Un bout de métal a traversé sa trachée, déclara Lucas.

Il était accroupi comme s'il cherchait des débris parmi les roches et les touffes d'herbe pleines de poussière, mais je vis ses narines se dilater. Il essayait de repérer des odeurs.

La bile me monta à la gorge. J'appuyai mes phalanges contre mes lèvres pour m'empêcher de vomir. Une fois ma nausée contrôlée, j'affirmai :

— Il ne s'est pas suicidé.

Tous les hommes me regardèrent.

— Et tu sais ça comment ? Tu as *encore* parlé avec lui ? demanda Lucas.

— Va te faire foutre, Lucas, grognai-je.

— Encore ? demanda Rodrigo en même temps.

Liam croisa les bras.

— Pourquoi est-ce que tu penses que ce n'était pas un suicide ?

J'entendis de nouvelles portières se refermer et deux blonds costauds apparurent dans la lumière du camion de pompier, avançant vers nous.

— Salut, fit Matt, la voix rauque.

Quand il posa le regard sur moi, ses sourcils couleur de miel se haussèrent avec étonnement. Il déplaça rapidement son regard vers la Jeep. J'observai son expression, attendant qu'il affiche de la douleur, mais il n'y en eut pas. N'avait-il pas eu de l'affection pour Everest ? Est-ce que quelqu'un tenait à lui ?

Pas étonnant qu'Everest détestait la meute.

Pas étonnant qu'il les ait trahis.

Matt contourna la voiture, s'arrêtant à côté du siège conducteur. Quand il grimaça, une nouvelle vague de nausée me serra les tripes.

Le corps d'Everest était-il toujours à l'intérieur?

— Alors, tu étais sur le point de nous dire pourquoi Rodrigo avait tort de parler de suicide.

La méfiance de Liam transparaissait dans sa voix.

— Il m'a laissé un message vocal il y a une heure.

Je sortis mon téléphone.

— Le message semble m'incriminer... Mais de toute façon, vous pensez déjà tous que je suis coupable, alors pourquoi essayer de me défendre?

Je tapai sur l'écran de mon téléphone avec mes doigts qui semblaient tous s'être transformés en pouces. Il me fallut trois tentatives pour rentrer mon mot de passe correctement.

Personne ne dit rien.

Inspirant une nouvelle bouffée d'air teintée de mort, je tendis mon téléphone et lançai le message vocal en haut-parleur. Entendre Everest parler en sachant qu'il n'était plus semblait irréel.

À la fin du message, Matt commenta :

— Quelqu'un le poursuivait.

Lucas se releva.

— Cela expliquerait les bouts de plastique trouvés sur la route.

Il se tourna vers Rodrigo.

— Je sais que tu as dit que le feu arrière aurait pu se décrocher de la Jeep quand elle s'est retournée, mais il est plus probable qu'une autre voiture ait embouti celle d'Everest.

Liam serra la mâchoire, la desserra et la resserra de nouveau.

— Regarde s'il y a des marques de dérapages sur la route, Matt.

Celui-ci remonta et contourna les deux pompiers qui venaient avec des pinces.

— Qu'est-ce qu'Everest a mis dans ta chambre? demanda Liam, détournant mon attention de l'outil.

Lucas, de nouveau accroupi, examinait tour à tour l'herbe et mon visage.

— Je ne sais pas. Avec August, on a tout retourné sens dessus dessous, mais on n'a rien trouvé.

Le regard déjà menaçant de Liam s'assombrit encore.

Pendant que Rodrigo et l'un de ses hommes découpaient la porte du conducteur, je sentis la chaleur d'un corps contre mon dos. August enroula son bras autour de mes épaules et me retourna.

— Ne regarde pas.

Je ne luttai pas.

— Pourquoi étiez-vous ensemble et pourquoi vos habits et tes cheveux sont mouillés ? grogna Liam.

— Je suis allée courir, répondis-je sans me détourner du torse d'August. Longtemps. Je ne comptais pas revenir et je ne serais peut-être pas revenue si August ne m'avait pas retrouvée.

Je me demandai un moment si Liam aurait accordé de l'importance à ma disparition définitive. Les yeux rivés sur un bouton de la chemise d'August, j'ajoutai :

— Frank, Evelyn a appelé. Elle a dit que je pouvais rester chez vous ce soir.

Il frotta ses mains sur son jean.

— Oui. Elle t'attend.

— Je sais que vous avez sûrement besoin d'être ici, mais vous pourriez me ramener ?

— Bien sûr.

Il échangea quelques mots à voix basse avec Éric avant de commencer à remonter la pente.

Je me dégageai des bras d'August et le suivis, désireuse de mettre de la distance entre cette sombre montagne qui puait la mort et la méfiance.

— J'ai quelque chose, annonça Lucas par-dessus le son d'une sirène approchant.

Frank et moi nous arrêtâmes et jetâmes un regard au fossé. Quelque chose de plat et sombre brillait dans ses mains. Un téléphone.

— C'est celui d'Everest ? demanda Frank.

— Il n'est pas allumé.

— Donne-le à Cole, ordonna Liam en levant les yeux vers moi. S'il y a quoi que ce soit à découvrir, il le trouvera.

Son accusation était si palpable que mon visage se fit de marbre.

Liam pensait-il que j'avais échangé d'autres messages avec Everest? Pensait-il que je m'étais alliée à lui pour voler le Sillin?

Je secouai la tête et me détournai.

<h1 style="text-align:center">Vingt-Deux</h1>

Mon coude était posé sur l'accoudoir de la voiture de Frank et ma tête dans ma paume.

— Est-ce que Jeb… A-t-il été informé qu'Everest…

Je ne pus terminer ma phrase.

— Il m'a appelé pour avoir des nouvelles. Il a dit qu'il viendrait, mais je lui ai dit de rester où il était et que j'irais pour lui.

Jeb allait beaucoup mieux. D'accord, l'amélioration de son humeur était alimentée par sa colère, mais quand même.

— Tu n'as vraiment pas envoyé ce message à Everest ? demanda Frank après un moment.

Je détestais qu'il ne me fasse pas confiance. Mais après tout, il semblait que seul August me croie.

— Je jure que ce n'était pas moi. La personne qui a envoyé le message l'a fait à distance.

Frank soupira.

— Quelqu'un a eu accès à ton téléphone la nuit dernière ?

— Liam.

En dépit de ma colère envers Liam, je savais qu'il n'aurait pas envoyé ce message depuis mon téléphone. Frank aussi. Après un moment de silence, il commenta :

— Tu es bien la fille de ta mère.

Je relevai la tête. Eh bien, *ça*, ça sortait de nulle part.

— Maggie avait tellement de ténacité. Ça rendait ton père fou.

Il regarda de nouveau la route à travers le pare-brise, une émotion indéchiffrable sur le visage.

— Ça rendait beaucoup d'hommes fous.

*Beaucoup d'hommes ?* Mon Dieu, j'espérais qu'il n'en faisait pas partie.

Il ne dit rien le reste du trajet jusqu'à sa maison en rondins sur deux étages, à quelques kilomètres du QG. Je me souvenais vaguement être allée chez Frank avec mes parents quand j'étais beaucoup plus jeune – c'était il y a une éternité.

En sortant de la voiture, il me conseilla :

— Sois patiente avec Liam. Il faut un temps d'adaptation, pas juste pour toi, mais pour lui aussi. Entre le Sillin volé et apprendre ce que c'est que d'être alpha, il subit beaucoup de pression.

Je me hérissai. Je n'arrivais pas à croire qu'il me demande à *moi* d'être patiente.

J'allais fermer la portière quand il ajouta :

— Hé Ness, fais attention à ne pas dresser Liam contre August. Les garçons, surtout les loups, sont territoriaux *et* jaloux. J'ai déjà vu ce genre de situation et même si le couple lié n'a pas fini ensemble, cela a causé de sérieuses vagues dans la meute.

*Waouh. Voilà un autre changement abrupt de conversation.*

J'en profitai aussitôt :

— Qui était-ce ?

— Ça n'a plus d'importance. Ils sont tous morts maintenant.

— Tous ?

J'étais sûre qu'il avait fait partie de ce malheureux triangle amoureux.

Frank posa son regard sur la forêt lugubre s'étendant derrière sa maison.

— Je dois retourner à l'auberge. Jeb m'attend.

Au moment où il dit cela, une voix que je ne connaissais que trop bien résonna dans la nuit.

— *Querida ?*

Evelyn était debout devant la porte d'entrée éclairée par la lumière douce du salon de Frank. Sa robe de chambre était nouée sur son ventre et ses cheveux noirs volaient autour de son visage pâle.

Je fermai la portière et avançai vers ses bras grands ouverts.

Quand Frank s'en alla, elle haussa un sourcil.

— Où va-t-il à cette heure-ci ?

Je soupirai.

— Je ne sais même pas par où commencer.

Elle m'attira dans la maison, m'assit devant le comptoir en bois de la cuisine et me fit chauffer de l'eau. Elle avait dû décider de ne pas faire de thé finalement, car elle vida l'eau, attrapa une bouteille de lait dans le frigo et en versa dans la casserole. Pendant que cela chauffait, elle enveloppa mes mains moites.

— Dis-moi tout.

C'est ce que je fis. Enfin, je lui racontai presque tout. J'omis la confrontation chez *Tracy*. Evelyn ne ferait qu'emmagasiner de la rancœur envers la meute avec cet événement. Quand j'eus fini, le lait avait débordé de la casserole et touché les flammes, créant un sifflement aigu. Elle se précipita vers la cuisinière, éteignit le gaz et resta debout, les lèvres pincées. Après un moment, elle prit une louche en bois d'un pichet en terracotta et retira la crème qui s'était formée avant de servir le lait dans deux tasses.

Elle les posa sur le comptoir et se rassit à côté de moi. J'attrapai la tasse en céramique chaude et la portai à ma bouche, me brûlant légèrement les lèvres et la langue. Je reposai la tasse et du lait éclaboussa le comptoir. Au lieu de nettoyer, je passai mon doigt sur le liquide et dessinai des cercles.

— Tu crois qu'Aidan est derrière tout ça ?

Ses yeux noirs étaient perdus dans le vide comme si elle se rappelait un autre temps – sûrement celui où elle était mariée à cet homme.

— Il est le seul qui tirerait des bénéfices de la mort d'Everest.

À moins qu'on veuille tuer mon cousin pour ce qu'il avait caché dans ma chambre.

Elle cligna des yeux pour se tirer de ses réflexions, se leva et alla chercher un torchon pour nettoyer le lait.

— Quelqu'un doit mettre fin à la vie de cet homme.

— S'il meurt, ses avocats dévoileront des informations sur la meute au public.

— Je sais. Frank m'a dit.

Elle tamponna les côtés de la tasse jusqu'à ce qu'il n'y ait plus de traces.

— Je n'ai jamais détesté quelqu'un comme je déteste cet homme. C'est un cancer. Tu sais combien de fois j'ai rêvé de le tuer ?

Sa respiration s'accéléra et ses joues se colorèrent.

Je pris sa main, celle accrochée au torchon qu'elle continuait de passer sur le comptoir même s'il était propre.

— Promets-moi que tu ne t'en mêleras pas.

Elle leva son regard vers moi.

La détermination que j'y lus affola mon rythme cardiaque.

— Promets-le-moi.

Après un long moment, elle souffla longuement.

— Il ne devrait pas avoir la permission de vivre.

— Je suis d'accord. Maintenant, accepte de rester loin de lui. Si quelque chose venait à t'arriver...

Ma voix se brisa et, en retour, eut raison de son entêtement.

De la même façon que ses traits s'étaient durcis plus tôt, ils s'adoucirent. Elle m'attira tout contre elle.

— Je te promets, *querida*, que je ne me mettrai pas en danger, mais promets-moi la même chose.

Je déglutis. Je ne voulais pas faire une promesse que je n'avais nulle intention de tenir.

— Ness...

— D'accord. Je me tiendrai loin de lui.

*Pour l'instant.*

L e matin suivant, après une brève nuit de sommeil dans l'un des deux lits jumeaux installés dans la chambre d'amis de Frank – sûrement la pièce que son petit-fils utilisait quand il venait, car elle sentait le garçon et était décorée de poster de films de superhéros –, je m'habillai avec mes habits de la veille et allai dans la cuisine à la recherche de café.

Frank et Evelyn étaient déjà debout et assis sur le canapé à parler à voix basse. Les cercles sombres sous les yeux de Frank m'indiquaient que sa nuit avait été plus courte que la mienne.

— Il y a du café dans la cuisine, *querida*, dit Evelyn.

J'allai me servir tout en les observant reprendre leur conversation à voix basse.

— Comment va Jeb ?

Frank frotta sa mâchoire couverte d'une barbe blanche courte.

— Pas très bien. Hier soir, Éric a conduit ton oncle chez lui pour que lui et Lucy puissent parler. Il y a eu beaucoup de cris apparemment. Et beaucoup de pleurs.

Je bus prudemment une gorgée de café.

— Que va-t-il se passer maintenant ?

— On enterrera Everest au QG de la meute ce soir.

Je fixai mon café trouble, une brûlure familière aux yeux. Aucune larme ne coula pourtant.

— Ils ont découvert de la peinture jaune sur le rétroviseur de la Jeep.

Je levai le regard vers lui aussitôt.

— Elle vient sûrement de la voiture qui a poussé celle d'Everest en dehors de la route. C'est une bonne piste, la couleur n'est pas commune.

Il étudia le vase plein de fleurs sauvages sur sa table basse en bois.

— Aidan a une voiture jaune ? demandai-je.

Je contournai le comptoir vers le salon ouvert. Le plafond y était d'un bois plus clair, décoré d'un lustre en bois. Je me demandais si Frank l'avait construit lui-même avec des bois de cerfs ramassés.

— Aidan Michaels est à l'hôpital.

— Ça ne veut pas dire qu'il n'a pas payé quelqu'un pour le faire.

— Peut-être, mais Lucas a repéré une odeur inconnue là-bas. Je crois qu'on a peut-être affaire aux Rivières.

Sa confession me heurta comme de la céramique brisée. Je baissai les yeux pour vérifier que je n'avais pas laissé tomber la tasse. Elle était toujours dans mes doigts devenus blancs à force de la serrer fort.

— Lucas a senti l'odeur de loups étrangers sur la propriété de Liam hier. C'étaient des Rivières aussi ?

— Des Rivières ? intervint Evelyn.

Frank se frotta le visage et soupira. Il posa son regard sur l'oriel face à moi. Pendant un long moment, il observa la colline drapée par les rayons du soleil telles des épées sur l'herbe et les fleurs sauvages – les mêmes que celles dans le vase.

— Les loups de la meute de la Rivière, expliqua Frank, formaient la plus petite meute et une nuit, ils ont mis à genoux la plus grande meute de la région.

Evelyn s'agrippa à l'accoudoir du canapé.

— *Dios mío*, murmura-t-elle.

Mon corps s'était glacé tant j'avais peur de bouger, peur que mes membres éclatent comme des stalactites.

— As-tu prévenu Julian ?

Frank me regarda de nouveau.

— Liam a rendez-vous avec lui plus tard aujourd'hui. Il essayera de négocier une alliance ferme.

Vu combien les deux meutes se méprisaient, le résultat serait historique. Les Pins et les Boulder avaient-ils un jour travaillé ensemble?

— Pourquoi les Rivières tueraient-ils Everest? demandai-je après un long moment.

— Liam pense que ça a à voir avec le Sillin. Nous avons fait une autre fouille dans ta chambre. Nous n'avons rien trouvé et on espère que personne – surtout pas un Rivière – n'y est allé avant nous.

Pendant qu'Evelyn demandait ce qu'était le Sillin et que Frank le lui expliquait, j'essayais de réfléchir sous quoi mon cousin aurait-il pu cacher les pilules. S'il parlait bien de ça.

<hr>

Plus tard dans la matinée, Evelyn et moi passâmes à mon nouvel appartement que j'étais censée appeler «chez-moi». Nous nettoyâmes l'endroit, préparâmes les lits et rangeâmes mes vêtements. Tout le long, elle répéta qu'elle n'était pas satisfaite de cet arrangement, que mon oncle n'était pas en capacité de s'occuper de moi, que je devrais rester avec Frank et elle. Son mécontentement augmenta quand mon oncle passa à l'appartement avec une valise colossale et plusieurs cartons pleins à craquer.

Tout en défaisant ses affaires, il nous parla presque comme un robot sans jamais mentionner le nom d'Everest. C'était comme s'il n'avait pas accepté la mort de son fils. Je demandai comment allait Lucy, ce qui me valut un regard acerbe suivi d'une réplique aigre.

— Elle a tué notre fils en le couvrant. Je m'en bats les steaks de comment elle va.

Le soir, quand Frank nous conduisit au QG, Evelyn et moi, il y avait tant de voitures garées qu'elles dépassaient sur la route. Chaque loup de Boulder était là, accompagné de sa famille. En m'approchant du corps enveloppé dans un drap blanc, mon cœur manqua un battement. J'eus l'impression de revoir encore et encore le cadavre de mon père. Lui aussi avait été enveloppé dans un linge blanc. Les loups-garous n'étaient pas enterrés dans des cercueils; ils étaient mis en terre avec rien d'autre qu'un drap autour d'eux pour que la terre puisse les accueillir en son sein.

Pendant un instant, je me demandai si le drap qui entourait mon cousin provenait de l'auberge, puis je chassai cette pensée folle de mon esprit.

Un gémissement rauque résonna : Lucy.

Je ne l'avais pas vue depuis le jour où elle avait retenu Evelyn en otage.

Mes sens se précisèrent en voyant la silhouette agenouillée de ma tante. Je pouvais entendre les larmes couler sur ses joues laiteuses, le battement de son cœur pomper le sang dans ses organes, la sueur couler dans la ceinture de son pantalon noir.

Evelyn serra mon bras, ce qui me donna soudainement envie de plonger mes crocs dans la gorge de ma tante. Isobel et Nelson apparurent d'un coup devant moi. Nelson hocha simplement la tête, le visage crispé par le chagrin, mais Isobel posa la main sur ma joue et attrapa mes doigts serrés en poing.

De l'autre côté du trou vide se trouvait Liam, flanqué de Lucas et Matt. Leurs mains à tous les trois étaient rivées solennellement devant eux et leur tête baissée. J'observai Liam, même s'il ne me regardait pas et fixait le trou.

Cela lui rappelait-il l'enterrement de son père ?

Aurait-il permis des funérailles pour Everest s'il était mort des mains de l'alpha ?

Liam dut sentir le poids de mon regard, car il leva la tête vers moi. Ses yeux étaient sombres et entourés de rouge. Avait-il pleuré ou était-ce là une marque de fatigue ? Sûrement de la fatigue. Pourquoi Liam pleurerait-il pour quelqu'un qu'il méprisait ?

*Ness ?*

Sa voix que je n'avais pas invitée jaillit dans mon esprit.

Je baissai les yeux vers mon oncle qui pressait sa paume contre l'enveloppe de son fils.

***S'il te plaît, regarde-moi.***

Je ne le fis pas.

***S'il te plaît, bébé. Regarde-moi.***

*Bébé ?* Ça attira mon attention. Je le fusillai du regard.

***Je mérite bien ce regard.***

Il méritait bien pire qu'un regard noir.

Je déduisis de son attitude d'excuse que Cole avait trouvé quelque chose dans le téléphone d'Everest.

Éric commença la chanson rituelle qui accompagnait le départ de nos loups dans l'au-delà, donc Liam n'essaya plus de communiquer avec moi. Je ne versai pas une larme alors qu'on déposait Everest dans le trou. Je ne gémis pas lorsque son corps fut recouvert de terre. Je ne produisis pas un son tandis que la terre pleuvait sur le drap pâle. Les yeux et la gorge secs, j'observai la dernière pelletée de terre le recouvrir. Jeb caressa le monticule meuble comme s'il bordait son fils une dernière fois.

Quand les gens se dirigèrent vers le QG pour la veillée, je reculai de la femme qui me soutenait et m'approchai de celle qui m'avait toujours poussée vers le bas.

— Je suis désolée qu'il soit mort.

Ma voix était dépourvue d'éclat.

Lucy cessa de hoqueter et posa ses yeux rougis sur moi.

— J'ai toujours aimé Everest. Même après sa trahison, je voulais qu'il vive.

Elle me fixa un long moment sans parler, puis elle commença à crier :

— C'est ta faute s'il est mort! Ta faute! Tu as ruiné nos vies!

Elle bondit sur ses pieds et commença à frapper ma poitrine de ses poings, ses bracelets cliquetant furieusement.

— On aurait dû te laisser pourrir dans cet appartement infect! On n'aurait *jamais* dû te ramener ici!

Ses coups ne me blessaient pas. Ma poitrine était trop engourdie pour avoir mal. Et puis, ce n'était pas ma faute si Everest était mort; c'était la sienne. Je ne chassai pas ses mains. Les coups qui pleuvaient sur moi m'importaient peu. Ce n'était pas le cas d'August et Nelson qui agrippèrent chacun l'un de ses bras constellés de taches de rousseur. Puis, Jeb se mit à lui crier dessus, postillonnant sur sa femme.

Elle ricana.

— J'espère que vous mourrez! Tous autant que vous êtes. Votre espèce est contre nature et devrait être éradiquée.

Elle cracha sur Jeb.

August et Nelson tirèrent Lucy en arrière et la traînèrent jusqu'au coin du bâtiment. Allaient-ils l'enfermer sous la grille en argent? Je me fichais de ce qui arriverait à ma tante. C'était une femme misérable.

*Ness ?*

L'odeur mentholée de Liam voleta jusqu'à moi et se blottit en moi profondément.

Lentement, je me retournai et fis face à mon alpha. La douleur sur son visage n'apaisa pas ma détermination à le garder à distance.

— Quoi? demandai-je, blasée.

*Je suis désolé de ne pas t'avoir crue.*

Je pinçai les lèvres.

***Cole a réussi à pister la source du message grâce au wifi utilisé et cela ne venait pas de ton téléphone. Ça ne venait même pas de Boulder.***

J'étais soulagée d'avoir été blanchie, mais la douleur de cette condamnation immédiate restait.

— Pourquoi donc n'ai-je pas le droit à la confiance que tu accordes si facilement aux autres de la meute? Parce que je suis une nouvelle arrivante? Parce que je ne l'ai pas gagnée? Qu'est-ce que je dois faire exactement pour la mériter? Je ne travaillerai jamais contre toi dans ton dos, Liam. Et pas à cause d'un échange de sang, mais parce que, quand je donne ma parole, je la tiens. J'ai beaucoup de défauts. Je suis la première à admettre combien je peux être têtue et acharnée et j'ai menti bien assez de fois. Je suis loin d'être un ange.

Ma respiration était saccadée. Les pupilles de Liam se dilataient et se rétractaient.

— Mais j'ai toujours été fière d'être une bonne personne, quelqu'un de fiable et loyal. Je n'ai jamais trahi qui que ce soit de toute ma vie. Je ne commencerai pas avec la meute que j'ai convoitée pendant si longtemps ni celui...

Ma voix se brisa.

— ... celui qui... qui...

Je ne pouvais pas finir ma phrase. La douleur était trop intense.

Liam grimaça.

Les larmes qui n'avaient pas coulé pour Everest firent enfin surface. Je me frottai les yeux, mais le flot refusait de se tarir. Je reculai d'un pas puis un autre. Liam ne bougea pas. Il resta là, les pieds plantés comme des troncs d'arbre dans la terre.

Je me retournai. Au lieu de me diriger vers le QG, j'avançai vers la route et commençai à marcher.

Et à marcher.

Evelyn m'appela, mais je ne m'arrêtai pas.

Je marchai jusqu'à ce que le ciel devienne si sombre que les étoiles étaient visibles. Et sous cette pluie de lumière, sur mes pieds cloqués, je traversai des kilomètres et des kilomètres de route sinueuse et poussiéreuse.

J'étais comme un bernard-l'ermite quand je pleurais, renfermée dans ma coquille. Je n'étais pas sûre de savoir si je pleurais mon cousin ou mon cœur brisé.

C'était la première fois qu'un garçon me le brisait. Ma mère disait que je devais avoir eu le cœur brisé pour reconnaître l'homme parfait pour moi quand il arriverait. Elle disait qu'il réparerait les morceaux et comblerait les fissures de son amour pour s'assurer qu'il ne craquelle plus jamais.

« Qui va réparer ton cœur maintenant que papa est parti ? » lui avais-je demandé.

Ses yeux bleus s'étaient adoucis et elle m'avait rapproché d'elle sur notre canapé en denim qui avait été rafistolé de nombreuses fois. « Ton père ne m'a pas brisé le cœur, Ness. Il est parti avec une moitié. »

À côté de moi, des pneus crissèrent sur la route, envoyant des graviers dans mes chevilles.

— Ness, monte.

Je fixai les lumières projetées par les deux phares sur les fougères bordant la route.

— Tu vas prendre des heures à atteindre la ville.

— Je ne suis pas pressée, August.

Pour la première fois depuis des années, mon agenda était vide. D'accord, je devais chercher du travail, mais je n'étais pas obligée de le faire demain.

Demain, je pouvais dormir.

Ou fixer le plafond.

Ou regarder la télé.

Ou manger avec Sarah au beau milieu de l'après-midi.

Après le deuil et le stress de ces derniers jours, je pourrais enfin respirer de nouveau. Ce qui était étrange étant donné que les Rivières étaient peut-être à Boulder, qu'un homme qui méritait de périr était toujours bien vivant et qu'Everest était mort.

— Mon Dieu, Jolies-Fossettes, tu es aussi têtue que quand tu étais petite.

Je souris en jetant un coup d'œil à August. Cela faisait du bien d'arborer une expression qui n'était ni furieuse ni triste.

— Tu t'attendais à ce que j'aie changé ?

Les yeux d'August brillèrent dans l'obscurité de sa voiture.

— Que tu aies pris en maturité, oui. Je m'attendais à ça.

— Si la marque de la maturité était l'obéissance, alors j'espère ne jamais devenir mature, August Watt.

Il secoua la tête.

— Tu vas vraiment marcher dix-sept kilomètres de plus dans le noir et en talons ?

— Tu as raison. C'est plus facile sans.

Je retirai mes talons et les pris entre mes doigts avant de me rendre sur la mince bordure d'herbe pour apaiser la plante de mes pieds.

Il grogna.

— Ness, allez. Je suis sérieux.

— Tu es toujours sérieux. Tu devrais te détendre. Peut-être te promener pieds nus sous les étoiles. C'est très apaisant.

Je regardai le ciel et essayai de trouver la constellation qu'il m'avait montrée tant d'années auparavant.

— C'est Andromède ou Cassiopée ? Je n'arrive jamais à distinguer des deux.

Il ne répondit pas et je me tournai vers lui. Au lieu de regarder le ciel, il me fixait.

— Les constellations ne t'intéressent plus ?

— Je te dirai laquelle c'est si tu montes en voiture.

Je lui lançai un sourire en coin.

— Bien essayé, mais il faudra bien plus pour que je quitte cette route et que je monte.

— Ness, ce n'est pas une blague. Les Rivières se déchaînent dans nos bois. Ils ont *tué* ton cousin.

Et lui, il venait de *tuer* ma bonne humeur.

— Et alors, August ? Je dois vivre dans la peur maintenant ? Je ne suis pas invincible. Je le sais. La mort d'Everest me l'a appris, mais je ne vais pas me cacher. Ils ont tué mon cousin pour une raison et je doute que ce soit parce qu'il était un Boulder.

August lâcha un nouveau grognement exaspéré.

— C'est plus facile de négocier avec des terroristes qu'avec toi.

Et rien qu'avec cette phrase, mon sourire revint.

— Alors ? Andromède ?

— Oui, souffla-t-il.

Je montrai un nouvel assortiment d'étoiles. Même si je pouvais sentir que je titillais la patience d'August, il m'énonça chacun de leurs noms. Pendant dix-sept kilomètres, il me nourrit d'information sur les étoiles, les nébuleuses et les planètes.

Quand nous atteignîmes mon nouvel appartement, mes pieds étaient douloureux, mais je me sentais aussi vaporeuse que les étoiles qui brillaient dans les cieux.

Je posai mes bras sur la fenêtre ouverte du siège passager.

— Eh bien, c'était amusant.

August grogna en réponse.

— Très bien, l'homme des cavernes, le taquinai-je en tapotant la portière. Passe une bonne nuit.

Je lui souris et cela fit fondre le sérieux autour de ses yeux. En remontant les marches qui menaient à ma nouvelle porte d'entrée, je l'entendis m'appeler :

— Je suis content que tu n'aies pas changé, même si je sens que ça va me rendre fou.

Je souris face à la porte.

— Un peu de folie te fera du bien.

J'entrai à l'intérieur, laissant une trace de sang et de terre sur le sol en chêne propre, marquant mon nouveau territoire.

# Vingt-Quatre

Je me réveillai sous un soleil vif. La lumière blanche ruisselait à travers ma fenêtre, réchauffant mes draps froissés et les parties de peau nue laissées à découvert. Je m'étirai et mes os craquèrent délicieusement dans mon dos.

Pendant un moment, j'admirai la vue dégagée des montagnes, entourées d'un ciel bleu. Cela ne valait pas la vue depuis l'auberge, mais c'était toujours une putain de vue. Une à laquelle je pourrais m'habituer.

Quelle dangereuse pensée !

*S'habituer à quelque chose.*

Le fait de ne pas m'attacher à un endroit ne voulait pas dire que je ne pouvais pas en profiter avant d'être déracinée et jetée entre d'autres murs. Je roulai hors de mon lit et me levai, mais dès que la plante de mes pieds toucha le sol froid, je grimaçai et tombai en arrière.

J'en avais peut-être trop fait la veille.

Marcher plus ou moins une vingtaine de kilomètres n'était probablement pas la chose la plus raisonnable que j'aie faite et Dieu sait combien de choses *irraisonnables* j'avais faites. Je pouvais imaginer August remuer le doigt vers moi et dire « Je te l'avais bien dit ». Il n'agiterait sûrement pas le doigt, mais c'est bel et bien ce qu'il me dirait. Heureusement, il n'était pas là.

Une main appuyée sur les murs nus de ma chambre, je boitillai jusqu'à ma salle de bain. Les dalles étaient toujours constellées de sang et de terre. La veille, je m'étais sentie satisfaite d'avoir marqué mon territoire, mais à la lumière du jour, je regrettai de ne pas avoir lavé mes pieds dans l'évier de la cuisine. Au moins, j'avais eu la présence d'esprit de les faire tremper dans de l'eau glacée et savonneuse avant de les glisser dans mon lit.

Après avoir brossé mes cheveux et mes dents, j'allai dans le salon pour vérifier l'état de mon oncle. Non seulement il était debout, mais il prenait le café avec Nelson et August. Je m'appuyai contre le mur pour ne pas tomber à genoux, ce qui arracha un sourire suffisant à August. Comment avais-je pu ne pas entendre nos visiteurs? L'appartement n'était pas grand à ce point-*là* et mon ouïe de louve était censée être surdéveloppée.

Je retirai ma main du mur et exécutai un pas hésitant, puis grimaçai. On pouvait se casser les orteils en marchant trop? J'avais vraiment la sensation d'avoir quelque chose de cassé. Et je ne parlais même pas de ma peau cloquée et craquelée à de multiples endroits.

— J'espère que je ne t'ai pas réveillée, dit Nelson en posant sa tasse.

J'avançai lentement, agonisante.

— Ça va, Ness? s'inquiéta August.

Je forçai un sourire à mes lèvres.

— Oui. Super bien.

Il s'appuya contre le dossier de sa chaise et croisa ses bras costauds comme quelqu'un profitant du spectacle. Un autre pas et j'atteignis le petit comptoir qui séparait le salon-salle à manger de la cuisine.

La trace de sang laissée la veille était devenue brune, se mélangeant aux nœuds sombres du chêne jaune.

— Nelson et August sont passés parce qu'ils s'inquiétaient de notre nouvel emménagement, m'expliqua Jeb.

Je n'avais pourtant rien demandé, même si j'étais curieuse, en effet. Je me demandais ce que Jeb pensait de leur inquiétude.

— Et ils nous ont acheté des scones.

Il montra l'assiette de petits triangles dorés dotés d'écorces de citron dont l'odeur envahissait la pièce. C'était peu dire vu combien je sentais l'odeur d'August. Était-ce le lien d'accouplement qui l'amplifiait ou il ne rinçait pas sa peau après s'être savonné?

En gardant les mains sur le comptoir, je boitillai quelques centimètres plus près de la petite table ronde.

— Miam.

À propos des scones. Pas d'August.

Je veux dire, il sent bon, mais les scones sentent meilleur. Assez bon pour être mangés. Contrairement à August que je n'avais pas du tout l'intention de manger. Apparemment incapable de faire deux choses à la fois, j'arrêtai de marcher pour repousser mes pensées cannibales.

— Tu es sûre que ça va ? insista Nelson.

— Quoi ?

— Tu sembles avoir mal, précisa-t-il en faisant un geste de la main vers moi.

*Oh !*

— C'est juste une crampe.

Je baissai les yeux vers mes jambes nues, regrettant de ne pas avoir échangé mon short de pyjama contre quelque chose de plus couvrant. Je jetai un coup d'œil vers ma chambre. *Non.* Je ne me traînerais pas jusque là-bas. Et puis, j'avais presque atteint la chaise libre entre Jeb et August.

*Un pas de plus...*

De la sueur froide perla à ma lèvre supérieure et je me laissai enfin tomber dans ma chaise avec un « ah » audible.

August, qui n'était pas tourné vers la table, croisa une jambe sur son genou opposé et me lança un sourire si grand que j'eus envie de le frapper.

— August propose d'aller randonner et faire un pique-nique, m'apprit mon oncle.

— Rien de mieux que le soleil et de l'air frais pour s'aérer l'esprit, confirma August.

Je blêmis un peu à l'idée d'une randonnée.

— J'aurais bien besoin d'une distraction, admit Jeb en pinçant le haut de son nez. Et je ne dirais pas non à de l'exercice physique. Ça m'aiderait peut-être à dormir.

Il leva ses yeux bleus cerclés de noir vers moi.

— Tu en dis quoi ? demanda August.

*Qu'est-ce que j'en dis ? Laisse-moi voir... Que tu es un sadique, August Watt !* En plus, il faudrait qu'on me traîne littéralement sur le chemin vu mon état.

— Euh... J'ai un rendez-vous à l'auto-école aujourd'hui.

Ce n'était pas complètement un mensonge. Si l'auto-école avait de la place, je passerais le code aujourd'hui. Pouvais-je me présenter comme ça ?

L'éclat amusé dans les yeux d'August diminua et il grogna :

— Comme c'est pratique.

Je soulevai un scone et mordis dedans.

— On peut partir quand tu auras fini, proposa Nelson. À quelle heure est ton rendez-vous ?

Ma bouchée de scone partit dans le mauvais trou et je toussai. August poussa un verre d'eau vers moi que je vidai aussitôt.

*Pas de repos pour les blessés.*

Quelle heure était-il maintenant ? Je cherchai une horloge dans la pièce. Je trouvai une réponse à ma question, affichée sur le décodeur de la télé : neuf heures quinze.

— Onze heures et demie.

— On n'est pas pressés. On peut partir juste après, fit August.

*Oh, quel amour !* Je lançai un regard noir à August, ce qui raviva l'étincelle de malice dans ses yeux.

— Génial.

J'arrachai un bout de pâtisserie épais et flasque et le glissai dans ma bouche. Avec un peu de chance, mes gènes de loup-garou guériraient miraculeusement mes os douloureux et ma peau en loque dans les trois prochaines heures.

— J'ai hâte.

August haussa un sourcil.

— J'appellerai Izzie pour confirmer le pique-nique, annonça Nelson.

Il se leva, le téléphone déjà à son oreille. Jeb posa la main sur mon avant-bras qu'il serra.

— Merci d'être aussi gentille, Ness.

— Y a pas de quoi.

Mon oncle se leva et apporta sa tasse à l'évier.

— J'ai besoin d'appeler l'auberge. Je reviens.

Je le regardai aller dans sa chambre. Même si ses épaules étaient voûtées et ses yeux bouffis, il était loin du spectre qu'il avait été il y a quelques jours. Je me rendis compte qu'une seule semaine s'était écoulée, et pourtant j'avais l'impression que la cérémonie d'alpha s'était déroulée il y a un mois. Le temps était une chose étrange. Certains jours duraient quelques secondes, d'autres plusieurs semaines.

La chaleur d'une main sur mon genou me détourna de la porte fermée de Jeb.

— Je te taquinais, Ness. Tu n'es pas obligée de venir. Et puis, tu n'arrives même pas à marcher, hein ?

August ramena sa main à sa cuisse, dont la circonférence égalait celle de mes deux jambes.

— Je peux boitiller, et ne t'avise pas de me dire « Je te l'avais dit ».

Il leva ses mains en l'air.

— Mais peut-être que dans trois heures, ça ira mieux.

— Tu es sûre ? Tu n'es vraiment pas obligée de venir.

Je finis mon scone tout en réfléchissant.

— J'ai l'impression que Jeb serait content que je vienne. Si vraiment je ne peux pas, je resterai au soleil pendant que vous vous promènerez en forêt.

J'essuyai les miettes sur mes paumes.

— Ta mère va faire la randonnée ?

Il secoua la tête.

— Elle suivra en voiture. En fait, pourquoi est-ce que tu n'irais pas en voiture avec elle et tu nous retrouves au lac ?

— Ça semble beaucoup plus tentant.

Nelson revint vers nous et fourra son téléphone dans la poche arrière de son jean taille haute.

— Je dois passer à l'entrepôt. Christian veut qu'on reprenne les plans du cabanon de M. Sommerville. *Encore.*

August soupira et se leva.

— Oh, pas besoin de venir avec moi, fiston. Je peux m'occuper de Christian.

— Ça ne me gêne pas. Et puis, je suis sûr que Ness doit étudier pour son examen.

— Pourquoi tu ne l'aides pas ?

Père et fils échangèrent un long regard. Quelque chose passa entre eux. Quoi, je ne pus le dire, mais j'allais sûrement le savoir dès que Nelson partirait.

Dès que la porte se ferma, je demandai :

— Qu'est-ce que c'était que ça ?

— Quoi ça ?

— Ce regard.

— Quel regard ?

— Oh, allez, August. J'ai grandi avec vous.

Tout penaud, il se frotta la nuque et coula un regard vers la porte de Jeb.

— Papa ne veut pas que Jeb soit tout seul. Pas pour cette semaine. Il est inquiet.

Il haussa les épaules et se frotta encore la nuque.

— Il a peur qu'il puisse… essayer de se tuer.

Les derniers mots n'étaient que murmure.

— Oh. Je suis là, moi.

J'avais la chair de poule.

— Je sais. *On* sait.

— Mais vous ne croyez pas que je puisse le gérer ?

— Non. Ce n'est pas ça. Mes parents s'inquiètent aussi pour *toi*.

Mon cœur se serra à l'idée que quelqu'un d'autre qu'Evelyn s'inquiète de moi.

— Dis-leur qu'ils n'ont pas besoin de s'inquiéter.

Il grogna en s'asseyant et s'appuya sur le dossier de son siège. J'avais un peu peur que les barreaux lâchent, mais la chaise tint bon avec étonnement.

— Comme si c'était possible.

Il prit un couteau que quelqu'un avait posé sur la table, sûrement pour couper les scones en deux, même si je me demandais quel loup qui se respecte mangerait un demi-scone. Il lança l'ustensile, le faisant tourner lame vers le haut, lame vers le bas. Encore et encore.

— Alors ça veut dire que le petit-déjeuner nous sera livré tous les matins ? Parce que, si oui, j'aimerais faire quelques requêtes.

Il me jeta un coup d'œil sous ses cils noirs et lâcha un petit grogne-ment. Je commençais à croire que grogner était le mode de fonctionne-ment d'August Watt.

— Laisse-moi deviner.

Il leva un doigt, puis un autre au fur et à mesure des propositions :

— Des muffins à la carotte, de préférence glacés. Un pain au chocolat et à la courgette. Un pain au levain chaud avec du beurre salé. Des roulés à la cannelle avec une épaisse couche de glaçage. Du bacon en tranche épaisse avec des œufs brouillés.

Je clignai des yeux, impressionnée par sa mémoire. Il venait de lister tous mes aliments préférés pour le petit-déjeuner. Je n'étais pas difficile, mais j'avais vraiment un faible pour la cannelle et la nourriture grasse. Parler de ça me ramenait au repas partagé avec Liam dans sa cuisine quand il avait demandé ce que j'aimais manger. August connaissait déjà tout de moi. Pour une raison étrange, cela me troublait. Je me levai et boitillai jusqu'à la cuisine pour me servir une tasse de café.

Dos à lui, je corrigeai :

— Du café. Juste du café. Je ne mange plus vraiment ce genre de trucs.

Je n'étais pas sûre du pourquoi je lui mentais. Peut-être parce que je ne voulais pas qu'il pense tout savoir de moi. Même si c'était le cas.

Je me retournai et m'appuyai au comptoir. Le rebord entra en contact avec la parcelle de peau visible entre mon crop top et mon short de pyjama. Encore une fois, j'envisageai d'aller enfiler plus de vêtements, mais je vivais au milieu de loups. Ils ne remarquaient probablement même plus la peau nue.

August fronça les sourcils, puis observa la tasse de céramique entre mes doigts. Je soufflai sur la fumée et la regardai se disperser et se fondre dans l'air.

Me sentant bête, j'ajoutai :

— Si tu as vraiment le temps, j'apprécierais un peu d'aide pour mon examen.

Son regard revint à mon visage. Pendant un instant, je considérai l'idée d'avouer que j'avais menti, qu'il avait raison, que tout ça appartenait toujours à mes mets préférés, mais je ne pus rien dire. C'était déconcertant que quelqu'un me connaisse si intimement. Je n'avais pas mangé de roulés à la cannelle ou de muffins à la carotte depuis des mois, pourtant leur simple mention me faisait saliver. Cela me rappelait également tout un tas de souvenirs qui incluaient une table pleine de gens – dont la plupart ne faisaient plus partie de ce monde.

Ma mère préparait les meilleurs roulés à la cannelle.

Et l'activité habituelle de mon père le dimanche – à part faire danser sa femme dans la maison sur une chanson de Roberta Flack – était de râper plusieurs kilos de carottes pour qu'elle les cuisine.

— Bien sûr. Tu as le livret ?

— Non. Tu peux prendre les questions sur ton téléphone ?

Je soufflai de nouveau sur mon café. Cette fois, aucune fumée n'en sortit.

Il hocha la tête. Il me questionna et, à sa voix tendue, je compris que je l'avais blessé. Pourtant, je ne pouvais avouer mon mensonge. J'étais peut-être presque trop loyale, mais je restais une sacrée menteuse, et têtue en plus de cela.

## Vingt-Cinq

Au final, je ne fis pas la randonnée. Mais je passai bel et bien mon code sans faire la moindre erreur et le célébrai avec un pique-nique au bord du lac, accompagnée des gens que je préférais – Isobel était venue me chercher à l'auto-école avec Evelyn.

J'avais failli pleurer tellement j'étais contente qu'Isobel ait invité Evelyn. Et puis, j'étais assez émotive d'avoir eu mon code du premier coup. Maintenant, j'avais uniquement besoin de cinquante heures de conduite et de passer un examen visuel et je serais parée pour me déplacer dans Boulder toute seule, et même dans tout le pays. La liberté que je touchais du bout des doigts était grisante.

Portée par l'idée de tous les endroits où j'irais, je marchai sur le bord du lac, retirai mes sandales et m'avançai dans l'eau, froide et délicieuse sur mes pieds cloqués. Je ramassai une pierre et la fis ricocher sur la surface glacée pendant que le rire contagieux d'Isobel résonnait dans l'air chaud d'été.

C'était une journée parfaite.

Une des plus parfaites depuis longtemps.

— Pas si mal, commenta August en observant les vaguelettes sur l'eau tandis que ma pierre sombrait au fond.

— Tu crois que tu peux faire mieux, Watt ?

Il me répondit par un sourire confiant, le premier depuis que je lui avais menti un peu plus tôt. Avec ce sourire, tout allait de nouveau bien dans le meilleur des mondes.

Son caillou plat bondit au-dessus de la surface quatre fois avant de plonger dans sa tombe aqueuse.

— C'était juste l'échauffement.

— Ah! Ah! ricanai-je.

Ses taches de rousseur semblaient un peu plus sombres que d'habitude. Il s'accroupit et passa presque une minute entière à chercher la bonne pierre sur la plage rocailleuse. Je me rappelai m'être moquée de lui une fois pour avoir passé la moitié d'un après-midi à chercher un champ pour avoir les coquelicots les plus parfaits à offrir à Isobel à la fête des Mères. J'avais arraché les premières fleurs que j'avais vues et en avais un bouquet qui s'était flétri sur le chemin du retour. Maman m'avait quand même complimentée sur leur beauté et les avait exposées dans un vase sur la commode.

Lentement, August se releva, la plus petite et riquiqui pierre au monde dans la paume. Il marcha jusqu'au bord de l'eau, s'accroupit, les muscles tendus, puis il exécuta un lancer de pierre parfait.

Il leva le poing en l'air.

— Prends ça, Jolies-Fossettes. Neuf!

Je jetai un regard à l'eau qui ondulait toujours. J'avais manqué son exploit. Pour ce que j'en savais, le galet avait pu rebondir deux fois avant de sombrer, mais je ne pouvais pas l'admettre, car il saurait que je l'avais reluqué au lieu de regarder la pierre et il se demanderait pourquoi.

*Moi*, je me demandais pourquoi.

Peut-être que c'était la violence du soleil brûlant.

Ou peut-être, la cacophonie des criquets.

— Tu as gagné, concédai-je, pataugeant dans le désespoir.

L'eau serpentait autour de mes cuisses nues. J'aurais dû prendre un maillot de bain, mais je n'y avais pas pensé. Mon short et mon débardeur devraient faire l'affaire.

— Je vais nager.

Une libellule effleura la surface, son corps vert transparent ajoutant à l'éclat étincelant du lac. Je passai ma main vers l'insecte et le repoussai. Il fuit comme les lapins quand j'étais dans mon autre forme.

— Tu veux me rejoindre ? demandai-je en le regardant par-dessus mon épaule.

Il se frotta le menton comme s'il débattait l'idée, puis baissa son pantalon et arracha son tee-shirt. Je détournai le regard et m'immergeai complètement, restant sous la surface jusqu'à ce que mon sang se refroidisse. Puis, je sortis la tête de l'eau et découvris August étendu sur le dos près de moi, flottant comme un morceau de bois.

Il semblait apaisé.

*Trop* apaisé.

Un sourire sournois aux lèvres, je posai mes deux mains sur son ventre et le plongeai sous l'eau. Je ris si fort que, quand il émergea et me poussa sous la surface, j'avalai une grande quantité d'eau.

Je me propulsai à l'écart comme un calamar.

— Pas juste, râlai-je en riant et toussant.

Il sourit. Je le vis foncer vers moi, probablement pour me faire couler à nouveau, et je traçai vers le milieu du lac. Une fois arrivée, je m'autorisai à respirer. Sur le rivage, je repérai Evelyn qui m'observait en cachant le soleil de sa main. J'agitai la main pour la rassurer, juste avant d'être à nouveau propulsée dans le fond.

Quand je me libérai, je rejetai mes cheveux en arrière.

— Oh. Tu vas regretter ça !

Il me lança un sourire de défi.

— Vraiment ? Tu vas faire quoi, Jolies-Fossettes ? Mettre de la poudre irritante dans mon lit, encore ?

*Ah* ! J'avais oublié ça.

— Ce n'est pas une mauvaise idée.

Je me torturai tout de même l'esprit pour trouver quelque chose de pire. Je finis par avoir une idée, nageai jusqu'à lui et commençai à lui chatouiller les côtes. August était la personne la plus chatouilleuse au monde parmi toutes les personnes chatouilleuses.

Je grognai de rire jusqu'à ce qu'il réussisse à me bloquer les poignets. Il essaya de se venger, mais je n'étais pas chatouilleuse. Je ne l'avais jamais été. Il dut se souvenir de ce fait, car il cessa de balader ses mains sur mes côtes et posa simplement sa paume sur ma taille. Elle n'était pas froide, pourtant j'eus la chair de poule et mon cœur... manqua un battement.

Peut-être deux.

Avant qu'il ne détecte mon comportement étrange, je m'écartai de lui.

— Bien essayé, monsieur costaud, balançai-je en espérant que ma voix ait l'air normale. On fait la course jusqu'à la berge ?

Il étudia la berge avec la même intensité qu'il l'avait fait avec moi quelques moments avant. August n'avait jamais été un compétiteur – jamais – et pourtant, à la façon dont il regardait la berge, je me demandai s'il n'avait pas changé. Peut-être que dans le passé, quand on jouait au backgammon ou escaladait un arbre, il me laissait gagner parce que j'étais beaucoup plus jeune.

— Il va te falloir un temps d'avance.

— Je suis grande maintenant. Je n'ai pas besoin d'avance.

— Tu en es sûre ?

— Oui.

— Qu'est-ce que j'ai si je gagne ?

Il immergea son menton et sa bouche et souffla des bulles en envoyant de l'eau vers moi.

— Tu veux un prix pour avoir battu une fille ?

Il sortit la bouche de l'eau.

— C'est un coup bas. Comment je suis censé te battre maintenant ?

Je lui souris et eus l'impression que mes fossettes creusaient mes joues.

— Prêt ?

Il grogna, ce que j'analysai comme un oui.

Je propulsai mes membres, les agitant si vite qu'ils devinrent flous et que mon pouls grimpa en flèche. Contrairement à August, j'avais toujours été compétitive. Ce qui était l'une des raisons pour lesquelles j'avais participé aux épreuves d'alpha.

Son corps jaillit à travers l'eau, parallèle au mien. Je ne m'arrêtai pas pour vérifier qui était en tête, pas avant d'atteindre la berge. À la minute où mes doigts la touchèrent, je levai la tête hors de l'eau et retirai mes cheveux de mon visage. August toucha la berge quelques secondes après moi.

Je frappai l'eau, victorieuse.

— Youpi !

Je remarquai alors qu'il était à peine essoufflé et ma joie s'estompa.

— Tu m'as laissée gagner, August Watt ?

Il pivota et s'assit face à l'eau.

— Non.

— Menteur.

Il me coula un regard de biais. Il y avait quelque chose dans ce regard pénétrant qui émietta mon sourire comme de la craie qu'on écrase. C'était comme s'il disait « Ça fait deux menteurs ici ». Peut-être que je suranalysais son regard. Peut-être que je ne voyais que ce que je ressentais.

Peu importe, je sortis du lac, l'eau froide coulant sur mes jambes et entre mes seins. Quand j'atteignis le panier de pique-nique, je m'assis et essorai mes cheveux. Isobel me tendit une serviette que j'enroulai autour de moi.

— Tu te souviens des soirées qu'on passait ici, Jeb ? demanda-t-elle à mon oncle pensif.

Son regard était rivé sur les pins qui oscillaient gentiment autour de l'eau cristalline.

— Je me rappelle qu'une nuit, Nelson m'a jeté à l'eau tout habillé parce que j'avais dit que tu étais jolie.

Nelson ricana, un peu penaud, pendant qu'Isobel rougissait, un sourire aux lèvres.

Tout en regardant le dos d'August et la cicatrice en forme de chenille qui s'étendait le long de son caleçon noir, elle commenta :

— C'était la vieille époque.

Je ne lui demandai pas si mes parents avaient participé à ces soirées. Je sentais que oui. Ils avaient tous grandi ensemble. Ils avaient tous fait des batailles d'eau autour du lac. Ils s'étaient tous embrassés, s'étaient mariés et avaient eu des enfants ensemble.

Les métamorphes formaient une communauté et, comme toutes les communautés, ils avaient connu des tragédies, et pourtant, ils étaient restés unis et se soutenaient les uns les autres quand la vie les malmenait. Jusqu'à la mort de mon père.

Notre génération se soutiendrait-elle ainsi ? Mangerais-je un pique-nique, un jour, avec August, Matt et leurs femmes respectives à rire de la vieille époque ?

Je l'espérais. J'espérais avoir ce qu'Isobel, Nelson et Jeb avaient eu. J'espérais me trouver une nouvelle famille, pour de vrai.

La semaine suivant l'enterrement d'Everest se déroula dans un long flou. Chaque jour, quelqu'un de la meute nous amenait le petit-déjeuner et proposait une activité : cinéma, jeu de cartes, promenade. Au bout d'un moment, Jeb commença à refuser, puis il arrêta de sortir de sa chambre, ce qui signifiait que je devais passer du temps avec nos visiteurs et prouver que tout était sous contrôle.

Et c'était vrai.

J'avais mal, mais ma tristesse était temporisée par le fait qu'Everest ait creusé sa propre tombe, même si je ne comprenais toujours pas les raisons de ses actes ni pourquoi les Rivières l'avaient fait taire. Était-ce pour le Sillin ou y avait-il autre chose ?

À la fin de la semaine, Matt passa, un sachet de muffins à la mûre faits maison par sa mère à la main, et je le fis s'asseoir en lui demandant de me dire ce qui se passait. J'étais sûre qu'il s'en passait des choses.

L'ours blond se laissa choir dans le canapé et tâta sa barbe mal rasée sur sa mâchoire carrée.

— Julian et Liam ont contacté l'alpha des Rivières pour demander une rencontre. Elle ne leur a pas encore répondu, alors Robbie suggère d'aller là-bas la confronter.

Il soupira, s'adossa au dossier, glissa un bras derrière le canapé et l'autre sur l'accoudoir. Je lui tendis une tasse de thé à la menthe que je venais de préparer et m'assis à l'opposé du canapé, repliant mes jambes sous moi.

— Tu crois qu'il a été tué à cause du médicament ?

— C'est le scénario le plus probable.

— Quelqu'un a parlé à Aidan Michaels ?

— Aidan Michaels ?

Ses deux sourcils couleur miel se haussèrent sur son front rougi par le soleil. J'imagine qu'il avait travaillé dehors cette semaine.

— Pourquoi est-ce qu'il saurait quoi que ce soit ?

— Un, parce qu'il avait ses propres affaires en cours avec Everest. Et deux, parce qu'il s'est fixé l'objectif de tout savoir sur les loups-garous. Pourquoi son intérêt pour les meutes ne s'étendrait pas au-delà de la ville de Boulder ?

Matt y réfléchit si ardemment que son grand front se plissa.

— Pas faux. J'en parlerai à Liam. Ou peut-être que tu pourrais le faire ?

— Hors de question.

Il but une gorgée de son thé.

— Pourquoi ?

Je posai ma tasse avant de renverser mon thé.

— Sérieux, Matt ? Tu me demandes pourquoi ? Tu étais là.

— Je sais, Ness, mais on est tous sous pression et entre le SMS et le message vocal...

— Il aurait dû me donner le bénéfice du doute. Vous auriez *tous* dû.

Matt se mordilla la lèvre inférieure.

— Il se déteste de ne pas l'avoir fait, mais il faut que tu comprennes : c'est Liam. Il a toujours été un peu... *impulsif.*

*Impulsif* ?

— Alors je suis censée pardonner et oublier ?

Il recommença à se frotter la mâchoire.

— Non. Mais je pense que vous devriez parler tous les deux. Vous n'êtes pas obligés de vous remettre ensemble ou quoi, mais il est vraiment mal, Ness. Et son caractère est encore plus explosif.

— Ce n'est pas mon problème.

— C'est ton alpha, alors c'est un peu ton problème. C'est notre problème à tous. S'il pète un câble, il pourrait mettre en danger la meute.

— Je ne suis pas une psy, Matt. Liam a besoin d'une thérapie. Et je ne dis pas ça sous le coup de la colère, je le dis parce que son père l'a vraiment mis sens dessus dessous. Il n'y a rien que je puisse dire ou faire qui réparera ce genre de dégâts.

— Tamara lui tourne de nouveau autour.

— Parce qu'elle avait arrêté ?

— J'imagine que non, mais elle y va vraiment fort cette fois.

Je fixai les montagnes pourvues de pins et d'herbe à travers la fenêtre. Mon rythme cardiaque ralentit en revoyant l'ex-rousse de Liam et le rictus qu'elle m'avait lancé la nuit où j'étais allée chez *Tracy* avec la meute. La nuit où elle m'avait traitée de prostituée.

— Elle peut bien l'avoir.

— Tu en es sûre ?

Je regardai enfin Matt.

— Oui.

Il étudia ses bottes de travail pleines de terre.

— C'est à cause d'August ?

— August est comme un grand frère pour moi.

Un qui n'était plus venu me voir depuis notre pique-nique au bord du lac. Non pas qu'il ait promis de venir tous les jours, mais ça m'aurait fait du bien de voir son visage ou d'entendre sa voix.

— J'ai entendu dire que vous vous étiez liés l'un à l'autre.

— Ce n'est pas parce qu'on est *censés* être des partenaires qu'on est attirés l'un par l'autre.

Matt ricana, ce qui me fit me hérisser.

— Quoi ?

— Rien.

— Pourquoi tu ricanes ?

— Parce que tu es sexy et qu'August est un homme. Et même s'il est comme un grand frère pour toi, en vérité, il ne l'est pas.

— Et alors ?

— Et alors il a repoussé les avances de Sienna l'autre jour. Et puis, la serveuse qu'il fréquentait avant Sienna lui a demandé s'il voulait boire un verre avec elle et il a refusé aussi.

Je voyais comment ses refus pouvaient être mal interprétés, mais il était sûrement inquiet pour sa mère. Son opération était prévue lundi. Moi, j'étais inquiète.

— Il se passe plein de choses dans sa vie, Matt.

— Aucun mec célibataire n'est trop occupé pour repousser des coups faciles, Ness.

Je me redressai et posai ma tasse sur la table basse.

— J'ai peut-être une théorie.

— Je t'écoute.

*Ça ne va pas du tout être bizarre...* Après tout, cette conversation entière était bizarre. C'était le genre de conversation que je devrais avoir avec Sarah, mais pas Matt. Non pas qu'on ne l'ait pas déjà eue toutes les deux. Sarah était venue me chercher presque tous les après-midi pour me donner des cours de conduite dans sa Mini rouge, donc nous avions fini par aborder le sujet.

Jeb disait qu'elle essayait sûrement de me tirer des informations du nez au sujet d'Everest et des Rivières, mais j'en doutais. Un, elle aurait pu aller voir son oncle pour ces informations et, deux, nous ne discutions pas des décisions de nos meutes tant que ça. Nous écoutions surtout de la musique tout en parlant d'UCB et des cours que je devrais prendre. Je n'avais pas encore reçu ma lettre d'acceptation. J'imagine que, pour cela, tout comme pour mes frais de scolarité, je devais aller parler à Liam. Je n'étais pas prête à l'affronter, mais lentement, je progressais.

*La semaine prochaine, peut-être.*

— Alors ? C'est quoi, ta théorie ?

La voix de Matt me tira de mes rêveries. Je me passai la main dans les cheveux.

— Le lien d'accouplement rend nos corps non réceptifs à d'autres personnes que notre partenaire.

Il fronça les sourcils.

— On ne peut pas... euh... être intime.

La gêne me réchauffa de partout.

— Hein ?

— Oh, allez, Matt.

Je retirai ma main de mes cheveux si vite que j'arrachai quelques mèches.

— Ne m'oblige pas à te faire un dessin. C'est assez gênant comme ça.

Tellement, que mon regard était rivé sur l'écran de télé vide dans le coin.

— Waouh. Tu veux dire que vous ne pouvez pas coucher avec quelqu'un comme ça ? *Waouh*...

Il répéta *waouh* quelques fois de plus.

— Maintenant, je comprends pourquoi Liam essayait de pousser August à quitter la ville. *Waouh.*

— Oui. Ça craint.

Pour August plus que pour moi. Je ne savais pas ce que je manquais.

— Je ne comprends pas pourquoi August ne quitte pas tout de suite Boulder. Enfin, si je comprends. Sa mère est malade et tout, mais après ça...

Il frotta ses mains ensemble avant de reprendre :

— Après ça, Ness, s'il reste à Boulder, c'est qu'il reste pour toi.

Je pressai mes mains l'une contre l'autre. Pas en signe de prière. Juste pour en faire quelque chose. Cette conversation m'avait laissée inquiète. Sans compter qu'elle m'avait gênée. Beaucoup. J'avais hâte que Matt s'en aille.

Comme s'il l'avait senti, il se leva.

— Il partira. Il n'a aucune raison de rester. Je ne compléterai pas notre lien. Je ne veux pas être avec quelqu'un à cause d'une connexion chimique ou magique.

— Ce n'est pas parce qu'elle est magique que la connexion n'est pas réelle.

Je haussai un sourcil.

— C'est exactement ce que ça veut dire. La magie, ce n'est pas la réalité, Matt.

— On est magiques et l'on est réels, riposta-t-il en nous montrant de la main. Comment tu expliques ça, hein ?

— Que ferais-tu si, tout à coup, tu avais une partenaire d'accouplement et que cette fille n'était pas Amanda ?

Il se crispa.

— Tu ne peux pas nous comparer. Amanda et moi, on est ensemble depuis longtemps. De ce que je peux voir, ni toi ni August n'êtes attachés à quelqu'un alors vous n'avez pas de raison de rester éloignés l'un de l'autre. À moins que tu ne t'accroches à Liam. Auquel cas...

— Ce n'est pas le cas.

Il m'observa une longue minute avant de se diriger vers la porte. Il pianota sur le mur de ses doigts épais.

— La vie est courte, Ness. Plus courte pour certains que pour d'autres. Assure-toi d'aller au bout de ta vie avec plus de satisfaction que de regrets. Eh oui, je sais que tout le monde n'a pas besoin d'amour ou de sexe pour être heureux, mais l'éviter par pur principe est une raison nulle de rester célibataire.

Il tourna la poignée et ouvrit la porte.

— Et je sais que je suis sûrement resté trop longtemps et que je t'ai donné trop de conseils que tu ne voulais pas, mais je connais August. Pour moi aussi, il est comme un frère, et même s'il ne partage pas ses sentiments facilement, il a rompu avec Sienna à la minute où tu es revenue dans sa vie. Si je ne me trompe pas, vous n'étiez pas liés à ce moment-là.

— Leur rupture n'avait rien à voir avec moi.

— Si t'en convaincre te permet de mieux dormir la nuit, très bien.

Je voulais lui dire de ne pas se mêler de ma vie personnelle.

— Tu te souviens que je t'ai chopée à sextoter avec lui après la première épreuve ?

Je levai les yeux au ciel.

— On ne sextotait pas.

Il me coula un regard de côté.

— Si tu le dis, petite louve.

— Je l'affirme, oui. Je peux te montrer nos messages. Il n'y avait absolument rien de sexuel là-dedans.

— Il y a une connexion entre vous deux.

— On est *amis*. Juste amis.

— Hmm, hum. Bref, je dois filer. Je ne veux pas que *mon patron* me vire.

— Oui, il ne vaut mieux pas, grognai-je.

J'étais de mauvaise humeur, car Matt avait réussi à me faire douter.

Tellement que, lorsqu'il ferma la porte en sifflant bruyamment tout en descendant les marches, je pris mon téléphone sur le comptoir de la cuisine et commençai à faire défiler mes vieilles conversations avec August. Même s'il n'y avait rien de sexuel, le ton de nos échanges était plutôt personnel.

En remontant toujours plus, nos conversations me revinrent en mémoire et le rythme de mon cœur s'accéléra. Je ne pouvais pas avoir un faible pour August, si ?

*Argh !*

Enfant, je le vénérais parce qu'il était très gentil avec moi et attentionné. Cela semblait mal d'être attirée par lui maintenant. Je le connaissais à peine tel qu'il était aujourd'hui.

J'étais tellement perturbée là-dessus que j'allais courir longtemps, très longtemps. En rentrant à la maison, j'étais arrivée à une conclusion extrêmement sage : je resterais loin de lui jusqu'à ce qu'il quitte la ville.

Je ne m'étais pas rendu compte de combien j'étais nerveuse au sujet de l'opération d'Isobel, pas avant de me réveiller le lundi tellement tôt que les étoiles décoraient toujours le ciel. J'envoyai un message à August, espérant qu'il ait mis son téléphone en silencieux pendant la nuit. Je me sentirais mal de le réveiller.

**Moi** : *Tu peux m'envoyer un message quand l'opération est terminée et que je peux venir la voir?*

Sa réponse vint à peine une minute plus tard : *Oui.*

**Moi** : *Je t'ai réveillé?*

**August** : *Non.*

Entre le diagnostic de maman et la toute fin, je n'avais pas dormi la nuit. J'allais lui demander comment il se sentait, si je pouvais faire quelque chose pour lui, mais un nouveau message apparut à l'écran.

**August** : *Désolé de ne pas être venu cette semaine. J'ai été très occupé au travail. Comment vous tenez le coup tous les deux?*

**Moi** : *Ça va. T'inquiète pas pour nous. Et puis, on a été occupés aussi. Presque tous les loups de la meute sont venus.*

**August** : *J'espère qu'ils ont apporté un bon café.*

Je me mordis les lèvres. Je n'arrivais pas à savoir s'il plaisantait ou était amer.

**Moi :** *Pas de café. Mais j'ai assez de sucreries pour ouvrir une boulangerie.*

**August :** 😊

Bon, peut-être qu'August n'était pas amer. Peut-être qu'il s'inquiétait vraiment de la qualité de notre café.

**Moi :** *Je devrais sûrement réfléchir à cette idée de boulangerie. J'ai besoin d'un travail. Argh ! Désolée de t'embêter avec ça.*

Trois petits points bondirent sur mon écran.

**August :** *On aurait besoin d'aide à l'entrepôt. Maman s'occupait de la comptabilité, mais elle ne le fera plus avant un moment. Et papa prévoit de prendre des vacances pour être avec elle.*

Je lus et relus son message, parcourue d'étranges émotions. Je devais dire non. Être autour d'August n'était pas une bonne idée. Mais, bordel, j'avais envie de dire oui. L'entreprise était celle de mon père, alors je savais le travail que ça impliquait. Même si, avec une telle expansion, le travail des Watt différait sûrement de celui de papa.

**August :** *Ça serait bien payé, bien sûr. Bref, penses-y.*

Cela me rappela l'une de nos premières conversations après mon retour à Boulder. Il m'avait demandé si je voulais du travail.

**Moi :** *Si je dis oui, mais que je suis complètement incompétente, tu promets de ne pas me garder par culpabilité ou pitié ?*

**August :** *D'où est-ce que ça sort, ça ?*

**Moi :** *Promets-le-moi.*

**August :** *OK. Je te le promets.*

Ça ne serait pas forcément bizarre. Ce n'est pas comme si nous allions travailler côte à côte. De ce que j'avais compris, August était souvent sur les sites de construction.

**August :** *Pourquoi es-tu réveillée si tôt ?*

J'observai l'étendue constellée d'étoiles derrière mes rideaux tirés.

**Moi :** *Je m'inquiète.*

**August :** *Tout ira bien.*

Je soupirai, regrettant de ne pas pouvoir être aussi optimiste. La vie m'avait réservé trop de coups vaches. Pourtant, j'envoyai : *Je sais.* Pas besoin de contaminer les autres avec mon scepticisme.

**August :** *Habille-toi.*

**Moi :** *Pourquoi ?*

**August :** *Parce que je sens ton stress à l'autre bout du téléphone.*

**August :** *Et mets des chaussures confortables.*

Je m'assis sur mon lit, pleinement réveillée désormais. Après avoir lavé mon visage et mes dents, j'enfilai un legging noir, un sweat à capuche noir et mes baskets. Je laissai un mot à Jeb dans la cuisine au cas où il se réveillerait et remarquerait que mon lit était vide. En posant le papier sur la table à manger, j'hésitai à dire à August qu'il n'avait pas besoin de s'occuper de moi et qu'il devrait veiller sur sa mère, mais un message s'afficha sur mon téléphone.

**August :** *Je suis en bas.*

J'attachai rapidement mes cheveux en une queue-de-cheval, attrapai mon téléphone et mes clés et partis sans bruit pour ne pas réveiller mon oncle.

August avait l'air pâle, ce qui en disait long vu ses origines métisses. Mais cela pouvait aussi être l'effet de la lumière de son tableau de bord.

Il me sourit sans que cela se répercute à ses yeux.

— Je crois qu'on est les deux seules personnes réveillées dans tout Boulder.

Il était quatre heures trente. Ma rue était complètement déserte et chaque fenêtre devant laquelle nous passions était plongée dans l'obscurité.

— Où on va ? demandai-je en m'attachant.

— Tu verras.

Je n'étais pas du genre à aimer les « tu verras », mais je faisais confiance à August. Pendant le trajet, je triturai les réglages de la musique, changeant sa station de jazz préférée pour quelque chose d'un peu plus endiablé. Puis, je fermai les yeux et pianotai avec mes doigts en rythme avec la musique.

Nous montâmes vers le col de la montagne. Enfin, il s'arrêta, attrapa un sac à dos à l'arrière, le glissa sur son épaule et nous sortîmes. Nous descendîmes un chemin boisé qui menait aux arêtes tranchantes des Flati-rons. Leur vue me ramena à la première épreuve, mais je n'en dis rien à August. Pas même lorsque des galets roulèrent sous mes pieds et que l'adrénaline monta dans mes veines. Je repoussai la peur de la montagne qui m'assaillait. La chute de rochers avait été créée par l'homme – par les anciens plutôt – en tant que partie de l'épreuve.

Nous nous arrêtâmes à quelques mètres du bord de la falaise. Je n'avais pas le vertige, mais ne regardai quand même pas en bas.

— Ça va ? demanda-t-il en ouvrant son sac.

— Oui. Super.

Il soutint mon regard en tirant une couverture de son sac comme s'il ne me croyait pas vraiment. Pouvait-il sentir ma nervosité avec notre lien ? Il secoua la couverture et l'installa sur la roche tachetée.

— Tu veux m'en parler ?

Non, mais en même temps, je ne voulais pas qu'il associe ma nervosité à quelque chose d'autre. Alors je lui rappelai la course et la chute des rochers. Son corps entier se raidit. Il tendit la main et prit la couverture pour la soulever, mais je marchai dessus.

— August, ça va. Je te le promets. Et puis, comme maman disait, le meilleur moyen de chasser un mauvais souvenir et d'en créer un nouveau.

Comme il ne lâchait toujours pas la couverture, je pris le bord entre ses doigts crispés et le laissai retomber sur le sol en pierre. Puis je m'assis et ramenai mes genoux contre moi.

— Je parie que le lever du soleil est spectaculaire vu d'ici, commentai-je en observant l'obscurité violette autour de nous.

Il fallut un moment avant qu'August se détende, mais il finit par s'asseoir à côté de moi.

— C'est le plus beau de Boulder.

Il sortit un thermos de son sac. Je haussai un sourcil.

— Du café ?

Je tournai le bouchon, puis bus une gorgée de la boisson amère et chaude avant de la lui tendre.

— Je n'ai même pas pensé à apporter de l'eau. Si je n'étais pas une louve et que j'étais perdue dans la nature, je ne m'en sortirais probablement pas.

Je posai mon menton sur mes genoux et repris :

— Tu vois la série *Naked and Afraid*[1] ? Ils me donneraient sûrement une note de 1,2 en survie.

J'avais regardé beaucoup la télé récemment. August rit doucement.

— C'est très précis. Et faux, j'en suis sûr.

— Peut-être que je devrais nous inscrire.

Il me regarda du coin de l'œil.

— On ne passe pas assez de temps nu et effrayé en tant que loup-garou ?

— Dans mon cas, oui, mais toi de quoi as-tu peur ?

Il me passa le thermos, les yeux rivés sur le ciel.

— Des hélicoptères.

— Des hélicoptères ? Ça, c'est précis. Pourquoi les hélicoptères ?

— Parce que je me suis crashé avec un.

Mon cœur s'envola si haut que je le sentis dans ma gorge.

— Quand ?

— Il y a trois ans. C'est pour ça que je suis revenu à Boulder.

L'obscurité renforçait les ombres qui avaient jailli sur son visage.

J'attendis, sans vouloir le presser, mais une éternité s'étira entre sa dernière phrase et la suivante :

— Mon pote le pilotait. J'étais à l'arrière avec deux autres mecs de mon escouade quand on est tombés sur des ennemis. Un des gars de l'équipe nous avait parlé de comment il comptait demander sa copine en mariage…

Il s'arrêta de parler et ferma les yeux, fort.

— Bref, je m'en suis sorti. Aucun des autres n'a survécu. L'un des médecins n'a pas arrêté de me dire combien j'avais de la chance. Ça m'a mis tellement en colère : comment est-ce que je pouvais être le chanceux de la bande ? Je les ai tous vus mourir, Ness. Tous.

Il ouvrit enfin les yeux. Ils brillaient.

— Et maintenant, je suis prisonnier de ce souvenir, chaque putain de jour.

Je resserrai mes genoux contre moi. Je voulais tendre la main vers lui, mais je me souvins du jour où papa s'était fait tirer dessus, combien j'avais haï la moindre caresse. La pluie de « désolé ». La seule personne que j'avais acceptée autour de moi était ma mère. J'avais même repoussé August et Isobel.

— Tu sais ce que j'ai pensé, allongé dans mon lit d'hôpital ?

Il me regarda enfin.

— J'ai pensé à toi. Combien tu avais été courageuse à seulement onze ans. J'avais vingt ans et j'étais une épave. Il m'a fallu presque un an pour cesser d'avoir des cauchemars.

— Je n'étais pas courageuse, August. Je me suis coupée du monde. Je ne sais même pas si je me suis rouverte après cela. Pas complètement. Une partie de moi est morte avec mon père.

Il cligna des yeux, mais aucune larme ne coula de ses yeux brillants.

— Comment as-tu supporté de t'engager de nouveau ? demandai-je après un long moment.

— Je pensais que ça m'aiderait à surmonter ce qui s'était passé.

Il attrapa le thermos et but une longue gorgée de café.

— Ça a aidé ?

Il me lança un petit sourire.

— Non. Ça m'a juste rappelé combien je détestais les hélicoptères.

Je souris, même si mon cœur saignait.

— On croirait qu'être une créature magique nous donnerait l'avantage sur la mort.

Je levai le visage vers la lune absente. Même si elle n'avait pas réveillé de loups ce soir, l'attraction du satellite de la Terre influençait notre magie.

— Tu veux quand même retourner dans l'armée ?

Il soupira.

— Je ne suis plus très sûr de ce que je veux.

Une étrange chaleur s'éveilla dans mon ventre. Du soulagement qu'il ne parte peut-être pas ?

— Mais j'y serai peut-être forcé.

Il attrapa une pierre et la jeta dans l'air comme s'il cherchait à faire des ricochets sur le ciel.

Mes genoux s'enfonçaient dans ma joue.

— Pourquoi ?

Il me lança un regard de biais.

— Pour... *faciliter* les choses.

Mon cœur s'accéléra.

Encore et encore...

— Pour qui ? demandai-je si bas que je n'étais pas sûre qu'il m'entende.

— Tous les deux.

— À cause du lien ?

Il hocha la tête et s'allongea sur le dos, calant sa tête entre ses paumes. Je lui lançai un regard par-dessus mon épaule, espérant qu'il ne puisse pas sentir ce que je ressentais, mais j'imagine qu'il y arrivait. Avec un peu de chance, il penserait que c'était dû au stress de la journée qui arrivait.

— C'est chez toi ici, August. Tu ne devrais pas avoir à partir à cause de moi.

Il fronça les sourcils.

— Au lieu d'aller à l'UCB, je pourrais aller à la fac dans un autre État. J'ai entendu dire que celle de la Nouvelle-Angleterre était bien.

La meute payerait-elle pour une école qui n'était pas à Boulder ou s'occupaient-ils des factures quand les loups restaient sur leur territoire ?

J'agrippai le thermos et le portai à mes lèvres, puis le posai sur la couverture et m'allongeai avec August.

Il ne s'était pas opposé à ma décision d'aller dans une fac lointaine et mon nombril ne pulsait pas d'une émotion refoulée. Ce que je ressentais pour lui, quoi que cela fût, n'était pas réciproque.

Pouvait-il sentir *ma* déception ? J'espérais que non.

Je refermai mes doigts en un poing, puis les desserrai, blâmant Matt pour ces idées qu'il avait glissées dans ma tête et moi-même pour les avoir laissées prendre racine.

<h1 style="text-align:center">Vingt-Huit</h1>

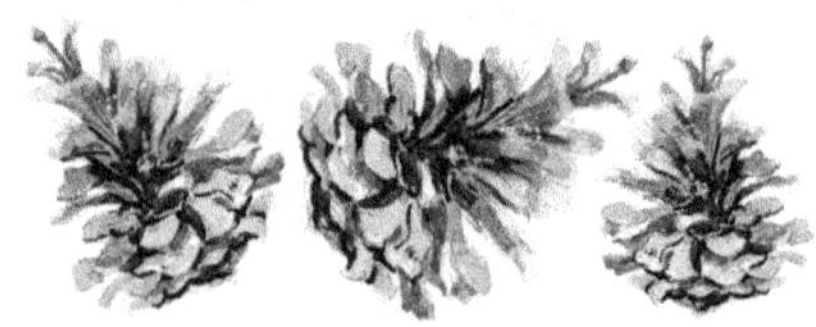

L'opération d'Isobel se passa bien, alors je réussis à la voir l'après-midi même.

Bien qu'elle soit branchée à un électrocardiogramme et que des tubes sortent de sa chemise d'hôpital bleue, elle souriait et avait meilleure mine que moi. J'embrassai son front, le nez plissé à cause des odeurs fortes d'antiseptique et de sang contaminé, puis je m'assis dans la chaise qu'August avait libérée pour moi.

Nous parlâmes de tout et de rien : le temps, la fac, les médecins et même son travail que j'étais censée reprendre le lendemain. Greg, le médecin de la meute, passa la voir à un moment. Même si ce n'était pas lui qui l'avait opérée, il avait choisi le chirurgien. Isobel rit à une de ses paroles, quelque chose que je n'entendis pas, à cause de la personne qui venait d'entrer dans la pièce.

Quand nos regards se croisèrent, la pièce et tous les bruits – le bip régulier de la machine, le rire teinté d'Isobel, la conversation calme d'August et Nelson – s'estompèrent pour un instant. Cela faisait onze jours que je n'avais pas vu Liam, mais on aurait dit que ça faisait un mois.

Je regardai mes genoux, puis bondis sur mes pieds.

— Je vais chercher un truc à manger à la cafétéria. Quelqu'un veut quelque chose ?

Je regardai mes pieds et ils répondirent tous non.

Je contournai le lit d'Isobel et passai devant Liam, le sentant partout. C'était comme si son aura d'alpha s'était agrandie. Était-ce possible ?

Dans le couloir de l'hôpital, j'inspirai profondément. La myriade d'odeurs chimiques et de maladie picota mon nez et me donna les larmes aux yeux. Je clignai des yeux plusieurs fois et sortis un mouchoir du poste d'une infirmière pour tamponner l'humidité.

La cafétéria était pleine de visiteurs et le brouhaha fit palpiter mon cœur. J'avais besoin de sommeil. Beaucoup de sommeil. Avec de la chance, je ne me réveillerais pas à l'aube demain matin. J'achetai un sandwich au jambon beaucoup trop cher avant de retourner dans l'aile où Isobel passerait les deux prochaines nuits. En mangeant mon sandwich, un frisson parcourut mes bras, pas à cause de la ventilation, mais à cause d'une présence malvenue. Les yeux plissés, j'examinai le couloir et m'arrêtai devant une porte close. Je m'avançai et regardai à travers la vitre. La pièce était toute noire et, par-dessus la puanteur du bâtiment médical, je repérai une eau de Cologne reconnaissable et écœurante : celle d'*Aidan Michaels*.

Je tournai la poignée et déboulai à l'intérieur, espérant que la raison pour laquelle je le sentais sans le voir était qu'il reposait mort dans son lit d'hôpital. Je n'eus pas cette chance. Le lit était fait avec des draps fins et rigides, la table ajustable au-dessus du lit était propre et les rideaux tirés.

Ça devait être la pièce dans laquelle il avait été soigné.

En me tournant pour partir, je heurtai un corps costaud. Le cœur battant, je me propulsai en arrière tandis que mon regard remontait. Liam me fixait, la mâchoire serrée, les yeux noirs.

Je posai ma main sur mon cœur effréné.

— Tu viens de me donner une crise cardiaque.

Son expression s'adoucit très légèrement.

— Tant mieux qu'on soit dans un hôpital alors.

Pendant un moment, aucun de nous ne parla.

— Comment tu vas ? finit par s'enquérir Liam.

— As-tu trouvé le propriétaire de la voiture jaune ? demandai-je en même temps.

Liam pinça les lèvres.

— Tu vas droit au but.

Il avait raison. Ce n'était pas très gentil.

— Je vais bien. Et toi ?

L'intensité avec laquelle il m'observait rendait mes paumes moites. Je les essuyai sur mon legging.

— J'ai connu mieux.

Le silence s'étira entre nous.

— D'après les recherches de Cole, c'est un Hummer jaune. Il a vu la voiture sur une caméra de feu.

Cole avait hacké les radars de feu de la ville ?

Pourquoi étais-je surprise ?

— Une plaque du Colorado. RVR-590. Elle appartient à un loup de la Rivière, j'imagine que tu l'as compris aux lettres.

Il soupira.

— Aucune excuse ne rattrapera la vitesse avec laquelle je t'ai accusée, mais je vais le redire.

Il avança d'un pas vers moi, baissa la tête, la voix si faible qu'elle n'était plus que murmure.

— Je le dirai autant de fois qu'il le faut pour que tu me pardonnes. Je suis désolé.

Puis, il le redit en pensée.

Et *encore* une fois.

À chaque excuse, il s'avançait plus près de moi, ébréchant le mur de défenses que j'avais érigé autour de moi. Il dut sentir qu'il arrivait à m'atteindre, car il ne cessa pas d'avancer jusqu'à ce que nos chaussures se touchent.

Je levai la main et la pressai contre son tee-shirt noir.

— Arrête.

Je n'étais pas sûre qu'il obéirait, mais il le fit.

Il s'arrêta.

Arrêta de parler.

Arrêta d'avancer.

Ma main fourmillait en sentant les battements de son cœur puissants et mon front picotait sous son souffle chaud. Je baissai les yeux vers son menton lisse qu'il venait de raser.

Ses lèvres s'entrouvrirent pour former mon nom.

Une brûlure vive traversa mon sang, venant de mon nombril qui s'enflammait.

— J'ai besoin de toi, murmura-t-il.

— Ne dis pas ça. S'il te plaît, ne dis pas ça.

Mes mots eurent l'effet inverse sur lui.

Ils délièrent sa langue, le firent évoquer toutes les raisons pour lesquelles il avait besoin de moi : comme je lui donnais de la force, le calmais, rendais sa vie plus douce, plus éclatante, meilleure.

— Donne-moi une autre chance, bébé. Donne-nous une autre chance. Je ne la gâcherai pas cette fois. Je comprends ce que j'ai à perdre.

Ses yeux chocolat brillaient sous la lumière du soleil qui perçait à travers le store.

**Je le jure sur la meute.**

Je détestais toute sa déclaration, pas parce que c'était trop peu et trop tard, mais parce que c'était trop et trop tôt.

— Ne jure pas sur la meute, murmurai-je.

— Sur ma vie alors. Je le jure sur ma vie.

Secouant la tête, je retirai ma paume de son tee-shirt, de sa chaleur. Mes yeux me piquaient.

À cause de l'odeur d'Aidan.

À cause de celle de Liam.

— Liam, je ne peux pas.

Pendant un moment, son visage se ferma et il reprit son masque ferme d'alpha, mais le rouge m'était monté aux joues. Une fêlure dans mon armure. Même s'il ne posa pas un seul doigt sur mon corps, son regard traça les contours de mon visage. Ses remords et ses hésitations avaient disparu, remplacés par quelque chose qui raffermissait ses traits tout en les adoucissant.

*L'espoir.*

Même si je voyais que ma rancœur avait faibli, je savais que lui donner de l'espoir était injuste.

— Pas maintenant, Liam. Pas tant que mon esprit et mon corps ne se seront pas libérés du lien d'accouplement.

Je semblais calme, vu de l'extérieur, mais à l'intérieur, le chaos régnait. J'étais un méli-mélo d'émotions en vrac et de pensées étranges.

— J'attendrai.

Il me lança un regard si ardent que mon cœur s'enflamma comme de la poudre à canon.

— Tout comme l'a fait ton…

Sa voix s'affaiblit tandis que je remarquai l'imposante silhouette obscurcissant le seuil de la pièce. Mon estomac se contracta. Depuis combien de temps August était-il là ?

Liam profita de ce moment d'inattention pour me toucher. Soudain, ses doigts furent sur mon visage à repousser une mèche de cheveux de mon front.

Je bondis en arrière.

Lentement, il laissa retomber sa main, visiblement pas touché par ma réaction.

— Qu'est-ce que tu viens de dire ? Tout comme qui ? répétai-je.

— Tout comme ton père a attendu ta mère.

Je fronçai les sourcils.

— Mon père ? Je ne comprends pas.

Je lançai un regard par-dessus son épaule, mais l'entrée était vide.

— Tu te souviens que je t'ai dit que les partenaires ne finissaient pas toujours ensemble le soir du serment de sang ?

Mes veines se glacèrent.

— Mon père avait une partenaire ?

— Non. *Mon* père en avait une.

Qu'est-ce que le lien d'accouplement d'Heath avait à voir avec mon père…

Oh…

*Oh !*

Je levai la main jusqu'à ma bouche.

— Ma mère était la partenaire de ton père ?

Il ne hocha pas la tête, ne dit rien, se contentant de regarder les consé-quences sur moi de sa révélation. Toutes les pensées qui détonaient dans mon crâne.

Ma mère avait été destinée au père de Liam, pas au mien.

Pourtant, elle avait choisi mon père.

Elle l'avait aimé, lui, au lieu de son partenaire.

— Ça avait fait des remous à l'époque, commenta Liam en marchant vers le lit pour s'y asseoir.

Le matelas rigide se froissa sous son poids.

— Ta mère avait seize ans et sortait déjà avec ton père depuis trois ans. Et mon père... eh bien, il ne cherchait pas à se poser. Mais le lien d'accouplement a fait monter les tensions. Je ne connais pas toute l'histoire. Juste quelques bouts. Mon père était colérique et alcoolique, du genre volubile.

Liam frotta ses mains sur ses cuisses.

— Au bout d'un mois ou deux, lié à ta mère, il décida qu'il voulait être avec elle, alors il a essayé de la séduire pour qu'elle s'éloigne de ton père. Mais Maggie était amoureuse de ton père.

Il étudia les lignes du soleil qui zébraient le sol en lino parfaitement propre.

— Alors tu vois, je n'accorde pas beaucoup de crédit aux liens d'accouplement, Ness.

Il leva les yeux vers mon visage. Même si ma main n'était plus plaquée sur ma bouche, je restais bouche bée. Je n'étais pas sûre de la fermer un jour.

*Ma mère et Heath ?*

Je tremblais.

— Peut-être que la lune ou le Dieu des loups ou peu importe qui se trouve là-haut, coupa-t-il court en montrant évasivement le plafond, crée des connexions entre les gens, mais au bout du compte, ces gens-là sont toujours maîtres de leur destinée. De leur cœur.

Des particules de poussière volaient dans l'air entre nous, tour à tour visibles puis non visibles.

Liam ne parla pas pendant un long moment comme s'il comprenait que j'avais besoin de temps et de silence pour accepter ça.

— Toi et August, vous avez un passé. Contrairement à mon père, August est un mec bien, alors je comprends si tu es perturbée au sujet de tes sentiments pour lui...

Le froid qui avait enveloppé mon corps fut remplacé par la chaleur bouillante de la lave. Je posai une main sur ma nuque, espérant qu'elle ferait baisser ma température corporelle.

— ... mais n'oublie pas ce que tu ressentais pour moi avant qu'il ne s'ajoute au tableau.

Comment savait-il que j'étais partagée au sujet d'August ?

Était-ce évident ?

Je ne voulais pas avoir cette conversation avec Liam, tout comme je n'avais pas voulu l'avoir avec Matt.

*Matt!*

Il avait dû parler à Liam de notre étrange conversation.

Je ne pouvais pas gérer ça maintenant.

Je clignai des yeux pour sortir de ma torpeur et me dirigeai vers la porte avec empressement.

— Hé Ness ?

Je ne m'arrêtai pas. Je continuai de marcher. Je ne voulais pas en entendre plus. Je ne pouvais pas en supporter plus.

Mais sa voix me suivit, s'ancrant dans mon esprit : ***Souviens-toi que ce que tu ressentais pour moi n'avait* rien *à voir avec de la magie.***

Je plaquai mes mains sur mes oreilles – ça n'allait pas chasser sa voix pourtant – et accélérai, quittant l'hôpital.

---

Ce soir-là, au dîner, je questionnai Jeb sur ce que m'avait dit Liam parce que je commençais à douter. Liam avait pu me mettre cette histoire en tête pour me faire revenir vers lui. Il savait combien j'admirais l'amour de mes parents, combien je voulais ce qu'ils avaient eu.

Jeb se passa la main dans ses cheveux fins.

— Comment l'as-tu découvert ?

— Liam me l'a dit.

Je poussai la crevette dans mon assiette avec les dents de ma fourchette, la faisant aller d'un côté à l'autre.

— C'est vrai.

J'arrachai mon regard de la crevette.

— Tu aurais dû voir ton père...

Ses yeux brillaient, l'air perdu au loin.

— Callum était terrifié à l'idée de la perdre, terrifié à l'idée qu'elle choisisse Heath, mais Maggie ne lui a jamais offert le moindre regard. Ton père était son premier amour. Le seul.

Il inspira une bouffée d'air frêle, se leva et récupéra nos assiettes sans me demander si j'avais fini. Il les amena à l'évier, jeta le riz et les crustacés restants à la poubelle, puis lava à la main les deux assiettes consciencieusement.

— Le véritable amour est rare, Ness. Mais Maggie et Callum l'avaient trouvé, ajouta-t-il en s'essuyant les mains sur un torchon.

— Et toi alors ? Avec Lucy, avant… tout ça.

— Je croyais l'avoir trouvé. Peut-être que oui. Pour être honnête, je n'en sais rien maintenant.

Il plia le torchon, puis le déplia. Il mit les assiettes à sécher avant de frotter l'évier et le comptoir.

Mon oncle était une personne étonnamment soignée. Je ne sais pas pourquoi j'avais pensé qu'il en serait autrement. Parce qu'il avait une équipe pour le ménage ?

En parlant de ça…

— Qu'est-ce qui se passe avec l'auberge ?

Sans détourner son attention du comptoir, il répondit :

— J'essaye de rompre le marché qu'Everest…

Sa voix se brisa en prononçant le nom de son fils. Il déglutit, ce qui fit tressauter sa pomme d'Adam dans sa gorge négligée.

— J'essaye de rompre le marché qu'il a passé avec Aidan en essayant de prouver qu'il n'était pas lui-même quand il l'a signé. Avec la mort de Becca…

Je n'avais pas pensé à Becca depuis longtemps. Everest était-il avec elle maintenant ? Les gens se retrouvaient-ils après la mort ? Y avait-il une vie après ? Je raclai une éclaboussure sèche de sauce curry-noix de coco de la table.

— Mon avocat pense que j'ai une chance de démanteler l'accord, mais il m'a prévenu que cela pourrait me coûter cher et me prendre du temps. Il dit aussi qu'il a reçu la visite d'un collègue hier qui lui a conseillé de se retirer.

Je levai les yeux désormais grands ouverts.

— On l'a menacé ?

— Tu es surprise ? On parle d'Aidan Michaels, un homme qui a tiré sur sa propre femme.

J'écarquillai les yeux encore plus. Jeb savait pour Evelyn ? Lui avait-elle dit ou était-ce Frank ?

— Tu vas continuer ?

— J'ai construit l'auberge sur une parcelle appartenant à notre famille depuis des générations. Tu imagines bien que je vais me battre pour elle.

Son ton me fit sursauter.

— Michaels nous a pris assez de choses, tu ne penses pas ?

Je hochai la tête.

— Je sais qu'Everest a probablement été tué par les Rivières, mais tu crois qu'Aidan était impliqué ?

— Il possède un hôtel sur le territoire des Rivières. Est-ce si tiré par les cheveux de penser qu'ils lui devaient une faveur et qu'il leur ait demandé de l'honorer ?

Non, ça ne l'était pas. *Pas du tout.*

— Tu as parlé à Liam de ta théorie ? demandai-je en étendant les bras au-dessus de ma tête et en bâillant.

— Oui. Il y regarde de plus près.

Je me demandai si Liam avait trouvé quelque chose. Aurait-il demandé une réunion de la meute si c'était le cas ?

Cette nuit-là, je rêvais de lui. Mais soudainement, il se transforma en un autre homme.

Un qui lui ressemblait tellement.

*Heath.*

Je me réveillai dans un cri et Jeb se précipita dans ma chambre.

— Pardon, m'excusai-je la voix rauque, toute tremblante. C'était juste un cauchemar.

Les yeux de Jeb, qui avaient commencé à briller comme ceux d'un loup, revinrent à la normale.

— J'en fais plein aussi.

Il se retourna pour partir, puis s'arrêta.

— Tu veux en parler ?

Je n'avais raconté le soir passé comme escorte d'Heath à personne d'autre qu'à Everest. J'avais espéré que ne pas en parler effacerait ce souvenir, mais ça n'avait fait que le réprimer.

— Réveille-moi si tu changes d'avis.

Je fermai les yeux, repoussant le cauchemar, quand les draps frémirent. Jeb tira la couette sur mes épaules et la borda autour de moi. Puis, il posa une paume sur le haut de mon crâne.

— J'espère que de meilleurs rêves te trouveront. Tu le mérites. Tu mérites bien mieux que tout ça.

Ses yeux brillaient comme des os fraîchement polis.

Une fois seule, j'observai le mur qui séparait nos chambres un long moment, comprenant enfin pourquoi ma mère l'avait mentionné comme personne à contacter en cas d'urgence à mon lycée. Elle savait que si j'avais besoin d'être sauvée, il viendrait pour moi.

J'étais censée commencer chez les Watt le lendemain, mais August m'envoya un message disant que ce serait mieux si je venais quand sa mère sortirait de l'hôpital. Il aurait plus de temps pour me montrer les filons de ce travail.

Un jour de plus passa donc avant que je me conduise moi-même jusqu'à l'entrepôt.

Jeb était assis sur le siège passager. Sarah aimait me faire remarquer la moindre petite chose que je pourrais faire mieux – elle était pénible, mais consciencieuse –; lui me prodiguait ses conseils avec parcimonie. La plupart du temps, il complimenta ma conduite, ce qui était incroyablement valorisant, et il m'annonça que Greg viendrait ce soir pour un examen de la vue.

— Greg est ophtalmologue? demandai-je en m'arrêtant devant l'entrepôt des Watt.

— Non. Mais nos yeux... notre vue... ce n'est pas la même que celle des humains.

J'ouvris la bouche. Et moi qui étais prête à prendre un rendez-vous avec un vieil ophtalmologue. Heureusement que je ne l'avais pas fait.

Jeb sortit du van de l'auberge et contourna le pare-chocs. Je retirai ma ceinture et bondis hors de la voiture. En prenant le siège que je venais de libérer, il me proposa :

— Tu sais, je pourrais te donner de l'argent de poche.

— Tu sais bien que je ne l'accepterais jamais.

— Aussi têtue que Maggie.

Fière, pas têtue, même si chaque comparaison avec ma mère était la bienvenue.

— Appelle-moi quand tu as fini. Je viendrai te chercher.

— Jeb ?

Même s'il tenait déjà la poignée, il ne referma pas la portière.

— Oui ?

— Je suis contente d'avoir oublié d'aller chercher mon diplôme au lycée.

Son front se rida, puis s'adoucit, pas complètement, mais un peu : trop de deuils laissaient des marques indélébiles.

— Moi aussi, j'en suis content.

Nous sourîmes un moment, puis il montra l'entrepôt du menton.

— Allez, file. Tu ne voudrais pas être en retard pour ton premier jour.

Je reculai et avançai vers l'entrepôt. La seconde où je posai un pied à l'intérieur, des souvenirs de la dernière épreuve me revinrent en mémoire. C'était comme si le demi-cercle d'hommes était toujours là à fusiller du regard celle qui avait défié leur protégé. Je détournai le regard du sol recouvert de sciure et parcourus la pièce éclairée, ses allées et allées d'étagères en métal, ses énormes tables de travail sur lesquelles les charpentiers mesuraient des planches de bois ou les sciaient.

Je me sentis de retour en enfance à rendre visite à mon père. August allait me chercher à l'école et, après un saut au marchand de glace, il me conduisait ici. Je me demandais si les glaces étaient aussi bonnes que dans mon souvenir.

— Ness.

Une voix grave me ramena au présent.

August était debout dans l'une des allées, une tablette électronique coincée sous le bras. J'avançais vers lui, m'attirant quelques regards curieux des employés.

— Comment va ta mère ? demandai-je en glissant quelques mèches rebelles derrière mes oreilles.

— Elle est déjà sur pied alors qu'elle devrait se reposer.

Il y avait dans son ton un petit côté bourru comme s'il était en colère contre sa mère.

— Allons t'installer dans le bureau.

Il avança vers la pièce en verre à l'arrière du bâtiment sans un seul mot pour moi.

Une fois dans le bureau déserté, je suspendis mon sac au crochet près de la porte.

— Papa a griffonné quelques ajustements qu'un de nos clients voulait. Il faut que tu reprennes le devis qu'on lui avait fait, que tu rayes ce qu'on retire, tapes ce qu'on ajoute, puis regardes notre liste de fabricants, les appelles et nous trouves les meilleurs produits dans les plus brefs délais.

August me tendit un papier pour m'inspirer, alluma l'ordinateur et sortit un dossier qui listait tous les changements qui devaient être faits.

Je m'assis sur la chaise à roulettes.

— Est-ce que je comptabilise des commissions sur les prix que j'arrive à obtenir ?

— Non. On facture un prix sur le projet global.

Il fixa la grosse imprimante beige dans le coin comme si elle lui avait fait du tort.

— Ça va ?

Ses yeux verts se posèrent sur moi, puis sur le pavé numérique.

— Je suis juste fatigué.

Il retourna vers la porte et, avec un détachement presque clinique, il ajouta :

— Quand tu as fini de mettre à jour le devis, envoie-le-moi par mail à august@watt.com.

Il partit et je ne le vis plus de toute la journée. En revanche, je reçus un e-mail de sa part avec d'autres choses à faire. Travailler me tint occupée et m'empêcha de penser à son humeur grincheuse. L'entrepôt devint de plus en plus silencieux au fur et à mesure des heures tandis que je vérifiais feuille de calcul sur feuille de calcul pour être sûre que les montants reçus correspondaient à l'argent qui était dû.

J'avais toujours aimé les chiffres, alors les tâches qu'August m'avait refourguées ne me donnaient pas l'impression de travailler réellement. J'aurais même dit que c'était amusant, quoiqu'un peu décourageant.

Décourageant parce que mon accès aux finances de l'entreprise me montrait combien elle avait prospéré. Mon père aurait-il réussi à transformer sa petite entreprise de charpentier en une compagnie de construction à des millions de dollars comme l'avaient fait les Watt ?

Un coup à la porte m'arracha de mon ordinateur.

— August m'a dit de fermer pour la nuit, annonça un homme.

Il possédait un gros nez, des vaisseaux sanguins éclatés et des joues légèrement rouges. De la teinture de bois tachait ses tempes et le haut de sa salopette en denim.

— Oh. D'accord.

Je sauvegardai le document avant d'éteindre l'ordinateur et d'attraper mon sac. Tandis qu'on traversait l'entrepôt désert, je sentis l'homme me jeter un coup d'œil à plusieurs reprises. Quand je le pris sur le fait, il rougit et s'expliqua :

— Tu ressembles comme deux gouttes d'eau à ta mère, mais avec les fossettes de Callum.

Je clignai des paupières, cherchant à le replacer dans mes souvenirs.

Il glissa ses pouces sous les bretelles de sa salopette.

— Tom. Je suis Tom.

— *Oncle Tom* ? demandai-je si joyeusement qu'il me lança un grand sourire.

Le surnom lui avait été donné par mon père qui le considérait de la famille. Surtout après que Tom avait perdu sa femme, sa fille, son beau-fils et son petit-fils un soir de Noël venteux. Il était au volant quand il avait glissé sur du verglas. La voiture avait fini dans un arbre.

— Je n'arrive pas à croire que tu travailles toujours ici.

Il grimaça.

— Je me fais vieux, je sais.

— Oh, ce n'est pas pour ça que je disais ça.

*Ah, merde.* Maintenant, je me sentais mal. Je remontai mon sac sur mon épaule.

— Je suis juste surprise de voir un visage familier, c'est tout.

Sa grimace disparut enfin.

— Les Watt sont des gens bien.

— En effet, confirmai-je en souriant.

— Combien de temps...

Il lança un regard à ses bottes de travail éraflées avant de me regarder sous ses épais cils blonds.

— Combien de temps tu vas aider ici ? Le reste de l'été ? Ou jusqu'à ce qu'Isobel aille mieux ?

— La décision ne m'appartient pas.

Il me tint la lourde porte de l'entrepôt pour que je sorte. Quand il la referma, il demanda :

— Tu sculptes toujours des petites figurines ?

Je levai les yeux vers l'immensité remplie d'étoiles au-dessus de nos têtes.

— Non. Je n'en ai pas eu l'occasion depuis longtemps.

Mon père m'avait appris à sculpter, mais je n'avais jamais été bonne – pas comme August. Tout ce qu'il sculptait semblait si réel.

— J'ai toujours le loup que tu m'avais fait.

Je baissai les yeux vers Tom.

— Vraiment ? m'étonnai-je émue.

— Sur le manteau de ma cheminée.

Les phares haut placés d'une voiture tournant sur le parking m'aveuglèrent momentanément. Je n'avais pas encore appelé Jeb, alors ça ne pouvait pas être le van. Une fois que mes yeux s'adaptèrent de nouveau à l'obscurité, je reconnus le modèle : un pick-up.

— Je te verrai demain matin, Ness.

En chemin vers sa voiture, il s'arrêta pour saluer August. Je sortis mon téléphone de mon sac et envoyai un message à Jeb pour dire que j'avais fini. J'observai ensuite August avancer vers moi, essayant de jauger son humeur actuelle grâce au lien. *Tendu*. Il était tendu.

Il vérifia le parking.

— Comment est-ce que tu rentres chez toi ?

— Jeb vient me chercher.

Il fronça les sourcils et j'ajoutai :

— Je n'ai pas encore le permis, tu te rappelles ?

Il regarda le mur par-dessus mon épaule.

— C'est vrai. Je peux te ramener, proposa-t-il.

— Je suis sûre qu'il est déjà en chemin. Tu as encore du travail ce soir ?

Je passai mon sac par-dessus ma tête pour que la lanière ne cingle plus mon épaule et traverse ma poitrine.

— Non. J'ai fini pour aujourd'hui.

— Alors qu'est-ce que tu fais là ?

— J'habite là.

— Dans l'entrepôt ?

— Non.

Il montra de la tête un petit bâtiment sur le côté.

— C'est temporaire. J'ai acheté un terrain au nord du lac dans lequel on a nagé, mais je n'ai pas eu le temps d'y construire quoi que ce soit.

— Je peux le voir ?

— Quoi ? Le terrain ?

— Non. Ton logement actuel.

Il se frotta la mâchoire comme si ma demande nécessitait une profonde réflexion.

— Oublie, marmonnai-je un peu blessée.

Qu'est-ce qu'il croyait que j'allais faire exactement ? Détruire son logement ou faire des commentaires dénigrants sur la déco ?

Il examina en plissant les yeux la route encore déserte avant de marcher vers sa maison.

*Okay, éloigne-toi de moi sans un mot. Pas bizarre du tout.*

Il s'arrêta et se tourna légèrement.

— Tu viens ?

— Non.

— Mais je croyais que tu…

Cette fois, il se tourna pour de bon, le tee-shirt raidi par la pression de ses épaules. Une galaxie de taches décorait le coton : des traces de colle, de peinture blanche, de graisse.

— Pourquoi pas ?

Je haussai les sourcils.

— Tu n'avais clairement pas envie de me le montrer, August.

Il poussa un soupir exaspéré.

— Ness…

Je tapotai sur mon téléphone pour avoir l'air occupée. Il grogna quelque chose. Comme je ne pouvais pas partir seule, je le regardai à nouveau.

— Je t'ai fait quelque chose ?

Sa mâchoire se contracta.

— Je ne sais pas. Tu peux me le dire peut-être ? répondit-il.

Sa voix était si basse que je me demandai si j'avais bien entendu.

— Tu es bien fâché contre moi !

Il resta debout là à ruminer en silence, plongé dans les ténèbres, l'air sombre. Il était grognon avant même que j'arrive au travail, alors ce que j'avais fait datait d'avant aujourd'hui. Mais la dernière fois que nous nous étions vus datait de l'hôpital et... *Oh...*

Une vague de chaleur s'engouffra en moi, aussi rapidement que la rivière du Colorado pendant la fonte des neiges. August Watt était-il jaloux ?

— Liam m'a demandé quand je partais. Je quitterai ce putain d'endroit quand je serai prêt, pas quand quelqu'un me le dira, compris ?

Je restai bouche bée. *Ce n'est pas de la jalousie.*

Mon nombril pulsa comme si la colère d'August tirait sur la corde qui nous liait. Puis, mon cœur commença à battre en rythme. Aussi vite qu'elle avait surgi, la chaleur diminua. J'étais mortifiée de l'avoir cru jaloux.

Les ténèbres derrière August s'éclairèrent soudain bruyamment. Un van apparut en bas de la route, soulevant un nuage pâle de poussière. Je gardai le regard rivé sur la voiture approchant, car si je regardais August, je lui crierais dessus pour avoir pensé que j'essayais également de le faire quitter Boulder ou je me mettrais à pleurer. Je ne savais pas ce qui était le pire.

En avançant d'un pas lourd, je lui lançai par-dessus mon épaule :

— Je lui dirai d'arrêter de te harceler.

August avait-il conclu que Liam et moi étions à nouveau en couple après nous avoir vus dans la chambre d'hôpital ? Ou Liam avait-il sous-entendu quelque chose ?

Je m'installai à côté de Jeb, lui répondis sur comment ma journée s'était passée et tapai un long plaidoyer à Liam. Au bout du compte, je supprimai tout, sentant bien que notre alpha se lâcherait sur August en réponse.

J'envoyai simplement : *J'ai oublié de demander si les frais de scolarité pris en charge par la meute sont valables pour les facs hors de l'État ?*

La réponse de Liam arriva une heure plus tard pendant que je mangeais : *Pourquoi ?*

**Moi :** *Parce que je réfléchis à candidater ailleurs.*

Il m'appela alors. Pas sûre de pouvoir contrôler ma voix, je déclinai l'appel et envoyai : *Je ne peux pas parler maintenant. Mais je peux répondre à des messages.*

Quelques secondes plus tard, il m'envoya : *Ta candidature est déjà en cours d'admission. Tu devrais bientôt recevoir ton pack de bienvenue. Eh non, l'argent et l'influence de la meute sont uniquement valables sur notre territoire. Nous devons garder nos loups proches de nous.*

Alors pourquoi est-ce que tu envoies August loin ?

Je connaissais la réponse à cette question.

La sonnerie retentit alors. J'inhalai profondément, m'attendant à repérer l'odeur de Liam, mais je ne sentis qu'un mélange entre du savon antibactérien et du café. Pas du tout son odeur, à moins qu'il ait changé son savon pour celui de l'hôpital et augmenté sa consommation de café.

— Ça doit être Greg, supposa Jeb en allant ouvrir.

J'exhalai avec soulagement, posai mon téléphone face contre le canapé et me levai pour l'examen de mes yeux, priant pour que le médecin de la meute ne repère pas toute la colère qui bouillait sous mes iris.

*Trente*

Le jour suivant, Liam passa à l'entrepôt me voir, l'air guère ravi que je n'aie pas décroché les deux fois où il m'avait appelée après que j'ai laissé son dernier message sans réponse.

Quand il entra dans le bureau, je gardai mon regard rivé sur mon ordinateur. Je le sentis dans mon dos pourtant, sentis son corps vibrer et son odeur envahir toute la pièce.

— Pourquoi tu n'as répondu à aucun de mes appels ? s'exclama-t-il.

— Parce que j'étais en colère.

Je ne le regardais toujours pas, même s'il avait bougé pour se positionner face au bureau.

— J'ai bien compris. Mais pourquoi tu es en colère ? Qu'est-ce que j'ai fait maintenant, Ness ?

Je tapai sur mon clavier, puis plaçai le curseur sur la cellule d'après.

— Putain, ne reste pas de marbre comme ça.

Je finis par m'appuyer contre le dossier de ma chaise, croiser les bras sur ma poitrine et fixer les yeux plissés de Liam.

— Tu as encore demandé à August de quitter la ville ?

Ses pupilles pulsèrent et ses yeux devinrent jaunes comme si son loup était sur le point de faire surface.

Il secoua la tête.

— Je lui ai demandé *s'*il comptait partir bientôt. Je ne lui ai pas demandé de partir. Pardon de vouloir savoir ce que mes loups veulent faire de leur vie ! Surtout quand il se passe autant de choses à Boulder. Tu as entendu que certains Rivières ont pissé tout le long des putains de haies de Julian ? Les mêmes que Lucas a sentis près de chez moi.

Je clignai des yeux frénétiquement, soudain mal d'avoir cru qu'il n'y avait derrière cela qu'une raison amoureuse.

— Alors non, je ne chassais pas ton partenaire de Boulder. J'essayais juste de savoir si on pouvait compter sur lui dans le cas où d'autres Rivières arriveraient, grogna Liam.

Son grognement intensifia la course de mon cœur.

— Je... Pardon, Liam. J'ai tiré des conclusions à tort.

Je frémis comme si quelqu'un avait tourné la climatisation vers moi.

Liam ne sortit pas en trombe comme je m'y attendais. Il resta là à desserrer et resserrer la mâchoire, me faisant me sentir encore plus bête.

Je posai les bras sur les accoudoirs, me relevai et avançai vers lui. Je posai une main sur son avant-bras, espérant qu'il verrait mon geste comme un cessez-le-feu.

— Qu'est-ce que je peux faire pour aider ?

— On n'a pas besoin de ton aide, cracha-t-il.

Ma main glissa de son bras et atterrit sur ma taille.

— Mais tu as besoin de celle d'August ? Tu ne comptes quand même pas me laisser vous regarder sur le banc de touche, si ?

— Ça pourrait devenir dangereux.

Il se frotta la mâchoire.

— Je n'ai pas peur.

Il ricana.

— Peut-être pas toi, mais moi si.

Pour moi ou pour la meute ?

— Nous n'avons aucune idée de ce à quoi ils pensent et leur alpha ne s'embête pas à décrocher un putain de téléphone. Robbie meurt d'envie de se rendre à Beaver Creek pour la rencontrer, mais Julian veut qu'on reste tranquille. Comme moi, il a peur que ce soit un piège pour attirer certains d'entre nous.

Il cessa de frotter son visage, mais la tension dans sa posture ne faiblit pas, ce qui m'indiquait qu'il était toujours en colère. Contre moi ou contre les Rivières ?

— Peut-être que ça vaut le coup d'envoyer certains d'entre nous pour la rencontrer.

Sa pomme d'Adam remonta dans sa gorge.

— Certains d'entre nous ? J'espère que tu ne comptes pas te porter volontaire parce que ma réponse serait non.

— Pourquoi ? m'exclamai-je.

— Parce que tu ne connais rien aux Rivières ni aux rencontres diplomatiques entre les meutes.

— Alors apprends-moi.

— Ça ne s'apprend pas.

— N'importe quoi ! Tout s'apprend.

— Je ne t'enverrai pas là-bas. Je n'enverrai aucun de mes loups. Si les Rivières veulent parler, qu'ils viennent ici. On est plus forts sur notre territoire que sur le leur.

Lentement, je retirai ma main de ma taille et tâtonnai jusqu'à trouver prise sur le bureau.

— Et s'ils venaient tous ? Un millier d'entre eux ?

— Ils ne laisseraient pas leur territoire sans protection.

— Même si la moitié de leur meute venait, ils seraient beaucoup plus nombreux que nous.

— Il n'est pas toujours question de nombre. Ils ont beaucoup d'enfants et de fem...

Il s'arrêta si soudainement que j'inspirai un grand coup.

— J'espère que tu ne t'apprêtais pas à dire femelles.

Ses pupilles rétrécirent avant de se dilater de nouveau. Je secouai la tête.

— Physiquement, Ness, nous ne sommes pas les mêmes, tout comme un enfant n'est pas construit comme un adulte.

Je rivai mon regard au parquet, fixant les espaces entre chaque latte.

Je sentis un doigt relever ma tête. Je me libérai de Liam et reculai.

— Rappelle-moi comment l'alpha des Rivières a obtenu le pouvoir ? Parce que dans l'histoire que j'ai entendue, elle a triomphé de l'alpha des Tremulas dans un duel.

— Elle était déjà alpha. Les alphas sont plus forts. Si elle n'avait pas été…

— S'il te plaît, arrête de parler. Ça m'agace.

— Écoute, je suis pour valoriser les femmes, mais je ne vais pas proférer des mensonges sur l'équité corporelle alors que les faits sont là : nous ne sommes pas construits pareil. Combien de pompiers sont des femmes ? On parle de *sapeur*-pompier.

— Je te ferais dire que le mot *sapeuse-pompière* existe.

Il laissa échapper un grognement et leva les mains en l'air.

— *Argh !* Je ne peux pas gagner avec toi. Je ne peux jamais gagner !

Je croisai les bras.

— C'est marrant comme c'est illogique, vu que tu n'arrêtes pas de dire que je n'ai aucune chance de te battre.

Ses narines se dilatèrent et il ferma le poing.

— Ness Clark, tu me rends complètement fou.

Puis, il plongea presque vers moi, attrapa l'arrière de mon crâne et releva mon visage.

— Je dois être un putain de masochiste pour être excité, là maintenant.

Son murmure effleura mes lèvres, augmenta le battement frénétique de mon cœur.

— Juste pour que ce soit clair : je ne trouve pas que toi, tu es inférieure. Tu es trop intelligente, déterminée et trop belle à en faire perdre la tête pour être inférieure. Mais c'est comme ça que tu gagnerais une bataille. Tu frappes peut-être fort et au bon endroit, mais tes coups de poing ne valent pas… *toi*.

Son regard était plongé dans le mien. Quand je sentis l'effleurement de ses lèvres contre les miennes, je reculai et plaçai le bureau entre nous.

— J'ai du travail à faire, Liam.

J'observai la porte, espérant qu'il comprenne et parte. Et aussi parce que j'avais peur de le regarder lui.

Peur qu'il voie combien il m'avait ébranlée.

*Putain de Liam Kolane.* Cet homme était une bête au caractère si enflammé, tout ce que je détestais chez un homme, et pourtant, il m'atteignait quand même. Il ne cessait de me gifler, puis de m'apaiser avec attention et tendresse.

Sans prononcer un seul mot, il traversa le bureau et partit. Malheureusement, son départ n'apaisa pas beaucoup mon agacement. Cela empira quand je reçus un e-mail d'August : *S'il te plaît, garde ta vie personnelle en dehors du lieu de travail.*

J'aurais bien frappé le matériel, mais il se serait cassé et le coût de remplacement serait pris sur mon salaire, peu importe le montant. Je n'avais pas discuté les détails, alors j'imagine que j'étais payée au SMIC.

Liam avait tort sur mon intelligence. Les gens intelligents ne se retrouvaient pas criblés de dettes, à travailler pour des hommes à qui ils étaient physiquement liés et ne s'entichaient pas à d'autres pas particulièrement sympathiques.

Il était temps que Ness Clark se relève et trouve un moyen de sortir de la misère. Ce qui m'amena à envoyer un message à Sarah : *Je peux venir avec toi à La Tanière, ce soir ?*

Aller en boîte n'arrangerait pas tout, mais cela me ferait oublier le trou qui avait besoin d'être comblé.

La réponse de Sarah me parvint dans l'après-midi : *Ness Clark veut faire la fête ?*

**Moi :** *Oui.*

**Sarah :** *Je dois m'inquiéter ?*

**Moi :** *Au sujet de quoi ?*

**Sarah :** *De toi qui veux sortir. Tu n'as pas eu envie de t'amuser depuis, et ben, depuis les funérailles.*

**Moi :** *Je t'en parlerai plus tard.*

**Sarah :** *J'y compte bien. Je serai chez toi demain à vingt heures avec une belle robe.*

**Moi :** *Qu'est-ce qui ne va pas avec mes robes ?*

**Sarah :** *Rien. J'ai juste la robe parfaite pour toi. Ciao.*

J'irai en boîte, ou du moins m'asseoir dans la salle du DJ et regarder les gens s'amuser, en espérant que ça déteigne sur moi.

C'était quand la dernière fois que je m'étais amusée ?

Le festival de musique ? Non. Everest m'avait lâchée pour sa Megan et Justin Summix m'avait traitée de pute.

La nuit où j'avais couru avec la meute après les épreuves ? En fait, cette nuit-là avait été très importante pour moi, mais pas vraiment amusante.

La nage avec August dans le lac ? Son dernier mail en date entachait ce souvenir.

Qu'est-ce qu'il pensait que je faisais au bureau de toute façon ? Est-ce qu'il était passé ou est-ce qu'un de ses employés m'avait balancée ?

Je soupirai : je ne m'étais pas amusée depuis très longtemps.

## Trente-Et-Un

— Tu veux que je porte *ça* ? Mais c'est…

J'agitai le bout de tissu blanc devant moi.

— Sexy.

— J'allais dire que c'était du genre salope.

— Salope, *c'est* sexy.

Comme une enfant impatiente, Sarah sautillait sur mon lit, habillée d'une robe qui n'était pas beaucoup plus longue ou plus ample que celle qu'elle m'avait apportée.

— Et puis, je n'avais plus de salopette en jean.

Elle arrêta de sautiller.

— Hé, tu m'as confié la charge de cette soirée, alors mets cette foutue robe, Ness Clark.

En soupirant-grognant, je disparus dans la salle de bain pour enfiler le bandage blanc. Au moins le tissu était opaque. J'ébouriffai mes cheveux et me tournai d'un côté puis de l'autre pour observer mon reflet. *Bon.* La robe était sexy et plus couvrante que je l'avais cru au départ. Non pas que je l'avouerais à Sarah.

Elle siffla quand je sortis.

— Merde, ma belle. J'aurais dû dénicher une salopette. Tu vas me voler la vedette.

— Personne ne peut voler la vedette à DJ Wolverine.

Elle sauta du lit avec la grâce d'un perchiste.

— Maintenant, les chaussures...

— On va danser ?

— Oui.

— Alors des chaussures plates. Les talons, ça me tue.

Sarah fit la moue en signe de protestation, mais je glissai mes pieds dans mes baskets blanches avant qu'elle ne puisse asséner le moindre reproche.

— Je porte la robe, déclarai-je comme si c'était une grande concession.

Heureusement que je ne lui avais pas dit qu'elle me plaisait. J'attrapai mon sac, m'assurant que j'avais mon téléphone, mes clés et mon porte-feuille. Je pensai ensuite à ma carte d'identité.

— Je n'ai pas de fausse carte d'identité !

Sarah leva les yeux au ciel tant et si bien que je ne m'attendais pas à ce qu'ils reviennent en place.

— Je travaille là-bas, meuf. En plus, tu as un corps de tueuse et un visage *relativement* attirant.

Je fronçai les sourcils, mais comme je souriais, ma grimace perdit cruel-lement de son effet.

— Relativement attirante ? Waouh... *Merci.*

Elle sourit.

— Oh, je t'en prie. Tu sais que tu es bien trop sexy pour ton propre bien.

Je balayai son compliment d'un revers de la main.

— La ferme.

Elle repoussa sa masse de boucles blondes sur son épaule.

— On peut partir ? Mon service commence dans une heure.

Quand nous sortîmes de ma chambre, nous trouvâmes Jeb assis dans le salon à regarder une émission de pêche avec Derek.

— Au revoir, monsieur Clark, salua Sarah.

— Au revoir, Sar...

Ses yeux sortirent de leurs orbites.

— Hmm. Vous sortez habillées comme ça les filles ?

Je baissai les yeux sur ma robe, en partie amusée par sa réaction et en partie inquiète qu'il me demande de me changer.

— C'est ce que les jeunes portent de nos jours, nous défendit Derek avant de montrer l'écran. Jeb, regarde ce bar monstrueux.

Jeb jeta un coup d'œil à la télé, mais son regard se reposa vite sur nous.

— À quelle heure tu rentreras à la maison ?

— Je la ramènerai ici à une heure, répondit Sarah.

— Une heure ? cracha-t-il presque.

— J'ai dix-sept ans, Jeb, intervins-je calmement.

Depuis quand s'inquiétait-il de l'heure à laquelle je rentrais ? Ce n'est pas comme s'il s'en était soucié quand je vivais à l'auberge.

Il frotta son menton barbu. Il ne s'était pas rasé depuis l'enterrement d'Everest comme s'il marquait ce jour terrible par la longueur de sa pilosité faciale.

— D'accord. Hé Sarah, si tu conduis, ne bois pas. Mais si tu bois, appelle-moi, je viendrai vous chercher.

— Nous sommes des louves, monsieur Clark. On ne peut pas mourir dans un accident de voiture.

Eh pourtant si.

Un éclair de douleur illumina le visage de Jeb.

Sarah grimaça.

— *Merde*. Je suis vraiment désolée.

Il se tordit les doigts sur ses genoux et les étudia.

— Soyez prudentes, d'accord ? croassa-t-il.

Avant que nous puissions partir, il ajouta :

— Il y aura l'un des garçons à La Tanière ce soir ?

— Ils sont toujours là.

*Non pas que nous ayons besoin de garçons*, voulus-je ajouter, mais j'étouffai cette pensée en moi. Si la présence de mâles apaisait mon oncle, alors qui étais-je pour ébranler sa tranquillité d'esprit ?

Une fois dans sa Mini, Sarah commenta :

— J'ai vraiment mis le pied dans le plat sur le coup.

— Ce n'est rien.

Elle secoua la tête et soupira. Après un moment, elle fit remarquer :

— C'est mignon qu'il soit devenu si protecteur avec toi.

Je bouclai ma ceinture de sécurité.

— C'est un peu bizarre. Il n'était pas comme ça avant.

Je fixai les carrés de lumière chez notre voisine du dessous, une vieille femme qui ne sortait de chez elle que pour arroser la petite parcelle d'herbe et de fleurs qu'elle appelait un jardin.

— C'est comme si j'étais son enfant de remplacement.

— Tu l'es. Tout comme il est ton père de remplacement. Ce n'est pas une mauvaise chose d'avoir quelqu'un qui s'occupe de toi comme ça.

— J'ai Evelyn.

— Mais elle ne vit plus avec toi, n'est-ce pas ?

— Ce n'était pas par choix.

Elle tapota sur mes doigts.

— Hé, tu as deux personnes qui donneraient leur vie pour la tienne. C'est beaucoup plus que la plupart des gens.

Je soupirai profondément avant de la regarder de travers.

— Ce que tu dis, c'est que tu ne donnerais pas ta vie pour moi ?

— Pour sauver ma robe, peut-être.

Je souris et frappai son bras ferme et doté de muscles minces. Je savais qu'elle ne faisait jamais de sport et qu'elle mangeait plus que la moyenne des humains, donc elle devait souvent se transformer en louve.

À l'idée de transformation, mon corps vibra.

— Ça te dirait de courir ensemble un jour ?

— Je n'ai pas de baskets.

Elle jeta un regard mécontent à mes pieds comme si mes chaussures lui avaient causé du tort. Je les déplaçai hors de sa vue.

— Je voulais dire sous forme de louve.

— Bien sûr. Je ralentirai même mon rythme pour que tu puisses suivre.

Je renâclai même si je ne doutais pas qu'elle puisse me battre. Après tout, elle avait des années d'entraînement de plus que moi. Elle ralentit à un feu rouge et un groupe de piétons traversa la rue. L'excitation de la fin de semaine se dégageait de la plupart d'entre eux. Une fille semblait plus calme que les autres. Elle n'arrêtait pas de regarder autour d'elle comme si elle avait peur que quelqu'un la suive. Je vérifiai les trottoirs, mais je ne remarquai pas de harceleur.

Alors qu'elle passait devant la Mini, nos regards se croisèrent et je la reconnus soudain.

*Megan.*

La Megan d'Everest.

Je baissai ma fenêtre et l'appelai.

— Tu connais cette fille ? demanda Sarah.

Megan accéléra la cadence.

Je me détachai et sautai juste au moment où une moto s'engageait dans la voie voisine de la nôtre, me renversant presque.

Le motard me cria dessus, mais je ne répondis pas. Je me contentai de partir en courant à la suite de Megan.

— Megan ! Attends !

Elle n'en fit rien. Au lieu de cela, elle *accéléra*.

Alors je l'imitai. Elle tourna au coin de la rue. Pourquoi ne s'arrêtait-elle pas ? En tournant moi aussi, je me retrouvai face à une croix en bois géante.

— Ne t'approche pas ! cria-t-elle. Ou j'appelle les flics.

Je reculai, fronçant les sourcils devant le bois et la fille derrière.

— Je sais ce que tu es !

De toute évidence, elle ne le savait pas si elle pensait qu'une croix en bois pouvait m'éloigner. Mais je la laissai croire qu'elle m'avait démasquée.

— Tu ne vas pas à l'UCB, devinai-je, entrant dans le vif du sujet. Everest m'a dit que tu étudiais là-bas, mais c'est faux. Pourquoi tu as menti à ce sujet ?

Les doigts tremblants, elle repoussa derrière son oreille ses cheveux blonds cendrés tombant sur ses épaules.

— Je n'ai jamais prétendu être étudiante à l'UCB. Ton cousin est un menteur.

— *Était.*

— Hein ?

— Il est mort.

La croix descendit d'un centimètre, puis d'un autre, comme si elle pesait soudain trop lourd dans sa main.

— Oui, et je suis désolée si je t'ai fait peur.

Une voiture s'arrêta en couinant à côté de moi. Sarah ouvrit sa portière et se dirigea vers moi.

— Ness ?

Les jointures de Megan blanchirent sur la croix en bois.

— Tu es... la DJ en vogue.

— Et toi, tu es ? demanda Sarah en reniflant l'air.

Megan fit un pas en arrière.

— Personne. Je ne suis personne.

Sarah haussa un sourcil.

— C'est quoi cette croix géante ?

Megan ne répondit pas. Elle continua à reculer, son regard allant de moi à Sarah.

— Je suis désolée pour ton cousin même si je ne suis pas surprise. Everest était un mec tordu.

— Qu'est-ce que tu veux dire ?

— Il a essayé de me recruter pour son agence d'escortes.

Elle esquissa une grimace qui déforma son visage en forme de cœur.

— *Son* agence d'escortes ?

— Il a dit que je n'aurais à coucher avec personne, juste à recueillir des informations.

Je n'avais pas dû cligner des paupières depuis un moment parce que mes yeux commencèrent à me piquer.

Elle continua à reculer.

— Il a été tué ? Ça ne me surprendrait pas.

Sa voix était à peine plus qu'un murmure.

Je n'arrivais pas à fermer ou ouvrir ma bouche. Elle était juste béante, comme ce bar rayé que Derek admirait tout à l'heure.

— Quoi qu'il en soit, laisse-moi tranquille. J'étais sérieuse à propos d'appeler les flics.

Quand elle atteignit le bout de la rue, elle tourna sur ses talons et se mit à courir.

— Eh bien, c'était bizarre, commenta Sarah après un moment.

Une voiture klaxonna si fort que je sursautai.

— Détends-toi, mec !

Au début, je crus que Sarah s'adressait à moi, mais elle regardait fixement le conducteur de la voiture derrière elle.

Elle attrapa mon bras pour me tirer vers elle.

— Allez, viens.

Le conducteur klaxonna deux fois de plus. Sarah lui fit un doigt d'honneur.

Une fois dans la voiture, elle quitta la petite rue et se gara sur une place de livraison.

— C'était quoi ce bordel ?

Je lui racontai tout. Chaque détail sordide.

— Ton cousin était un proxénète qui utilisait des filles pour espionner ? Putain de merde. Pas étonnant qu'il soit mort.

Je compris alors que ce n'était peut-être pas le Sillin qui l'avait mené à sa perte. Peut-être que c'était l'espionnage.

— Qu'est-ce qu'il préparait ? demanda Sarah.

— Je ne sais pas, mais au moins je comprends *pourquoi* il est mort.

Ou du moins, je pensais m'en rapprocher un peu plus.

Il avait dû espionner le mauvais Rivière.

— Et le Sillin alors ? Comment est-ce qu'il entre dans l'équation ?

De mes mains moites, je serrai mes genoux nus.

— Peut-être que c'était une mesure de sécurité. Peut-être qu'il en avait besoin pour en donner aux filles qu'il embauchait.

J'avais utilisé mon propre stock sur Heath.

— Pourquoi est-ce qu'il droguerait des humaines avec ça ?

— Non, ce n'est pas ça. Il aurait pu le leur donner pour qu'elles l'utilisent sur les clients.

Tout comme il m'avait dit d'en glisser dans le verre d'Heath.

— Alors il espionnait exclusivement la communauté des métamorphes ?

Sarah et moi nous fixâmes un long moment. Puis elle murmura « Putain », ce qui résumait bien la situation.

— Sarah, je crois que je dois parler à mon alpha. Et toi à Julian.

# Trente-Deux

En plus de la Mercedes de Liam, deux voitures étaient garées devant l'élégant cabanon : la Dodge Sedan argentée de Matt et une petite BMW bleue. J'étais plutôt soulagée que Matt soit là. Même si j'étais venue parler d'une affaire sérieuse, avoir quelqu'un pour faire tampon était bienvenu.

En sortant de la Mini, je tirai sur le bas de ma robe blanche.

— Désolée pour la soirée.

Sarah secoua la tête.

— Bébé, c'est moi qui suis désolée pour ce que ce putain de manipulateur t'a fait subir.

Je frémis. Depuis ma rencontre avec Megan, je n'arrivais pas à me réchauffer.

— Tu veux que j'attende ?

— Non, ça ira.

— On se parle demain ?

Je hochai la tête, puis fermai la portière, mais entendis la fenêtre s'ouvrir.

— D'ailleurs, ajouta Sarah, pourquoi est-ce que cette fille avait une croix en bois ?

Je souris.

— Parce qu'apparemment, elle savait ce que j'étais.

— Apparemment ? Elle sort ses infos d'où ? *Twilight* ?

Je gloussai.

— J'imagine.

Mais mon rire mourut quand Sarah recula pour quitter l'allée de Liam. Peu importe quel être surnaturel elle pensait que j'étais, elle m'estimait dangereuse. J'avais maintenant ma réponse sur comment le monde réagirait si notre existence venait à se savoir.

— Ness ?

Je fis volte-face.

Matt était debout dans l'entrée de chez Liam.

— Qu'est-ce que tu fais là ?

Même si la porte n'était ouverte que d'un pouce, j'entendais un martèlement vif depuis la maison.

Je contournai les voitures.

— Je dois parler à Liam.

Il passa sa grosse main dans ses cheveux blonds.

— Hmm. Oui. Hmm.

Sa peau devenait de plus en plus rouge.

— Pourquoi est-ce que tu n'attends pas là ? Je vais le chercher.

— Tu vas vraiment me faire attendre dehors ? demandai-je, un peu agacée. Okay, *très* agacée.

— J'ai froid. Et je ne suis pas d'humeur à attendre dehors.

Je le poussai pour passer. Du moins, j'essayai.

Matt me barra le chemin avec son avant-bras.

— C'est quoi le problème, Hulk ? Je me fiche que vous soyez en pleine orgie. Je dois parler à Liam. Ça concerne la meute.

J'appuyai sur son bras costaud. Matt soupira et me laissa enfin passer.

Ils n'étaient pas en pleine orgie. Juste une petite soirée qui semblait très sélective.

— Ness ! Salut, couina Amanda depuis sa place sur le canapé à côté de Sienna.

— Salut, Ness.

Sienna me lança un petit sourire qui disparut de son visage pâle presque aussi vite qu'il était apparu.

Lucas était là aussi, comme deux autres gars de la meute. L'un d'eux s'appelait Dexter pour sûr – c'était le genre de prénom que je retenais –, mais je n'étais pas sûre du prénom de l'autre. Michael, peut-être? Ils étaient assis autour d'une table dans un coin du salon à jouer à un jeu de cartes. Du poker, j'imagine, vu le tas de jetons.

— Jolie robe, commenta Dexter en me reluquant un peu.

Je n'étais pas sûre qu'il se moquait ou me complimentait. Je m'en fichais un peu, cela dit.

— Où est Liam?

Lucas rentra son menton dans son cou et commença à distribuer les cartes.

Personne ne parla pendant si longtemps que je demandai :

— Personne ne m'a entendue?

Lucas plaça la pioche sur la table, l'égalisant jusqu'à ce qu'aucune carte ne dépasse.

— Matt, pourquoi tu ne vas pas lui sortir une bière dans la cuisine? J'irai chercher Liam.

— Je ne veux pas de bière, je veux juste...

Liam sortit alors de sa chambre en boutonnant sa chemise, les cheveux en bataille comme s'il venait de faire une sieste. Quand son regard se posa sur moi, il se figea.

Comme tout et tout le monde dans la pièce. Même l'air semblait s'être congelé en une masse irrespirable.

Liam lança un regard à Matt et quelque chose passa entre eux – sûrement un ordre via le lien d'esprit.

Matt bondit presque vers son alpha, le contourna et entra dans la chambre. Il ferma la porte si vite que je devinais que Liam avait quelqu'un à l'intérieur qu'il ne voulait pas que je voie.

Je pinçai mes lèvres l'une contre l'autre et déglutis. Je n'avais pas le droit d'être jalouse et pourtant... pourtant je l'étais. Ou peut-être que j'étais juste déçue par la vitesse avec laquelle il m'avait remplacée, surtout après m'avoir dit qu'il m'attendrait.

Que je valais la peine d'attendre.

Visiblement pas.

Je déglutis de nouveau, mais la boule dans mon ventre devenait plus grosse et chaotique encore. *Merde*. Je fermai les yeux et respirai par le nez. *Merde*. Pourquoi ça faisait mal ?

Je ne voulais pas retourner dans ses bras. Ni dans son lit.

Alors, pourquoi est-ce que ça faisait si mal, bordel ?

Sa voix retentit dans mon esprit : **Ça ne voulait rien dire pour moi.** Mais pour *moi*, si.

Ça voulait dire que, malgré mes affirmations contraires, je m'accrochais toujours à Liam.

Je sentis une main sur mon épaule et sentis son odeur – la menthe et le musc –, mais aussi celle de la fille.

Peu importe qui elle était.

J'espérais que Matt la garderait à l'intérieur, car je ne voulais pas voir son visage.

— Ness ?

Cette fois, Liam parla à voix haute. Sa voix était comme du vent; elle passa sur ma peau, me donna la chair de poule et fit trembler mon cœur. Je reculai et ouvris les yeux. J'avais peur de parler. Peur de ce à quoi ressemblerait ma voix. Mais je pris la parole quand même.

— Il faut que je...

J'avais raison d'avoir peur. On aurait dit que je venais de passer la soirée à crier à m'en décrocher les poumons. Je déglutis.

— Il faut que je te parle de...

Je lançai un regard aux filles assises sur le canapé à remuer leurs jambes repliées.

— Quelque chose que j'ai découvert ce soir.

Liam suivit mon regard.

— Hé, Amanda. Est-ce que Sienna et toi, vous pourriez aller dans la cuisine une minute ?

Amanda ouvrit la bouche comme pour protester, mais elle dut sentir que ce n'était pas une suggestion. Elle se leva, tira Sienna et elles disparurent dans la cuisine de Liam.

— Qu'est-ce qu'il y a ? demanda-t-il.

Il étudia mon visage de ses yeux sombres.

— Je suis tombée sur l'ex-petite amie d'Everest. La Megan, précisai-je en lançant un regard à Lucas.

Cela éveilla de l'intérêt dans ses yeux.

— Elle n'est pas d'UCB et ce n'est pas une escorte, mais apparemment, Everest a essayé de la recruter.

Je croisai les bras sur ma poitrine, fort, pour arrêter de trembler.

— Elle prétend que *lui* dirigeait l'agence. Apparemment, il utilisait les filles pour espionner. Je pense...

J'avalai ma salive et elle tomba dans ma gorge comme une lame émoussée.

— Je pense qu'il a dû espionner un loup de la Rivière.

Dexter passa ses doigts dans ses cheveux bruns ébouriffés.

— Everest avait une agence d'escortes?

Michael – si c'était bien son prénom – posa ses cartes face contre la table.

— J'imagine qu'Everest a volé le Sillin pour l'utiliser sur les gens... les loups à qui il envoyait ses filles, ajoutai-je.

Lucas fronça les sourcils.

— Qu'Aidan Michaels regroupe des informations sur nous, c'est une chose : il déteste les métamorphes. Mais Everest? Il est... Il était l'un d'entre nous.

— Je sais. Écoute, je pense qu'on devrait essayer de localiser les femmes qui travaillaient avec lui.

Je dénouai mes bras pour chercher mon téléphone dans mon sac. Mes doigts tremblaient tellement qu'il faillit me glisser des mains.

— Euh... Je vous transmettrai le numéro de l'agence d'escortes de la Rivière Rouge.

— Tu me l'as déjà envoyé, tu t'en souviens? me rappela Lucas.

Ni Dexter ni le deuxième loup ne demanda ce que je faisais avec le numéro d'une agence d'escortes, alors j'imagine qu'ils avaient entendu la rumeur.

Tout Boulder l'avait sûrement entendue.

Peu importe.

Tout comme le fait que Liam couche avec une autre.

Qui est-ce que je dupais? *C'était* important pour moi. Tellement.

Après avoir réussi l'impossible tâche de ranger mon téléphone, je leur racontai la croix en bois de Megan.

— Je sais que nous ne sommes pas un secret complet par ici, mais je me suis dit que vous voudriez être avertis.

— Tu étais seule quand c'est arrivé ? demanda Dexter en observant mes jambes.

Je regrettai de ne pas avoir de collants. Je me sentais tellement exposée dans cette robe.

Il grimaça soudain et observa les jetons de poker. Liam le fusillait du regard. Avait-il aboyé sur Dexter par la pensée ?

— J'étais avec Sarah Matz. On allait à La Tanière. Elle est allée informer Julian de notre rencontre. Tu devrais peut-être l'appeler, Liam.

Je tirai sur le bout de ma robe. Liam me fixa, l'air perdu, dans ses pensées. Pensait-il à son père ? À Everest ? À Julian ? Ou à moi ?

— Hmm, Lucas, tu pourrais me ramener chez moi ? Je n'ai pas très envie de marcher.

— Je te ramène, proposa Dexter en se levant.

— Je m'en occupe, intervint sèchement Liam.

— Non, dis-je doucement, mais fermement.

Je ne voulais pas être seule en voiture avec Liam. Pas alors qu'il sentait son odeur à *elle*. Pas alors que j'étais si perturbée émotionnellement.

— Non.

Sa pomme d'Adam remonta dans sa gorge.

— Ness, s'il te plaît.

— Non. Lucas ?

Je clignai des paupières. Mes yeux me brûlaient, mais le reste de mon corps était empli de froid. Comme si la moindre chaleur en moi avait convergé jusqu'à mes paupières.

Les pieds d'une chaise crissèrent et Lucas apparut près de moi.

— Allons-y.

Je hochai la tête et me détournai de Liam. Je priai pour ne pas verser de larmes jusqu'à être à la maison, mais mes prières ne furent pas exaucées, comme souvent.

— Je croyais que c'était fini entre vous, fit Lucas après un long moment.

— C'est le cas. Ça fait quand même mal, murmurai-je avec force.

Il toucha mon avant-bras brièvement, mais assez longtemps pour que je cligne des paupières.

— Ça craint de surprendre quelqu'un comme ça.

Je fronçai les sourcils.

— C'est ce qui s'est passé avec Taryn. Je l'ai trouvée avec un Pin. Justin Summix en plus.

Ses yeux bleus se posèrent sur les miens. Ma bouche s'arrondit et, pendant un moment, j'oubliai combien mon cœur me faisait mal, parce que Liam et moi, nous n'étions même pas ensemble quand je l'avais surpris avec quelqu'un. Lucas et Taryn, eux, étaient en couple. Je me rendis compte que je l'avais mal jugé. Je pensais qu'il avait blessé Taryn.

— Je déteste vraiment les Pins, marmonna Lucas.

Je n'essayai pas d'argumenter sur le fait qu'ils n'étaient pas tous mauvais ni de le consoler. Le silence se fit entre nous, calme et facile; un silence qui nous liait dans notre malheur.

Quand il se gara devant ma maison, je le remerciai. Il hocha la tête, mais garda les yeux rivés sur la rue sombre.

— Rappelle-toi que, pour oublier quelqu'un, ça prend la moitié du temps passé avec.

J'immobilisai mes doigts sur la portière. Liam et moi avions été ensemble quatre jours seulement. Si la logique de Lucas était exacte, mon chagrin devrait déjà être terminé.

— Tu as passé combien de temps avec Taryn ?

Sans quitter des yeux l'obscurité, il marmonna :

— Trop longtemps.

J'eus mal au cœur pour lui. Ce qui était fou, car je ne pensais pas pouvoir un jour compatir pour Lucas Mason. Mais après tout, je n'aurais jamais pensé que mon cousin était proxénète ni que Liam mènerait une fille dans son lit aussi vite après m'avoir presque embrassée.

En montant les escaliers, les clés cliquetant dans mon poing tremblant, je pensai à un bon mensonge qui expliquerait que je rentre aussi tôt. Je détestais mentir à mon oncle, mais je ne pouvais partager ce que je venais d'apprendre avec lui. Cela briserait le moindre bon souvenir qu'il avait de son fils. Je séchai mes larmes et entrai à l'intérieur.

<h1 style="text-align:center">Trente-Trois</h1>

Le jour suivant, j'allai travailler et prétendis que tout allait bien alors que je me sentais brisée de l'intérieur. Au moins, je ne croisai pas August ; c'était déjà ça de pris.

Je passai le samedi au lit. Le dimanche, en revanche, Evelyn m'appela pour m'annoncer qu'elle nous attendait pour manger. Jeb me fit conduire jusqu'à la maison de Frank, ce que j'exécutai sans une seule erreur, même si j'avais mal dormi et que mes yeux me donnaient la sensation d'être collés. Je croyais que mon cœur ne pouvait plus se briser après l'épisode chez *Tracy*, mais j'avais eu tort. Les éclats avaient été écrasés en plus petits morceaux. Comme le vase que j'avais renversé chez moi, une des premières fois où je m'étais transformée. Le verre s'était fragmenté sur notre sol en pin, puis avait été écrasé en poudre sous les bottes de mon père tandis qu'il essayait de me prendre dans ses bras pour me calmer.

— J'ai appelé l'auto-école et pris rendez-vous pour le permis demain, annonça Jeb, me tirant de mes pensées.

— Je croyais que je devais faire un an de conduite avant de le passer ?

— La patronne me doit un service.

Je lui lançai un regard. Il céda à ma curiosité :

— Son mari retrouvait sa maîtresse à l'auberge.

Il m'adressa un sourire amusé.

— Je ne l'aurais pas balancé s'il avait été un citoyen modèle, mais c'était un con qui a fini par essayer de draguer Lucy.

À la mention de sa femme – ex-femme ? –, sa gaieté s'estompa un peu.

— Elle est toujours enfermée dans la cave d'Éric ?

Il fixa la route qui serpentait dans les montagnes.

— Non. Elle est à l'auberge.

— Elle travaille pour Aidan ?

— Elle rassemble ses affaires et gère la passation.

Je faillis faire une embardée.

— Je croyais que tu allais te battre pour l'auberge !

Jeb serra fort sa poignée.

— Mon avocat a soudain changé de ton. Il dit que le contrat est inattaquable, que je perdrai toutes mes économies à essayer de l'invalider. Et maintenant, je ne trouve plus un seul avocat dans la région prêt à me représenter. L'argent d'Aidan Michaels creuse des trous dans de nombreuses poches.

Ce n'était pas la première fois que je souhaitais la mort du chasseur.

Je repensai à Megan et à sa croix. Quand les gens connaîtraient notre existence et comprendraient que nous n'étions pas assoiffés de sang, peut-être que leur peur retomberait.

— Tu crois que ce serait si mal que ça que les gens sachent qu'on existe ?

Jeb se frotta la barbe bruyamment.

— Pas facile comme question. Certains ont une vision romantisée des loups-garous, mais découvrir qu'on existe... Je ne suis pas sûr que la fascination subjuguerait la peur.

— Tu penses qu'on serait chassés ?

— Rappelle-toi ce qu'ils faisaient à ceux accusés de sorcellerie à Salem.

Je frémis.

— Et ces gens-là n'étaient même pas des sorciers. Alors, pour te répondre, Ness, je ne préfère pas le découvrir.

Il tendit la main. Je crus qu'il allait ajuster ma tenue du volant, mais il posa sa main sur la mienne.

— Aidan Michaels est vieux, Ness. Il mourra bien assez tôt.

À moins qu'il meure ce soir, ça ne serait pas assez tôt.

— Tu as récupéré le paiement pour l'auberge, au moins ?

— Oui. Mais le montant est gardé en main tierce jusqu'à ce que le divorce soit acté. Avec un peu de chance, ça se fera vite. Lucy est un peu… *difficile*, ajouta-t-il après une brève pause.

Je ne demandai pas ce qu'il voulait dire par là. S'il voulait m'en parler, il le ferait.

— J'aime bien l'appartement, Jeb, mais je me disais : si tu as de l'argent de côté avec lequel on pourrait réparer la maison de maman et papa…

Je haussai les épaules.

— … au moins les fenêtres et la porte d'entrée, on pourrait s'y installer ?

— Cette maison a besoin de plus que de nouvelles fenêtres et d'une porte d'entrée.

Jeb retira sa main.

— Je sais, mais je me disais que je pourrais faire le reste moi-même. Je sais comment poncer et huiler un parquet grâce à papa. Je pourrais emprunter du matériel aux Watt. Et après, il faudrait juste acheter de la peinture pour les murs.

— L'électricité a besoin d'une révision et la plomberie aussi probablement.

Je clignai des yeux, essayant de chasser la déception.

— Le fils de Derek est électricien. Je pourrais lui demander de refaire l'électricité. Et on avait des plombiers à l'auberge. Je demanderai des devis.

— Alors c'est oui ?

— Pourquoi pas ?

Il afficha un sourire, pas aussi grand que le mien.

— Tu es sûre que tu veux que je vive là-bas avec toi ? Tu es sûre de ne pas vouloir vendre la parcelle ?

— La vendre ? croassai-je. Je viens de la récupérer. Grâce à toi.

Je n'avais même pas considéré l'idée de la vendre. Jeb soupira.

— Je n'aurais jamais dû pousser ta mère à la vendre, mais avec l'auberge, nous avions les mains liées financièrement.

Cette fois, ce fut moi qui posai ma main sur celle de Jeb.

— Tu l'as rachetée. C'est tout ce qui compte.

Nous arrivâmes chez Frank et découvrîmes une autre voiture garée à côté de celle de Frank, une Land Rover familière, couleur vert sapin.

— Nelson et Isobel sont là ? demandai-je en descendant de voiture.

— Faut croire.

Jeb prit la bouteille de vin rouge qu'il avait achetée en chemin.

Une seconde après avoir sonné à la porte, deux bras chaleureux m'enveloppèrent et je reçus une montagne de bisous. Je fermai instinctivement les yeux, ce qui était intelligent vu que certains baisers d'Evelyn tombèrent sur mes paupières gonflées.

— Oh, comme tu m'as manquée, *querida*.

Mon oreille reçut un gros bisou qui résonna momentanément.

— Je suis contente de te voir aussi, Evelyn.

Elle finit par s'écarter et passa ses pouces sous mes yeux.

— Tu as pleuré.

Elle lança un regard mécontent à mon oncle qui leva les mains en l'air.

— Non. Je n'ai pas assez dormi. C'est tout. Pas de quoi s'inquiéter.

Elle grommela.

— J'espère que tu as faim. J'ai cuisiné tous tes plats préférés : des quesadillas au fromage, du bacon confit, du pain au chocolat et à la courgette et Isobel glace les roulés à la cannelle que j'ai préparés ce matin.

Je plissai les yeux derrière Evelyn et repérai Isobel. Sans sa pâleur et ses épaules légèrement voûtées, il aurait été impossible de dire qu'elle s'était fait opérer six jours plus tôt.

À côté d'elle, son fils essuyait ses mains sur un torchon.

— Hmm. Je croyais que tu n'aimais plus trop tous ces trucs.

Il prit un des roulés sur le plateau et en mangea un bout pendant que sa mère le grondait de ne pas attendre qu'on soit assis.

Evelyn haussa l'un de ses sourcils peints en noir et je rougis jusqu'au cou.

Je décidai d'ignorer la remarque d'August et le regard d'Evelyn.

— Je n'arrive pas à croire que tu sois déjà sur pied à faire plein de trucs, Isobel.

August grogna pendant qu'Evelyn commentait :

— Je ne crois pas qu'elle sache comment rester en place.

Isobel sourit.

— Je resterai en place quand je serai morte.

Elle dut se souvenir que nous étions en présence de quelqu'un qui venait de perdre son fils, car elle mordit sa lèvre incolore.

— Pardon, Jeb.

Il haussa les épaules.

Elle lui adressa un sourire chagriné et tendit un plat à son fils.

— Tu peux emmener ça à table ?

August prit l'assiette d'une main, puis Evelyn frappa dans les siennes et nous nous installâmes tous autour de la table. Je me plaçai entre Evelyn et Jeb et August s'assit face à moi. Malheureusement, la table n'était pas grande et quand il s'installa, son pied heurta le mien.

Le petit-fils de Frank sortit de la chambre où j'avais dormi le soir de la mort d'Everest, le regard vaseux et les cheveux en bataille. Il s'avança jusqu'au siège à côté d'August et lui fit un check.

Nelson déboucha le vin et le servit.

— Tu en veux, Ness ? proposa-t-il.

— Elle n'a pas l'âge, protesta August.

Je levai les yeux au ciel, mais indiquai d'un geste que je me contenterais d'eau. Tout en servant Jeb, Nelson répliqua :

— Tss-tss, tu buvais avant d'avoir vingt et un ans, toi.

— Ça ne veut pas dire que c'est légal, s'entêta August.

Je secouai la tête. Qu'est-ce que c'était que ce comportement condescendant ? Ça ne lui ressemblait pas.

Evelyn rendit grâce à Dieu et nous attaquâmes tous. La cuisine était délicieuse, tout comme la compagnie, M. Grincheux en face de moi excepté.

— Tu étais à La Tanière, jeudi soir, August ? demanda Jeb.

— Non. Pourquoi ? Tu y étais ?

Jeb afficha un sourire en coin.

— Moi ? Je suis beaucoup trop vieux pour traîner dans ce genre d'endroit. Ness y est allée, mais ils l'ont refusée à l'entrée.

Je bus une grosse gorgée de mon eau glacée et elle passa par le mauvais trou. Je m'étouffai si fort qu'Evelyn me frotta entre les épaules. C'était le mensonge que j'avais servi à Jeb : le videur ne m'avait pas laissé rentrer et j'en avais pleuré de gêne. Je n'aurais jamais pleuré pour ça, mais Jeb y avait cru.

— Je lui ai dit qu'elle aurait dû appeler un des garçons. Qu'ils l'auraient fait rentrer.

August plissa les yeux.

— L'endroit est plein d'étudiants. Et puis, ton amie n'est pas D…

Je lui donnai un coup dans le tibia sous la table. Il ne détruisit pas ma couverture et haussa très haut l'un de ses sourcils.

— J'imagine qu'ils sont plus stricts l'été.

Je coupai un bout de quesadilla. Le pain doré craquela sous ma fourchette.

— Vous avez repéré d'autres traces des Rivières ? demandai-je à Frank avant de glisser le morceau dans ma bouche.

Je voulais désespérément changer de sujet et, si quelqu'un connaissait les dernières nouvelles de la meute, c'était bien l'ancien.

— Ça a été calme, m'apprit Frank.

Il coula un regard à Jeb, concentré sur son assiette. Peut-être que ramener les meurtriers de son fils sur le tapis manquait de tact.

— Liam va envoyer quelqu'un à Beaver Creek ?

Une petite ride apparut entre les sourcils d'August. Frank but une gorgée de vin.

— Je pensais y aller moi-même. Je connais Morgan. Je sais comment elle pense.

Evelyn devint plus blanche que le glaçage sur les roulés à la cannelle.

— Frank… *No.*

Il prit sa main dans la sienne et la serra.

— Tout se passera bien.

— Je pourrais y aller, proposai-je. Peut-être qu'elle parlerait à une fille.

Les taches de rousseur d'August s'assombrirent.

— Ness, ce serait complètement…

— *No, no y no.*

Evelyn serra mon poignet si fort qu'elle me coupa la circulation sanguine.

— Certaines femmes se sentent moins menacées par des personnes du même sexe, protestai-je.

Frank gratta son cou ridé.

— Je ne pense pas que ce soit sage. Les Rivières sont… Eh bien, ils sont très attachés à leur deuxième nature, ce qui ne les rend pas très *civilisés.*

— Ils ont tué Everest, Ness, murmura Jeb. Je ne veux pas te perdre aussi.

Je me pinçai les lèvres. Pour le bien de Jeb, je n'insistai pas.

Personne ne parla de politique entre meutes après cela. Ils abordèrent les Jeux olympiques d'été et les réformes sur les taxes. Quand Joseph Junior partit retrouver ses amis et que les hommes commencèrent à parler politique en fumant des cigares et buvant du whisky, je rangeai la table. Evelyn et Isobel voulurent aider, mais je leur dis d'aller s'asseoir, que j'étais contente de bouger après tout ce que j'avais ingéré.

— Mon chéri, aide Ness, demanda Isobel à son fils en allant s'installer sur le canapé.

August descendit d'une des poutres en bois et se rendit à contrecœur dans la cuisine.

— Je n'ai pas besoin d'aide, protestai-je en plaçant les assiettes dans le lave-vaisselle.

Mais j'en eus quand même.

Nous nettoyâmes la cuisine sans un mot ni même un regard l'un pour l'autre.

Au bout d'un moment, il demanda :

— Pourquoi est-ce que tu as l'air d'avoir pleuré toute la nuit?

Je me léchai les lèvres. Pas besoin de nier quelque chose qui était aussi visible.

— Parce que j'ai pleuré toute la nuit.

— Pourquoi?

— Il y a quelques jours, tu m'envoyais un e-mail blessant et maintenant tu t'inquiètes de pourquoi j'ai pleuré?

Il fronça les sourcils.

— Un e-mail blessant?

— Sur le fait de ne pas mélanger le travail et le plaisir. Pour ta gouverne, je n'ai pas demandé à Liam de venir, tout comme je ne lui ai pas demandé de te faire quitter Boulder, tout comme je ne sors pas avec lui, d'accord? Alors il n'y avait rien de personnel ni même plaisant, loin de là.

Je versai le produit, puis fermai le lave-vaisselle.

— Et puis, tu as dû mal comprendre parce qu'apparemment, il ne t'a pas demandé de partir. Il t'a demandé *si* tu comptais partir.

August grogna.

— Tu peux arrêter de grogner tout le temps ? Sérieux, tu as vingt-sept ans. Même Joseph ne grogne pas autant.

Il cligna des paupières, croisa les bras et s'appuya contre le comptoir de la cuisine.

— Tu as d'autres compliments à me balancer ?

— Je suis sûre que je peux en trouver d'autres si tu me laisses quelques minutes.

Il eut l'audace d'afficher un sourire en coin, ce qui me rendit furieuse parce qu'à l'évidence, il ne prenait pas notre conversation au sérieux.

— Tu rougis beaucoup quand tu es en colère.

— Et c'est drôle ?

— Quand tu étais petite, tu devenais rouge tomate quand les choses ne se passaient pas comme tu voulais.

— Je ne vois toujours pas en quoi c'est drôle.

Je me lavai les mains, puis les séchai sur la serviette et commençai à recouvrir les restes.

August s'éloigna du comptoir et rangea les plats protégés dans le frigo.

— Tu as envie de me dire pourquoi tu m'as menti sur le fait de ne plus aimer le pain à la courgette, les roulés à la cannelle et tous les autres trucs ?

— Parce que je n'aime pas que les gens prétendent tout connaître de moi.

— Depuis quand je suis « les gens » ?

D'après son ton, il semblait blessé. Je relevai les yeux du plateau rempli de saumon fumé.

— Tu crois me connaître parce que je rougis quand je suis en colère ou parce que je mange toujours tous ces trucs que j'ai prétendu ne pas aimer mais, gros scoop : je ne suis pas la petite fille que tu trimballais dans ton pick-up et que tu emmenais manger de la glace, d'accord ?

Il fronça les sourcils encore plus, ce qui créa de nouvelles rides à d'autres endroits de son visage.

— Tu as dix ans de plus que moi. Tu auras toujours dix ans de plus. Ça ne changera jamais, mais chaque fois que tu m'appelles Jolies-Fossettes, j'ai l'impression d'avoir six ans. Je ne pense pas que ton but soit de m'infantiliser, mais c'est ce que ça me fait. J'en ai assez que les gens me traitent comme une enfant ou comme quelqu'un de facilement remplaçable.

— « Remplaçable »? Quand est-ce que je t'ai fait te sentir facilement remplaçable?

Les yeux d'August avaient le même vert vif des feuilles de l'arbre devant la fenêtre de la cuisine.

— Ce n'est pas... Jamais. Je suis vraiment claquée, August.

Je glissai mes mains humides dans mes cheveux. J'essayai de passer devant lui, mais il me barra le passage avec son bras.

— Qui t'a fait te sentir remplaçable?

— Personne. Je ne sais même pas pourquoi j'ai dit ça.

— Ness...

— Ce n'est pas grave. Plus maintenant.

— Si ce n'était pas grave, tu n'aurais pas l'air d'être sur le point de t'effondrer. Tu as peut-être changé, mais pas moi. Je suis toujours une bonne oreille.

Son bras ne se baissa pas. Mes lèvres s'étirèrent en un sourire minuscule.

— J'apprécie ton offre, mais je préférerais me ronger le bras qu'avoir une conversation à cœur ouvert avec toi sur les garçons. Ne te vexe pas, mais ça serait juste bizarre. Pas à cause du lien, mais parce que tu es un mec.

Il ne bougea pas le bras.

— Très bien. Tu veux me dire pourquoi tu as rompu avec Sienna? demandai-je pour marquer un point et pas parce que je voulais parler de son ex.

Le souvenir d'une autre nuit me déchira le ventre comme une dague. Après le choc d'avoir trouvé Liam avec une autre femme, je me suis rendu compte que quelque chose me faisait encore plus mal : qu'il l'ait fait avec autant de personnes présentes. C'était de mauvais goût. Même s'il ne m'avait pas trompée. Je devais arrêter de voir ça comme une trahison. Il n'avait trahi personne.

— Non.

Il me fallut une seconde pour me rappeler ma question.

— Tu vois?

Il baissa enfin le bras pour me laisser passer. J'avançai jusqu'à Evelyn et Isobel et parlai exclusivement avec elles les deux heures qui suivirent. La peau à ma nuque me picota plus d'une fois. Au bout d'un moment, je me retournai pour voir si j'étais folle ou si quelqu'un m'épiait. Je surpris August à me fixer.

Au moins, je n'étais pas folle.

J'affichai un sourire avec l'impression qu'au bout du compte, notre discussion avait effacé un peu de la tension entre nous. Si seulement cela pouvait aussi démanteler notre lien.

Encore cinq mois.

Qu'est-ce que c'était cinq mois ?

# Trente-Quatre

Quelqu'un frappa sur la porte en verre de mon bureau. Je levai les yeux des trois onglets que j'avais ouverts pour regarder qui arrivait.

— Salut, August.

Il avança vers moi, les mains dans les poches, habillé d'un pantalon treillis vert olive qui avait quelques taches comme s'il avait eu un problème sur un site.

— J'ai apporté du gâteau pour un des gars dont c'est l'anniversaire. Tu en veux ?

— Hmm. Bien sûr.

Je commençai à m'éloigner du bureau quand je vis l'heure sur le coin en haut à droite de l'écran.

— En fait, je vais devoir refuser.

Je récupérai mes affaires et les fourrai dans mon sac.

— Tu vas quelque part ?

— Je passe le permis. J'ai averti ton père par mail que je serai absente une heure.

— Oh.

Il passa son pouce sur le contour de ses lèvres.

— J'étais censée te le dire aussi ?

Il laissa tomber sa main et secoua la tête.

— Défonce tout, mais pas le rétro, hein.

Je souris.

— Si je casse un rétro, je peux dire adieu au permis.

Ses lèvres épaisses esquissèrent un sourire.

— Oui. Évite.

— Tu seras là quand je reviendrai ?

Il hocha la tête.

— Je travaille à l'entrepôt aujourd'hui.

— Bien. J'ai trouvé des différences sur des factures d'une entreprise de bois. Bref, je t'en parlerai quand je reviendrai.

Je sortis à la hâte de l'entrepôt au moment où mon téléphone commença à sonner.

— Je suis là, annonça Jeb.

Je traversai l'espace ouvert qui servait à charger.

— Moi aussi.

---

Je retournai à l'entrepôt des Watt une heure et demie plus tard, un bout de papier serré si fort dans ma main que je l'avais froissé.

August et oncle Tom étaient penchés par-dessus une épaisse planche couverte de taches. August dut me sentir arriver via notre lien, car il leva la tête.

— Tu l'as eu ?

Je pensais que c'était évident vu mon sourire éclatant, mais visiblement c'était trop subtil pour August.

— Tu avais des doutes ?

Il sourit.

— Bien joué, Jolies... Ness.

— Jolie Ness ? C'est nouveau.

— Je voulais dire Ness. Juste Ness.

— Je sais. Je te taquinais.

August se gratta la nuque.

— Hé, Tom. Ton neveu travaille toujours pour une station de radio ?

Tom ajusta le bouton de sa salopette et hocha la tête.

— Tu peux lui dire d'avertir les conducteurs au sujet de la blonde au volant d'un gros van noir ?

Je lui tirai la langue.

— Très mature.

Oncle Tom sourit, ce qui fit ressortir ses joues.

Je levai le menton.

— Je te ferai dire que je suis une excellente conductrice.

August pouffa.

— Le gars qui m'a fait passer l'examen m'a dit que j'étais née pour ça.

Il avait ensuite demandé si je voulais dîner avec lui un jour, mais je gardai cette partie sous silence. J'avais juste souri avec amabilité, même si je trouvais ça un peu dégueulasse. Il avait vingt bonnes années de plus et il lui manquait une dent, et pas une molaire. Je n'aurais pas remarqué sinon.

— Je ne savais pas que les inspecteurs distribuaient des compliments. C'est sûr que je n'en ai jamais eu.

— Peut-être parce que tu n'étais pas aussi impressionnant au volant d'une voiture.

Je lui lançai un sourire moqueur.

— August est impressionnant partout où il va, protesta très sérieuse-ment oncle Tom. Quand j'étais jeune, même si ça semble dur à croire, moi aussi j'étais impressionnant.

C'était *bel et bien* dur à croire, mais je répondis :

— Je n'en doute pas.

Oui, c'était un mensonge, mais un gentil. Les gentils mensonges rele-vaient de l'ordre de l'acceptable. Non ?

Oncle Tom rougit sur tout le visage.

— Tu devais me parler de quelque chose ? demanda August.

Mon regard se reposa sur lui.

— Oh. Oui.

Ensemble, nous marchâmes jusqu'au bureau. Je pris la souris pour réveiller l'ordinateur, puis rouvris les onglets et lui montrai plusieurs petites livraisons qui ne correspondaient pas aux stocks de l'entrepôt.

— Soit ils ne livrent pas les montants annoncés, soit quelqu'un vole de l'équipement ici.

Certains correspondaient à des montants bénins, mais quand même notables. Comme une molaire manquante, pas une incisive. Je lui fis remarquer que ce petit manège durait depuis trois ans.

— Merde.

August lit attentivement les numéros surlignés.

— Écoute, c'est sûrement l'entreprise de bois. Je veux dire, c'est toujours la même. Si l'un de tes employés en détournait, il le ferait sûrement sur chaque commande, pas juste celles de Black Timber.

À moins que la personne soit intelligente. J'espérais vraiment que c'était l'entreprise et pas un employé.

— Comment maman a pu louper ça ? C'est des milliers de dollars de perdus !

— 17533.

August cligna des yeux devant moi. Je haussai les épaules.

— J'imprimerai tout pour que tu puisses vérifier le montant.

Il se redressa.

— Je fais confiance à tes calculs, mais oui, imprime que je puisse le montrer à papa.

J'imprimai chaque document et la gigantesque imprimante dans le coin s'éveilla.

August s'avança et prit les papiers avant de traverser le bureau. Il s'arrêta à la porte.

— Tu peux garder ça pour toi ? Jusqu'à ce que je trouve ce qui se passe ?

— Bien sûr.

Je mimai un zip sur mes lèvres. Il sortit, puis fit machine arrière.

— Et félicitations pour ton permis. C'est une sacrée étape.

Je lui souris bêtement. De sa main qui ne tenait pas les feuilles, il tapota l'embrasure de la porte.

— Ne pars pas avant que je revienne, d'accord ?

Je hochai la tête, m'imaginant qu'il voulait débriefer après avoir vu Nelson.

— J'ai conduit pour venir, alors je suis complètement indépendante.

Un papillon exécuta un salto dans mon ventre.

*Indépendante.*

Comme j'avais attendu avec impatience ce jour.

*Trente-Cinq*

Le soleil se couchait et tout le monde était parti, mais August n'était toujours pas revenu. J'avais terminé mon travail et examinai les plans en trois dimensions d'un pavillon de luxe. Je pouvais presque sentir le sol en pin huilé et les grands conifères qui avaient été ajoutés virtuellement au-delà des baies vitrées.

— À quoi tu penses ?

Un souffle chaud caressa ma nuque.

Je sursautai et le plan en 3D tomba sur le sol poussiéreux. Je portai ma main à ma poitrine, essayant de calmer mon cœur galopant.

— August ! Tu m'as fait peur.

Son regard se posa sur mon ventre.

— Tu ne m'as pas *senti* approcher ? Moi, je peux te sentir à des kilomètres à la ronde.

Je baissai la main sur mon ventre où les fils fantômes palpitaient depuis un moment, mais j'avais cru que c'était la faim.

— Je pensais que j'avais juste très faim.

Il sourit et s'accroupit pour ramasser les papiers.

— Et ? Tu as faim ?

— Je ne sais pas.

La proximité d'August rendait mon corps confus.

Il posa les papiers sur mon bureau et les montra du menton.

— Tu en penses quoi ?

— J'aimerais bien y vivre.

— Je pensais que ta maison de rêve était un cube de verre centré autour d'un patio.

— Un cube de verre ?

— Une fois, tu me l'avais dessinée sur une serviette en papier quand on était chez le glacier et tu m'as fait jurer de te la construire un jour.

— Oh. Je ne m'en souviens pas.

J'enroulai mes cheveux et les rassemblai en un chignon serré, glissant les pointes à l'intérieur pour que ça tienne.

— J'étais exigeante comme enfant, hein ?

— Tu avais même choisi l'arbre qui irait dans le patio.

Je me concentrai sur mes souvenirs, mais cela ne me revenait pas.

— Je voulais quoi ?

— Un palmier.

Je souris et lâchai mes cheveux.

— Sérieux ? C'est très *tropical* de ma part.

— Il s'épanouirait bien dans le Colorado.

Je plissai le nez.

— Mais visuellement, ça serait sûrement une horreur.

— Ce serait original, c'est sûr. Comme une fille dans une meute entiè-rement masculine, commenta-t-il en penchant la tête sur le côté.

— Hmm.

Dit comme ça... Peut-être qu'un arbre inhabituel ferait du bien à cette ville.

— Tu voulais aussi des planches non fixées dans ta chambre. Comme celle que tu avais au pied de ton lit.

Ça, je m'en souvenais. Quand j'avais six ou sept ans, Everest et moi avions délogé une latte de mon sol avec les outils de mon père, puis on avait recouvert le trou d'une toile de jute. J'y avais rangé mon journal intime avec une collection de photos Polaroïd précieuses (mon père sous sa forme de loup, quelques selfies débiles d'Everest et moi, une photo de mes parents dansant dans notre salon et quelques gros plans d'August). Je me souvenais d'une photo de lui en particulier avec le soleil sur son visage et un éclat lointain dans les yeux. Je l'avais légendée *Le rêveur*.

Quand j'avais déménagé à Los Angeles, je l'avais regardée toutes les nuits, mais au bout d'un moment, la vue d'August me rendait juste triste, alors j'avais glissé le Polaroïd dans une boîte à chaussure avec le reste de mes souvenirs. Je n'avais plus soulevé le couvercle pendant trois ans. Une fuite dans notre appartement avait rempli la boîte d'eau sale, ruinant les quelques souvenirs que j'avais emportés de Boulder.

Je clignai des paupières pour revenir au présent.

— Comment s'est passée la discussion avec ton père ?

— Je préfère qu'on n'en parle pas ici.

Il pensait que la pièce était sous écoute ? Je ne posai pas la question.

August montra la porte du bâtiment et je le suivis dehors. Il éteignit les lumières avant de mettre en place l'alarme. Je pensais qu'il me raconterait sa conversation dehors, mais il indiqua le côté de l'entrepôt de la tête.

Je suis sûre que mes yeux s'étaient allumés.

— Oh. J'ai le droit de voir ton repaire ?

Je frottai mes paumes l'une contre l'autre comme une petite enfant.

— Mon repaire ? grogna-t-il.

Je lui tapai le bras.

— Aïe. C'est pourquoi, ça ?

— Chaque fois que tu grogneras, je te frapperai.

— Ah oui ? marmonna-t-il.

— Oui, oui. Tu te rendras compte à quel point tu le fais souvent.

Il secoua un peu la tête, mais un sourire apaisa son expression faciale.

— Devrais-je te rappeler que, dans la plupart des cas, infliger des dommages corporels à ton supérieur est mal vu ?

— Des dommages corporels ? ricanai-je. Je ne crois pas pouvoir infliger beaucoup de dommages sur ton corps *impressionnant*.

Je lui fis un clin d'œil et il me fit une pichenette dans les côtes.

— C'est pour quoi ça ? demandai-je en frottant la zone. Ce n'était pas une pique. Et puis, ce n'est même pas moi qui ai pensé à ce terme. Tout est de la faute d'oncle Tom.

— Tu as grogné, affirma-t-il, très sérieux.

— Pas du tout.

— Oh si.

Je secouai la tête, mais imitai son sourire.

August déverrouilla sa porte avec un code, puis tapa un nouveau code à l'intérieur et une douzaine de lumières différentes s'éveillèrent.

Je penchai la tête et examinai l'espace étroit, mais au plafond étourdissant de par sa hauteur.

— Waouh.

Les murs étaient en béton balayé et le sol en bois gris acier. Au-dessus de la cuisine se trouvait une mezzanine géante avec un grand lit.

— Complètement un repaire, déclarai-je.

August marcha vers la cuisine et ouvrit le frigo qui était rempli de bières, lait et d'autres bouteilles de bière.

— Tu ne manges pas souvent là, hein ?

Je passai mes doigts sur les nœuds du gros tronc qui servait d'îlot central.

— C'est très beau.

Les côtés étaient irréguliers, mais lissés, presque comme les ruches d'un tissu.

— Je veux un îlot comme ça dans mon cube en verre.

Je m'assis devant l'îlot tandis qu'il sortait deux bières qu'il décapsula avec son poing. Je haussai un sourcil.

— Je croyais que je n'avais pas l'âge.

Il sourit.

— J'essayais de t'énerver.

Il me tendit une bouteille, puis souleva la sienne.

— Aux grandes étapes.

Nous trinquâmes, puis je bus une petite gorgée.

— Je ne devrais sûrement pas boire et conduire. Surtout pas avec l'estomac vide.

— Je m'apprêtais à commander des pizzas.

Je me redressai un peu.

— Tu n'as pas à me nourrir.

— Cole arrive bientôt. Il a demandé une pizza XXL.

Je bus une autre gorgée.

— Vous traînez souvent tous les deux ?

— Eh bien, on travaille ensemble, mais oui, on se voit tous les jours.

Ils avaient le même âge, peut-être un an d'écart.

— Je ne me rappelle pas que vous étiez amis quand je suis partie.

— Les dernières semaines où tu étais là, on était fâchés à cause d'une fille. Il était sorti avec juste après que j'avais rompu avec elle.

— Et c'est une violation du code de l'amitié chez les mecs ?

Il renifla.

Je me penchai et lui fis une pichenette sur son poignet.

— Hé !

Il frotta la zone, les yeux brillants de malice.

Je portai la bouteille à mes lèvres, savourant le liquide pétillant et frais sur ma langue envahissant mon sang.

— Alors, il s'est passé quoi après ça ?

— Il a fini par sortir avec elle pendant quatre ans.

— Et vous ne vous êtes pas parlé tout ce temps ?

— Non. On a mis les choses à plat très vite.

Je repensai à la fille dans la chambre de Liam. Je ne savais toujours pas qui elle était, mais j'imaginais mal avoir envie de traîner avec elle. Mais Cole et August étaient amis avant qu'une fille se glisse entre eux deux. Je n'avais pas d'amies à Boulder, à part Sarah qui évidemment n'était pas derrière le mur.

Lui aurais-je pardonné sinon ?

— Ness ?

— Oui ?

Je clignai des yeux pour m'arracher à mes pensées moroses.

— Tu veux de la pizza ?

— Bien sûr.

Tandis qu'il appelait le restaurant, je repensai à la fille dans la chambre de Liam. Je finis ma bière sans cesser de penser à *elle*.

J'avais vraiment besoin de me changer les idées.

— Alors, qu'a dit ton père ? demandai-je à August quand il eut raccroché.

— Il a dit qu'il savait. Maman avait déjà repéré le manque.

— Et ?

— Et pas besoin de t'inquiéter là-dessus.

Je croisai les jambes.

— Tu vas me laisser là-dessus ?

Il étudia le logo sur la bouteille de sa bière avec tant d'attention qu'une petite ride apparut entre ses sourcils comme s'il vérifiait les ingrédients.

Enfin, il soupira.

— C'est Tom qui le détourne. Son neveu – celui qui travaille à la station de radio –, eh bien, son ex-femme avait une addiction au shopping. Elle a vidé leur compte en banque et a quitté la ville, mais elle a accumulé un montant fou de dettes et l'a laissé avec.

*Des dettes.* Je connaissais deux ou trois trucs là-dessus.

Il souleva un coin de l'étiquette et la retira de la bouteille verte.

— Tom essayait juste d'aider son neveu.

— Pourquoi n'est-il pas venu vous demander un prêt?

— J'imagine qu'il avait peur qu'on refuse et qu'on le vire.

August appuya ses coudes sur le comptoir et plia l'étiquette encore et encore jusqu'à ce qu'elle ressemble à un accordéon miniature.

— Nous n'avons jamais parlé de ton salaire d'ailleurs. J'imagine que c'est juste un job d'été pour toi.

— Si tu as besoin de moi plus longtemps, je pourrai venir par moments à l'automne.

Il frotta l'étiquette pliée entre ses doigts et le papier collant se désintégra en petits bouts.

— Mais seulement si vous me trouvez compétente.

— On te trouve compétente. Un peu trop.

Il finit de réduire l'étiquette en morceaux.

Je clignai des yeux. C'était possible d'être trop compétente?

— Vingt dollars de l'heure, ça serait acceptable?

— Vingt dollars? m'étouffai-je. C'est très généreux.

Je faisais onze dollars et des centimes en Californie.

Il attrapa ma bouteille vide, ramassa son petit bazar, puis jeta l'ensemble dans la poubelle sous l'évier.

— Tu as des problèmes d'argent?

— Hein? Non.

Qu'est-ce qui l'avait amené à me demander ça? Il captait des émanations d'affamement? J'essayai d'adopter une expression neutre.

— Alors pourquoi est-ce que tu as pris ce job d'escorte?

— Pour avoir une entrevue avec Heath.

— Je ne parle pas de celui-ci. Je parle du deuxième.

Je plissai le nez.

— Comment tu sais pour le deuxième?

— Cole était là.

*Argh!*

— On m'a promis trois mille pour aller dîner avec Aidan. Je ne savais pas qui il était. Si j'avais su, je n'y serais pas allée.

August me fixa si longtemps que je sentis la chaleur monter plus haut encore que ma nuque.

— Écoute, je n'en suis pas fière, mais c'était trois mille, *juste* pour un dîner.

— Je ne te juge pas, Ness.

— Tous les autres le font, marmonnai-je.

Il recouvrit une de mes mains avec la sienne. Même si j'étais toujours un peu bronzée, le contraste entre nos couleurs de peau était secouant : brun clair contre ivoire doré.

— Mais je veux une réponse honnête de ta part sur ta situation financière. Je sais que ton oncle attend dans le flou l'argent de l'auberge et je sais combien coûtent les frais médicaux.

Je déglutis, priant pour qu'August ne sente pas que ma peau était moite.

— J'étais mineure, alors après que maman... Après sa mort, je n'ai pas eu à payer ses frais médicaux. Je devais juste payer les dépenses quotidiennes et quelques trucs en plus, tu sais : le loyer, la nourriture, son...

Je me mordis la lèvre inférieure.

— ... son enterrement. Alors pour répondre à ta question, j'ai besoin d'un boulot, pas d'un prêt.

Je gardai le regard fixé sur nos mains. La sonnerie retentit. L'odeur de fromage fondu et de tomates acidulées fit grogner mon estomac. Sans se presser, il retira sa main et marcha jusqu'à la porte. Il prit les trois boîtes en carton tendues par le livreur et lui laissa un pourboire généreux avant de rapporter les pizzas sur l'îlot. Il souleva les couvercles de deux boîtes, mais garda la troisième fermée – probablement la pizza XXL de Cole.

— Tu peux me donner ton RIB ? demanda-t-il en sortant des assiettes pour m'en tendre une. Qu'on puisse te virer ton salaire directement à la fin du mois.

— Je te l'enverrai par mail plus tard.

Je sortis un triangle parfait de la boîte et mordis dans la pointe.

Le silence retomba entre nous. Un coup sec à la porte le brisa, suivi de *bips-bips*.

— Yo ! fit Cole en entrant.

Il s'arrêta en me voyant. Même si Cole essaya de cacher sa surprise, cela se voyait comme le nez au milieu de sa figure.

— Ness a eu le permis, l'informa August. On était justement à célébrer ça.

Je tapotai mes lèvres avec une serviette en papier, attrapai le sac que j'avais posé sur le siège à côté de moi et sautai du tabouret.

— J'allais justement partir. Je ne veux pas m'incruster à votre soirée.

En chemin, Cole m'attrapa par l'épaule. Ses doigts sentaient la cigarette.

— Matt m'a raconté ce qui s'était passé.

*Ne le dis pas à voix haute. Ne le dis pas à voix haute.* Je ne voulais pas le revivre.

— Il a été con de faire ça, ajouta-t-il en baissant la main, mais c'est lui qui est perdant.

J'étudiai le sol sous ses baskets.

— Il n'a rien fait de mal. Nous n'étions pas ensemble, rappelai-je doucement.

J'essayai de sourire, mais échouai misérablement. Cela faisait cinq jours et pourtant mon cœur frémissait toujours chaque fois que quelqu'un mentionnait Liam.

— Bonne nuit les gars, murmurai-je en sortant dans la nuit cobalt.

Je regardai les étoiles et avançai jusqu'au van. Je les regardai encore en chemin, regrettant de ne pas me sentir plus joyeuse, parce qu'aujourd'hui était une bonne journée.

Je repensai à ma maison de rêve en dépassant la route qui menait à chez moi et appuyai mon pied sur le frein.

Oh mon Dieu !

Je clignai des yeux en direction de ma maison d'enfance, le dernier message d'Everest faisant écho dans mon esprit, et pris la route qui y menait.

# Trente-Six

Je garai le van et contournai à la hâte la maison vers mon ancienne chambre. La fenêtre que j'avais cassée en entrant pour secourir Evelyn était toujours béante. J'avais pensé à la recouvrir avec des planches, mais avec tout ce qui s'était passé, ça m'était sorti de l'esprit. Je n'avais jamais été aussi contente d'être tête en l'air.

Des éclats de verre étaient restés dans le cadrant de la fenêtre. J'attrapai une pierre au sol – la plus grosse que je pus trouver – et la fis passer autour, retirant les éclats restants. Le cœur battant, je me hissai et passai dans le trou sombre.

Je n'avais pas dû me débarrasser de tout le verre, car des perles de sang apparurent sur l'une de mes paumes. Je les essuyai sur mon tee-shirt et passai mon regard sur le sol jusqu'à localiser la latte en question. Je m'accroupis et tirai la planche vers le haut, le cœur en pleine course, un goût de métal dans la bouche. Je n'étais pas sûre de ce qui me faisait le plus peur : trouver quelque chose ou ne rien trouver ?

Sans un bruit, le parquet se souleva.

Je fixai le trou noir, mais n'y glissai pas une main. Prudemment, je posai la planche sur le côté, sortis mon téléphone de ma poche et appelai la seule personne à qui je ne voulais pas parler.

Dix minutes plus tard, une voiture remonta mon allée. Je sortis de ma chambre et avançai vers la porte d'entrée pour la déverrouiller. Liam et Lucas sortirent de la voiture noire et me suivirent dans mon ancienne maison.

Je leur montrai la cachette.

— Je n'ai rien touché.

Liam éclaira le trou avec la lampe-torche de son téléphone, repérant l'éclat métallique des paquets entassés là par mon cousin. Sans réfrigération, le Sillin était-il récupérable ? Je ne le leur demandai pas. Je m'en fichais. La seule chose qui m'importait, c'était que Liam et Lucas ne pensent pas que j'avais quelque chose à voir avec le vol des médicaments des Boulder.

Liam se saisit des paquets emballés et les lâcha sur le sol poussiéreux.

— Ils sont tous là ? demanda Lucas.

Notre alpha les compta doucement.

— Il en manque un.

Un sur trente ou quelque chose comme ça. Vingt-quatre pilules par paquet.

Liam leva les yeux vers moi et je me raidis.

— Je ne l'ai pas pris.

Une émotion passa dans ses yeux. La douleur ? Le regret ? Je détournai le regard. En sa présence, ma douleur était encore trop fraîche. Il se leva et avança vers moi avec hésitation.

— Ness, je n'insinuais pas ça. Merci de les avoir retrouvés. Et de m'avoir averti.

Je hochai la tête sans quitter des yeux le Sillin.

Il toucha ma joue et je reculai d'un coup.

— Je devrais y aller.

Je me retournai et traversai la maison sans regarder autre chose que le sol. J'avais peur que mon cœur, déjà gros de douleur, explose si je repérais quelque chose qui me rappelle mes parents.

Une fois dans la voiture, sous la voûte stellaire, les larmes coulèrent sur mes joues tandis que je quittais ma maison plongée dans le noir et le tas de médicaments qui avait causé tant de mal par le passé.

# Trente-Sept

Un café fraîchement préparé m'attendait sur mon bureau quand j'entrai le lendemain matin. Je me demandai si c'était pour moi, mais comme personne ne vint le réclamer, je le bus. J'avais dormi par intermittence, alors la caféine était grandement la bienvenue.

Après mon départ, Liam avait informé toute la meute que le Sillin avait été retrouvé. Il n'était pas entré dans les détails, comme celui qui l'avait trouvé et où, mais j'imagine que les gens l'avaient appelé pour le savoir. Les nouvelles allaient vite dans la meute.

Je bus une nouvelle gorgée nécessaire du breuvage brûlant. C'était délicieusement aromatisé comme s'il était parfumé au caramel et à la cannelle.

Puisqu'August ne travaillait pas à l'entrepôt, je lui envoyai un message : *Dois-je te remercier pour le café ?*

Sa réponse vint bien plus tard : *Il était bon ?*

**Moi :** *Incroyable. Il faudra me dire quelle marque c'était.*

**August :** *Content qu'il t'ait plu.*

**August :** *Comment tu te sens ?*

Je me frottai le sourcil.

**August :** *Ness ?*

**Moi :** *Bien.*

**August :** *...*

**Moi :** *Je suis censée analyser ça comment ?*

**August :** *Comme un grognement de ma part.*

Tout en souriant, je parcourus la liste de smileys jusqu'à trouver celui qui ressemblait à une pichenette. Je l'envoyai.

**August :** *D'accord ?*

**Moi :** *C'est moi qui t'envoie une pichenette.*

August m'envoya un smiley qui sourit. Puis : *Tu ne devrais pas être en train de travailler ?*

Si. Je devrais. Et puis, j'avais besoin d'oublier la nuit précédente, alors je posai le téléphone face contre la table et ne regardai même plus dans sa direction de toute la journée.

Pile quand je me levai pour partir, une silhouette apparut sur le palier.

— Mon dernier message t'a vexée ? demanda August, l'épaule appuyée contre le cadrant de la porte.

— Hein ?

Je passai la sangle de mon sac par-dessus mon corps, puis libérai mes cheveux prisonniers en dessous.

— Tu ne m'as jamais répondu quand je t'ai dit que tu devrais travailler.

*Oh !* Je souris.

— Je n'ai pas répondu, car j'ai pris ton conseil à cœur. *J'ai travaillé.* Merci encore pour le café.

Je pris la tasse isotherme que j'avais lavée entre-temps pour la lui rendre.

— Le même demain ?

— Tu n'as pas besoin de me faire un café tous les matins, August.

— J'habite juste à côté. Et puis, j'en fais un pour moi. En mettre dans un contenant et le déposer ici n'est pas difficile.

— Alors, d'accord.

Je lui tendis son thermos, il le prit et nos doigts s'effleurèrent.

Un petit électrochoc traversa ma main.

*L'électricité statique.*

À moins que ce soit le lien.

Je glissai mes deux mains dans les poches arrière de mon jean.

— Tu as prévu quelque chose ce soir ?

Sa voix semblait un peu rauque.

Le sang qui pulsait dans mes oreilles créait sûrement une distorsion, car son expression était entièrement normale.

— Je mange avec un sportif d'UCB. Et toi?

Il se raidit, ce qui lui donnait deux ou trois centimètres de plus.

— Un sportif d'UCB? Tu es sérieuse?

— Tout à fait.

Il grogna.

Je lui donnai une pichenette aux pectoraux. Il ne frotta pas la zone frappée. À la place, il croisa les bras, les tendons visibles sous sa peau.

— C'est quoi le nom du type?

— Pourquoi?

— Je le connais peut-être.

Je souris un peu.

— Tu le connais.

Ses pupilles se dilatèrent.

— Vraiment? C'est David?

— David? Qui est David?

— Le cousin de Dexter. Le gamin avec un grain de beauté sous l'œil. Il joue au football à l'UCB où il est en troisième année de licence.

— Oh non!

*Si David est en L3, il a deux ans de plus que moi et tu trouves déjà que c'est un gamin; je suis quoi, moi, du coup?*

— Mon rendez-vous est en fait l'ancien running back des Colorado Buffaloes.

August plissa les yeux.

— J'ai peut-être entendu parler de lui. Jeb Clark?

Je lui fis un clin d'œil et il écarquilla les yeux.

— Je n'ai pas prévu de fréquenter des mecs dans le futur proche. Je fais une pause. Genre un an ou une décennie, expliquai-je en passant devant August. Bref, j'ai promis à Jeb que je mangerai avec lui puisque je l'ai planté hier.

Je m'arrêtai au milieu de l'entrepôt et me retournai :

— Tu veux venir?

Il observa le couvercle de son thermos.

— Non. Je vais travailler encore un peu.

J'étais étonnée qu'il préfère rester au bureau plutôt que prendre un bon repas avec des amis de famille. Puis, je compris.

— Tu n'as pas à t'inquiéter pour moi, August. Je ne suis pas déprimée ou quoi que ce soit.

Il releva les yeux, les sourcils froncés, comme si j'avais mal interprété son comportement. Il ouvrit la bouche pour parler au moment où un hurlement strident brisa la nuit, suivi d'un autre et d'un autre. Ma cage thoracique se serra et ma peau se hérissa tandis que mes poils s'épaississaient. Je ne l'avais jamais entendu avant, mais je savais que c'était l'appel de mon alpha. Son insistance me laissa la bouche grande ouverte.

— Tu vas devoir repousser ce dîner, fit-il remarquer.

Il posa son thermos et retira son tee-shirt.

L'urgence du moment fut momentanément supplantée par la vue du torse nu d'August qui apportait une nouvelle définition aux termes *tablettes de chocolat* : on aurait sûrement pu utiliser ses abdos comme planche à laver d'antan.

— Ness ? Trois hurlements, ça veut dire que quelque chose de grave s'est produit.

Je sortis de ma torpeur. Le Sillin avait-il été de nouveau volé ? À moins que ce ne fût que de faux médicaments ? Je baissai les yeux vers les torsades de sciures sous mes pieds et déglutis, la gorge aussi sèche que les tortillas de maïs qu'Evelyn remplissait de pâte masa.

August avança vers moi et releva mon menton.

— Ça ira. Je serai là.

Je hochai la tête et peinai à retirer mon sac. La sangle s'était emmêlée à mes cheveux et August m'aida à la retirer. Perturbée par sa proximité et sa nudité, je reculai. Mes mains tremblaient tandis que je retirais mon collier, puis mon tee-shirt. Mon nombril pulsa de manière chaotique quand les yeux d'August, rivés sur moi, commencèrent à briller plus fort.

Il se détourna et sa pomme d'Adam remonta.

Un hurlement déchira la nuit, plus près. La meute venait-elle là ? Je m'accroupis derrière l'un des bureaux et, dos à August, je dégrafai mon soutien-gorge et retirai mon jean.

Des griffes ne cliquetèrent pas loin, ce qui fit sortir mes propres griffes de mes cuticules. Tout en m'assurant que je n'étais pas dans la ligne de mire d'August, je retirai ma culotte avant que ma queue ne la déchire. Mes os se transformèrent, mes muscles enflèrent et je tombai à genoux, le dos arqué tandis que la transformation s'accomplissait.

Une fois terminé, August colla son museau humide contre mon épaule.

*Prête ?* demanda-t-il.

Je baissai la tête pour acquiescer. Au moins, je ferais face à Liam en fourrure ce soir. Je me sentais moins vulnérable comme ça, comme si mes épais poils blancs pouvaient d'une façon ou d'une autre me protéger mieux que ma peau pâle.

Un autre hurlement retentit.

Nous trottâmes vers la porte. De sa gueule, August appuya sur la poignée, puis poussa la porte avec son épaule. Pendant un moment, je me demandai comment on trouverait la meute, mais je sentis quelque chose tirer en moi. Comme le fil qui me liait à August, un autre fil se trouvait en moi.

Un qui m'attachait à Liam.

Un qui me menait droit à lui.

# Trente-Huit

La meute s'était rassemblée dans une partie de la forêt où les arbres poussaient aussi densément que des buissons. La plupart étaient sous forme de loups, mais certains restèrent sous forme humaine – les anciens. La lune ne serait pas pleine avant une semaine, alors ils ne devaient pas pouvoir se transformer. Pourtant, ils étaient quand même venus. Ils ne comprendraient pas ce qui se disait, à moins que Liam ne leur parle via le lien d'esprit.

Pouvait-il faire ça sous sa forme de loup ?

Je vis Jeb ou plutôt reconnus sa fourrure gris-blond, ses yeux bleu clair et l'odeur citronnée de son corps. Je marchai vers lui, glissai mon corps maigre entre lui et le petit-fils de Frank qui était aussi gros que moi en fourrure. Pas en version humaine, pourtant. Je me demandai pourquoi. Puis, je chassai cette réflexion.

Je sentis les yeux ambre de Liam sur moi, mais gardai mon regard sur les épines de pins sous ses pattes gigantesques. Son corps lupin avait pris en volume et en largeur depuis qu'il était devenu alpha.

Quelqu'un pressa son nez contre mes hanches, me poussant un peu plus vers Jeb. Un autre corps imposant s'aligna à mes côtés, entre Joseph et moi. *August.*

Le regard de Liam se posa sur mon voisin. Pendant un moment, ils s'observèrent l'un et l'autre. Puis, August avança d'un pas, me camouflant légèrement, et son pelage se hérissa, lui donnant l'air ostentatoirement plus gros. C'était une illusion. Il n'avait pas vraiment grossi, mais il envoyait un message à Liam : *Ne la regarde pas.*

Je donnais un coup de museau au flanc de mon ami pour lui dire que ça allait. Qu'il n'avait pas besoin de faire une démonstration aussi agressive ! Dieu seul sait comment les autres interpréteraient la chose.

Il ne recula pas, mais sa fourrure se lissa et Liam pivota pour faire face à une autre partie du cercle.

— *L'alpha des Rivières accepte enfin de créer un contact*, annonça-t-il. *Elle viendra à Boulder avec une délégation des Rivières demain. Elle dit qu'elle vient en paix et restera à l'auberge.*

— *Aidan Michaels autorise ça ?* l'interrompit quelqu'un.

— *Il ne sait probablement pas que ce sont des loups*, hasarda un autre homme.

— *Aidan Michaels sait*, grogna Lucas. *Il a des putains de dossiers sur toute la communauté lupine, mais j'imagine que ça ne l'empêche pas de prendre notre argent.*

Je lançai un regard à mon oncle. Son regard ne tressaillit pas, mais j'entendais son cœur battre plus férocement que ceux des autres autour de moi. De ma joue, je lui frottai l'épaule pour lui témoigner mon affection et soutien. Il tourna la tête et posa sa joue contre mon front un moment.

— *Qu'est-ce qu'ils veulent ?*

La voix forte d'August calma les murmures qui s'étaient propagés comme un incendie autour de nous.

— *Rencontrer les alphas et leur meute. Elle nous invite à une rencontre à l'auberge demain soir, au coucher du soleil. Je veux que vous soyez tous là.*

Je détournai les yeux du grand loup brun à côté de moi et croisai le regard dur de Liam.

— *Nous devons nous présenter comme un front uni*, insista Liam.

Je jure que je sentis ce commentaire comme étant uniquement promulgué pour moi.

— *Les Pins seront là ?* demanda quelqu'un.

— *Ils seront là.*

— *C'est un piège. On ne devrait pas y aller*, aboya un autre.

*— Nous avons attrapé le propriétaire de la Hummer jaune, le meurtrier d'Everest.*

Je me raidis et émis une plainte à peine audible. Liam posa son regard sur mon oncle, également raidi à côté de moi.

*— Nous l'avons identifié comme le fils de Morgan. Elle sait que nous l'avons. C'est une des raisons pour lesquelles elle vient. Pour le récupérer. Qu'il vive ou qu'il meurt dépend entièrement de son comportement.*

Je contournai August et intervins :

*— Il pourrait s'en sortir en vie ? Il a* tué *Everest. Ça devient une habitude ? Les meurtriers peuvent tuer sans conséquences ?*

*— Il a plus de valeur pour nous vivant que mort. Et puis, Everest était mort quoi qu'il arrive. Le fils de Morgan m'a juste épargné d'avoir à faire justice moi-même.*

Le grognement étranglé de Jeb me donna la chair de poule.

*— Je suis désolé, Jeb,* s'excusa Liam. *Je comprends que ce ne soit pas facile à entendre pour toi.*

En gémissant, Jeb replia ses oreilles en arrière, recula et s'éloigna de la meute. Je reculai à sa suite quand Liam appela mon nom.

*— Ness, cette réunion n'est pas terminée.*

Sa voix contenait tant d'autorité qu'elle m'obligea à baisser la tête et me tourner. C'était comme si mon corps et mon esprit étaient deux entités séparées : mon esprit voulait suivre mon oncle désemparé, mon corps obéissait aux ordres de mon alpha.

*— L'alpha des Rivières a insisté pour que tu viennes plus tôt avec moi.*

*— Moi ? Pourquoi ?*

*— Apparemment, elle a beaucoup entendu parler de toi.*

J'attendis que les mâles, qui me fixaient tous, ricanent. Personne ne le fit.

*— Alors, sois prête à dix-neuf heures.*

Puis, Liam commença à donner des ordres pour la soirée, nous demandant de ne pas ingérer de boisson ou nourriture servie à l'auberge au cas où elles seraient mélangées au Sillin manquant.

*— Je croyais qu'on avait tout retrouvé,* protesta un loup.

*— Presque tout. Mais ça ne veut pas dire que les Rivières n'ont pas leur propre stock.*

Il donna de nouvelles précautions, mais sa voix s'effaça dans ma tête tandis que je réfléchissais à pourquoi Morgan, la grande et crainte alpha des Rivières, avait demandé à me rencontrer *moi* avant les autres.

Cherchait-elle une alliée dans ma meute ?

## Trente-Neuf

Le lendemain, j'allai au travail, un mélange d'excitation et d'appréhension au fond du ventre. August exacerba mon humeur angoissée. Son inquiétude était telle que je lui demandai si je pouvais partir plus tôt. Il me proposa de venir aussi à dix-neuf heures si je voulais. Je refusai – j'avais peur que Morgan n'apprécie pas que j'amène un garde du corps – et ses yeux s'assombrirent comme les pins les nuits sans lune.

Je ne voulais pas le blesser et faillis faire machine arrière, mais il arriverait peu de temps après moi. Et puis, je n'étais pas effrayée. Du moins, pas totalement.

Surtout qu'après, Sarah passa chez moi et discuta sans temps mort de la rencontre. Elle balança trois robes sur mon lit. Même si j'annonçai vouloir porter quelque chose à moi, elle insista : c'était une *soirée*. Et apparemment, ça demandait une jolie tenue.

— Je ne cherche pas à séduire des Rivières, marmonnai-je en essayant à contrecœur la deuxième robe.

— Une des premières choses que Julian m'a apprises, c'est que la façon dont tu te présentes, dont tu te tiens, dont tu parles, affecte la perception que les gens auront de toi. En entrant dans une tenue qui a l'air d'être à des milliers de dollars – je crois que c'étaient même deux pour cette robe –, tu sortiras du lot, car tout le monde, qu'ils soient humains ou loups, s'inté-resse aux beautés et aux riches.

Elle mit correctement en place le tulle noir de la jupe mi-longue tandis que je blêmissais. Je n'avais jamais demandé le prix de la robe rouge que j'avais portée au mariage de son frère ni celui de la robe blanche qui était toujours dans mon placard.

Je lissai le bustier rigide qui serrait mes seins l'un contre l'autre. Étant donné que j'avais une plus petite poitrine que Sarah, je lui demandai :

— Mais tu rentres là-dedans ?

— Non. C'était une commande Internet et j'ai été trop flemmarde pour la renvoyer. Je te la donne.

Pendant une seconde, j'envisageai de la revendre, mais ça blesserait sûrement Sarah. Et puis, elle était vraiment jolie *et* noire, alors elle serait facile à porter pour plusieurs occasions.

Je me détournai enfin du miroir plain-pied fixé au dos de ma porte de chambre.

— Tu es comme une marraine la bonne fée. À part qu'au lieu des ailes et du chignon gris, tu as des griffes acérées qui peuvent trancher la gorge d'un homme et une ténacité capable de détruire son ego.

Elle mima un coup de griffe dans l'air, ses ongles manucurés recourbés.

Mes lèvres s'étirèrent en un sourire qui disparut quand une voiture klaxonna.

Sarah s'éloigna du lit et regarda par la fenêtre.

— Liam est là. Ça va aller ?

— Oui, mentis-je.

Je partis dans la salle de bain chercher mon mascara dans le verre là où se trouvaient également ma brosse à dents et mon eyeliner. Même si mes mains tremblaient, je réussis à appliquer une fine couche de maquillage sur mes cils sans incident. Je gardai le reste de mon visage au naturel. La robe en faisait déjà assez. Je donnai du volume à mes cheveux légèrement ondulés après les avoir séchés et glissai mes pieds dans mes talons noirs.

— Prions pour que ça ne se termine pas en film d'horreur, lança Sarah.

Elle se passa la main dans ses cheveux qu'elle avait lissés d'une main experte. Ça lui donnait l'air complètement différente – moins sauvage et plus raffinée.

Je hoquetai.

— Pourquoi tu dis ça ?

— Je plaisantais juste.

— Eh bien, ce n'est pas drôle, marmonnai-je.

Sarah eut alors un comportement inhabituel. Elle me prit dans ses bras.

— Elle n'a aucune raison de nous assassiner. Elle vient sûrement vous supplier pour la vie de son fils. Et peut-être nous proposer une alliance.

Elle me serra fort et son parfum floral picota mon nez comme des épines de roses.

— À moins qu'elle ne veuille te marier à son fils.

Je m'écartai.

— Quoi ?

— Ce n'était qu'une supposition.

— Ne fais pas des suppositions sur des choses aussi... aussi affreuses.

— Tu es liée à quelqu'un. Utilise cette excuse si elle essaye de te marier.

En ouvrant ma porte de chambre, je surpris mon reflet dans le miroir. Mon visage était aussi spectral que celui d'Isobel à l'hôpital.

Liam klaxonna de nouveau.

— Mieux vaut y aller avant qu'il monte chercher tes fesses pour les mettre dans sa grosse voiture.

Mon cœur frappait ma cage thoracique comprimée.

— Je ne suis pas prête, murmurai-je paniquée.

Elle avança vers moi et glissa une mèche de cheveux derrière mon oreille.

— Je viendrai tôt.

Comme je ne bougeai pas, elle ajouta :

— Tout ira bien.

*Oh non, non, non !* Pourquoi avait-elle dit ça ? Utilisé ces mots précis ?

Gelée jusqu'aux os, je sortis enfin. Liam ne me salua pas quand je grimpai en voiture ni ne m'accorda un seul regard. Il portait son tee-shirt noir en V habituel et un jean bleu, mais il avait ajouté une veste noire.

— Je suis trop bien habillée ? J'ai laissé Sarah choisir ma tenue.

Son regard ne quitta pas le pare-brise, mais sa mâchoire tressauta.

— Tu cherches un compliment ?

— Quoi ? Non ! Je demandais juste si je ferais mieux de partir me changer avant qu'on parte.

Il appuya sur la pédale d'accélération et la voiture se lança en avant. Je me dépêchai de m'attacher.

— C'est trop tard maintenant, cracha-t-il. Je suis sûr qu'August appréciera ta petite robe de princesse.

Cela me fit taire. Mais juste pour une minute.

— Ne joue pas au connard, Liam.

Il me coula un regard de biais.

— Moi ? Moi, je suis un connard ?

Il éclata de rire, un rire lugubre.

— Je crois que tu m'as confondu avec ton partenaire.

Il avait prononcé le mot *partenaire* comme si c'était quelque chose de pourri.

La colère enfla dans ma poitrine.

— Comment August est censé être le connard de l'histoire ? Ce n'est pas lui qui a prétendu que je l'avais poignar...

— Il a défié mon autorité devant toute la meute ! Je ne peux même pas le remettre verbalement ou physiquement en place parce que c'est ton *partenaire*. Dis-moi, vous êtes ensemble maintenant ?

Je secouai la tête, pas pour répondre, mais parce qu'il se comportait comme un fou.

— Si vous couchez ensemble, c'est fini pour toi. Tu seras coincée avec lui pour la vie et, de ce qu'en dit Sienna, ce n'est pas terrible au lit.

Je blêmis, puis rougis de colère et fusillai du regard les bâtiments flous derrière la fenêtre, me demandant pourquoi Liam devait être si grossier et mesquin. Ce n'était pas moi qui avais sauté au lit avec quelqu'un à la seconde où j'étais devenue célibataire.

Il arrêta brutalement la voiture à un feu rouge.

— Ce qui est fou, c'est combien mes propres potes me traitent à ce sujet. Ce n'est pas comme si je t'avais trompée, et pourtant c'est moi le méchant.

Je m'agrippai au tulle comme si c'était une balle contre le stress. Ça n'eut pas d'effet.

— Je sais que tu souffres.

— Je ne souffre pas ! Je suis furieux, *putain* !

Il frappa le volant.

— Tu me jettes sur le trottoir à la première erreur que je fais. Je ne suis pas parfait. Personne ne l'est! Pas même toi.

Mes phalanges blanchirent et ma vue se précisa, mais je repoussai ma forme de louve avant qu'elle ne déchire ma *petite robe de princesse*.

— J'ai couché avec Tammy parce qu'elle guérissait l'ego que tu avais piétiné.

Le volume de sa voix avait diminué, mais la phrase résonnait quand même trop fort dans la voiture.

*Tammy.* Tamara. Pourquoi n'étais-je pas surprise?

Avait-il cessé de la voir pour commencer? Pourquoi est-ce que je me torturais l'esprit là-dessus? Ça n'avait pas d'importance.

*Elle* n'avait pas d'importance.

Tout comme ce qu'*ils* avaient fait.

— Comment suis-je censé être alpha si l'on me fait me sentir comme une merde?

Je n'émis pas un son. Je respirai à peine. Ma colonne vertébrale me piqua et encore, je repoussai ma forme lupine.

Le feu devint vert et Liam appuya sur la pédale et slaloma entre les voitures comme un pilote de Formule 1.

— Elle était juste un moyen pour atteindre mon but, ajouta-t-il si bas que je faillis ne pas entendre.

Je ne répondis toujours rien.

Il s'arrêta encore violemment, cette fois sur le côté de la route qui menait à l'auberge.

— Dis quelque chose! hurla-t-il. Crie-moi dessus! Fais quelque chose! Dis-moi que je suis un con, frappe-moi, dis-moi que Tamara est une connasse!

Ses mots violents trahissaient son désespoir.

Était-ce là ce pour quoi il l'avait emmenée dans son lit? Pour tester mon affection? Ou était-ce pour renflouer son ego comme il l'avait dit?

Il tendit la main et agrippa mes épaules, me faisant pivoter vers lui.

— N'es-tu pas un tant soit peu jalouse? Tu ne tiens pas à moi? murmura-t-il.

Sa voix perdait en force.

— Tu m'as brisé le cœur, Liam.

J'étais incroyablement calme et ce n'était même pas de la comédie. Je ne me sentais pas d'humeur vengeresse.

— Je t'ai laissé entrer dans ma vie et tu as fait de moi une épave. Est-ce ce que tu veux entendre ?

Je léchai mes lèvres qui semblaient aussi sèches que mes yeux.

Il descendit ses mains le long de mes bras et s'y accrocha comme s'il voulait m'empêcher de m'éloigner de lui. Mais je m'étais déjà éloignée.

— August et toi...

— Il n'y a pas d'August et moi.

Les yeux de Liam s'allumèrent – de l'espoir. Comme une allumette embrasée, l'espoir se propagea et l'air dans la voiture sembla se craqueler.

— Mais il n'y a pas de toi et moi non plus, Liam.

Un par un, je retirai ses doigts de mes bras.

— Tu dois me laisser partir, fis-je doucement. Tu dois me laisser partir.

Des traces de mains rouges restèrent là où il m'avait serrée.

— Je t'obéirai comme je l'ai juré, mais ne me demande pas de t'aimer.

Il passa une main dans ses cheveux coiffés de gel. Une mèche durcie tomba devant ses yeux brillants.

— Ness...

— S'il te plaît, Liam, laisse-moi partir, murmurai-je.

Je touchai sa joue, lisse et fraîchement rasée, la seule partie douce de son corps. Le reste n'était que traits durs. Il déglutit et les muscles de ses mâchoires vibrèrent sous ma paume. Il couvrit ma main de la sienne et garda les deux ancrées à son visage tandis qu'on restait assis sur le côté de la route, l'auberge hors de portée, mais déjà visible.

— Finissons-en avec cette soirée, proposai-je.

Je retirai ma main de son visage. Il ferma les yeux puis les rouvrit, inspira longuement par les narines. Peut-être qu'il rassemblait son courage. La réputation des Rivières était si terrible que je peinais à calmer ma propre nervosité. Lentement, nous gravîmes la colline pour les rejoindre.

# Quarante

Liam se gara devant, derrière une rangée de voitures garées en bataille allant des Cayenne flamboyantes aux Civic rouillées. La vue de la rouille me rassura, je n'étais pas dépassée, je pourrais comprendre certains métamorphes.

Nous avançâmes vers l'auberge côte à côte, la tension qu'il y avait entre nous désormais dispersée. Nous n'étions pas du tout détendus, mais ça n'avait rien à voir avec notre dispute et tout à voir avec le repaire des loups dans lequel nous allions entrer.

— Pourquoi tu crois qu'elle a demandé à me rencontrer moi spécifiquement ?

— Tu es la cousine d'Everest. Tu as travaillé comme escorte. Peut-être qu'elle pense que tu as espionné un Rivière ou deux.

Le cou de Liam était une colonne rigide sur ses épaules inflexibles.

Je dus rester bouche bée, car Liam passa une phalange sous mon menton comme pour fermer ma bouche.

— Tu n'as pas fait ça, hein ?

J'éloignai mon menton de ses doigts.

— Espionné des Rivières ? *Non.*

Des portières se refermèrent, me faisant sursauter. Liam et moi nous retournâmes pour parcourir des yeux le parking. Lucas, Matt, August et Cole avançaient depuis l'endroit où ils avaient garé le pick-up.

Était-il déjà vingt heures? Liam et moi avions-nous passé une heure dans sa voiture? Le ciel était voilé d'orange et de rose, ce qui indiquait qu'il était tôt.

— On ne se sentait pas de vous laisser tous les deux sans protection, affirma Matt en approchant.

Il était habillé d'un jean noir et d'un tee-shirt à manches longues. Les deux moulaient son corps et ses membres noueux. Il avait fait encore moins d'effort vestimentaire que Liam, ce qui confirmait mes inquiétudes précédentes par rapport à ma tenue. Les garçons étaient comme des pins tandis que j'étais ce palmier que j'avais voulu dans ma maison de rêve.

J'agrippai le tulle, regrettant de ne pas pouvoir le transformer en jean et débardeur.

Les yeux bleus de Lucas allèrent de Liam à moi, comme essayant de jauger à nos postures où nous en étions rendus sur l'échelle de l'amour à la haine. Il dut remarquer que seules des volutes de fumée restaient de notre dispute, car il se détendit. S'était-il attendu à devoir sortir mes griffes de la peau de son alpha?

Le visage d'August était un masque de neutralité, mais via le lien, je sentis son corps vibrer de quelque chose; quelque chose qui lui fit croiser les bras, tirant ainsi sur le tissu de son haut en coton vert olive, accordé à ses yeux.

— On va voir ce que la grande alpha des Rivières veut? demanda Lucas en montrant l'auberge.

Liam se retourna vers les portes de l'auberge, mais Matt le prit à part.

— J'irai en premier, annonça le géant blond.

Les portes tournèrent, renvoyant l'odeur familière de la fumée de cheminée et du pot-pourri comme l'odeur musquée de la sueur et de la fourrure trempée. On aurait dit que la délégation des Rivières avait voyagé en fourrure et non sous forme humaine. Peut-être que certains avaient bel et bien couru.

Liam entra à la suite de Matt, puis Lucas. Cole me fit signe d'y aller, alors je pressai mes doigts sur le verre froid et poussai. Je m'attendais à du bruit, mais fus accueillie par le silence. L'endroit était étrangement calme. Le fil entre August et moi se tendit quand il entra. Je posai ma main sur mon nombril instinctivement, pas parce que ça me démangeait, mais parce que le toucher me donnait l'impression de puiser de la force. Contrairement à Cole qui était allé se poster à côté de son frère, August resta à l'arrière, dans mon dos. Le battement régulier de son cœur contre mes omoplates nues combattait la chair de poule qui envahissait ma peau.

— Ça sent mauvais, commenta Cole.

Le silence faisait frémir mes os.

Lucas huma l'air.

— Ça pue leur odeur.

— Je sens des battements de cœur, fit Liam. Humain et...

On entendit des martèlements, le bruit de griffes, puis deux loups surgirent du salon. Pas des loups ; des chiens. D'énormes chiens noirs et fauves. Ils s'arrêtèrent devant nous six, les crocs sortis, la salive coulant de leurs babines tombantes et proéminentes.

Je reculai et heurtai le torse d'August. Il posa ses mains sur mes bras à l'endroit exact où les mains de Liam se trouvaient quelques instants plus tôt. Contrairement à la poigne de Liam qui m'avait laissé des bleus, celle d'August était gentille, mais ferme : du velours au lieu de l'acier.

Je me détendis en remarquant que les chiens étaient accrochés à des laisses déjà tendues. Des bruits de pas résonnèrent sur le parquet, puis un homme aux cheveux argentés entra dans la pièce en sortant du salon.

*Aidan Michaels.*

Il tira sur les laisses.

— J'espère que vous vous abstiendrez de mettre à mort mes nouveaux chiens de Saint-Hubert. Je ne les ai que depuis une semaine.

Tandis que Cole s'approchait de moi, Matt et Lucas se positionnèrent devant Liam. August ne bougea pas. Il ne lâcha pas mes bras qui avaient commencé à trembler. Pas à cause de la peur, mais à cause d'une haine à l'état pur.

Je n'avais pas d'intérêt à tuer les chiens, mais leur maître... J'étais très intéressée à l'idée de sectionner ses artères et le regarder se vider de son sang.

— Il ne peut pas te faire de mal, murmura August.

Je n'avais pas peur qu'il me fasse du mal. Plutôt l'opposé.

— Que faites-vous là ? demanda Liam, le ton aussi tranchant qu'une tronçonneuse.

— Je visitais juste ma nouvelle propriété. C'est un peu miteux, mais la vue est splendide. C'est la meilleure chose au sujet de cet endroit.

Ses yeux myopes bleu marine cherchèrent les miens dans la masse de corps masculins.

— Où sont vos petits *invités*? cracha Lucas.

— Ils sont sortis faire un peu d'exercice. J'ai passé un très bon repas avec eux. Ils sont très bien élevés et ont un point de vue très novateur. Un changement appréciable pour les citoyens de Boulder.

— Tous? demanda Liam.

— Ils ne sont pas tous aussi rusés qu'un renard, mais...

Matt le coupa :

— Ce que Liam voulait dire c'est : ils sont tous partis courir ?

— Oh oui! Tous. Même les plus jeunes.

Aidan frotta l'un de ses chiens entre les oreilles.

— Si vous voulez bien me suivre, je vous guiderai aux festivités.

— Parce que vous restez? demanda Lucas.

— Pourquoi pas ? Cet endroit est à moi maintenant, non ?

Aidan observa le haut plafond de l'entrée. Les tendons de Liam se tendirent à son cou.

— Mme Morgan sait que vous resterez ?

*Mme Morgan* ? Morgan n'était pas son prénom ?

Aidan sourit, de ce sourire mielleux qu'il maîtrisait tant.

— Oh, elle sait. Venez par ici. Après vous, proposa-t-il en montrant le salon.

— Passez devant, Aidan, répliqua Liam. Nous vous suivrons.

C'était la première fois que je l'entendais s'adresser au vieil homme par son prénom. Les commissures des lèvres du chasseur se soulevèrent plus haut encore.

— Je n'ai pas de fusil sur moi, Kolane.

— À moins que vous ne vouliez que je torde le cou de vos chiens, vous passerez devant nous.

Aidan tapota affectueusement le flanc du plus gros des deux chiens.

— Ces deux-là pourraient être vos cousins.

— Nous ne sommes pas liés aux chiens, grinça Liam.

La colère montante de Liam nourrissait l'éclat de joie pervers d'Aidan Michaels.

Le vieil homme tira sur les laisses et se détourna, guidant le chemin vers le salon. Liam se tourna vers moi comme pour dire quelque chose. Ses yeux brillaient d'un éclat ambre teinté de soif de sang et la couleur s'intensifia quand il repéra les mains d'August sur moi.

J'étais tellement absorbée par Aidan que j'avais oublié qu'August me tenait. Je retirai mes bras de ses mains. Personne ne dit rien, rendant le moment déjà gênant encore plus gênant.

— Je n'arrive pas à croire que ces bâtards sont sortis courir, finit par commenter Matt.

— Ce n'est rien d'autre qu'une technique de négociation, marmonna Liam.

Ses yeux retrouvaient peu à peu leur lueur humaine. Seuls les anneaux autour de ses iris restaient embrasés.

Je croisai les bras et frottai la chair de poule sur ma peau. Ils avaient allumé la ventilation au maximum.

— Transformer cet endroit en bloc de glace, ça fait partie de leurs techniques de négociation ? demandai-je.

— Tout ce qui crée le déconfort est une technique.

Il déboutonna sa veste comme pour me la proposer. Avant qu'il ne puisse le faire, je partis, les talons cliquetant sur le parquet.

— On les attendra sur la terrasse alors.

Matt me rattrapa et imita mon allure brusque.

— Ne t'éloigne pas du groupe, Ness.

Un nouveau frisson remonta ma colonne vertébrale en entendant l'avertissement, puis un autre immobilisa mes genoux quand j'entrai dans le salon à deux étages. Debout, tout près de l'entrée, se trouvait Lucy, ses cheveux flamboyants coiffés en vagues nettes, son sourire insolent maquillé de rouge à lèvres. Elle était habillée d'une robe noire qui accentuait chacune de ses courbes et la pâleur laiteuse de sa peau constellée de taches de rousseur. Elle proposa un plateau argenté sur lequel se trouvaient des verres d'alcool.

— Bienvenue, nous accueillit-elle.

L'odeur cendrée de son souffle m'irritait presque autant que sa présence.

— Madame Clark, la salua Matt.

— Oh ! C'est juste Lucy maintenant. Vous ne le savez pas ? Depuis cet après-midi, je ne suis plus une Clark. La terre au-dessus de la tombe de mon fils est à peine tassée et déjà, je suis chassée de la famille à qui j'ai consacré vingt ans de ma vie. Les Clark sont du genre changeants.

Elle m'adressa un sourire glacé, mais puissant.

— Tu es serveuse pour ce soir, Lucy ?

La question de Liam attira l'attention de ma tante sur lui.

— Aidan Michaels m'a nommée directrice de l'auberge.

— Tu as accepté du travail de la part du meurtrier de ton fils ? demanda Lucas. C'est tordu.

Aidan, qui était sorti sur la terrasse, rentra de nouveau à l'intérieur sans ses chiens. Les avait-il lâchés ou attachés à la rambarde ?

— Voyons, voyons, Lucas, je n'ai pas tué Everest. Mais tu le sais puisque le meurtrier est emprisonné, non ?

Les informations d'Aidan Michaels étaient vraiment effrayantes.

— Ce n'est pas parce que vous n'avez pas eu à vous salir les mains que vous n'êtes pas un connard pourri jusqu'à la moelle, répliqua Lucas.

— C'est vraiment dommage que tu aies été élevé par une meute de loups, Lucas. Une éducation aurait fait du bien à ton vocabulaire.

Lucas ramena son bras en arrière, mais Cole le rattrapa avant qu'il ne colle son poing dans la mâchoire d'Aidan.

— Un peu sur les nerfs ce soir, non ?

Aidan montra le plateau, soulevant l'un des petits verres.

— Pourquoi est-ce que tu ne goûtes pas ton verre de bienvenue ? C'est très bon. Lucy l'a fait elle-même avec de l'eau de rose distillée grâce à des pétales séchés.

Rien que l'odeur des verres me piquait les yeux.

— Et tu as mis quoi d'autre là-dedans, ma chère ? demanda Aidan.

Il tapota son index contre le bord dilaté de son verre à shot.

— Du Sillin ? répondit Matt dans un souffle.

— De la vodka et du sirop d'érable, corrigea Lucy gaiement.

Aidan haussa un sourcil, ce qui rida son front.

— Du Sillin ? Pourquoi aurait-elle mis du Sillin ? Ça n'aurait apporté aucune saveur à cette boisson exquise.

— Comment connaissez-vous la saveur du Sillin ? demanda Liam, le regard étréci sur le chasseur.

Aidan tritura son oreille et repoussa ses lunettes aux montures métalliques plus loin sur son nez, même si elles n'avaient pas glissé.

— Quand je fais des recherches sur quelque chose, Liam, je les fais consciencieusement.

Il leva son verre et attendit, mais aucun de nous ne l'imita.

— Tant pis pour vous.

Il renversa le verre dans sa bouche, puis serra les lèvres.

— Absolument délicieux, exactement comme la femme qui l'a concocté.

Aidan Michaels draguait-il ma tante – mon *ex*-tante ? *Beurk !*

Quand le rose lui monta aux joues, j'eus un haut-le-cœur. J'avais dû faire du bruit, car elle me fusilla du regard, son sourire disparu.

Des voix s'élevèrent soudain dans l'entrée.

— Je crois que d'autres invités sont arrivés. Allons les accueillir, Lucy.

Aidan lui prit le plateau des mains et lui proposa son bras. Elle s'en saisit.

— D'autres invités, mais toujours pas d'hôtes, commenta Matt.

Son regard était plongé dans la forêt sombre qui s'étendait par-delà la terrasse en pilotis, aussi distinguable que des coups de peinture pas encore secs.

Liam baissa le menton vers la terrasse et les garçons le suivirent dehors. J'étais encore trop ébahie par ce que je venais de voir pour bouger.

— Ness ?

La voix d'August perça le brouillard gris de mes pensées.

Je lâchai mes coudes, laissant mes mains retomber sur le tulle duveteux qui me grattait.

— Jeb ne doit pas venir. Il va... Il va...

Je caressai ma jupe comme pour chercher une poche, mais je n'en avais pas, tout comme je n'avais pas de sac. Je ne pensais pas que j'aurais besoin de quoi que ce soit puisque mon oncle venait.

— Peux-tu l'appeler, August ? Dis-lui de ne pas venir. Je ne veux pas qu'il... qu'il soit témoin de ce qu'on vient de voir.

Ma voix était stridente sous le coup de la nervosité.

August sortit son téléphone de la poche de son pantalon et appuya sur l'écran avant de le porter à son oreille. Tandis qu'il parlait, je repérai une blonde familière et lâchai un soupir de soulagement.

Sarah avança vers moi dans une robe étincelante qui lui donnait l'air plus d'une déesse que d'une louve.

— J'ai cru comprendre que les Rivières étaient en retard.

— Tu n'as rien bu, hein? murmurai-je hâtivement.

Ses lèvres brillantes esquissèrent un sourire de biais.

— Je n'oserais même pas rêver d'ingérer quoi que ce soit fait par de pauvres types.

Elle m'adressa un clin d'œil, glissa son bras au mien et m'attira vers la terrasse, mais je la retins en arrière.

— Tu as réussi à l'avoir? demandai-je à August.

— Oui. Il restera à la maison.

J'étais soulagée, mais pas assez pour que cela apaise l'anxiété qui me rongeait.

— J'ai un très mauvais pressentiment, murmurai-je à Sarah tandis qu'on rejoignait les autres dehors.

Elle me serra le bras.

— Ça va bien se passer.

Même si sa voix n'avait pas tremblé, son optimisme ne me rassurait pas beaucoup. Peut-être parce que Liam semblait sur le point d'arracher la tête de quelqu'un ou parce que Lucas n'avait lancé aucune pique sur l'apparence de Sarah, comme à son habitude, même s'il l'avait tout de même fixée des pieds à la tête plusieurs fois. À moins que ce soit à cause de l'expression lugubre d'August et des deux frères Rogers.

Peu importe d'où cette inquiétude me venait, je me préparai pour le chaos total. Mieux valait être agréablement surprise que déçue.

# Quarante-et-Un

Julian Matz traversa le salon comme si l'établissement était le sien, sa sœur Nora à son bras.

— Ton père est là ? demandai-je à Sarah.

La surprise ou peut-être le choc se peignit sur son visage.

— Mon père a eu une altercation avec mon oncle il y a quelques années de ça. Il n'est plus le bienvenu aux réunions de la meute.

— Tes parents sont divorcés ?

— Non, mais ils vivent séparément.

— Oh.

Julian avança vers nous.

— Mademoiselle Clark, ça fait trop longtemps.

Il lâcha sa sœur et prit ma main, la porta à ses lèvres, le diamant de sa bague rose brillant sauvagement.

— Beaucoup trop longtemps.

Son souffle comme son baiser effleurèrent mes phalanges.

Je retirai ma main d'un coup. Je n'avais pas peur de Julian, mais il me mettait quand même mal à l'aise.

— Bonsoir, Monsieur Matz, Madame...

Comment étais-je censée l'appeler ?

— Matz, compléta Nora.

Elle m'offrit un sourire aussi lumineux que les anneaux en saphir à ses oreilles.

— Oh, Robbie et Margaux sont arrivés. Je reviens.

Elle avança vers son fils et sa femme prudemment sur ses talons atteignant des sommets monstrueux. Tous deux étaient habillés élégamment. Contrairement à ma meute. Je ressemblais à une Pin plus qu'à une Boulder ce soir, et ça semblait mal, mais ce n'était pas la faute de Sarah. Elle ne pouvait pas deviner que ma meute ne ferait aucun effort.

Une fois Julian parti accueillir de nouvelles personnes, je demandai à mon amie :

— Pourquoi le nom de famille de ta mère est Matz ?

— Parce que mon père n'est pas un loup, répondit-elle comme si c'était évident. Les noms de famille sont les noms de la meute. Si tu te mariais à quelqu'un en dehors de la meute, tu garderais ton nom de louve et le transmettrais à tes enfants. Les familles sont plus facilement retraçables ainsi.

Je haussai un sourcil.

— Hmm.

Elle leva ses yeux maquillés de khôl.

— Ma belle, tu es une vraie débutante.

À côté de nous, Lucas afficha un sourire narquois.

— Qu'est-ce qui te fait rire, Mason ?

Sarah lui lança un regard noir. C'était plus taquin que méchant réellement. Elle gardait sûrement les vrais regards noirs pour l'arrivée des Rivières.

— Tes cheveux. Qu'est-ce qui leur est arrivé ?

Elle rosit.

— Je les ai lissés.

Je fus distraite par Julian et Liam qui marchaient vers une extrémité de la terrasse, têtes basses, plongés dans une conversation. Deux Pins robustes les suivaient et Matt et Cole s'approchèrent aussi, répartissant leur attention entre Liam et les gardes du corps de Julian. J'observai les deux alphas un long moment, me demandant de quoi ils parlaient, espérant qu'ils aient une stratégie pour nous faire sortir d'ici en sécurité si les Rivières nous attaquaient ou mettaient le feu à l'auberge.

Mon cœur fit un bond. D'où me venait cette idée ? Des grosses bûches brûlant dans la grande cheminée, derrière les portes en verre? Je jetai un coup d'œil à l'escalier sur le côté de la terrasse. Il était grand, mais si tout le monde commençait à courir dans cette direction, il serait rapidement encombré. Je plissai les yeux au-delà de la rambarde. Je survivrais à la chute de deux étages, mais je me briserais sûrement certains os.

— À quoi tu penses? demanda August, m'arrachant à mes terribles réflexions.

Il était parti voir son père et les anciens, mais était revenu sans que je le remarque et se tenait maintenant la hanche contre la rambarde en bois, les bras croisés. Je devais être plus attentive à mon environnement.

— Au feu, chuchotai-je en attrapant le rondin en bois.

Il haussa un sourcil.

— Et s'ils n'étaient pas là parce qu'ils voulaient mettre le feu à l'auberge? murmurai-je.

Je voulais qu'August me dise que c'était une folie, qu'ils étaient venus en paix, mais il n'en fit rien.

— On sauterait et s'enfuirait en courant.

Je déglutis.

— Je ne laisserai rien t'arriver, ma petite.

*Ma petite?* Je préférais encore Jolies-Fossettes à ma petite. J'empoignai mes coudes dans mes paumes et me tournai vers la forêt.

— Ness? m'interpella August.

Pourquoi est-ce que ça me gênait qu'il me prenne pour une gamine? Je ne me comprenais pas moi-même. C'était le lien. Le lien jouait avec mes émotions.

Je ne dis rien et me concentrai sur les bois.

C'est là que je les entendis.

Le son distant des cœurs battant à l'unisson, des pattes martelant le sol.

August les avait sentis, lui aussi.

— Ils sont là, chuchota-t-il.

Chaque Pin et chaque Boulder les avait sentis, car tous les visages étaient tournés vers les bois.

# Quarante-Deux

Les Rivières arrivaient, martelant notre territoire sous leurs pattes géantes, cassant nos brins d'herbe, labourant notre sol de leurs griffes, volant notre air et l'imprégnant de l'odeur de leur fourrure mouillée. Ils couraient vers nous, avançant comme des colonnes de soldats, un loup plus grand que les autres à l'avant.

Leur alpha.

*Morgan.*

La louve brun clair mena les siens jusqu'à nous avec une détermination qui me poussa à reculer, qui nous poussa tous à nous éloigner de la rambarde.

Stupide réaction, puisque ses métamorphes n'auraient jamais pu sauter dessus.

Quand elle s'arrêta et lâcha un long hurlement, les poils sur mes bras s'épaissirent.

**Que personne ne se transforme**, ordonna Liam.

Ma peau sembla incroyablement trop serrée, mais je retins mon loup.

Julian avait dû donner le même ordre à sa meute, car tout le monde resta sur deux pieds.

Sur le grand terrain d'herbe devant nous, les Rivières commencèrent à s'élever sur deux jambes : leur fourrure disparut sous leurs pores humains, leurs oreilles migrèrent sur le côté de leur visage, leur museau rapetissa jusqu'à former un nez. Des seins se développèrent sur certains corps, des poils de torse sur d'autres. Le plus petit corps n'avait ni poils ni seins.

Mon attention passa de la marée de corps nus à la femme à leur tête. Ses cheveux étaient courts comme ceux d'un homme, mais son visage était fin et féminin comme le reste de son corps. Elle était musclée, mais rien d'aussi volumineux que certains des loups l'entourant. Je gardai les yeux rivés sur leur visage ou du moins essayai. C'était un miracle, étant donné que leurs membres se balançaient dès qu'ils esquissaient le moindre mouvement. Clairement, les Rivières n'étaient pas prudes...

Je me demandai si quelqu'un d'autre était gêné par leur nudité. Quelques Pins grimaçaient, mais je ne pensais pas que ce soit pour la même raison. Je vérifiai le visage de Liam. À quoi pensait-il? Comme j'aurais voulu qu'il nous parle par l'esprit, car je n'étais pas sûre de savoir comment réagir au spectacle devant nous. Ses traits étaient durs, son regard ambre brillait et ses épaules étaient crispées.

Julian prit la parole, brisant l'épais silence.

— Vous avez accompli un grand exploit ce soir, chère Cassandra.

Donc Morgan était son nom de famille.

De petites rides entourèrent les yeux pâles de l'alpha tandis qu'elle examinait prudemment les rangées de visages la regardant.

— Tu as accompli l'exploit de me faire sentir trop habillé, s'esclaffa Julian.

Plusieurs Pin l'accompagnèrent. En retenant mon souffle, je scrutai le visage de Cassandra, attendant sa réaction aux commentaires de Julian. Ses lèvres esquissèrent un sourire et j'entendis une masse expirer autour de moi.

— Je m'excuse, Julian.

Sa voix me fit cligner des paupières encore et encore. Elle écuma les visages jusqu'à trouver le mien.

Jusqu'à ce que ses yeux se plongent dans les *miens*.

— J'ai entendu de grandes choses sur les bois dans cette zone-ci.

Elle sourit, dévoilant des dents brillantes qui se chevauchaient. Le cœur battant, je reculai et l'un de mes talons se coinça quelque part. Je dépliai les bras, mais Lucas me rattrapa avant que je ne puisse tomber.

Après m'avoir stabilisée, il marmonna :

— Tu peux laisser un Pin tomber en premier ?

***Ne montre pas de peur, Ness***, m'indiqua Liam via l'esprit.

Comment pouvais-je ne pas montrer de peur ?

Je restai bouche bée en le regardant, puis en voyant tous les Pins et Boulder qui s'étaient retournés pour m'observer. La bouche toujours ouverte, je reportai mon attention sur l'alpha des Rivières.

Aidan Michaels traversa la pelouse, s'arrêta devant elle et m'adressa alors un grand sourire, comme elle.

# Quarante-Trois

— Qu'est-ce qu'il y a ? demanda August, la seule personne qui me fixait toujours.

Tous les autres regardaient Cassandra qui colla sa joue à celle d'Aidan Michaels comme pour le marquer, comme s'il était un loup et pas un chasseur.

August se plaça devant moi, me bloquant la vue pour que je me concentre sur lui.

— Ness ? Pourquoi es-tu autant flippée ?

Je clignai des paupières.

— Cassandra... C'est... je...

Il posa une main sur mon épaule, propageant sa chaleur sur ma peau gelée, mais pas assez pour m'arracher de ma torpeur.

— Qu'est-ce qu'elle a ?

— Sa voix, murmurai-je.

— Quoi sa voix ?

— Je la reconnais, je la connais.

Je murmurai les mots si vite qu'ils se mélangèrent les uns aux autres.

Il fronça les sourcils.

— D'où ?

— C'est... C'est la femme qui... qui gérait... l'agence d'escortes de la Rivière Rouge. Elle se faisait appeler... Sandra.

Je plaquai ma main sur ma bouche.

— Oh mon Dieu! J'ai envie de vomir.

— Calme-toi.

Il m'attira contre son torse même si j'avais la nausée. Heureusement, je ne vomis pas mon repas. Seules mes anxiétés ressurgirent. Elles s'élevèrent encore et encore comme de la vapeur sous la pression d'une cocotte-minute. J'allais exploser. Je m'écartai d'August et me précipitai vers la rambarde.

— Vous! lui criai-je.

Je m'adressai à elle, à Aidan, la voix résonnant dans la nuit, faisant taire les autres. J'entendis les autres hoqueter.

— Salut, Candy.

— Candy? répéta Sarah.

— C'est probablement juste leur façon de dire «ma chérie», commenta la fille à côté d'elle.

Pendant un long moment, la femme que j'avais appris à connaître comme Sandra me fixa, tout comme je la fixais, et le reste du monde s'estompa autour de nous.

Avait-elle manipulé Everest pour qu'il travaille pour elle comme elle m'avait manipulée pour que j'aille à un rendez-vous avec Aidan? Je reportai mon regard brûlant sur lui qui se frottait l'oreille. Quel lien existait entre le chasseur et l'alpha?

— Habillez-vous! ordonna l'alpha des Rivières, brisant le silence.

— C'était quoi ça? me demanda Liam.

J'étais encore trop bouleversée pour parler, alors je laissai August lui expliquer.

Les Rivières se déversèrent autour d'elle et s'engouffrèrent dans l'auberge par les portes sous la terrasse, celles qui menaient à la piscine. Un peu plus tard, les premières personnes habillées réémergèrent. L'une d'entre elles, une jeune fille aux cheveux de la même couleur que la fourrure de Cassandra, retourna à son alpha en brandissant une robe bleu clair que Cassandra passa par-dessus sa tête. Elle retomba platement jusqu'aux chevilles de l'alpha.

— Merci, Lori.

Lori se déboîta le cou pour nous regarder. Son visage était aussi fin que celui de Cassandra, ses sourcils étaient épais et incurvés comme ceux de l'alpha. Je parie qu'elles étaient liées. Mère et fille peut-être? J'aurais dû étudier de plus près les Rivières. Ça m'aurait épargné le choc de découvrir que j'avais en fait parlé avec leur alpha.

*Cassandra Morgan.* Je frémis.

Elle avait à peine pris la peine de dissimuler son identité. Avait-elle voulu que je comprenne? Les deux femmes et Aidan avancèrent vers l'escalier de la terrasse et montèrent tranquillement.

Liam et Julian traversèrent la masse de Pin et de Boulder, se positionnant devant leur meute.

— Cassandra, salua Julian.

— Julian.

Elle ne lui sourit pas. Elle se tourna vers Liam et le regarda des pieds à la tête comme pour le jauger. Elle était légèrement plus petite que lui, mais cela pouvait être dû à ses pieds nus par rapport aux pieds bottés de Liam. Elle ne lui sourit pas non plus.

— Ta ressemblance avec Heath est inquiétante.

Sur la nuque de Liam, ses tendons bougèrent comme des branches agitées par les vents; seule partie de lui que je pouvais voir d'où j'étais.

Lori était juste derrière son alpha et observait Liam, mais contrairement à Cassandra, elle semblait aimer ce qu'elle voyait, car ses lèvres roses dessinèrent un sourire séducteur.

— Aidan Michaels déteste les loups, Cassandra, indiqua Julian.

D'autres loups des Rivières avaient monté l'escalier, créant un épais mur derrière elle.

— Tu dois te tromper, riposta-t-elle en enroulant une main autour du poignet d'Aidan. C'est un grand amoureux des animaux.

— Il aime peut-être ses chiens et ses compagnons les rats, mais il ne ressent aucun amour pour les loups, la contredit Liam.

Elle lâcha le poignet du chasseur et posa une main sur son torse.

— Aidan! Qu'est-ce que j'entends là?

Un sourire apparut aux lèvres fines d'Aidan, identique à celui qu'arboraient plusieurs Rivières.

Je contournai Sarah et la fille de sa meute pour mieux voir les alphas, mais quelque chose me tira en arrière, m'empêchant de m'approcher. Je regardai autour de moi, me demandant qui avait attrapé ma robe, mais personne ne l'avait fait. En croisant le regard vert d'August, je compris que ce n'était pas une main qui me retenait, mais un fil. Il secoua la tête comme pour m'avertir de ne pas m'approcher. Je me mordis la lèvre et me retournai vers les alphas.

— Mamie doit se retourner dans sa tombe, ajouta Cassandra.

Je fronçai les sourcils.

— Pourquoi ta grand-mère se retournerait-elle dans sa tombe? demanda Julian.

Cassandra sourit.

— Car elle était contre le fait que des loups haïssent leur propre espèce.

J'inhalai si vite que des points blancs dansèrent dans mon champ de vision. Sous-entendait-elle qu'Aidan Michaels était un… un… ?

— Aidan Michaels est un loup? s'exclama Julian.

— Oui. Mon cousin.

Cassandra lui lança un regard affectueux. Personne ne dit rien, mais quelques Rivières ricanèrent.

— Il ne sent pas comme un loup, protesta Liam.

Elle glissa son nez dans le cou d'Aidan.

— C'est léger, je l'admets. Le Sillin qu'il a ingéré toutes ces années passées parmi vous a diminué son odeur.

*Aidan Michaels est l'un d'entre nous.*

Ça n'avait aucun sens. Pourquoi menacerait-il de révéler l'existence des loups au public s'il en était un lui-même?

Tout le monde se tourna vers moi et je compris que j'avais parlé à voix haute. J'étais tellement sous le choc que je ne tressaillis même pas sous toute cette attention.

— Ça renforce ma couverture, expliqua Aidan.

— Alors vous n'avez pas de dossiers sur nous? demandai-je.

— Oh, j'ai des dossiers sur chacun d'entre vous, ou du moins, Sandy en a.

— Mais pas vos avocats?

Il retira ses lunettes aux montures métalliques et les nettoya avec son tee-shirt bleu avant de les reposer sur son nez et de m'observer.

— Je sais vers quoi cela vous amène, mademoiselle Clark. Vous pensez que plus rien ne se tient sur votre chemin pour me tuer.

Je soutins son regard.

— *Une vie pour une vie*, n'est-ce pas là la loi de toutes les meutes ? À moins que les Rivières ne suivent d'autres règles ?

— Nous jouons selon les mêmes règles, Ness, me répondit Cassandra, mais je te décourage fortement de tuer mon cousin.

— Et pourquoi ça, madame Morgan ?

— Parce que toute la terrasse se transformerait en bain de sang et nous sommes réellement venus en paix.

— Mais il a tué mon père.

— Et Julian Matz a tué le mien !

Sa voix stridente résonna sur la terrasse.

— Et pourtant, je ne me jette pas à son cou. Nous avons tous perdu des gens, Ness. C'est la raison de ma présence. Parce que je pense qu'il est temps qu'on s'unisse au lieu de se combattre. Mais d'abord, j'apprécierais beaucoup de voir mon fils.

— Il est indisposé ce soir, mais tu le verras demain, intervint Liam.

Elle le fusilla du regard un long moment.

— Il a intérêt à être en vie et en bonne santé, Kolane.

— Il est en vie.

Il ne se prononça pas sur sa condition de santé actuelle. Cassandra reporta son attention sur son cousin :

— Aidan, tu as dit qu'il y aurait à manger.

Aidan frappa dans ses mains et observa la foule jusqu'à ce que son regard se pose sur Lucy. Il hocha la tête vers elle et elle se précipita à l'intérieur. Je n'eus pas le temps de voir son expression, de voir si elle était aussi choquée que moi d'apprendre que le chasseur était un loup. Quelqu'un avait-il eu des suspicions sur lui ou était-il vraiment passé sous les radars de chaque Boulder et Pin ?

# Quarante-Quatre

Les serveurs se déversèrent sur la terrasse ainsi que la musique. Je reconnus Emmy et Skylar, mais pas les autres. Ils zigzaguaient à travers la foule désaccordée, leur plateau voguant sur le bout de leurs doigts. Avaient-ils entendu ce qui s'était dit ? Savaient-ils ce que nous étions ? Emmy croisa mon regard, puis baissa les yeux vers le plateau de mini-sandwichs dans sa main, le visage inhabituellement pâle.

Elle avait entendu.

Elle savait.

Le diraient-ils à plus de monde ? Ou Aidan Michaels avait-il acheté leur silence ?

— Quel putain de festin de merde, marmonna Lucas derrière moi.

— Je n'aurais pas dit mieux, Mason, confirma Sarah.

— *Toi*, tu es d'accord avec *moi* ? Merde, tu peux me le dire à l'écrit ?

— Ferme-la.

Malheureusement, leurs plaisanteries ne calmaient pas mon stress. Je me demandais si cela calmait le leur.

Quand Cassandra avança vers moi, je campai sur mes positions, même si je mourais d'envie de sauter par-dessus la rambarde et de fuir très loin de l'auberge, de Boulder, de cette femme qui était une étrangère sans l'être.

Mais je voulais des réponses. Et je pressentais qu'elle en avait beaucoup.

***Reste calme,*** chuchota Liam dans mon esprit en venant vers moi. ***Quoi qu'elle dise, reste calme.***

C'était facile à dire pour lui, plus difficile à appliquer. Elle m'avait manipulée. J'aimais être manipulée autant que j'aimais me couper le doigt sur un couteau de cuisine.

Soudain, Cassandra était devant moi. Elle était tellement grande que, même en talons, je devais lever la tête. Je détestais avoir à le faire devant elle.

— Je comprends pourquoi ta meute vit tant de bouleversements depuis ton retour.

J'ignorai son étrange compliment. Si c'en était un.

— C'est vous qui avez piraté mon téléphone ?

— Pas moi personnellement.

— Mais quelqu'un de votre meute ?

— Nous avons essayé de prévenir Everest nous-mêmes, mais il ne nous a pas crus. Nous voulions juste l'aider.

— Vous voulez dire : le chasser de votre territoire avant que les Boulder n'arrivent et comprennent votre lien à lui ?

Quand elle plongea son regard dans le mien, je compris que j'avais touché une corde sensible. Eh bien, j'allais frapper encore plus fort parce que je n'avais pas fini.

— C'était l'idée de qui, cette agence d'escortes, *Sandra* ? Celle d'Everest ou la vôtre ?

Ma voix était aussi tendue que ma colonne vertébrale.

Elle pencha la tête sur le côté, une moue aux lèvres. Elle était plus vieille que je ne l'avais cru. Cinquante ans, peut-être soixante. De petites rides encadraient sa bouche. Pourtant, ce qui retint mon attention fut l'étrange teinte bleutée à ses lèvres – un hématome récent ou une étrange tache de naissance ? À moins que ce soit dû au froid. Il faisait frisquet et je regrettais amèrement de ne pas avoir pris une veste.

— C'était mon idée.

J'exhalai, soulagée.

— Pourquoi ?

— Pour avoir des informations sur les autres meutes.

— Pour espionner, alors?

Elle fronça son petit nez.

— Je ne suis pas fan du mot *espionner*.

— Vous préférez que je dise *fouiner*? demandai-je, pleine d'animosité.

Elle redressa la tête.

— Tu ne serais pas un peu colérique?

— Comment avez-vous intégré Everest à vos manigances opportunistes?

— Je n'ai rien fait. C'était la main de Becca. L'idiote est tombée amoureuse.

Elle prit le verre d'eau que quelqu'un lui tendait – Lori. Je lançai à la grande femme un rapide coup d'œil, de là où elle était, derrière Cassandra. Elle était tout en finesse, de son visage à son corps.

— Merci ma chérie.

Cassandra enroula ses doigts vernis de bordeaux et limés autour du verre et le porta à ses lèvres bleues.

— Où en étais-je?

— À Becca et Everest qui sont tombés amoureux, rappelai-je sèchement.

— C'est vrai. Becca m'a convaincue qu'Everest était malheureux avec les Boulder, expliqua-t-elle en posant le regard sur Liam. Qu'il pouvait être un atout! Alors nous avons parlé et je l'ai accepté.

Le corps de Liam s'était raidi à côté de moi comme s'il était entièrement fait d'os.

— Everest voulait qu'Heath soit déclassé et a demandé si j'avais quelque chose sur lui qu'il pouvait utiliser. Même si Aidan m'avait donné quelque chose que ton cousin aurait pu utiliser, mon but n'était pas d'instaurer une guerre entre les meutes. Je lui ai dit que je le laisserais utiliser les filles pour s'occuper de ça tout seul.

Même si Liam ne réagit ni verbalement ni physiquement, je sentais le battement frénétique de son cœur à l'intérieur du mien. Toute la meute sembla le sentir, car soudain, Frank prit le poignet de Liam et Lucas se glissa entre Liam et moi.

Lori proposa à Cassandra une assiette remplie et emporta son verre.

— Qui a eu l'idée de m'utiliser comme escorte?

Cassandra dévora en un morceau une knacki cuite et roulée dans une pâte feuilletée, puis en fit disparaître un nouveau.

— Lui. Mais je l'ai aidé. Tu avais besoin de vengeance et de tourner la page. Je pensais que rencontrer Heath te permettrait de passer à autre chose.

D'une certaine façon, oui, mais jamais je ne l'admettrais. Je conservai un visage neutre. L'air était si électrique à cause de la tension que je m'attendais à ce que certains Boulder se transforment, mais tout le monde resta sous forme humaine.

— Pourquoi m'avez-vous envoyée rencontrer Aidan? Pour que je puisse tourner la page après la mort de mon père?

Il n'était pas à côté d'elle ni dans la foule.

— Non. Je l'ai fait pour que *lui* puisse tourner la page. Tuer ton père était une erreur. Une terrible erreur. Il visait Heath, mais je crois que tu le sais déjà.

— Ça n'efface pas son geste.

— Non, en effet. Mais il essayait d'aider ton père, Ness.

— De quoi parlez-vous?

— De quelque chose que ton alpha devrait t'expliquer.

Elle commença à se retourner, mais je la rappelai.

— Madame Morgan, pourquoi avez-vous fait tuer Everest?

— Je n'ai envoyé personne le tuer. J'ai juste demandé à ce qu'on le suive.

— Et ça l'a mené à la mort.

— Arnaquer ma meute l'a mené à sa mort, riposta-t-elle. Ton cousin était un voleur. Il avait dit qu'il avait accès à du Sillin, nous a fait payer un montant conséquent pour cela et ne nous a jamais livré le produit.

Mon cœur fonctionnait à toute allure.

— Pourquoi aviez-vous besoin du Sillin?

Elle lâcha un son guttural, à moitié entre le grognement et le soupir.

— Pour les blessures. Pour le voyage. Et pour mon cousin, même si maintenant, il n'en aura plus besoin. Et avant que tu supposes quelque chose, nous n'avions aucune intention de l'utiliser comme une arme.

Comme si j'allais croire ça...

Elle secoua la tête.

— La responsabilité d'un alpha est de protéger sa meute à tout prix.

Du moins, c'est ce qu'un alpha devrait faire. Je te suggère de bien regarder ton propre alpha avant de me juger, moi et ma meute.

Les yeux de Liam brillaient aussi férocement que les flammes que j'avais imaginées brûler l'auberge.

Une colonie de Rivières à sa suite, elle partit enfin vers le salon, mais s'arrêta au niveau des portes coulissantes. Sa robe bleue voletait au vent.

— Oh et, Candy, je serai là plusieurs jours. Nous avons beaucoup à nous dire, toi et moi, alors ne fais pas la timide.

Elle agita ses doigts en signe d'au revoir, puis alla s'asseoir sur un canapé à l'intérieur.

Ses loups s'affairèrent autour d'elle et lui apportèrent tranquillement des assiettes du buffet, tout en nous observant avec curiosité et méfiance.

Vu le silence qui avait pris possession des trois meutes, mes poils se dressèrent sur ma nuque.

— Liam ? chuchotai-je.

Il regarda partout, sauf mon visage.

J'avais l'impression qu'un essaim de papillons de nuit frappaient leurs petites ailes contre les parois de mon estomac.

— De quoi Morgan parlait-elle, Kolane ? l'interrogea August.

— Ça ne te regarde pas, Watt, aboya Liam.

— Si ça concerne Ness, alors ça me regarde.

Sans me retourner, j'intervins :

— Non, August. Je sais que tu me considères comme une petite sœur, mais je ne le suis pas. Alors ça ne te regarde pas. C'est entre Liam et moi.

Mes mots blessèrent August. Je le sentis au tremblement qui traversa le fil. Tandis qu'il reculait, notre lien vibrait comme un fil à linge qu'on tire et lâche. Il ne quitta pas l'auberge, mais ajouta de la distance entre nous. Beaucoup de distance.

J'accordai toute mon attention à Liam.

— Je t'écoute.

Un nerf tressauta à sa tempe et un autre à sa mâchoire.

Comme il ne parlait pas, je repris :

— Tu préfères que je demande à Aidan Michaels de m'éclairer ?

— Quelques jours avant qu'il se fasse tirer dessus, ton père avait défié le mien pour le titre d'alpha, avoua Liam, la voix rauque. Mon père a dit qu'il le tuerait et Aidan a entendu via les micros qu'il avait placés chez nous. Après la mort de Callum, quand mon père est allé le voir, Aidan a joué l'enregistrement. Il l'a menacé de le montrer à la meute tout entière. Même si papa n'avait pas tiré sur Callum, ça lui donnait l'air coupable. C'est pour ça que la mort de ton père n'a pas été vengée.

La musique s'arrêta, remplacée par un enregistrement trop fort. Une voix s'éleva des morts et fit écho sur la terrasse.

— *Quel culot ce Clark ! Il a déjà volé ma partenaire. Et maintenant, il veut ma meute ? Putain.*

Heath semblait fou. Quelque chose se brisa. Il avait sûrement jeté l'un de ses verres en cristal contre un mur. Je pouvais imaginer le whisky couler sur le pilier en bois de sa maison de luxe.

— *Pourquoi tu crois qu'il t'a défié ?*

La voix d'un Liam de quinze ans résonna sur la terrasse, silencieuse.

— *Pour ramener sa bâtarde dans la meute. Il ne comprend pas que ce n'est pas son enfant. Elle ne peut pas être de lui, putain. Les Boulder n'ont pas de filles !*

Heath cria plusieurs jurons et je vis Frank fermer les yeux.

— *Les Clark sont des parasites, Liam. Ils aspirent les ressources de la meute et en retour, ils n'apportent rien d'autre que des problèmes.*

Pendant un moment, aucun bruit ne surgit des haut-parleurs et je crus qu'Aidan ou la personne qui passait l'enregistrement avait fait pause. Je regardai Liam, mais il fixait les planches en teck à nos pieds, abîmées par la météo.

La voix d'Heath explosa soudain sur la terrasse :

— *Je viens d'avoir une putain d'idée fantastique ! Je le tuerai avant qu'il ne me défie en public.*

Il y eut une pause, puis Liam répondit, l'air calme et posé, l'antithèse même de son père :

— *Si tu maquilles ça en accident de chasse, tu peux accuser ce chasseur flippant et l'on pourrait enfin se débarrasser de lui.*

J'entendis un clic. C'était probablement l'enregistrement, mais j'avais l'impression que là c'était mon cœur. Comme si une explosion avait résonné dans la moelle de mes os, surgie dans mes muscles et vibrée dans ma chair, enrobant tout mon être de chair de poule.

— Je ne savais même pas que mon père voulait être alpha, murmurai-je.

Même si c'était *loin* d'être le pire de ce que je venais d'entendre. De ce que nous avions tous entendu.

Liam leva la tête, le visage plein de douleur.

Je fermai les poings si fort que mes ongles griffèrent mes paumes. J'avais un besoin pressant de le frapper. Au cœur. À la place, j'essuyai ma bouche sur mon bras, essayant d'effacer chaque baiser partagé ensemble.

Il passa une main dans ses cheveux sombres et une mèche lui tomba dans les yeux.

— J'avais quinze ans, Ness. J'étais un gamin. Je n'avais pas idée de ce que je disais.

— C'est vraiment ça ton excuse ?

Ma voix vrillait dans mes oreilles.

— Je voulais juste qu'Aidan disparaisse. Pas que ton père...

— Et pourtant, tu n'as pas dit à ton père de ne pas tuer le mien.

Sarah essaya de me toucher le bras, mais je l'éloignai hors de sa portée et reculai jusqu'à ce que mon coccyx heurte la rambarde.

— Ness, commença Liam.

J'avais juré fidélité à un homme qui avait été d'accord avec l'élimination de mon père.

— Tu es bien le fils d'Heath.

Liam ferma les yeux comme si je l'avais frappé.

— Je ne veux pas de toi comme alpha, repris-je en agrippant la rambarde derrière moi. Comment je peux briser le lien ?

Il ouvrit grand les yeux.

— Tu ne peux pas briser le lien d'alpha, intervint Frank. La seule chose que tu puisses faire, c'est partir jusqu'à ne plus sentir l'attraction de la meute.

Son front était plissé de tant de rides qu'on aurait dit que la soirée l'avait fait vieillir de plusieurs années. Je le fixai lui, puis les métamorphes autour de nous, l'alpha des Rivières assise avec ses loups dans le salon à me regarder à travers la vitre, Sarah restée bouche ouverte, Lucas, Matt et Cole qui arboraient tous un air désolé, et enfin August. Le seul qui ne me regardait pas. Ses yeux étaient comme deux fusils rivés sur l'arrière du crâne de Liam.

— Je partirai alors.

Je m'écartai de la rambarde et dépassai Liam qui posa une main sur mon bras. J'arrachai aussitôt mon bras, le choc glacial remplacé par une rage brûlante.

— Ne t'avise pas de me toucher !

— Je suis désolé, murmura-t-il tandis que je passai devant lui.

Je fis volte-face.

— Non, tu n'es pas désolé. Tu es désolé que je l'aie découvert.

Liam secoua la tête.

— Ce n'était que des mots. Nous ne les avons jamais mis à exécution. Aidan a appuyé sur la détente, pas nous.

— Heureusement pour toi, hein ? Heureusement, il a commis cette erreur !

Je reculai avant de partir d'un pas lourd, traversant le salon à la hâte sur mes stupides talons, agrippant ma stupide robe. J'avançai jusqu'au bureau d'accueil où je téléphonai à mon oncle.

Alors que je composai le numéro, Aidan sortit du cagibi derrière moi, une clé USB dans la main – sûrement celle contenant la fameuse conversation. Je lâchai le téléphone et il claqua à mes pieds. La batterie vola hors de l'appareil.

— Tu aurais dû tenir compte de mon message.

— Quel message ?

Je posai ma main sur ma poitrine comme pour empêcher mon cœur de tomber à la suite du téléphone.

— Celui que j'avais attaché au vélo et livré à l'auberge.

— Vous avez tiré sur mon père et votre ex-femme. Vous croyez vraiment que je serais passée prendre le thé ?

— Je ne suis pas fan du thé. J'aurais servi un soda.

Je décrivis un arc de cercle de la main, frustrée.

— Oh, vous voyez bien ce que je voulais dire !

Il afficha un sourire mielleux. Je m'accroupis pour récupérer le téléphone et essayai de remettre la batterie à l'intérieur, mais mes mains tremblaient.

— Tu veux de l'aide ? demanda-t-il en tendant la main.

— Non.

Après plusieurs tentatives loupées, je remis la batterie à l'intérieur. En attendant que le téléphone se rallume, je repris :

— Je sais que tuer mon père était une erreur, que vous visiez Heath. Pourquoi ?

— J'avais moi-même une affaire à régler avec lui. Il m'avait arraché quelque chose que j'aimais.

Je n'avais jamais considéré qu'Aidan Michaels soit capable d'aimer, mais après tout, je ne pensais pas non plus qu'il pouvait être un loup.

— L'enregistrement s'est révélé pratique quand Heath est venu venger la mort de ton père. Tu aurais dû voir sa surprise quand je l'ai joué devant lui.

Il me lança un sourire qui me fit froid dans le dos.

Aidan Michaels était un monstre. Comme Heath Kolane. Là où Heath violait les femmes, Aidan leur tirait dessus.

— Même si vous ne vouliez pas tuer mon père, ça reste votre doigt qui a appuyé sur la gâchette.

— C'est une menace, petite fille ?

— Peut-être que oui.

— Si j'étais toi, je serais prudente sur mes menaces. Tu es peut-être orpheline, mais il reste des gens auxquels tu tiens.

Mon estomac se noua en entendant son avertissement. Je reculai, agrippant le téléphone contre ma poitrine. Tout en gardant un œil sur le Rivière, j'essayai de composer le numéro de Jeb, mais un message automatique continua de me dire que le numéro que j'avais composé n'était pas attribué. *Argh !*

— Tu as besoin qu'on te ramène, Ness ? proposa Aidan.

— Comme si j'allais vous laisser me conduire où que ce soit.

— Oh, j'aurais appelé mon chauffeur. J'ai mieux à faire ce soir. Mais mieux, tu pourrais utiliser le vélo que je t'ai rapporté. Là, laisse-moi aller chercher la clé dans le garage.

Des pas martelèrent le sol du hall.

— Elle n'en aura pas besoin, répliqua une voix grave.

# Quarante-Cinq

—Tu n'es pas obligé de me ramener à la maison, August.

— Tu as raison. Je ne suis pas obligé, mais je partais. Et si tu ne veux vraiment pas que je te ramène, alors rentre seule.

Il s'arrêta devant l'entrée, attendant que je me décide. Je jetai presque le téléphone à Aidan et me précipitai vers les portes. Dès que nous sortîmes, je commentai :

— Je vais tuer cet homme un jour.

August me jeta un coup d'œil, les yeux baignés d'ombres, des ombres que j'avais moi-même placées là. Pas toutes, peut-être, mais certaines. Nous gardâmes le silence en marchant jusqu'à son pick-up ni sur le chemin jusqu'à chez moi. En atteignant ma rue, August dit enfin :

— Tu n'étais pas sérieuse à propos de quitter Boulder, si ?

— Si.

— Tu es toujours mineure.

Je fixai l'appartement sombre. Mon oncle dormait déjà ?

— Jeb comprendra que je ne peux pas rester à Boulder. Il comprendra que je ne peux pas obéir à un homme à qui je… je ne fais pas confiance.

— Pas besoin de partir. Liam ne te fera pas de mal.

— Je sais que Liam n'est pas ce garçon de quinze ans plein de haine, mais chaque fois que je le regarderai, je me rappellerai qu'il était complice du meurtre de mon père. Et puis, mon départ sera bon pour toi.

Je touchai la poignée de la portière.

— Comment ? demanda-t-il sèchement. En quoi ça serait bon pour moi ?

Je haussai un sourcil.

— Hmm. La réunion de ce soir t'a fait oublier le lien d'accouplement ?

— Le lien d'accouplement ne me gêne pas, Ness.

— Comment peut-il ne pas te gêner ?

— Il te gêne, toi ?

— Non, mais je ne veux pas fréquenter d'homme.

J'esquissai un sourire qui ne reflétait pas vraiment mes sentiments. Maman avait l'habitude de dire que si l'on sourit malgré notre abattement, nos émotions finissent par s'accorder à notre visage.

— Bref, August Watt, je te promets que cette fois-ci, je t'écrirai.

Il regarda fixement devant lui. J'étais tentée de me pencher pour planter un baiser sur sa joue, mais me dégonflai. Je sortis de voiture et fermai la portière, puis montai les marches. Le pick-up ne redémarra pas. August attendait sûrement que je rentre. Gentleman jusqu'au bout...

Je sonnai à la porte. Des secondes passèrent. Puis une minute et je sonnai de nouveau, mais n'entendis aucun pas. Mon oncle n'était pas à la maison ?

Je fronçai les sourcils, redescendis l'escalier et frappai à la fenêtre passager. August la descendit. Son téléphone sonnait déjà et j'entendis ensuite la voix de mon oncle.

— Oui, August ?

— Ness essaye de rentrer, mais elle n'a pas ses clés.

— Je suis au QG à surveiller notre atout avec Derek et son fils. Si tu passes, je peux te donner la clé.

Je me mordis la lèvre.

— À quelle heure tu rentres ?

— Je ne rentrerai pas. Je ne veux pas risquer que ces putains de Rivières libèrent le meurtrier d'Everest.

Son désir de vengeance palpitait à travers le téléphone.

— D'accord, on va se débrouiller, répondit August.

Il raccrocha.

— Je peux...

J'allais dire conduire moi-même, mais Jeb avait pris le van. *Merde.* J'étais piégée.

— En fait, tu voudrais bien me déposer quelque part?

Il hocha la tête et j'entrai. Il éloigna le véhicule du trottoir.

— Je n'aime pas l'idée que tu dormes ici toute seule. Pas avec les Rivières en ville.

— J'ai vécu six mois toute seule dans un quartier craignos.

— Je n'étais pas là pour te surveiller à ce moment-là.

— Tu n'es pas là pour ça maintenant non plus.

— Ness, soupira-t-il. Lâche l'affaire pour ce soir.

Je mordillai ma lèvre et cédai.

— Qu'est-ce que tu as en tête?

— Tu peux rester avec moi ce soir.

— Hmm.

J'avais l'impression que ma ceinture me coupait la respiration. Je coinçai mes pouces sous le tissu tendu et tirai.

— Je dormirai sur le canapé, ajouta-t-il.

*Oui.* Mais il vivait dans une seule pièce grande et ouverte. Dormir sur le canapé ne nous donnerait guère d'intimité.

— Je pourrais aller chez Frank...

— Il rentrera sûrement tard.

Il avait déjà commencé à conduire en direction de l'entrepôt.

Je sentis que lui rappeler qu'Evelyn serait là ne changerait guère le cours de ma soirée.

— D'accord, mais je prendrai le canapé.

— Le lit est plus confortable.

— C'est ton lit.

— C'est aussi mon canapé.

Le fantôme d'un sourire apparut sur mes lèvres.

— Tu sais combien de filles aimeraient être dans tes pompes là?

— Mes chaussures commencent à me faire mal, alors je doute qu'il y en ait beaucoup.

Il me coula un regard sur le côté et même s'il n'y avait pas beaucoup de lumière, ses yeux semblaient plus gris.

— Voilà la Ness Clark que je connais et que j'adore.

— La ferme.

Il ricana tout bas, ce qui apaisa la douleur causée par cette étrange nuit.

# Quarante-Six

Après avoir savouré des restes de lasagne, je me douchai et enfilai un de ses tee-shirts qui sentaient si fort son odeur qu'il me faisait tourner la tête. Je sentais aussi le santal et la sciure, maintenant? Ou August sentait comme moi? Peut-être que nos odeurs s'étaient mélangées et avaient créé un arome complètement différent.

Je lui posai la question tout en l'aidant à étirer un drap sur le canapé.

Ses taches de rousseur semblèrent s'assombrir, ce qui bien sûr me fit réagir :

— Quoi?

Il passa un temps extrêmement long à tirer le drap sur les coussins du canapé avant de se redresser et de se frotter la nuque.

— Les gens voulaient dire qu'on sentait comme si... comme si on avait fait l'amour, expliqua-t-il en prenant la couverture sur la table basse et en la dépliant.

— Oh.

Je plissai le nez.

— On sent... la transpiration, alors?

Il explosa de rire.

Je lui jetai l'oreiller que j'étais en train de mettre dans une taie. Il l'attrapa et finit le travail.

— Qu'est-ce que j'ai dit encore ? demandai-je en haussant un sourcil.

— Quel genre de sexe torride tu as eu, toi ?

Il souriait encore. Je passai la main dans mes cheveux.

— Je... Euh... Aucun.

— Jamais ?

Il se contentait d'un léger sourire maintenant. J'étais sûre que j'étais rouge betterave.

— Hmm, commenta-t-il simplement.

C'était pire que ne rien dire du tout.

— Je ne voulais pas te mettre mal à l'aise.

— Ce n'est pas le cas. C'est juste étrange comme conversation.

Je mis correctement en place la couverture qu'il avait jetée sur le canapé.

— L'avantage, c'est que je ne sais pas ce que je manque.

Je m'assis et mon tee-shirt avec le petit logo Watt se releva. Je tirai sur le bout.

— Je sais que tu as dit t'être habitué au lien d'accouplement, mais pour toi qui sais ce que tu manques, ça doit être pénible.

Sa pomme d'Adam remonta dans sa gorge.

— J'ai eu tellement de trucs en tête dernièrement, entre maman, la meute, le travail. Je n'ai pas eu beaucoup de temps pour y penser.

— Apparemment les hommes pensent au sexe toutes les sept secondes.

— Ah oui ?

Il renifla, ce qui donnait une sorte de grognement, assez pour que je me penche et lui envoie une pichenette.

— Tu vas vraiment continuer ça ?

— Jusqu'à ce que je parte.

Cela chassa son sourire. Il s'assit à côté de moi et son poids fit descendre le canapé.

— Tu ne devrais pas avoir à repartir. Ce n'est pas bon pour ton corps.

— Rester ne serait pas bon pour mon esprit. Le jour où Liam ne sera plus alpha...

— Cela pourrait prendre des décennies.

— ... Je reviendrai.

Je glissai mes mains derrière mes genoux et serrai ma chair.

— Ness...

— N'en parlons plus, d'accord ? Je suis vraiment fatiguée.

Il soupira, passa un bras autour de mes épaules, m'attira à lui et m'embrassa la tempe. Je fermai les yeux, savourant sa proximité et son odeur. J'appréciais bien trop ce moment.

Une autre raison de partir...

J'avais des sentiments pas du tout fraternels envers August et ça rendrait les choses étranges entre nous les prochains mois.

Je m'écartai en passant sous son bras.

— Ça te gêne si j'éteins la lumière ?

— Vas-y.

Je me levai et m'avançai jusqu'à la porte d'entrée. Je touchai le petit panneau de contrôle, puis retournai vers le canapé. La lumière de la lune filtrait par la fenêtre ouverte, mais même sans elle, je pouvais voir dans le noir. Probablement pas aussi bien qu'un vrai loup, mais mieux qu'un humain. C'est comme ça que je vis la grande bosse étendue sur le canapé.

— Prends le lit, Ness.

— Mais c'est ton lit.

— On ne vient pas d'avoir cette conversation ?

— Très bien.

J'avançai lentement jusqu'à l'échelle et montai en haut de la mezzanine, puis rampai sur l'immense lit et me glissai sous la couette épaisse. Je n'étais pas sûre de pouvoir dormir. Chaque fois que je fermais les yeux, j'entendais à nouveau l'enregistrement.

Encore et encore.

*Si tu fais en sorte que ça ait l'air d'un accident de chasse, tu pourras accuser le chasseur.*

Je gardai les yeux ouverts jusqu'à ce que les ténèbres s'éclaircissent.

Deviennent plus vertes.

Plus bleues.

Ensuite, je courais.

À côté d'un énorme loup noir dont le sourire se lisait dans ses yeux argentés. *Tu crois que tu peux attraper cet écureuil, mon bébé ?*

Je me précipitai sur le rongeur doux qui grimpa en spirale au tronc d'un pin et l'arracha de l'arbre.

— *Trop facile, papa.*

— *Brise-lui le cou vite. On ne veut pas qu'il souffre.*

Une seconde plus tard, l'écureuil s'immobilisa. Nous le mangeâmes, le sang coulant sur nos museaux. Enfin, surtout sur le mien.

Mon père me regardait, les yeux brillants de fierté. Soudain, il tourna la tête sur le côté, les oreilles dressées et fit volte-face, prêt à bondir. *Ness, cours!*

Nous n'avions pas le temps de courir.

Une balle résonna dans l'air inerte et s'enfonça dans son pelage avec un *pop*. Il chancela et s'écroula. Son sang jaillit et éclaboussa mon visage, se mélangeant au sang de l'écureuil.

Je gémis et gémis; mes lamentations se diffusèrent dans les bois comme des pistils de pissenlits.

Soudain, un poids lourd me cloua au sol; je me débattis, griffai mon adversaire, essayai de le faire tomber, grognai.

— Ness, réveille-toi! C'est moi.

Mes paupières s'ouvrirent d'un coup. August était à cheval sur moi, mes poignets pris en étau dans ses mains. Une ligne de sang coulait d'une petite coupure sous son œil.

— Ton visage! hoquetai-je.

— Ça va.

— Tu saignes.

Je luttai pour libérer mes mains. Il lâcha et je passai le bout de mes doigts sur la peau que j'avais retirée. Toucher la plaie n'étancherait pas le sang qui coulait, alors je me dégageai et une fois assise, plaquai le bout de mon tee-shirt sur la plaie.

— Merde. Je suis vraiment désolée.

— Ce n'est rien.

Il ferma son œil tandis que je faisais pression dessous. Le sang me rappela celui de mon père. Sauf qu'il y en avait eu beaucoup plus dans cette forêt.

Je frémis et fermai les paupières.

De grandes et chaudes mains se posèrent sur mes joues froides.

— Regarde-moi.

Je m'exécutai.

— C'était un cauchemar. Tu es réveillée maintenant. Tout va bien.

Je mordillai ma lèvre inférieure en écartant le tissu pour regarder la plaie. La coupure se refermait déjà.

— Je ne t'ai pas atteint ailleurs, si ?

Il sourit.

— Ce n'était pourtant pas faute d'essayer.

Il s'assit sur ses talons et son sourire chancela quand son regard tomba sur les centimètres de peau nue entre la ligne de ma culotte noire et le tee-shirt soulevé que je tenais toujours.

Je relâchai le tissu qui retomba en position.

Il passa sa paume dans ses cheveux coupés courts et tenta de descendre du lit, mais je l'attrapai par le coude.

— Tu peux rester avec moi ? S'il te plaît ? Juste jusqu'à ce que je me rendorme ?

J'avais l'impression d'être une enfant à demander ça.

Plusieurs secondes s'égrenèrent avant qu'il ne hoche la tête si sèchement que cela me fit regretter ma demande. Je me rallongeai et glissai mes mains sous l'oreiller.

— J'essayerai de ne plus t'attaquer.

Je collai ma joue au tissu froissé et humide à cause des larmes ou de la sueur, peut-être les deux.

Je regardai August essayer de s'installer confortablement à côté de moi. Il ne s'aventura pas sous la couette. Ses longues jambes habillées d'un jogging gris recouvraient toute la longueur du matelas.

— J'ai volé ton côté du lit ? demandai-je tandis qu'il mettait un bras sous sa tête.

Il était étendu sur le dos. Son tee-shirt remontait et exposait une peau brune musclée tachée d'une ligne de poils plus sombre. Je fermai les yeux, mais l'image s'imposait déjà derrière mes rétines et créait d'étranges réactions dans mon ventre... et plus bas. Je fermai mes cuisses l'une contre l'autre et me retournai.

— En général, je prends tout le lit.

Je glissai vers le côté du matelas pour prendre moins de place.

— Qu'est-ce que tu fais ?

— J'essaye de te donner plus d'espace.

À lui et à moi.

J'avais besoin d'espace entre nous.

Il grogna.

Je ne le frappai pas ; je n'osais pas le toucher. Lui osa. Il me tira de nouveau vers le centre du lit. Sauf que ses mains n'étaient nulle part sur mon corps.

— Comment as-tu fait ça? demandai-je à moitié fascinée et effrayée.

Contrôler les mouvements de quelqu'un sans le toucher appartenait à une partie de la magie à laquelle je n'arrivais pas à me faire. *Eh oui, je sais, je peux me transformer en loup-garou.*

— J'ai tiré sur la corde qui nous relie.

Mon nombril pulsait toujours.

— Tu peux m'apprendre à le faire?

Non pas que ça me serait très utile une fois partie...

— Tu dois concentrer ton esprit sur la corde. Visualise-la. Pour moi, elle est bleue et brillante. Une fois que tu la verras, tu contractes ton estomac et elle s'enroule. C'est comme ça que je fais en tout cas. Peut-être que pour toi, c'est différent.

— Je peux essayer?

Il hocha la tête.

Je fronçai les sourcils sous le poids de la concentration. Je vis la corde. Elle n'était pas bleue, mais elle brillait. Je rassemblai mon esprit dessus et rentrai le ventre. Je sentis une pression, mais le corps d'August ne bougea pas d'un centimètre.

— Je suis plus gros et lourd que toi.

Je réessayai. Sans succès.

— Tu le sens au moins?

Il sourit.

— Oui. Ça chatouille.

— Tu peux déplacer mon corps de plusieurs dizaines de centimètres, mais quand je le fais, ça chatouille? Bordel. Ce n'est pas juste.

Son sourire s'agrandit, mais il grimaça quand cela tira sur la peau que j'avais griffée. Je tendis la main et passai mon pouce sur la coupure. Il retint sa respiration.

— Ça pique?

— Je vais bien, Ness.

Il repoussa ma main.

Nos têtes étaient si proches que je distinguais la forme de chacune de ses taches. Je me souviens avoir essayé de dessiner une carte des constellations sur sa peau quand j'étais petite. J'avais réussi même si je ne me souvenais pas du nom de celles que j'avais trouvées.

— J'essaye de me rappeler les constellations que j'avais trouvées avec tes taches de rousseur.

— Cassiopée. Tu étais convaincue que ça, c'était Cassiopée.

Tout en parlant, il prit mon index, puisqu'il tenait toujours ma main, et le posa sur sa joue blessée, puis descendit, monta, encore, puis plus bas et enfin plus haut.

Son souffle chaud passa sur mon nez, mais ce fut mon estomac qui s'échauffa et non pas mon visage. Je baissai les yeux vers sa bouche, me demandant ce que cela serait de l'embrasser. Sa respiration se coupa comme s'il pouvait lire mon cheminement de pensée, comme s'il pouvait le sentir via notre lien. Peut-être que c'était le cas.

Je retirai mon doigt de son emprise et le glissai sur la partie dure de sa joue, sur sa barbe de trois jours, le long de son cou musclé. Je regardai mon index bouger tout en dessinant les contours de son corps. Mon doigt entoura son épaule carrée, plongea le long de son biceps marqué. Quand j'entrai en contact avec sa peau nue, il eut la chair de poule.

J'attendais qu'il mette fin à mon exploration. Qu'il me demande ce qui me prenait, mais il garda le silence, me laissant accéder à l'immoral. Je traçai l'os de son coude, puis avançai jusqu'à son avant-bras où la peau était la plus douce, m'arrêtant au centre de sa paume.

Alors seulement, j'osai relever les yeux et affronter ses yeux couleur mousse qui m'avaient enchantée toute mon enfance. Ses pupilles se dilatèrent, dévorèrent ses iris. Je m'approchai de quelques centimètres jusqu'à ce que mes lèvres soient alignées à la traînée de sang sec sur sa joue. Je posai ma bouche sur sa peau et sortis ma langue pour lécher la tache au goût métallique. Je ne me serais jamais, au grand jamais, imaginée en train de lécher le visage d'August. Peut-être en fourrure, mais pas sous ma peau humaine. En louve, l'acte aurait semblé joueur, affectueux. En humaine, cela semblait intime.

August, qui était resté parfaitement immobile, finit par se remettre en marche. La main que je touchais toujours se referma sur la mienne, entourant mes doigts. Il glissa son autre main sous ma tête et se faufila entre mes cheveux. Doucement, il tira pour séparer ma bouche de sa joue.

— Ness...

Mon nom semblait comme un brin de vent en pleine nuit qui agite et fait frémir les aiguilles de pin.

— Si tu m'embrasses, tu ne peux pas partir après, murmura-t-il.

Il me fallut un moment pour délier le sens de ses mots.

— Pourquoi pas ?

— Parce que tu ne peux pas nourrir un homme affamé, puis lui retirer cette nourriture.

Si sa voix n'avait pas été aussi basse et rauque, j'aurais pu me moquer de sa métaphore, mais vu le timbre de sa voix, il était sérieux.

— Tu trouveras mieux à te mettre sous la dent, finis-je par dire.

Mon cœur faisait frémir le coton gris sur ma poitrine. Ses doigts à l'arrière de mon crâne se détendirent et glissèrent sur ma nuque avant de remonter.

— Combien de temps ?

Je croyais qu'il me demandait combien de temps je comptais rester, alors je répondis jusqu'au matin.

— Non, Ness. Ça fait combien de temps que tu ressens ça pour moi ?

*Oh !*

Oh...

Je fermai les yeux ; la chaleur emplit mon torse comme un courant chaud.

— Un moment maintenant. Depuis le lac. Mais ce lien... il me chamboule. Chaque fois que tu me touches... même quand c'est par erreur...

— Je ne fais jamais rien par erreur.

Je reconcentrai mon attention sur son visage. Le courant chaud se propagea et réchauffa *toutes* les parties de mon corps.

— Eh bien, quand tu le fais, ça me fait quelque chose, August. Quelque chose que je ne devrais pas ressentir. Quelque chose dont je ne crois pas que je devrais te dire.

Et pourtant me voilà à confesser mes plus grands et sombres secrets.

— C'est pour ça que tu t'es énervée parce que je t'appelais Jolies-Fossettes ou ma petite ? Parce que tu pensais que je te voyais uniquement comme une petite fille ?

Je hochai la tête et l'audace qui s'était emparée de moi commença à me filer entre les doigts comme une roche friable.

Il resta silencieux si longtemps que je brisai le silence :

— Si tu continues à ne rien dire, je vais mourir de honte.

Il fit serpenter ses doigts sur ma nuque et s'arrêta sur mon cuir chevelu de nouveau avant de me pousser à lever très légèrement la tête.

— Que voudrais-tu que je dise?

Les commissures de mes lèvres se soulevèrent légèrement.

— Que tu ressens un tout petit peu de ce que je ressens, toi aussi, marmonnai-je.

— Mais ce serait mentir.

Mon cœur se serra d'humiliation et je fermai fort les yeux.

— Je mentirais, parce que ce que tu ressens, quoi que ce soit, je le ressens dix fois plus fort. Et ce depuis que tu es rentrée dans ce salon, la tête si haute. Depuis bien avant ce lien entre nous, ce qui me rend réticent à laisser ce baiser se produire pour de vrai.

J'ouvris les yeux, l'humiliation remplacée par quelque chose de différent. Quelque chose qui fit vibrer ce fil entre nous.

— Pourquoi?

— Parce que, quand tu seras loin de Boulder, loin de moi et du lien, tu ne voudras plus de moi et rien n'aura changé pour moi.

— Tu n'en sais rien.

— Que je n'arrêterai pas de vouloir de toi? Oh si. Je le sais. J'étais à...

Il se lécha les lèvres qui se mirent à briller.

— Il y avait un océan entre nous et je ne pouvais pas te sortir de ma tête, Ness. Et ça m'a bien foutu en l'air. Je n'étais pas concentré sur l'équipe, sur la mission. Je ne pensais qu'à toi et à ce que la meute te faisait subir, ce que tu ressentais. Et puis quand Cole m'a dit que Liam...

Il roula sur le dos, lâcha ma main et enroula la sienne autour de mes épaules. Je posai la tête sur le creux de son épaule, les cheveux éparpillés sur son bras. Il passa ses doigts dans ma chevelure, chatouillant mon cuir chevelu et même tout mon corps.

— Quand Cole m'a dit que Liam te draguait, j'étais aveuglé par tant de jalousie que j'en ai fait une grave erreur qui a mis tous mes compagnons en danger. C'était mauvais, Ness.

Il frémit et ferma les yeux une longue seconde. Je posai ma paume sur son cœur battant, emprisonnant son rythme rapide entre mes doigts.

— Je suis désolée.

— Ce n'est pas de ta faute. Je t'ai laissée, pas l'inverse.

Et maintenant, c'était moi qui parlais de partir. Et s'il trouvait *mieux à se mettre sous la dent*? La simple pensée de cette serveuse ou Sienna allongée où j'étais me faisait grincer des dents.

— J'ai menti.

J'essayai de calmer la tension que je sentais dans ma mâchoire. Le regard rivé sur la paume aplatie sur son torse, je repris :

— J'ai un faible pour toi depuis que je suis enfant. Vraiment *enfant*. Je sais, c'est inquiétant. Mais tu étais *tout* pour moi. Tout à mes yeux. Tu te rappelles le jour où tu m'as laissée venir à ce rendez-vous au cinéma avec Betsy ou je ne sais plus qui ?

Son visage me revint en tête.

— Je détestais ses cheveux bruns, ses courbes alors que j'étais plate comme une planche à pain et blonde. Je détestais que tu touches sans cesse ses cheveux. Sa main. Je détestais tellement ça que j'ai fait semblant d'avoir mal au ventre pour que tu me ramènes. Pour que tu restes avec *moi*. Pour que tu touches *mes* cheveux.

Il ne dit rien pendant un moment comme s'il essayait de se souvenir. À moins qu'il soit en train de revenir sur ce qu'il m'avait avoué avec cette nouvelle déclaration.

— Elle s'appelait Carrie.

*Oh là là !* Il se souvenait d'elle. Pire, le souvenir lui arracha un sourire. Un coup dans les côtes m'aurait fait moins mal.

Il enroula mes cheveux entre ses doigts.

— Elle m'a largué ce soir-là parce que je t'avais choisie toi plutôt qu'elle.

Son sourire s'agrandit un peu.

— Je savais que tu avais un faible pour moi, mais...

— Ce n'était pas vraiment un faible, c'était une passion passagère, grimaçai-je. Je ne sais même pas pourquoi je te dis tout ça.

— Je crois que moi je sais.

— Vraiment ?

Il roula sur le côté.

— Tu me le racontes pour tester ma volonté d'esprit, élucida-t-il en me regardant dans les yeux. Ou pour la briser...

— Ça marche ?

— Tu as déjà échoué à quelque chose ?

Je souris, puis plus du tout. Enfin, dans un élan d'audace – ou d'imbécillité –, je réduisis la distance entre nos bouches, posant la mienne sur la sienne.

Un grognement s'échappa de lui et il écarta sa bouche.

— Tu restes ?

Son torse se souleva et s'abaissa.

— Je ne crois pas que je puisse...

Il grimaça.

— Laisse-moi finir ma phrase. Tu ne m'as pas laissé finir.

Son regard épia mon visage.

— Finis-la.

Mon cœur palpitait à ma mâchoire, à mes lèvres, à mon menton, à mon front. Je répétai ce que j'avais dit et ajoutai le dernier mot, celui qui changerait tout.

Pour lui.

Pour moi.

Pour nous.

— Je ne crois pas que je puisse *partir*.

Je ne voulais pas devoir répondre à Liam et je n'étais pas sûre de pouvoir contourner ça si je restais, mais je n'étais pas prête à abandonner August, Evelyn ou Jeb. Je ne voulais pas perdre la possibilité de me transformer en bête puissante ni quitter la maison que j'avais retrouvée.

August prit mon visage dans ses mains avec une tendresse à vous en briser le cœur.

— J'ai besoin que tu sois sûre à cent pour cent là-dessus.

— « Là-dessus » ?

— Sur ta décision de rester. D'être avec moi.

Il passa son pouce sur ma lèvre inférieure.

— Je te veux comme partenaire, Ness. Pas ce soir. Pas demain, mais avant le solstice d'hiver. J'ai besoin de savoir si tu le veux aussi. Parce que ce n'est pas juste un *crush*. Pas de mon côté.

Il parlait d'un *pour toujours*. Or, les pour toujours m'effrayaient.

— Je n'ai jamais été en couple, August.

— Alors tu n'es pas prête ?

— Parce que tu l'es ?

— J'ai été avec d'autres gens. Je sais ce qui m'attend dehors et je comprends combien ce que j'ai eu la chance d'avoir est précieux. Je comprends combien *tu* es précieuse.

Il caressa ma joue.

— Je veux être avec toi, August, et seulement toi et j'ai vu ce qui m'attend dehors. Je ne suis pas là avec toi parce qu'il se trouve que tu es là et magiquement connecté à moi. Mais je ne veux pas te promettre un « pour toujours » qui m'effraie.

Du bout de la langue, j'humidifiai mes lèvres sèches.

— Si ce n'est pas assez pour toi...

Il posa ses mains à l'arrière de ma tête et approcha mon visage du sien, interrompant le flot de pensées et de mots. Tout contre ma bouche, il murmura :

— Seulement moi.

— Seulement toi, confirmai-je à cet homme allongé près de moi, si familier et si étranger à la fois.

Il plaqua sa bouche sur la mienne et la corde qui nous liait m'attira plus près et encore plus près. Je ne savais pas s'il m'avait fait bouger vers lui ou si c'était moi. Tout ce que je savais, c'est que chacun de nos os s'était aligné, chaque centimètre de notre chair s'était mélangé jusqu'à ce qu'on ne puisse distinguer un corps de l'autre.

Et cela – être en si parfaite osmose avec quelqu'un – m'effrayait plus que tout. Car si ça se terminait, cela briserait plus que nos cœurs. Cela déchirerait même nos corps.

## Quarante-Sept

L'aube pointait à l'horizon quand le sommeil m'emporta sans bruit dans ses bras tout en me laissant dans ceux d'August. Je me sentais en sécurité, calme et comblée. Je ne m'étais pas sentie comme ça depuis longtemps. Et tout ce que nous avions fait était de nous embrasser; nous ne nous étions pas aventurés sur la peau qu'il nous appartenait désormais d'explorer. Je sentais qu'August était inquiet à l'idée de m'effrayer en allant trop vite.

J'appréciais la lenteur. Avec Liam, tout s'était précipité. Nous nous étions embrassés comme si nous manquions de temps, et d'une certaine façon, c'était le cas, même si aucun de nous deux ne le savait alors.

Tandis que le soleil s'élevait plus haut dans le ciel, je caressai les longs doigts d'August dépliés sur mon ventre qui me bloquaient contre lui. Je repensai à ce terrible enregistrement et à combien les hommes pouvaient tomber bas pour garder ce qu'ils estimaient être à eux. Puis, je pensai à mon père qui voulait être alpha.

Je trouvais ça étrange qu'il ait convoité cette place de pouvoir. L'avait-il voulue pour m'intégrer à la meute comme l'avait insinué Heath ou était-ce un but personnel ? Ma mère connaissait-elle ses intentions ?

Ma mère qui avait été la partenaire d'un autre homme...

Allongée avec celui qui était censé être le mien, je me demandais si résister à l'attraction avait été difficile. Peut-être pas tant que ça, vu que son partenaire n'était ni gentil ni doux. Qu'elle ait réussi me rassurait sur le fait que je n'avais pas fini dans le lit d'August à cause de la magie. S'il avait été un narcissique violent, j'aurais gardé mes distances.

Comme s'il m'avait sentie en train de penser à lui, il s'agita derrière moi et les doigts que je caressais empoignèrent mon tee-shirt et me remontèrent un peu plus haut contre lui. Je souris, connaissant la raison pour laquelle il avait réajusté ma position... puisque je l'avais déjà *senti* contre mon coccyx. Ses lèvres touchèrent mon omoplate et y déposèrent le baiser le plus chaud et doux de tous qui traversa la barrière de coton et de peau. Il posa ensuite ses lèvres sur la courbe de mon cou, m'embrassa délicieusement puis remonta plus haut jusqu'à la zone sensible derrière mon lobe d'oreille.

Toujours en souriant, je me retournai pour lui faire face. Il m'adressa un sourire plus hésitant qui affola mon cœur.

— Pas de regrets ? finit-il par demander.

— Non.

Il passa une phalange sur ma joue, puis sur ma fossette avant de suivre les courbes de ma mâchoire.

— Et toi ?

— Mon seul regret, c'est que le matin soit arrivé.

— Tu as peur que je me transforme en citrouille ?

Il rit avant de poser cette bouche splendide et rieuse contre la mienne et de déverser les notes de sa joie à l'intérieur de moi. Tandis que le baiser s'approfondissait, la forme de sa bouche changea, tout sourire disparut et ses lèvres s'entrouvrirent. Il m'attira à lui tout entière, de ma langue au reste de mon corps. Quand la bosse qui pointait à son pantalon pressa contre mes cuisses, il écarta sa bouche et m'écarta légèrement comme s'il avait peur de me faire un bleu.

Il étudia mon visage et glissa une mèche de cheveux derrière mon oreille.

— Je vais beaucoup économiser en eau chaude.

Je l'observai en retour ; ses pupilles cerclées de brun qui se mélangeait au vert le plus éclatant taché de doré, ses taches de rousseur chocolat sur sa peau brun clair, sa barbe auburn foncé sur sa mâchoire anguleuse, la discrète cicatrice laissée par mon attaque de la veille.

— Je compenserai tes douches froides avec des extrachaudes.

Ses pupilles se dilatèrent et il frotta son nez contre le mien.

— Tu prévois de te redoucher ici, alors?

La chaleur m'envahit. Qu'est-ce qui m'avait pris de dire ça?

— Non. Hmm. Seulement si je suis coincée...

— J'espère que tu seras souvent coincée.

Il me sourit tandis que j'essayais de repousser la chaleur qui augmentait en moi.

— Je m'arrangerai même peut-être pour que ça se produise.

Il déposa un bref baiser brûlant sur ma bouche, ce qui n'aida pas à refroidir ma température corporelle.

— Je vais avoir besoin d'une douche froide moi aussi, marmonnai-je.

— Je te proposerais bien d'en prendre une ensemble, mais ça n'aiderait pas.

— En effet.

Il repoussa une autre mèche de mon visage, souleva mes cheveux puis les lâcha, observant chaque mèche retomber.

— Tu crois que ça pourrait être de l'or pour de vrai?

Je reniflai, bruit très peu féminin.

— Je ne serais pas criblée de dettes si c'était le cas.

Son regard se fit sérieux.

— Tu m'as dit que tu n'avais pas...

— Ce n'est rien. Rien que je ne puisse gérer.

Je me mordis la lèvre inférieure.

— Combien?

— Je ne te le dirai pas.

— Pourquoi pas?

— Parce que, c'est personnel.

— Et on est proches. Combien?

— S'il te plaît, laisse tomber.

Il se redressa pour savoir.

— Très bien. Je laisse tomber.

Mes lèvres s'ouvrirent en voyant la vitesse avec laquelle il avait cédé.

— Merci.

— Hmm, hum.

Il s'avança jusqu'au pied du lit, puis se retourna et commença à descendre l'échelle.

— Je vais me prendre une douche, j'en ai bien besoin. Je ferai partir la cafetière.

Je me redressai sur mes coudes.

— Hé, tu peux envoyer un message à Jeb pour savoir s'il est à la maison ? J'ai besoin de rentrer à l'appartement.

— Je le ferai.

Je restai allongée un moment et regardai le jeu de lumières et d'ombres sur le plafond en ciment, me demandant ce que j'étais censée faire de moi-même maintenant que je restais. Pas d'un point de vue professionnel, mais du côté de la meute. Devais-je me rendre aux réunions? Comment celle d'hier s'était-elle terminée? Si seulement j'avais mon téléphone, je pourrais appeler Sarah. À partir de maintenant, je ne partirais jamais de chez moi sans mon téléphone ou mes clés, ou mon portefeuille d'ailleurs. Je me vantais d'être intelligente, mais si je l'étais vraiment, j'aurais pris mon sac avec moi la nuit dernière. Je pressai mes doigts contre la couette toujours chaude, observant les plis qu'ils formaient. Après tout, si j'avais pris mon sac, je n'aurais pas dormi dans ce lit aux allures de nuage, blottie contre un métamorphe sexy. La seule pensée de cette nuit me fit ronronner, façon loup bien sûr.

Quand la cafetière commença à gargouiller, je sortis du lit et m'étirai avant de descendre par l'échelle. Le sol en parquet était froid sous mes pieds, mais l'air délicieusement chaud. Je repérai ma robe sur l'un des tabourets de la cuisine et réfléchis à si je devais remettre ce vêtement qui me grattait ou non. Je choisis de garder le tee-shirt d'August. C'était plus confortable que le tulle et assez long pour recouvrir mes fesses.

J'avançai dans la cuisine et cherchai dans les placards jusqu'à trouver celui des tasses. Pas une seule ne se ressemblait. Je les examinai, souriant devant certains slogans. J'inspirai profondément quand mon regard se posa sur une tasse d'un vert se rapprochant de la boue. Je la sortis et la fixai.

La céramique n'était pas magique – contrairement à certains bouts de bois puants – et pourtant, celle-ci revêtait une certaine magie. Elle faisait remonter le temps. J'étais assise devant une tour de potier, les cheveux coiffés en deux longues tresses. Contrairement à la plupart des autres enfants qui confectionnaient quelque chose pour leurs parents, j'avais décidé d'offrir ma création à August. Je caressai la poignée vernie comme August l'avait fait quand je lui avais donné cette tasse sept ans plus tôt.

Je posai la tasse à l'endroit et la remplis de café. La première gorgée me fit gémir doucement.

Quelque chose bipa et la porte s'ouvrit. Je me figeai, la tasse à mi-chemin vers ma bouche.

— August, j'ai ramené...

Cole se tut en me voyant.

Nous clignâmes des yeux tous les deux, puis une autre porte gémit et August entra dans la cuisine, une serviette autour des hanches. L'odeur de son savon au bois de santal était si forte que je m'étouffai presque. À moins que ce soit dû aux battements frénétiques de mon cœur.

Il fit du bruit autour de moi, sûrement pour se servir une tasse de café. Je considérai l'idée de me planquer derrière l'îlot dans l'espoir que Cole oublie qu'il m'avait vue.

— Ce n'est pas ce que tu crois, lâchai-je.

Mais je sentis la chaleur d'un corps encore humide contre mon dos.

— C'est exactement ce que tu crois, corrigea-t-il.

*Oh ! Mon Dieu, tuez-moi.* Puisqu'il ne daigna pas le faire, je donnai un coup de coude à August et me déplaçai sur le côté pour qu'il ne soit pas collé de manière aussi évidente à mes fesses.

Cole avança vers nous, un sourire dévorant ses joues.

— Putain.

J'essayai de me raisonner : ça aurait pu être pire. Nelson ou Isobel auraient pu entrer au lieu de Cole.

— Maman envoie des muffins, expliqua Cole en posant un sac en plastique sur l'îlot. Et moi, j'envoie mes félicitations.

Quelqu'un avait monté le chauffage ? Parce que j'étais presque sûre que je suais à grosses gouttes. Je posai ma tasse. Tenir un café chaud n'allait pas m'aider. Gênée, je tirai sur mon tee-shirt. Non pas que Cole puisse voir mes jambes alors que l'îlot se trouvait entre nous. Je regrettais que ce ne soit pas une vraie île – des palmiers, des dunes de sable et tout le tralala.

*Merde.* J'avais vraiment un problème avec les palmiers visiblement.

Je pivotai.

— Hmm. August, on peut parler une seconde.

*En privé*, articulai-je en silence.

Il détourna les yeux de Cole et m'observa. Le pouvoir de son regard combiné au sourire fier à ses lèvres arrêta mon cœur un instant.

— Bien sûr.

Il indiqua la porte de la salle de bain.

Je courus presque dans sa direction.

— Je peux partir si vous voulez, proposa Cole en s'asseyant à un tabouret.

— On en a pour une minute, le rassurai-je.

— Une minute ? ricana Cole. Toutes ces semaines de frustration sexuelle laissent des séquelles, hein ?

August lui fit un doigt d'honneur en me suivant. Je fermai la porte et la verrouillai même si c'était ridicule. Ce n'était pas comme si Cole allait surgir. Je la déverrouillai aussitôt.

— Laisse-moi deviner, tu veux que je change le code de la porte ?

— Quoi ? Non. Je veux dire... peut-être.

Je me passai la main dans les cheveux.

— Mais ce n'est pas ce dont je voulais parler.

Il croisa ses bras sur son torse imposant. Je me pinçai l'intérieur du poignet pour me concentrer, mais un regard dans le miroir embué inhiba l'effet de la douleur. La buée s'estompait et je voyais le dos en forme de V d'August, ce qui honnêtement était tout aussi séduisant que le devant.

— Ça va, mon cœur ?

J'enroulai mes cheveux pour les soulever de mon cou avant que ma peau ne les enflamme.

— Hmm. Oui, mais...

— Tu ne veux pas que les gens le découvrent ?

Je hochai la tête un peu frénétiquement.

— Pourquoi ?

— Parce que. Liam et moi, on vient de rompre.

— C'était il y a trois semaines.

Ça faisait vraiment trois semaines ? Okay, d'accord. Au moins, je n'étais pas complètement une traînée.

— On peut quand même faire profil bas pour l'instant ? Juste quelques semaines ?

August s'appuya contre l'évier en émail, un sourcil haussé.

— Pourquoi ?

— Parce...

— Parce que quoi ?

*Argh !* Pourquoi ne pouvait-il pas juste accepter ?

— Parce que j'ai peur de blesser Liam.

— Il n'avait pas peur de te blesser, toi.

— Je l'ai surpris, il ne me lançait pas son coup d'un soir au visage.

— Je ne parlais pas de sexe, je parlais de ce qui s'est passé chez *Tracy*. Ness, tu as toujours des sentiments pour lui ?

Sa voix avait un côté tranchant. Je clignai des paupières.

— Quoi ? Non.

— Tu es sûre ?

— Bien sûr.

Sa pomme d'Adam remonta une fois, deux fois. Il soupira, s'écarta de l'évier et fit un pas vers moi. Ses bras retombèrent mollement avant qu'il ne les noue autour de ma taille.

Je levai la tête.

— Pourquoi tu penses ça ?

— Parce que je suis jaloux et ça va sûrement devenir pire, même si je ne vois pas comment ça pourrait s'aggraver puisque j'ai déjà envie de tordre le cou de tous ceux qui te regardent. Cole y compris, ajouta-t-il en montrant la porte.

— Tu n'as pas à être jaloux. Je te le promets. Je suis juste nerveuse. Et si tes parents étaient horrifiés ?

— Mes parents t'aiment déjà comme leur propre fille.

— Exactement.

— Quoi « exactement » ?

— Ils vont peut-être trouver ça bizarre que toi et moi, tu sais...

Il me sourit.

— Ça te fait plaisir de me voir aussi nerveuse ?

— Un peu. Tu es mignonne quand tu rougis.

— Les chiots, c'est mignon. Et je ne rougis pas.

— Oh si. Et d'accord, tu es belle à en tomber raide et je suis le plus chanceux du monde entier.

Je levai les yeux au ciel.

— Pas besoin d'en faire des caisses.

— Je ne fais qu'évoquer un fait, Ness. Tu es la plus belle et moi le mec le plus chanceux.

Il se pencha en avant et me vola un baiser.

— Mais je ne crois pas que j'arriverais à cacher ça pendant des semaines. Des jours peut-être.

Je hochai la tête.

— Quelques jours, ça me va.

Il m'embrassa de nouveau, ouvrit ma bouche et approfondit le baiser jusqu'à ce que les dalles à mes pieds disparaissent. Et elles disparurent vraiment, car il me souleva et me pressa contre le mur chaud. Avant que je ne tombe, j'enroulai mes jambes autour de sa taille et me laissai aller à nos baisers tellement mon esprit se vida complètement.

Un téléphone sonna et la voix de Cole résonna de l'autre côté de la porte. Je revins violemment au présent. August me posa doucement. Une bosse tendait sa serviette entre ses cuisses. Étourdie de désir, je m'appuyai contre le mur pour calmer les battements de mon cœur.

August prit ma tête entre ses mains, respirant l'air que j'expirai.

— Il va peut-être me falloir une autre douche.

Sa voix rocailleuse intensifiait mon regard embrumé par ce moment passé.

On frappa à la porte.

— Les gars, désolé de vous interrompre, mais y a du neuf, alors si ça vous dit, une petite pause dans vos...

J'ouvris la porte tellement vite que Cole trébucha presque dans la salle de bain.

— Quel genre ?

— Julian vient de défier Cassandra Morgan.

Je fronçai les sourcils.

— Il l'a défiée à quoi ?

— À une course de sac à patate, fit Cole.

Au même moment, August chuchota :

— Mais non...

— Et si.

Cole tournait son téléphone entre ses mains.

— Oh, et je plaisantais pour la course.

— Il l'a défiée pour le titre d'alpha des Rivières? compris-je. Qu'est-ce qu'elle a dit?

Il inspira longuement.

— Quand un alpha défie un autre alpha, Ness, il y a deux solutions : soit tu libères ton territoire et tu dégages, soit tu acceptes le duel et espères que ton adversaire aura un mauvais jour.

— Il faudrait qu'elle abandonne Beaver Creek?

— Et l'auberge. Et toute autre possession. C'est la loi des meutes... La loi du meilleur.

— C'est une décision audacieuse de la part de Julian, commenta August.

Cole arrêta de faire tourner son téléphone.

— Il deviendra une légende ou tombera en imbécile, c'est sûr.

— Tu crois qu'il défiera Liam ensuite?

— Il l'aurait déjà fait s'il voulait le territoire de notre meute, protesta August.

— Julian avait probablement peur de le faire avant, les rumeurs de notre meute ayant évolué, suggéra Cole.

— « Évolué »?

— Le fait qu'elle n'enfante que des mâles. Et avant que tu ne me refasses le visage, ce n'est pas moi qui ai inventé le terme de mutation évolutive et je ne crois pas qu'on ait évolué à proprement parler. Je me dis juste que c'est peut-être la raison pour laquelle Julian n'a jamais défié Heath.

— Et s'il défie pour de bon Liam? Et si elle le fait?

Oublier Cassandra était idiot vu qu'elle avait déjà battu un alpha.

— Si l'un d'entre eux défie Liam, je pense qu'il les combattra.

Mon cœur se souleva jusqu'à ma gorge et s'y déchaîna jusqu'à ce que j'aie tant de problèmes à respirer qu'August dessina de petits cercles en bas de mon dos.

— On s'en sortira, m'assura-t-il.

Des points noirs dansèrent aux extrémités de mon champ de vision.

— *Il* s'en sortira, ajouta-t-il dans un murmure.

Il devait sentir que j'avais besoin qu'on me rassure au sujet de la vie de Liam. Il arrêta de dessiner des cercles dans mon dos, m'attira à lui, embrassa mon front et répéta :

— Il s'en sortira.

Je m'agrippai à la main autour de ma taille comme si c'était la seule chose me retenant de tomber. Le cœur d'August battait de manière régulière contre mon omoplate.

— Hey Cole, garde ce que tu as vu ce matin pour toi.

Cole hocha la tête.

— Bien sûr mec. Quelqu'un veut un muffin ?

Il s'écarta du cadrant de la porte. Ma gorge semblait tellement nouée que je ne pensais même pas que du café passerait.

— J'ai besoin... d'habits. Jeb...

— Il est chez toi. Laisse-moi m'habiller et je t'emmène.

— D'accord, soufflai-je.

August me lâcha, joignit ses doigts aux miens et me tira dans la cuisine. Je grimpai sur un tabouret pendant qu'il allait dans un endroit de sa salle de bain – sûrement son placard.

Après s'être servi une tasse de café, Cole me regarda sous ses cils blonds.

— Je suis surpris que tu tiennes toujours à lui après la nuit dernière. Tu avais l'air assez en colère pour l'assassiner.

*Lui ?* Oh... Liam.

— La seule personne dont je souhaite la mort, c'est Aidan Michaels.

Cole appuya ses avant-bras sur l'îlot.

— Je peux te demander quelque chose ?

Je pinçai les lèvres prudemment.

— Quelles intentions tu as ?

— Ce n'est vraiment pas tes affaires, Cole.

— Je veux juste savoir si tu es sérieuse avec lui. C'est tout. Il a assez traversé de choses comme ça. Et avant que tu me grognes dessus, je sais que toi aussi, mais il est... Eh bien, il est...

Il passa son téléphone d'une main à une autre. Ses doigts étaient aussi épais que ceux de Matt et recouverts des mêmes poils blonds.

— J'imagine que ce que je voulais dire, c'est que j'espère que ceci n'est pas sous le coup de ta déception amoureuse.

Même si je n'appréciais pas sa méfiance, je ne pouvais m'empêcher d'admirer la considération qu'il avait pour August. Pour cette raison seulement, je répondis calmement :

— Ce n'est pas ça.

— Cole, coupa vivement August.

Il émergea de son placard habillé d'un treillis militaire et d'un tee-shirt thermal crème qui lui moulait le torse.

Cole se raidit et leva les mains en l'air.

— Je ne fais que surveiller tes arrières, mec.

— Merci, mais reste en dehors de ça.

Cole serra la mâchoire.

— Désolé.

August se pencha au-dessus de moi et glissa son menton dans mon cou.

— August ?

— Oui, mon cœur ?

Je pivotai pour lui faire face, le forçant à cesser de chatouiller ma peau.

— Là, ce qu'il vient de me demander… C'est exactement la raison pour laquelle je ne veux pas que les gens sachent. Les autres auront la même réaction. Peu importe que Liam et moi ayons rompu il y a trois semaines ou qu'il ait déjà couché avec quelqu'un, je serai vue comme cette fille-*là*.

August me regarda, les yeux plissés et luisants d'une lueur plus verte que d'habitude.

— Si quelqu'un ne fait ne serait-ce qu'insinuer…

Je posai les doigts sur sa bouche pour calmer son loup. Ses poils avaient commencé à s'allonger et s'épaissir.

— N'en parlons plus. Pas avec tout ce qui se passe.

Il inspira longuement et baissa ma main.

— D'accord. Mais si quelqu'un dit quelque chose…

— Je l'assommerai sur la tête avec le marteau de la boîte à outils dernier cri que tu m'as offert à Noël dernier, proposa Cole.

— Merci, fit August en se redressant.

— Tu ferais la même chose pour moi.

— Évidemment.

August attrapa un muffin, mordit dedans, avala sa bouchée, mordit encore puis avala. Deux bouchées de plus et il frotta ses mains ensemble pour retirer les miettes collées.

— Prête à y aller ?

Je descendis du tabouret.

— Si ça ne te dérange pas que je garde ton tee-shirt, oui. Sinon, je peux mettre la robe...

— Garde le tee-shirt.

Il mit dans ses poches ses clés de voiture, son portefeuille et son téléphone qui se trouvaient dans un bol en bois fait main sur l'îlot pendant que j'enfilais mes talons et attrapais ma robe. Quand j'ouvris la porte d'entrée, la lumière du jour inonda l'appartement annexe.

Les jours de soleil présageaient de bonnes choses.

Aujourd'hui serait une bonne journée.

Julian battrait Cassandra.

Je me fis alors la réflexion qu'il hériterait de sa meute. Est-ce qu'ils déménageraient tous à Boulder ? J'espérais que non, car mille loups de plus dans la zone ne feraient que causer une grande pagaille dans nos bois, en plus d'instaurer des conflits territoriaux. Je me détournai du ciel éclatant pour voir ce qui retenait August. Je pensais que ce serait Cole, mais ils me fixaient tous les deux.

Je me déplaçai légèrement.

— Vous venez ?

August frappa le torse de son ami, lui lança un regard assassin, puis avança vers moi. Il enroula son bras autour de ma taille et me poussa dehors. Le parking était plein de voitures et camions, alors je me défis de son emprise.

Ses yeux n'avaient pas perdu leur lueur meurtrière quand il me regarda. Il ne dit rien, mais je sentis un tiraillement dans mon ventre qui me poussait vers lui.

— August, hoquetai-je en trébuchant sur mes talons.

Il tendit la main pour me stabiliser.

— Quoi ?

Sa voix avait l'air innocente, mais pas l'expression à son visage.

— Tu sais très bien quoi, grommelai-je.

Je parcourus des yeux le parking. Heureusement, personne n'était dehors. Quand il atteignit le pick-up, il ouvrit la porte.

— Ness, j'ai le besoin physique de te garder près de moi. C'est incontrôlable.

Je secouai la tête.

— Dis l'homme avec le plus de contrôle sur soi-même.

— Pas quand il s'agit de toi.

Il baissa le menton et lâcha la portière pour effleurer ma taille et me proposer sa main ouverte. Je soupirai, glissai ma main dans la sienne et montai en voiture.

Une fois installé derrière le volant, il nous fit sortir du parking. Je me rapprochai de lui et posai ma tête sur son épaule. Il glissa son bras autour de ma taille et me tint contre lui.

— Tu crois que Julian gagnera ? demandai-je.

August soupira, ce qui fit voleter des mèches de mes cheveux non coiffés.

— On le saura bien assez tôt.

— Cette tradition de combat à mort est tellement barbare.

August s'écarta pour me regarder.

— Dit celle qui a voulu participer aux épreuves d'alpha.

— Je ne savais pas ce que serait le dernier test. Les anciens avaient juste dit que je devais partir si je perdais. Ils n'ont pas parlé de mourir.

Il s'arrêta au milieu de la route. Heureusement, il y avait deux voies, alors on nous klaxonna, mais les voitures purent nous contourner.

— Je croyais que tu savais.

— Non.

— Tu te serais proposée si tu avais su ?

Avant que je ne puisse répondre, la voix de Liam résonna dans mon esprit : ***Le combat aura lieu à midi sur la pelouse de l'auberge. J'espère tous vous y voir pour soutenir nos alliés, les Pins.***

Je vérifiai l'heure sur le tableau de bord.

— C'est dans... dans une heure.

August serra les doigts sur le volant.

— Je ne veux pas que tu y ailles, Ness. Ces combats... Ils peuvent dégénérer. Déclencher d'autres affrontements.

— Et tu ne crois pas que je puisse gagner ?

— Bien sûr que je crois que tu en es capable, mais est-ce que j'ai envie de prendre le risque ? Non.

— J'apprécie ton désir de me garder en sécurité, mais je ne serai jamais le genre de fille à rester à la maison à attendre près du téléphone. Ce n'est pas dans mon ADN.

Plusieurs émotions différentes passèrent sur son visage : la surprise, la frustration, l'inquiétude.

— Très bien, finit-il par dire. Mais tu restes à mes côtés tout du long. J'espère que ça te convient.

— August...

— C'est non négociable.

Je grognai un peu.

— Fais-moi plaisir, mon cœur. Tu n'as jamais assisté à un duel. C'est vraiment moche à voir. Même si le loup que tu soutiens gagne, c'est moche.

J'avais assisté à un, mais pas en tant que spectateur. Je ne pensais pas que parler de mes épreuves m'aiderait à apaiser l'humeur d'August, alors je gardai le silence. Et puis, je ne détestais pas l'idée d'être à ses côtés.

# Quarante-Huit

Nous roulâmes jusqu'à l'auberge dans le pick-up d'August. Je laissai Jeb s'asseoir devant, contente d'avoir le siège arrière pour moi. Sur la route, j'alternai entre envoyer des messages à Sarah et fixer les montagnes baignées par le soleil. Mon amie était confiante : son oncle allait démolir l'alpha des Rivières. J'espérais qu'elle aurait raison.

— Je n'ai jamais vu autant de voitures.

Jeb fixait l'océan de voitures stationnées, déferlant comme une vague multicolore sur la route.

Même s'il était surexcité – probablement boosté par le café et le stress – je m'inquiétais des conséquences de sa venue ici. Surtout si son ex-femme était dans les alentours à lécher les bottes d'Aidan Michaels. J'espérais vraiment qu'elle ne se montrerait pas. Pour le bien de Jake et le mien. Ne voyait-elle pas Aidan comme l'homme vicieux qu'il était? Ne voyait-elle pas le sang séché de son fils sous les ongles limés du chasseur – du Rivière? D'accord, il n'avait pas avoué le meurtre d'Everest, mais je sentais dans chaque parcelle de mon corps qu'il avait quelque chose à voir avec ça. Après tout, l'auberge appartiendrait toujours aux Clark si Everest était vivant. Ce qui aurait été beaucoup moins pratique pour héberger la grande famille d'Aidan.

— Tu as entendu ? Aidan Michaels est un loup, expliquai-je à Jeb en sortant de voiture.

— J'ai entendu. Je n'arrive pas à y croire. La quantité de Sillin qu'il a dû ingérer pour camoufler son odeur.

Il secoua la tête, ce qui ébouriffa ses cheveux blond-gris déjà décoiffés. Je ne l'avais jamais vu aussi négligé.

August contourna la voiture, les mains dans les poches, sûrement pour les garder loin de mon corps. Même si je lui avais promis de rester proche de lui, je l'avais supplié de ne pas me toucher. Cela nous trahirait. Peut-être que notre odeur s'en chargeait déjà.

De ses yeux teintés de rouge, mon oncle regarda d'un endroit à un autre sans s'arrêter.

— Il ne peut sûrement plus se transformer maintenant. Ou s'il peut, c'est que c'est un de ces sales bâtards. Ces demi-loups. Le seul avantage à ce qu'il soit un loup, c'est que maintenant tu peux le tuer.

August s'arrêta net.

— Le tuer ?

Jeb haussa un sourcil.

— Tu ne veux pas que le meurtre de Callum soit vengé, August ?

— Bien sûr que si.

La voix de mon oncle n'était plus qu'un murmure quand il proposa :

— Ness devrait utiliser le duel comme diversion pour lui trancher la gorge.

— Tu tiens à ta nièce, oui ou non ? aboya August, tirant sur le fil qui nous liait pour m'attirer à lui.

— Pardon ?

— Si tu tenais à elle, tu ne l'inciterais pas à faire quelque chose d'aussi incroyablement imprudent.

— Imprudent ? lâcha Jeb. Les vengeances sont autorisées ! Encouragées même.

— Peut-être, mais lui conseiller d'attaquer pendant un duel d'alpha ? Toi et moi, on sait comment ça pourrait finir.

August grognait presque maintenant.

— Ça pourrait apporter la paix à mon frère, voilà comment ça pourrait finir.

Une veine tressaillit frénétiquement à sa tempe.

— Pourquoi tu ne tranches pas la gorge de ce connard toi-même alors ?

*Cling !*

— Parce que je prévois de trancher la gorge de quelqu'un d'autre aujourd'hui.

— Qui ? demandai-je.

— Celle d'Alex Morgan.

— Le fils de Cassandra ?

Il hocha la tête.

— J'ai passé une grosse partie de la nuit dernière à regarder son visage à travers la grille en argent. Si Éric n'avait pas été là à me surveiller, il serait déjà mort ce matin.

En plus d'avoir le physique d'un drogué, il promulguait les mots qui allaient avec.

— Alex est là ? demandai-je en montrant l'auberge.

— Il arrivera plus tard, répondit Jeb à voix basse en avançant vers nous. Liam l'emmène pour le troquer au cas où… au cas où Julian perdrait.

— Le troquer contre quoi ? interrogea August.

— Contre le départ immédiat des Rivières. Si elle n'accepte pas les conditions de Liam, j'aurai le droit de tuer ce fils de pute.

Des vagues de colère et de soif de sang émanaient de mon oncle.

Je lançai un regard à August, inquiète qu'aujourd'hui ne se transforme en carnage complet. Il avait la même expression que moi.

Jeb vérifia sa montre. Ses yeux brillèrent.

— Plus que vingt minutes. Vingt minutes.

Il se frotta les mains joyeusement avant de sautiller devant nous.

— Je vais me chercher une place devant.

Pendant un moment, ni August ni moi ne parlâmes. Nous le regardâmes disparaître dans les entrailles de son ancienne auberge.

— Eh bien, qu'est-ce qu'on a là ? fit une voix que je n'avais pas entendue depuis longtemps.

Une voix qui ne m'avait pas manqué.

August étudia lentement mon visage avant de se retourner encore plus lentement. Il se plaça devant moi, me bloquant la vue de Justin Summix.

— Si ce n'est pas le soldat Watt.

Justin mâchonnait un chewing-gum, ce qui lui donnait l'air d'un bovin plus que d'un loup. Comme au festival de musique, il était flanqué de ses deux amis.

— J'ai entendu que tu avais été renvoyé à la vie civile sans honneurs.

— Il y a une raison pour que tu essaies de me provoquer, Justin, ou tu prends juste plaisir à être un abruti de première classe ?

Sa voix était aussi tendue qu'un élastique.

Justin sourit avant de reprendre sa mastication bruyante. Il se tordit le cou sur le côté pour me regarder. Je ne me cachais pas derrière August. Je n'avais juste aucun désir de regarder ce pauvre type.

— Je crois que je t'avais bien jaugée lors de notre première rencontre, hein ?

Justin souffla une bulle qui éclata contre sa bouche, tordue d'un sourire.

— Étouffe-toi avec ton chewing-gum, Justin, crachai-je.

Il esquissa un sourire narquois comme ses deux amis. L'un se craqua les phalanges pendant que l'autre me reluquait.

— Comment ça marche ? Tu les prends un à la fois ou tout d'un coup ?

*Et voilà.* Je contournai August en plongeant sur le côté, mais il tira si fort sur le fil entre nous que je tombai en arrière, m'aplatissant contre son torse. Une seconde plus tard, Justin volait en l'air en crachant. Soit August avait serré son cou trop fort, soit son chewing-gum était passé par le mauvais trou.

— Excuse-toi. Maintenant, grogna August.

— *Landon,* siffla-t-il.

Son visage devenait violet.

*Landon,* ça voulait dire « pardon » dans une étrange langue de loup-garou ?

Son ami, celui qui portait un débardeur identique et avait les cheveux rasés, brandit le poing. J'imagine que Landon était un nom.

August esquiva le premier coup à son visage et frappa du revers Landon à la mâchoire si soudainement qu'il cligna des paupières et trébucha en arrière avant de s'écrouler au sol. Je fonçai sur l'autre ami au moment où il levait le pied pour frapper August entre les jambes. Il aurait sûrement paré le coup, mais je n'eus pas à le découvrir. Je frappai la jambe en l'air du gars, l'écartant sous l'impact, l'attrapai par les épaules et lui envoyai mon genou dans le nez si fort qu'il lâcha un cri haut perché avant de courber l'échine, haletant sous la douleur.

L'adrénaline me parcourut, exacerbant tous mes sens. Je pouvais sentir l'éclair d'énergie pure sur la pelouse de l'auberge et le brouhaha des voix. J'entendais le murmure d'un sourire aux lèvres d'August et le battement régulier de son cœur tandis qu'il me regardait.

— Allez... vous faire... foutre, siffla Justin.

Cela eut le don d'attirer l'attention d'August sur lui.

— Ça ne sonnait pas comme une excuse, commenta-t-il.

Les ongles de Justin se courbèrent et s'aiguisèrent et il griffa la main de son adversaire.

August l'envoya aussi loin que la pierre qu'il avait jetée sur le lac.

— Si l'un d'entre vous ne fait que regarder Ness, je vous taille en pièces comme la vermine que vous êtes.

Je m'agrippai à sa main. Le sang coulait de ses blessures, ruisselait sur son poignet et imprégnait son tee-shirt en coton. Je remontai ses manches, sortis un mouchoir de mon sac à main et le pressai contre les quatre petites blessures.

— Tu es un putain de lunatique, Watt, comme tous les Boulder. Tous des dégénérés de naissance, grinça Justin en frottant sa gorge rougie. La première chose que Julian fera quand il gagnera ce duel, c'est virer ta meute de nos terres une bonne fois pour toutes.

— Nous ne sommes pas sur vos terres, ripostai-je toujours en m'occupant des blessures d'August.

— Et il faudrait d'abord qu'il gagne, rappela August.

Je ne pensais pas une seconde qu'il espérait un autre résultat, mais la pique rendit le visage de Justin violet de rage.

— Comme si cette connasse avait la moindre chance, marmonna Landon.

— Elle a battu l'alpha des Tremulas.

— Je vois où repose ta loyauté. C'est parce que c'est une chienne comme toi ? lança Justin.

Il tira sur le bord de son débardeur pour le baisser sur son jean baggy.

— Cesse de parler de mon genre comme ça.

Je relevai le mouchoir ensanglanté et le serrai dans mon poing. La chair déchirée avait arrêté de saigner et se refermait déjà.

***Le combat commence dans cinq minutes.***

August et moi nous tordîmes le cou sur la pelouse vers Liam.

— Allons-y.

August glissa son bras autour de ma taille et me tira vers l'avant de l'allée.

Personne n'était à l'intérieur de l'auberge : ni femmes de ménage ni tante perfide. Je tendis l'oreille pour chercher des battements de cœur humain, mais tous ceux que j'entendais n'avaient rien d'humains.

Avant de rentrer dans le salon, August commenta :

— Tu as été remarquable.

Je levai les yeux au ciel.

Il s'arrêta et m'attira à lui, caressa ma joue.

— Je suis sérieux. Au cas où tu oublies, à une époque, c'était moi à l'autre bout du poing.

Je fronçai les sourcils.

— Le jour où je t'ai surprise à la salle de sport...

Le jour où je m'étais proposée pour les épreuves. Cela me semblait remonter à une éternité.

Il pencha la tête. Avant qu'il puisse m'embrasser, je m'écartai.

— August..., murmurai-je.

Heureusement, personne n'était autour. Justin et ses amis avaient dû faire le tour de l'auberge.

August se frotta la bouche.

— C'est vrai.

Je savais que c'était bête de s'inquiéter d'être surpris, vu ce qui se passait en dehors des murs de l'auberge, mais je ne pouvais pas m'en empê-cher. J'étais une boule de nerfs à cause d'August, mais aussi du duel imminent.

Nous traversâmes le salon vers le mur de corps le long de la rambarde. Je me glissai à côté de Cole et cherchai Sarah des yeux. Elle était entre son frère et une autre fille petite et rousse.

Même si les Matz étaient trop loin devant moi pour que je puisse jauger leur expression, la posture de leurs épaules m'indiquait que la famille de Julian était nerveuse. Le reste de la meute semblait légèrement plus détendu. Ils formaient une toile ample derrière Julian qui retirait ses vêtements. Il en était à un maillot de corps blanc et un slip blanc moulant.

Sa sœur exécutait des cercles autour de Cassandra, déjà nue, les épaules en arrière, les seins pendants. Les Rivières se promenaient-ils tout nus tout le temps ? La nudité était vraiment le dernier sujet qui devait m'interroger là maintenant.

— Qu'est-ce que Nora Matz fait ?

— C'est le second de Julian, répondit August.

Au même moment, Lori s'éloigna de la meute des Rivières et traversa le terrain vers Julian.

— C'est quoi un second ?

Cole appuya sa hanche contre la rambarde, un sourcil haussé.

— Ne me regarde pas comme ça, Cole. Mon éducation de loup-garou a été stoppée quand mon père est mort et, même si j'ai appris deux-trois trucs dernièrement, il y a toujours beaucoup de trous dans mes connaissances de métamorphe.

— Les alphas ne peuvent pas participer à un duel sans second. C'est une tradition humaine que les meutes ont adoptée et utilisée depuis le premier duel d'alpha reporté dans les Appalaches, m'apprit August. Comme dans les duels entre humains, les seconds sont chargés de s'assurer qu'on ne triche pas. Ils surveillent également le duel de près, un peu comme des arbitres. Si quelqu'un déroge à une règle, ils peuvent séparer les deux parties. Le duel est alors repoussé, si les deux veulent remettre ça, ou annulé. Si cela se produit, alors chaque meute a l'obligation de retourner à son territoire et les alphas n'ont plus le droit de se défier pour le restant de leur vie. En revanche, si l'une des deux meutes a un nouvel alpha, alors ce nouvel alpha peut défier l'alpha de la meute ennemie.

— Et si les seconds n'arrivent pas à arrêter le duel à temps et qu'un des alphas meure à cause d'une règle non respectée ?

— Alors le second de l'alpha mort peut défier l'alpha victorieux instantanément sans attendre un cycle lunaire complet.

August était concentré sur Lori qui encerclait Julian désormais complètement nu. Elle s'arrêta pour prendre la main de Julian et regarder sous ses ongles, puis lui leva la tête et glissa ses doigts dans la bouche de Julian.

— Elle cherche des armes dissimulées ou des substances illégales implantées dans l'émail, expliqua Cole en se tournant vers la pelouse.

J'étais encore plus confuse maintenant.

— Je ne comprends pas comment se battre juste après bénéficierait aux seconds.

— La victoire aura demandé beaucoup d'énergie, surtout pour un combat d'alpha. Vu que le second n'est pas un alpha, ses chances de gagner contre un sont quasi nulles, expliqua August en me regardant. Imaginons que Julian batte Cassandra, mais que Lori remarque de la triche – un piège au sol, du brouhaha créé exprès dans ses rangs ou un bâton transformé en arme –, alors elle a le droit de le défier ici même. Elle aura l'avantage d'être en pleine forme et son corps ne subira pas d'inspection, donc techniquement elle pourrait dissimuler une arme. Tu peux parier que Lori comme Nora sont prêtes à contre-attaquer. Bien sûr, ça ne veut pas dire qu'elles peuvent battre un alpha. Ils n'ont pas la masse corporelle ou l'entraînement d'un alpha. La plupart du temps, les seconds déclarent forfait pour sauver leur peau.

— Je n'ai jamais entendu un second défier un alpha victorieux, renchérit Cole.

La meute des Rivières formait un arc compact derrière Cassandra. Je devinai au nombre grandissant de visages inconnus que tous les Rivières étaient venus pour l'événement. La masse de corps donnait l'impression que la centaine de Pin derrière Julian était dérisoire. Les seconds se retrouvèrent au centre du terrain. Après avoir échangé à voix basse, elles hochèrent toutes les deux la tête, retournèrent à leur famille respective et se débarrassèrent de leurs vêtements avant de retrouver leur fourrure animale.

*Tu es restée.*

La voix de Liam dans mon esprit était si désagréable que mon cœur fit un bond. Je posai une paume sur ma poitrine avant de le chercher dans la rangée de Boulder, le long de la rambarde. J'avais pensé qu'il serait quelque part en bas à tenir le fils de Cassandra en étau, mais il était juste là parmi ses hommes et moi, sans Alex.

*Je suis vraiment désolé, Ness. Et pas que tu l'aies découvert. Je suis désolé d'avoir voulu la mort de ton père. Je suis désolé de te l'avoir caché, de t'avoir blessée... de t'avoir déçue... à nouveau. J'espère qu'en temps voulu, tu seras capable de me pardonner.*

Je me mordis la lèvre et fermai les yeux pour contrer la douceur qui y surgissait. Je détournai le regard vers le terrain où les silhouettes de Julian et Cassandra oscillèrent du flou au net devant moi. Je sentis les doigts d'August saisir ma hanche. Je m'écartai de lui et heurtai Cole.

Du coin de l'œil, je le vis échanger un regard avec August. Malheureusement, je savais ce qu'il signifiait. Cole émanait des vagues de méfiance. Elles s'échappaient de lui comme l'odeur désagréable de ses cigarettes. Il avait tort de se méfier. Si je ne voulais pas qu'August me touche, ce n'était pas à cause de sentiments secrets entretenus pour Liam. Je ne voulais pas attirer l'attention de la meute – que ce soit celle de Liam ou d'un autre Boulder.

August s'agrippa à la rambarde comme s'il était prêt à briser le bois que lui et son père avaient poncé des années auparavant, ses tendons apparents sur ses mains, faisant craqueler le sang séché qui tachait sa peau.

Un hurlement perça le ciel bleu clair, puis un deuxième.

— Ça commence, souffla Cole.

## Quarante-Neuf

Ma main rejoignit celles de nombreux autres sur la rambarde de la terrasse. Le combat avait commencé depuis une dizaine de minutes et, même si la fourrure brun clair sur le dos de Cassandra était tachée de rouge, là où Julian y avait plongé ses dents, elle était toujours sur ses quatre pattes. Elle se déplaçait lentement comme si la douleur à son arrière-train s'étendait au reste de son corps. Vu qu'il l'avait mordue au début du combat, elle aurait dû commencer à guérir.

Julian attendait qu'elle s'approche pour lui sauter dessus. Elle s'aplatit sur l'herbe, puis roula sur le dos. Je m'attendais qu'elle continue à rouler, mais non... Elle s'arrêta de bouger comme si elle attendait que Julian atterrisse sur elle. La seconde où il heurta son corps, elle se déchaîna sur son ventre avec ses griffes, puis se retourna sous lui et le fit tomber sur son dos blessé.

Julian atterrit avec un bruit sourd à quelques mètres d'elle. Pendant un instant, il ne bougea pas.

Je retins ma respiration.

*Tout le monde* retint sa respiration.

— Il va l'achever, prédit Cole.

Julian se releva sur ses pattes, comme une montagne s'élève sur des plaques tectoniques, et plongea de nouveau vers Cassandra, son museau sombre trempé de son sang, les crocs découverts. Il prit son mollet dans sa gueule et secoua la tête comme s'il tentait de la démembrer. Sa patte resta attachée, mais Cassandra s'effondra. Il la tira sur plusieurs mètres, elle donna une ruade et Julian cracha comme s'il avait gardé une bouchée de fourrure et qu'il s'étouffait. Au moment où il la lâcha, elle s'écarta de lui, ventre au sol.

Mais il respirait toujours bruyamment, frappant son museau avec ses pattes comme pour retirer le sang de Cassandra. Il eut un haut-le-cœur.

Des voix commencèrent à s'élever, des cris, des huées, des applaudissements. Comme les spectateurs à un jeu sportif, la foule devint bruyante. Même si elles restaient à bonne distance des loups, Nora et Lori gravitaient autour de leurs alphas.

En entendant Julian vomir, Cassandra se retourna, s'accroupit sur elle-même et, avec un gémissement strident, se releva. Son mouvement était si lent que c'était comme regarder un film au ralenti. Pourtant, elle parvint à renverser Julian. Les deux s'écroulèrent dans un mélange de fourrure brune ensanglantée; leurs corps s'agitèrent et se trémoussèrent.

Un grognement fit écho contre les troncs fauve des pins agités au vent et ricocha comme le soleil éblouissant sur les façades en verre de l'auberge.

Un gémissement s'ensuivit.

Puis, le bruit de vaisseaux sanguins qu'on arrache.

La chair de poule hérissa ma peau tandis qu'un alpha volait la vie de l'autre.

# Cinquante

Julian était tombé.

Une onde de cris et de pleurs résonna en dessous de nous, mais aussi sur la terrasse. Tous les Boulder se raidirent et se redressèrent, les yeux sous tension et les lèvres pincées. Personne ne parla à côté de moi, pas même Liam via l'esprit. Nous restâmes juste là, épaule contre épaule, solennels, sous le choc, endeuillés.

Oui, *endeuillés*.

Même si je n'aimais pas beaucoup l'alpha des Pins, j'aimais Cassandra encore moins.

Un cri déchira le terrain tandis que Nora se précipitait vers la silhouette inerte et broyée de Julian. Robbie se détourna de sa meute et attrapa sa mère avant qu'elle ne puisse se jeter sur son frère. Elle geignit, gémit et grogna sur son fils pendant qu'il lui parlait doucement à l'oreille. Après un long moment, elle cessa de grogner et reprit sa forme humaine. Tremblant sous le coup de ses sanglots si stridents qu'on devait les entendre jusque dans le centre-ville, elle enfouit sa tête contre le torse de Robbie.

Mon regard parcourut l'étrange scène en bas. Les gens avaient commencé à se déverser sur le terrain pour féliciter leur alpha toujours en fourrure. De l'autre côté, Sarah était tombée à genoux. Je commençai à aller vers elle quand August attrapa mon poignet et secoua la tête.

— Non, dit-il fermement.

— Mais Sarah...

— D'autres s'occuperont d'elle. Reste là.

Son emprise était à la fois lâche et ferme comme s'il combattait l'envie de me tenir plus fort.

Margaux et la rouquine s'étaient agenouillées auprès de Sarah, mais je mourais toujours d'envie d'aller à ses côtés. Seules les pulsations de terreur vibrant à travers le lien m'empêchèrent d'y aller. Mon estomac déjà noué s'agita et se contracta sous l'effet de la peur d'August.

Je retournai à la rambarde et il lâcha mon poignet. Même s'il ne reposa plus ses mains sur moi, il me tenait via le lien comme s'il ne me faisait pas confiance et craignait que je coure en bas de l'escalier.

— Je ne partirai pas, le rassurai-je.

Ça ne fit rien pour apaiser sa poigne invisible.

Je reportai mon attention sur le terrain en bas. Pour la dernière fois, la fourrure de Julian se rétrécit à l'intérieur de ses pores, son museau se rétracta et ses membres redevinrent humains.

— Souhaites-tu contester l'équité du combat et défier l'alpha aujourd'hui ? s'écria Lori, de nouveau humaine et habillée.

Comme tous les métamorphes présents, je regardai Nora, la regardai se tourner dans les bras de son fils, regardai ses lèvres trembler, la regardai secouer la tête, d'abord à cause d'un frisson, puis en guise de réponse.

*Non.*

— Souhaites-tu défier l'alpha dans un cycle lunaire ? demanda Lori, la voix forte.

De nouveau, la sœur de Julian secoua la tête. Robbie repoussa les cheveux blonds s'accrochant au front et aux joues pâles de sa mère. Margaux jeta une espèce de cape sur les épaules de sa belle-mère et Robbie enveloppa un bras autour d'elle et l'aida à quitter le terrain. Un sanglot remonta dans sa gorge, puis un autre; son chagrin résonnait contre les Flatirons et les plus lointaines et grandes montagnes.

Lori se tourna vers sa mère toujours en fourrure.

— Alpha des Rivières ! Le cœur du vaincu est à ta merci et, avec lui, la meute du vaincu.

*Le cœur du vaincu ?*

Je ne sais pas si j'avais parlé tout fort ou si August avait lu la confusion qui se peignait à mon visage, mais il expliqua :

— Le vainqueur mange le cœur du perdant, acquérant ainsi un lien avec la meute de l'alpha mort.

La bile remonta dans ma gorge. August se positionna devant moi et m'attira contre son torse.

— Je t'avais dit que c'était brutal.

Je ne regardai pas, mais entendis le bruit de la chair juteuse, le crissement placide des os et le glouglou du sang qui, jadis, insufflait la vie dans un homme et insufflerait désormais de la magie dans une femme.

Même si c'était sûrement mon imagination, je crus entendre le sang couler du museau de Cassandra et se mélanger au sol imbibé de larmes et de vomi.

Enfin, des hurlements triomphants éclatèrent dans le ciel d'été, annonçant la chute d'un alpha et son remplacement par un autre.

Je repensai à la dernière épreuve que j'avais endurée contre Liam – le test de force. Ce que je venais de voir était ce qu'avaient les anciens en tête ? Avaient-ils espéré que Liam ouvre mon poitrail et mange mon cœur ?

Je frémis, August me serra plus fort et je le laissai faire. Je me fichais de qui me verrait dans ses bras. J'avais toujours un cœur qui battait dans mon torse. Je ne voulais pas le forcer à se taire pour éviter les critiques et les regards comme je ne voulais pas forcer August à garder ses distances. J'avais besoin de lui. Je voulais qu'il soit là.

Si j'avais appris quelque chose aujourd'hui, c'était que la vie était trop courte pour s'inquiéter de ce que pensaient les autres. J'enroulai mes bras autour de la taille d'August et me collai à lui, espérant que son odeur et sa chaleur aideraient à estomper les terribles images et bruits qui continuaient de repasser dans mon crâne.

# Cinquante-Et-Un

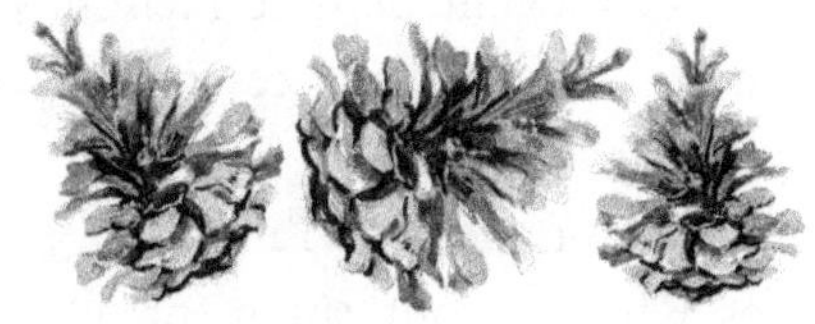

Les voix s'intensifièrent autour de nous. Les conversations ambiantes commencèrent à pénétrer mon esprit bourdonnant.

— Tu crois qu'il a avalé quoi pour vomir comme ça ? demanda Matt à son frère.

— De la fourrure ou peut-être un morceau de chair. Tout le monde aurait un haut-le-cœur après ça.

À cette idée, la bile remonta de nouveau dans ma gorge.

— Tu avais raison. Je n'aurais pas dû venir, murmurai-je contre le torse d'August.

Il glissa une mèche de cheveux derrière mon oreille.

— Au moins, maintenant, tu sais.

Sa bouche effleura le sommet de mon crâne tandis que ses doigts caressaient le bas de mon dos. Si quelqu'un avait des suspicions quant au fait que nous avions franchi la ligne entre l'amitié et plus, j'imagine que notre proximité avait effacé ces doutes.

— Tu devrais l'éloigner d'ici, mon fils, entendis-je dire Nelson.

Je m'écartai d'August si vite que je dus y laisser quelques cils. La bouche de Nelson était fixée en ligne droite.

— C'était horrible, hein ?

— O-oui, bégayai-je.

Je me forçai à croiser les yeux marron foncé de Nelson, craignant le dégoût que je m'attendais à voir, mais il n'y en avait pas. Je ne lus que de la méfiance. J'essayai de ne pas me demander si elle provenait de ce qui s'était déroulé en dessous de nous ou ici même sur la terrasse, entre August et moi.

Je remontai la bretelle de soutien-gorge qui avait glissé sur mon bras.

— Que va-t-il se passer maintenant ?

Plusieurs Boulder chuchotaient derrière Nelson. J'entendis les mots Cassandra, duel, Liam. Je craignais que ces mots n'appartiennent à la même phrase.

Le père d'August inspira longuement, l'air grave.

— Maintenant, les Rivières vont sûrement allonger leur voyage à Boulder. Le temps que les nouveaux membres de leur meute s'acclimatent.

James, le blond aux cheveux impeccablement coiffés, surgit derrière August.

— Ça sera bien pour les affaires.

— Tu peux coiffer tes cheveux comme tu veux, mais on ne fera pas affaire avec les Rivières, refusa August.

— On a vécu avec les Pins pendant presque un siècle et l'on faisait affaire avec *eux*. Pourquoi on ne prendrait pas l'argent des Rivières ?

August serra la mâchoire comme s'il luttait contre un ressort.

Nelson toucha le bras de son fils.

— Attendons de voir ce qui se passe. Pas besoin de prédire ce qu'on fera et ne fera pas avant de comprendre ce qu'ils veulent.

— Ce qu'ils veulent, c'est prendre nos terres et nos hommes, répondit Rodrigo en se postant à côté de James.

Je ne m'embêtai même pas à lever la main pour lui rappeler que je n'étais pas un homme. Ce n'était pas la question.

— Comment tu sais ça, Rodrigo ? Tu as eu une petite conversation avec Cassandra avant le duel ? demanda Nelson.

Je ne l'avais jamais entendu être aussi sec avec quelqu'un. Je ne savais pas qu'il en était capable.

— Non, Nelson, bien sûr que non. Mais pourquoi seraient-ils venus autrement ? Pourquoi auraient-ils envoyé Aidan nous observer autant d'années ? Liam a dit qu'il manquait un paquet de Sillin. Je parie qu'ils ont donné des pilules à Julian...

— Il aurait été incapable de se transformer. Et puis, il n'a rien bu ni mangé la nuit dernière, répliqua James.

— Comment tu le sais ? Tu as été avec lui toute la nuit, Jamie ? *Encore*, ajouta-t-il dans sa barbe.

James recula en secouant la tête.

— Tu peux être un vrai con, parfois.

Il se retourna et se dirigea vers un autre groupe de Boulder.

— Liam a dit à Robbie qu'ils auraient dû analyser le sang de Julian pour chercher des traces de Sillin, reprit Rodrigo en montrant la pelouse où Liam parlait à Robbie. Mais le corps de Julian appartient aux Rivières maintenant que Nora a refusé de se battre. S'ils autorisent des funérailles, je serai surpris.

— Robbie va défier Cassandra maintenant ?

— Peut-être, mais ses chances de gagner contre un alpha seraient nulles. Il faut être timbré pour défier un alpha, commenta-t-il en posant ses yeux sur moi.

Je reculai, car cette dernière réplique était trop personnelle. Nelson resserra ses doigts autour du bras d'August.

— Tu dépasses les bornes, Rodrigo.

— Mon père aurait pu gagner, murmurai-je.

— Les chances sont...

— Ça suffit ! coupa Nelson. Tu en as dit assez.

Le pompier brun au tempérament de feu pinça les lèvres.

— Se battre pour ce que tu veux demande du courage, reprit Nelson. Dénigrer les autres, non.

Grondé par Nelson, Rodrigo baissa les yeux, mais il était trop fier pour s'excuser d'avoir insulté ma famille.

— August, on a besoin de ton aide au sujet de quelque chose, fit Cole en indiquant Matt et Dexter de la tête.

Nelson lâcha le bras de son fils et August se tourna vers moi, comme inquiet de me laisser seule. J'esquissai un sourire factice.

— Vas-y.

À contrecœur, il partit avec les trois autres Boulder.

Je m'éloignai un peu de Nelson qui remontait toujours les bretelles de Rodrigo. J'essayai d'apercevoir Sarah en bas. Si Liam y était, c'était probablement assez sécurisé...

— Toi et August êtes ensemble maintenant ? demanda Lucas.

Il était à côté de moi, les avant-bras posés sur la rambarde, le regard rivé sur le terrain en contrebas ou plutôt sur la fille aux cheveux blonds effondrée au sol. Margaux déposa un baiser sur le sommet du crâne de Sarah, puis elle se leva et avança vers un homme plus vieux, peut-être son père, tout en caressant son ventre.

— Oui, finis-je par avouer.

Lucas se tourna vers moi et s'appuya contre la rambarde.

— C'est sérieux ?

Margaux se dirigea ensuite vers Robbie. Même s'il était toujours plongé dans une conversation avec Liam, Robbie attira sa partenaire enceinte contre lui.

Je soupirai.

— Je suis restée.

— Tu allais vraiment quitter la ville ?

— Oui.

— Tu serais allée où ?

Je haussai les épaules.

— Je serais peut-être retournée à Los Angeles. Je n'aurais pas senti l'attraction de la meute là-bas. Ou j'aurais peut-être tenté ma chance sur la côte Est.

L'idée de retourner à Los Angeles me nouait l'estomac. Cette ville me rappelait trop maman.

— Tu sais qu'il se sent très mal au sujet de tout ça, hein ? L'enregistrement. Tammy.

Je reposai mon regard sur Sarah, toute seule désormais.

— Je suis sûre que oui, mais ce n'est plus vraiment mon problème, si ?

— C'est notre alpha, Ness.

— Qu'est-ce que tu sous-entends ?

— Un alpha tourmenté peut se montrer négligent, ce qui peut avoir des répercussions sur toute la meute.

Je croisai les bras.

— Et alors ? Tu suggères que je descende et lui fasse un gros câlin en lui disant que je lui pardonne de m'avoir brisé le cœur ?

— Il l'a fait ?

— Est-ce qu'il a brisé mon cœur ? Oh oui !

Même si l'odeur faible de la mort flottait dans l'air, les taches de sang sur la pelouse étaient cachées par les regroupements de métamorphes; certains pleuraient, d'autres célébraient. Quelqu'un avait recouvert Julian d'un drap blanc dont seuls ses pieds et sa tête dépassaient. Du sang tachait le blanc, tant que je ne pensais pas qu'on puisse le rattraper, même avec l'astuce d'Evelyn.

— Tu tenais à ce point à lui ?

— Oui.

— Lui tient encore à toi.

— Il s'en remettra.

— Et s'il ne le fait pas ?

— Tu t'es remis de ta rupture avec Taryn ?

Il regarda Sarah se lever et se tordre le cou pour fixer le soleil. Elle espérait peut-être que sa chaleur incendiaire sèche ses larmes.

— Elle ne me manque plus.

Sarah plissa les yeux vers l'auberge. Quand elle nous vit, elle se dirigea vers les marches de la terrasse, avançant vite, comme si elle était pressée de s'éloigner de sa nouvelle meute, ses cheveux lissés brillants comme de l'or. Quand elle atteignit la terrasse, elle se précipita vers moi. J'eus juste le temps d'ouvrir les bras avant qu'elle se jette dedans.

— On lui avait dit de ne pas la défier. On l'avait supplié de ne pas le faire.

Ses larmes mouillaient le col de mon débardeur. Je lui frottai le haut du dos.

— Il est parti. Et maintenant on est... On est... des Rivières.

Sa voix se brisa sur ce dernier mot.

— C'est sa voix à elle que j'entendrai dans ma tête. Elle qui nous dira quoi faire.

Elle s'écarta de moi et me fixa de ses yeux marron brillant.

— Je... la... hais, cracha-t-elle en tremblant. Je les hais tous.

Elle fusilla du regard un petit groupe de Rivières qui passait en dessous de nous.

Ils étaient cinq, pas beaucoup plus vieux que nous. Deux des garçons et une des filles nous observèrent avec retenue, mais les deux autres – un garçon et une fille qui se ressemblaient tant qu'ils étaient sûrement frère et sœur – nous fixèrent avec un intérêt évident.

— Ils ne peuvent pas être tous mauvais, lui chuchotai-je pour essayer de l'apaiser.

— Je les déteste quand même, marmonna-t-elle.

— Je sais.

Je caressai ses cheveux. Elle s'éloigna de moi et riva son regard cerné de rouge sur Lucas.

— Liam doit la défier. Il doit récupérer les meutes. Vous devez lui dire de la défier.

Le sang quitta le visage de Lucas et son teint devint aussi blafard que la cicatrice qui zébrait son sourcil sombre.

— Hors de question. Si elle ne le défie pas, nous lui conseillerons de rester en dehors de ça.

— Je suis sûre qu'elle a triché, Lucas. Je ne sais pas comment elle l'a fait, mais j'en suis sûre. Julian ne vomissait pas des *pelotes de fourrure*. Je parie qu'elle l'a empoisonné.

Je fronçai le nez à cause de ce que je m'apprêtais à dire :

— Si c'était le cas, elle n'aurait pas pu manger son *cœur* sans s'empoisonner dans le même temps.

— Ness a raison, Sarah.

Elle frotta ses yeux du dos de ses mains.

— Elle a fait quelque chose. C'est sûr. Peut-être qu'elle a réussi à lui faire avaler du Sillin. Ça l'aurait affaibli.

Je fronçai les sourcils.

— Comment aurait-elle fait ça ?

— Je ne sais pas, mais...

— Le Sillin aurait retransformé Julian en homme, non ? interrompit Lucas.

Bonne question.

— Ça nous empêche de nous transformer quand on est sous forme humaine, répondis-je en me rappelant ce que cela m'avait fait, mais je ne suis pas sûre de ce que cela fait quand on est en loup.

— Cela se verra sur les analyses, fit remarquer Lucas.

Tout comme ça s'était vu sur celles d'Heath...

— Si l'on nous permet d'en faire, marmonna Sarah.

— Si elle l'interdit, ça sera déjà une réponse en soi. Ça prouvera qu'elle a quelque chose à cacher.

Cassandra s'était enfin retransformée. Son corps était contusionné et ensanglanté, pourtant, sa fierté se lisait dans la position de ses épaules et de sa mâchoire. Un homme enroulait un bandage autour de sa cuisse d'où perlait encore du sang.

— Et si c'est dans son sang? chuchotai-je.

— Qu'est-ce qui est dans son sang?

— Le Sillin. Et s'il était dans son sang? Sa blessure aurait déjà dû se refermer.

J'avais parlé si bas que Lucas comme Sarah s'étaient approchés de moi.

— Mais elle a réussi à se transformer en loup.

— Elle a dû l'ingérer sous forme de loup, suggérai-je.

Je parcourus des yeux le terrain improvisé de duel à la recherche de... quoi? Des pilules blanches, un emballage en aluminium froissé?

— Maman l'aurait vue manger quelque chose et l'aurait signalé.

— Peut-être qu'elle l'a loupé?

Sarah inhala d'un coup.

— Tu sais ce que ça voudrait dire, hein? Qu'elle est plus faible maintenant. Que si Liam la défiait, il pourrait très bien gagner.

— À moins qu'elle ne l'empoisonne aussi, murmurai-je.

Le visage de Lucas avait repris de ses couleurs.

— Si elle a du Sillin dans son corps, elle ne peut pas se retransformer en loup. Pas avant quelques heures. Peut-être des jours, selon la dose.

— Ils pourraient se battre sous forme humaine?

— Ça serait inhabituel, mais pourquoi pas?

Lucas semblait gonflé à bloc. Je n'aimais pas son enthousiasme. Il me faisait *peur*. Je craignais que cela n'incite Liam à agir imprudemment. Avant que je ne puisse le calmer, il cria :

— Grande alpha Morgan, retransformez-vous!

Tout le monde se tourna pour le fixer, et quand je dis ça, je veux vraiment dire *tout le monde*.

— Pardon? demanda Cassandra.

Lucas croisa les bras.

— Retransformez-vous.

— Et pourquoi, monsieur Mason?

J'étais impressionnée qu'elle connaisse son nom. Cela dit, elle avait dû passer des décennies à étudier les dossiers envoyés par son cousin. Il était d'ailleurs à côté d'elle, avec l'air d'un chat ayant mangé un canari. Comme je le détestais.

— Pour satisfaire ma curiosité.

— Je parie qu'elle ne le fera pas, chuchota Sarah.

— Très bien.

Le regard rivé sur Lucas, de la fourrure brune sortit de ses pores, ses yeux s'illuminèrent d'un éclat inhumain et elle atterrit sur quatre pattes, piétinant notre théorie comme elle piétinait les brins d'herbe cassés.

Cinquante-Deux

Un souffle sonore s'échappa de la bouche de Lucas.

— Comment ? murmura-t-il.

Sarah cligna des yeux face au loup qui se retransformait lentement en femme.

Une fois Cassandra sur deux pieds, elle releva la tête pour nous regarder, tirant sur le bandage qui avait glissé à sa cuisse.

— Ai-je satisfait ta curiosité, cher monsieur Mason ?

Les lèvres de Lucas étaient toujours entrouvertes, mais aucun son n'en surgit.

Pouvait-elle avoir appliqué une crème à son corps qui aurait rendu Julian malade ?

— Julian était-il allergique à quelque chose ? demandai-je à Sarah.

Elle secoua la tête, les yeux écarquillés.

— Putain, lâcha enfin Lucas.

Au même moment, des pas lourds résonnèrent sur la terrasse. Nous nous tournâmes tous vers le bruit.

Pris au piège entre August et Cole se trouvait un garçon pas plus vieux que moi. Était-ce le fameux Alex Morgan ? Le tueur d'Everest ?

Alex avait les boucles blondes d'un chérubin, une mâchoire masculine et enfantine qui devait encore être formée par la vie, même si elle était criblée de bleus qui s'estompaient et s'accordaient à la teinte violette de ses yeux. Il ressemblait plus à un joli garçon qu'à un meurtrier de sang-froid.

— Putain, elle est beaucoup plus belle en vrai, commenta-t-il en m'examinant.

August lui envoya son coude sur le côté de sa tête.

— Waouh, c'était pour quoi, ça ? se plaignit Alex.

Il essaya de lever la main pour se frotter la tête, mais Cole comme August tenaient fermement ses poignets, les bloquant derrière son corps dégingandé.

Alex n'avait vraiment pas l'air d'avoir besoin de deux métamorphes imposants pour l'arrêter. Cela dit, il y avait quelque chose de fourbe chez lui comme s'il était plus une anguille qu'un loup.

— C'est *lui*, le meurtrier d'Everest ? demanda Sarah.

— Oui, je sais, grommela Lucas.

Alex lança un sourire narquois à Sarah ou plutôt à sa poitrine.

— La région est pas mal en ce qui concerne les femelles.

— Mais ferme-la, putain, grogna Lucas.

Alex sourit, visiblement ravi d'agacer tout le monde. Il fixa devant nous la pelouse.

— Hé, maman, je suis revenu à la maison !

Quelques rires étouffés s'élevèrent chez les Rivières.

— Tu as dit que tu ne lui ferais pas de mal, grogna Cassandra.

— Non. Nous avons dit qu'on ne le tuerait pas. On a respecté notre parole, affirma Liam, l'air très calme.

Cassandra lui lança un regard dur.

— Quelles sont tes conditions ?

— Prends ta meute et quitte Boulder immédiatement.

Sarah hoqueta.

Je posai une main sur son bras.

— Il ne voulait sûrement pas parler de toi, la rassurai-je.

— Je doute que mes nouveaux loups...

— Tes loups ? interrompit Sarah, les poings serrés. Nous ne t'avons pas juré fidélité. Nous ne le ferons jamais !

Cassandra posa son regard gris sur mon amie.

— Mes nouveaux compatriotes... Le terme te convient mieux, mademoiselle Matz ?

Sarah la regarda d'un air mauvais.

— Je doute qu'ils veuillent abandonner leur terre, reprit Cassandra en reportant son attention sur Liam. *Ma* terre, techniquement.

— Alors tu refuses mes conditions ?

— Je refuse, répéta Cassandra calmement.

Je coulai un regard à Alex par-dessus mon épaule. Il ne souriait plus, mais il ne se faisait pas dessus non plus.

— Techniquement, Kolane, Everest était déjà un homme mort, non ? reprit sa mère.

— Nous ne sommes pas dans une cour d'assises. Ton fils ne s'en sortira pas avec des « techniquement ». C'est la loi de la meute et elle interdit les meurtres intermeutes. Nous avons la preuve que ton fils a délibérément fait sortir Everest de la route. Nous avons trouvé de la peinture jaune sur la Jeep d'Everest. Peinture jaune arrachée du Hummer de ton fils.

— De la peinture ? C'est ça ta preuve ? Quand Everest est parti de notre propriété, il a embouti la voiture de mon fils. C'est pour ça que...

— Juste avant l'accident, il m'a appelée !

Ma voix fit écho à travers le terrain, laissant derrière elle un grand silence. Je déglutis.

— Il a dit qu'on le poursuivait. Ne vous fatiguez pas à nous raconter qu'il a fini dans ce fossé par accident !

Cassandra haussa les sourcils de surprise. Elle lécha le sang de ses lèvres qui semblaient plus bleues encore au soleil.

Des doigts se lièrent aux miens. Des doigts fins. Sarah. Elle serra fort ma paume.

— Écoute Kolane, si tu me rends mon fils, je jure devant tous les Rivières et les Boulder que je ne te défierai *jamais* en duel.

Elle tapa sur son cœur comme pour prouver sa sincérité.

— Je laisserai ta meute perdurer. Je suis prête à signer un traité avec toi dès à présent.

Une étincelle d'espoir s'alluma en moi, en Liam. Je sentis l'accélération de son cœur dans ma poitrine.

— Je ne suis pas venue ici pour défier les alphas. Je suis venue pour créer des alliances.

— Dit la louve qui vient de tuer un homme, commenta Robbie.

— Je n'ai pas défié votre oncle !

Le tempérament de Cassandra explosait sur son visage hagard. Elle recula de quelques pas en boitant de sa jambe droite.

— C'est lui qui m'a défiée ! Et il a *perdu*.

Elle cessa de reculer et montra la dépouille de Julian du bras.

— Voilà ce que l'orgueil fait aux hommes. Ils se sentent comme des dieux, mais ils agissent en imbéciles.

Liam l'étudia un long moment. Je priai pour qu'il réfléchisse à ses conditions.

— Accepte le marché, murmurai-je, même s'il ne pouvait pas m'entendre. Accepte-le.

Sarah me regarda, l'air déchirée.

— Non !

La réponse de Liam était comme une explosion, une explosion terrifiante.

— Bats-toi avec moi ici même. Maintenant.

Mon sang se fit de glace.

— Liam ! hurla Lucas.

Il se précipita sur la rambarde si vite que j'eus peur qu'il la brise.

Cassandra scruta Liam.

— Tu essayes de tirer avantage de mes blessures, Kolane ?

— Acceptes-tu ?

— Liam, non ! criai-je.

— Acceptes-tu ? répéta-t-il lentement.

— As-tu écouté le moindre mot de ce que je viens de dire sur l'orgueil ? demanda-t-elle calmement.

— Tu as peur de me faire face ?

J'espérais qu'elle refuse.

— Tu auras besoin d'un second, finit-elle par dire.

Liam se tourna et leva la tête.

— Lucas...

— Ne me demande pas de faire ça, mec.

Lucas secoua la tête si fort que ses longs cheveux noirs fouettèrent sa mâchoire blanche comme un linge. Liam dut rajouter quelque chose en pensée, car Lucas grogna, inflexible :

— Hors de question !

Liam reporta son regard sur Matt.

Il tressaillit, puis comme Lucas, il secoua la tête.

— Non.

Liam plissa les yeux.

Un sourire apparut sur le visage de Lori.

— Ta meute ne semble pas croire en tes capacités...

— Rodrigo ?

L'agacement se percevait dans la voix de Liam. Le visage de Rodrigo brillait à cause de la sueur.

***Ayez foi en moi !***

Sa voix fit rage dans mon crâne.

Je plaquai mes mains contre mes oreilles. Je ne fus pas la seule.

***Je peux la battre ! Elle est faible. Je peux le faire ! Mais je dois le faire MAINTENANT.***

Un gémissement s'échappa de moi.

Liam plongea ses yeux dans les miens un long moment. Tant de choses passèrent entre nous. Du regret, de la rancœur, de la déception, de l'affection.

***Ne fais pas ça***, articulai-je en silence.

Enfin, il se retourna.

— Je t'affronterai sans second.

# Épilogue

Cassandra pianota sur le bandage ensanglanté à sa cuisse.

— On n'a jamais entendu de duels sans second.

— Ce n'est pas parce qu'on n'en a jamais entendu parler que c'est contre la loi, répliqua Liam, empreint de détermination. Et puis, ça me met en désavantage. Tu devrais sauter sur l'occasion.

Elle étudia Liam.

— Je ne *saute* pas. J'étudie les risques.

Je parcourus frénétiquement les visages des Boulder autour de moi. Certains étaient aussi blancs que des fantômes. Je croisai le regard d'August.

— Liam...

— N'y pense même pas, Watt. Je ne veux pas de tes conseils, aboya Liam.

J'inspirai de l'air, mais il semblait vide d'oxygène. J'inspirai de nouveau, mais l'air passa dans le mauvais trou. Je commençai à tousser si fort que je crus que j'allais m'arracher un poumon.

Peut-être que Liam pouvait vaincre Cassandra, mais et s'il perdait ?

Alors... alors elle... elle mangerait son cœur.

Pour la énième fois aujourd'hui, la bile me monta à la gorge. J'allais me détourner quand mon regard croisa celui d'Alex. Il souriait comme s'il pouvait déjà goûter à sa victoire, comme s'il sentait que sa mère ne ferait pas demi-tour devant ce défi, comme s'il savait qu'elle gagnerait.

Je me retournai vers Cassandra. Elle caressa son menton ensanglanté et mince. À côté d'elle, Lori et Aidan se tenaient côte à côté, tous deux détendus et aussi souriants qu'Alex.

— Je me porte volontaire ! m'écriai-je soudain. Je serai son second !

— Quoi ? rugit Lucas.

— Hors de question ! hurla August en même temps.

Avant que quiconque ne puisse m'arrêter, je dévalai l'escalier et courus vers Liam.

Ses yeux sombres étaient écarquillés, sous le choc.

— Mais puisque je suis second, je veux avoir mon mot à dire sur le moment du duel.

— Ness..., commença Liam.

— C'est d'accord ? insistai-je d'une voix stridente, la gorge en feu.

— Non. Seuls ceux qui ont été défiés peuvent décider quand et où ça se passe, refusa Lori. Et nous...

— Relâche mon fils, et tu pourras décider quand et où le duel se passera.

— C'est ça, tu peux toujours rêver qu'on le relâche, ironisa Liam.

— Mon fils ne blessera personne. Je te donne ma parole.

— Elle ne vaut rien.

— Alors battons-nous maintenant.

Elle boitait et perdait du sang, et pourtant, elle était prête à remonter sur le ring ?

— Liam.

Je lui indiquai d'un mouvement de tête la piscine intérieure.

La mâchoire serrée, il se dirigea vers l'auberge et ouvrit la porte en verre. Une fois tous les deux à l'intérieur, il la ferma si fort que le verre crissa. Avant que je ne puisse parler, il s'exclama :

— Tu essaies de me la mettre à l'envers ?

— Te « la mettre à l'envers » ? Non, Liam. Je n'aurais pas signé pour ce duel si c'était mon but.

Ses pupilles pulsaient.

Je regardai Cassandra à travers la vitre qui frottait son corps avec une serviette humide pour se débarrasser du sang et du carnage, puis observai la pièce à la recherche d'équipement de surveillance.

Je ne voyais pas de caméras, mais ça ne voulait pas dire que l'endroit n'était pas sous écoute, alors je baissai la voix jusqu'à un simple murmure sifflant :

— Elle a fait quelque chose à Julian et je compte découvrir quoi, pour que ce ne soit pas ton cœur le prochain à se faire dévorer.

— Pourquoi ça t'importe ce qui arrive à mon cœur ?

Je passai une main dans mes cheveux ; mes doigts se prirent dans quelques mèches.

— Je n'en sais rien. Mais c'est le cas.

— Tu as choisi August.

Je refermai les lèvres. Ce n'était pas le moment d'avoir cette discussion. Mais il n'y aurait peut-être jamais de bon moment.

— Tu as passé la nuit avec lui.

Ce n'était pas une question.

— Ce ne sont pas tes affaires.

— Vous êtes mes loups. C'est mes...

— Non, Liam. Ce qui se passe entre August et moi ne le concerne que lui et moi.

Un nerf tressaillit à sa mâchoire. Pendant un long moment, il se contenta de me fixer.

— Écoute, je sais que tu ne veux pas relâcher Alex, mais on gagnerait du temps. On a *besoin* de temps.

Cela n'éteignit pas la soif de sang dans ses yeux et je levai les mains en l'air.

— Tu sais quoi, si tu te fiches de mourir, alors surtout vas-y, agis comme une tête brûlée comme toujours et va te battre. Mais tu mourras seul, car je ne resterai pas à côté de toi pour te regarder te faire éventrer.

Le doute apparut dans ses yeux.

— D'accord. *D'accord*. J'attendrai.

— Bien.

— Mais je te prendrai comme second qu'à une condition.

— Il n'y a pas de condition. Tu m'acceptes ou tu ne m'acceptes pas. Mais si tu refuses, tu perdras.

— Peut-être que non.

Je grognai avec agacement.

— Liam. Allez. Ce n'est pas une blague là. Il s'agit de ta vie ! Ça ne t'importe pas de vivre une nuit de plus ? Une année de plus ?

— Ma condition est simple. Tout ce que je demande, c'est…

— J'ai dit que je ne négociais pas avec toi.

— … que tu ne sortes pas avec August avant la fin du duel.

— Quoi ?

— Je veux que tu sois concentrée sur moi. Si tu consolides ton lien d'accouplement, ton esprit et ton corps seront trop occupés par lui pour s'inquiéter pour *moi*.

— Liam…, soufflai-je. C'est ridicule.

— Si je dois mettre ma vie entre tes mains, je ne veux pas qu'elles soient occupées à caresser le corps d'un autre homme.

La chaleur envahit mes joues.

— Liam !

— Je ne vois pas le problème. Le mec est tellement amoureux qu'il attendra. Ce n'est pas comme si je te demandais de ne pas consommer le lien avant le solstice d'hiver. Juste pas avant mon duel.

Je clignai des yeux, incrédule.

— On n'a même pas de date. Ça pourrait prendre des mois.

— Mieux vaut trouver rapidement comment elle a triché, alors.

C'était ridicule. *Il* était ridicule.

— Écoute, cette condition n'est pas une façon pour moi de te récupérer. Juste une règle pour éviter des distractions qui pourraient me coûter la vie.

— Une vie que tu étais prêt à sacrifier il y a quelques secondes.

Il me fixa durement et longuement.

— Tu acceptes ?

C'était injuste de sa part. Fréquenter August ne me coûterait pas ma concentration. D'accord, nous étions liés, mais j'étais capable de me concentrer sur d'autres choses… d'autres gens.

Mes narines se dilatèrent sous l'effet de l'agacement.

— Et s'il se passe quelque chose ?

— S'il se passe *quelque chose*, c'est *moi* qui choisis la date du duel.

— Tu réalises combien c'est stupide ? Tu me fais du chantage avec ton propre destin.

— En t'acceptant comme second, je mets mon destin entre tes mains. Je choisis de t'accorder le bénéfice du doute. Pour être honnête, je pense toujours que je devrais aller l'affronter maintenant.

Il coula un regard vers Cassandra avant de revenir vers moi.

— Alors ? Tu acceptes ?

Je détestais ce qu'il me demandait.

— Je travaillerai toujours pour lui et son père.

— Non. Je te payerai à partir de maintenant.

J'ouvris la bouche pour protester.

— Me préparer au duel sera ton travail.

Je n'avais toujours pas fermé la bouche.

— Ton *seul* travail. Compris ?

August serait en colère. Je pouvais déjà le sentir via la tension vibrante dans le fil entre nous : le fait que je me sois portée volontaire pour être le second de Liam le rongeait.

— Tu puais son odeur ce matin, alors ne pense pas une seconde que je ne saurai pas si tu passes du temps avec lui.

— Je ne suis même pas autorisée à passer du temps avec lui maintenant ?

— Pas seule, et pas la porte fermée.

— Et l'université ? Je peux y aller ou tu me retires ça aussi ?

— Tu peux aller en cours, mais dès qu'ils te laissent sortir, tu es avec moi. *Deal* ?

Il tendit la main.

— Je te déteste, fis-je en lui prenant la main.

— Si c'était le cas, tu m'aurais laissé me battre aujourd'hui.

Son sourire devint diabolique.

— On va beaucoup s'amuser tous les deux.

— S'amuser ? J'utiliserais beaucoup de mots pour qualifier ça, mais je ne parlerais pas d'amusement.

Nos cœurs étaient tous deux en jeu ; nos vies en suspens.

Il leva mes doigts à ses lèvres et embrassa mes phalanges.

J'arrachai ma main et la frottai contre mon short.

— C'est juste un jeu pour toi, hein ?

— D'une certaine façon, oui. Si je joue bien, je pourrai gagner tout ce que j'ai un jour convoité.

Il étudia mon visage.

— Qu'est-ce que tu dirais si l'on devenait les héros des histoires que les générations futures raconteraient aux enfants métamorphes avant qu'ils aillent se coucher, Ness Clark ?

— Je dirais qu'on ferait mieux de commencer par sauver ta vie pour que je puisse récupérer la mienne.

Ses yeux brillèrent de ce même sourire sauvage qu'il abordait à ses lèvres. Il indiqua la pelouse de la tête, ouvrit la porte et me poussa au soleil.

Prêt pour une nouvelle aventure?

Découvrez ma saga angélique ultra-romantique aujourd'hui :

Ou plongez-vous dans un monde fantastique de corbeaux et de faës:

# Remerciements

*Les Loups de Boulder* a reçu des avis plus ou moins bons depuis sa sortie en avril 2019, parce que ça ne lambine pas quand il s'agit de taper sur des sujets sensibles. Surtout quand il est question d'amour.

Je n'approuve pas l'idée d'« amour-tyran » qui décrirait bien la façon dont Liam gère son attirance pour Ness à la fin de ce livre, mais je sais que ça existe. Et puisque ça existe, je compte bien en parler.

Si ma mère m'a appris une chose (elle m'en a appris beaucoup plus, mais les lister me mènerait à écrire un livre complet...), c'est que parler – même des choses négatives – est toujours mieux que de tout garder enfoui en soi.

Les relations amoureuses sont compliquées, et encore plus quand la personne a un passé. Liam est un être compliqué. Il n'est pas fondamentalement mauvais, mais il se comporte mal quand il s'agit d'obtenir ce qu'il veut. *Spoiler alert*... Il aura droit à sa rédemption dans le dernier tome, mais il devra se battre longtemps et âprement contre ses démons.

Au sujet d'August...

Oui, il a dix ans de plus que Ness.

Eh oui, elle a seulement dix-sept ans (presque dix-huit).

Je sais tout ça et j'ai quand même décidé d'écrire leur histoire d'amour. Plus jeune, j'étais convaincue que mon mari aurait dix ans de plus que moi. Pourquoi ? Parce que mes parents ont dix ans d'écart et que leur amour est si incroyable que je mourais d'envie de vivre la même chose.

En vieillissant, j'ai compris que l'amour n'était pas déterminé par les années et les chiffres, mais par la relation d'entente qui lie deux êtres. Au final, mon mari n'a pas dix ans de plus, seulement cinq, mais la femme de mon frère a dix ans de moins que lui, alors... l'un de nous imite nos parents.

Tout ça pour dire que j'espère que vous finirez par aimer Ness et August autant que moi.

Merci, cher lecteur, pour avoir continué cette aventure lupine.

Merci à ma correctrice et à mon équipe incroyable pour m'avoir aidée à donner vie à la meute de Boulder : Krystal, Monika, Katie, Theresa, Vanessa et Astrid.

Merci à ma mère pour sa sagesse sans limites, à mon père pour son soutien infaillible.

Merci à mon mari d'être toujours là pour moi.

Et enfin, merci à mes trois extraordinaires enfants, vous êtes les meilleurs soutiens du monde et les *cheerleaders* qui crient le plus fort.

---

N'oubliez pas de visiter le site http://oliviawildenstein.com et de vous inscrire à ma newsletter pour ne rien rater de mes actualités.

# À propos de l'auteure

Olivia Wildenstein a grandi à New York, fille d'un père français au sens de l'humour exceptionnel et d'une mère suédoise avec laquelle elle discute au moins trois fois par jour.

Elle a choisi de faire ses études à l'université Brown, où elle a décroché une licence en littérature comparée. Après avoir été joaillière pendant plusieurs années, Wildenstein a troqué ses outils contre un ordinateur portable et un fauteuil très confortable, pour un métier plus cohérent avec son sujet d'étude.

Pour en savoir plus sur Olivia Wildenstein :
**Facebook** Olivia's Darling Readers
**TikTok** @OWildWrites
**Instagram** @Olives21
**Site web** http://oliviawildenstein.com

# *Notes*



## CHAPITRE 27

1.  Diffusé en France sous le titre *Les Boules et les Chocottes* (NdT)